茅盾文学奖
获奖作品全集

张居正

第二卷 水龙吟

熊召政————

著

人民文学出版社

目 录

4

第 一 回

邸报中连篇诳鬼话　云台内京察定方针

建极殿后的云台是一处三楹小殿，与乾清宫仅隔着一道乾清门，平日里有什么要紧事，皇上便在这里接见大臣。

这天辰时刚过，只见云台里坐了三个人，御座上坐的是小皇上朱翊钧，张居正与冯保打横坐在两侧。冯保在念一份邸报上的条陈：

> 苏州府知府报告：苏州府治西南太湖之滨，有山自移徙。初犹缓缓移动，渐次甚急，望太湖而趋。偶一村民过之，大惊疾呼曰："此山要走下湖也！"闻者皆愕然而呼。山随呼即止，已离旧址百数丈矣。

冯保拖腔拖调刚念完，朱翊钧就乐了，他双脚一蹬金踏凳，拍手笑道：

"山还会跑，真有趣。"

冯保干笑了笑，觑了张居正一眼，但见这位首辅敛眉凝神，木头人一样毫无表情，他咽了一口唾沫，念开了第二段：

> 江西抚院来札：南昌府城隍庙殿下庭中生一石，初出地四五寸，越日已长尺余，以后日日渐长。既数日，已三四尺。其初生时，无人觉之是石，偶一人见曰："此处想生出山矣。"因此语遂不复长，其生者至今有焉。

这一回小皇上产生了疑惑，他眨巴眨巴眼睛，既像在询问又像是自言自语：

"石头又不是草，怎么能长呢？"

冯保不置可否，接着念第三段：

> 山西太原府巡抚御史伍可奏词：查太原府静乐县龙泉村民李良云弟良雨忽转女形，见与村民白尚相为妻。隆庆六年正月内，良雨偶患小肠痛，旋止旋发，至二月初九日，卧床不起。有本村民白尚相亦无妻，于雨病时，早晚周旋同宿。四月内，良雨肾囊不觉退缩入肚，转变成阴，即与白媾配偶。五月初一日经脉行通，初三日止，自后每月不爽。良雨方换丫髻女衣，裹足易鞋，畏赧回避不与人知。六月十五日村人得知，禀县拘雨相同赴审实，稳婆方氏领至马房验，系变形，与妇人无异。乡人议论，称男变为女乃阴盛阳微之兆，以祈修省。

念着念着，冯保心里头就满不自在起来，他不明白张居正为何要弄来这些乱七八糟的邸报以亵圣听。当把最后一个字念完，他便把邸报朝面前茶几上重重一掼，一边端起茶盅来喝茶，一边不停地朝身后头的帷幕张望。朱翊钧年纪虽小，但心眼儿透亮。虽然这三则邸报上的奇闻逸事听起来饶有兴味，但从冯保的脸色看又似乎触犯了禁忌。小孩子天生的好奇心受到压制，小皇上顿时不知所措，痴坐在御榻上，不安地搓动双手。

张居正一直在关注小皇上与冯保表情的微妙变化。待冷了一会儿场之后，张居正才开口问道：

"方才冯公公所念邸报，请问皇上有何看法？"

朱翊钧生怕答错，指着冯保说："大伴，你说。"

"荒诞不经！"冯保愤然一哂，口中冷冰冰蹦出四个字。

"是，大伴说得对，荒诞不经！"经冯保这么一"点题"，朱翊钧就知道如何回答了，他扳着小指头说，"山走路，石头长个儿，男人变女人，怎么这么多稀奇古怪的事情都出来了？"

"皇上问得好!"一向冷峻内向不苟言笑的张居正,此时眉棱一耸,语气凛然说道,"偌大中国,每日里发生一些或者说流传一些荒诞不经稀奇古怪的事情,原也不足为怪。但奇怪的是,这样一些荒诞不经稀奇古怪的事情,居然堂而皇之地刊载在通政司的邸报之上!"

张居正突出此言,小皇上顿时愣住了。

朝夕如流光阴荏苒,张居正出任首辅不知不觉已经一月有余。俗话说万事开头难,张居正接下这个首辅可谓难上加难。国库空虚财源枯竭,大臣怙权吏治腐败。每日里往内阁值房里一坐,不管是看奏折邸报,还是与晋见的官员谈话,竟没有一件事顺心。但他还是雷厉风行,在短短时间内办成了两件大事:一是给陈皇后与李贵妃都上了皇太后的尊号;二是部院大臣不称职者都已尽数撤换。前者是为了稳定皇室,讨小皇上与其生母李贵妃的欢心。而后者才是真正的大事。永乐皇帝定都北京后,钦定百官依职掌权力划分,共有九大衙门,九小衙门。九大衙门是吏、户、礼、兵、刑、工六部加上都察院、通政司和大理寺;九小衙门依次是詹事府、太常寺、太仆寺、光禄寺、鸿胪寺、翰林院、国子监、尚宝司和苑马寺。九大衙门的掌印者,习惯上称为大九卿。九小衙门的主管,俗称小九卿。这十八衙门组成了一个完整的中央政府管理机构。所谓内阁首辅,自孝宗时代起,实际上就是代表皇上,通过这十八个衙门行使管理国家的权力。任何首辅上任要做的第一件事,就是治理整顿这十八个衙门,物色堂官人选,张居正也不例外。不过,不同于其他首辅的是,他并不满足于把这些衙门的堂官尽数换成自己的亲信,而是希望这些衙门能真正做到各尽其责担负起管理国家的重任。因此上任之初,他就表明"不以己之好恶决定用人取舍,而是依据才能推荐部院人选",尽管他这么表态,但却没有几个人相信他真的会如此去做。张居正久居内阁,对官场的种种龌龊心态早就了然于胸。多年来京城官场中就流传着四句顺口溜:"大九卿有大九九,小九卿有小九九,十八衙门朝南开,堂官跟着首辅走。"短短二十八字可谓绝妙地道出了官场痼疾。隆庆元年张居正入阁之初,就曾暗下决心,有朝一日如果天遂人愿登上首辅之位,就一定要根除这种积弊。所有大臣忠诚于皇上,听命于朝廷,本是臣道职守无可厚非,但不能容忍的是大臣们都有自己的小算盘,这样势必会造成结党营私、沽权售利的混乱局面。长此下去,不仅皇上的威福是一句空话,就是天下黎民百姓举头祈盼的国家昌隆的盛世也不过是镜花水月而已……

以上这一番思虑,张居正不知道在心里头琢磨了多少次。他一次次想觐见皇上,把这些朝廷大政官场弊端一一说给皇上听,但取笔写帖时,他又犹豫着停顿下来:皇上毕竟是十岁的孩子,怎样才能让他明白这些深奥的道理呢?与其匆匆谒见说一大堆晦涩难懂的话,让皇上听得懵里懵懂不知所云,倒不如耐心等待某种契机的出现。昨天下午,张居正翻阅通政司送来的邸报,偶然获得了灵感,觉得可以与小皇上沟通了,遂递帖请旨,定下了今日的会见。

此刻的云台一片寂静。面对一丝不苟的张居正,小皇上有着依赖与敬畏的双重心理。沉默了好一会儿,他才又鼓起勇气问道:

"通政司的邸报应该刊载什么?"

张居正捋捋长须,转向冯保说:"冯公公,皇上这个问题,还是烦请你来回答。"

冯保不清楚张居正拿来邸报的真实用意,他担心这样一些古怪离奇难登大雅之堂的东西听多了,会助长孩子的玩惕之心,故满脸的不高兴。但听了张居正方才一席话,又感到这位新任首辅并不是存心"误导"皇上,而是别有所指,一颗心也就放下了,再加上张居正对他总是礼敬有加,读报时的那点懊恼也就豁然而释,于是微咳一声清清喉咙答道:

"万岁爷,奴才在司礼监待了十五个年头儿,这期间通政司的邸报,可以说是一期不落地看过,邸报内容应是各地臣官的职守总汇。各省布、抚、按三台,各府州县官,还有几边总督,河官漕官盐官,他们每天在干啥,是否都是在明赏赉,严诛责,审开塞,守一道,尽明法稽验守土牧民之责,只要一看邸报,便大略可以知道天下吏治情况。张先生拿来的这两份邸报,奴才昨儿个就看过了。一看到这些乱七八糟的东西,奴才就像吃了一只苍蝇,恶心得要死,因此没有拿给皇上看。咱不知道张先生为何单单挑出这三篇怪话来念给皇上听。"

冯保话音刚落,张居正立即接过话头说道:"冯公公已把邸报作用讲得透彻。臣今日特意圈出这三个条陈给皇上看,乃是为了引起皇上的警惕,我大明天下的这些封疆大吏,府库之臣,现在都在干什么?国库空虚,匪患不绝,官员贪墨,河漕失修,这许许多多关乎朝廷命运国计民生的大事,没有人认真去做,反而弄这些异端邪说层层上报,岂不无聊至极!"

张居正言辞锋利。朱翊钧浑身一激灵,又不知该如何办理。正在他嘴角翕动,眼巴巴地看着冯保时,猛听得一个女人的声音从冯保后面的帷幕中响起:

"说得好!"

张居正一惊,循声望去,只见冯保身后的那重猩红的帷幕被两名小内侍拉开,李太后从里面缓缓踱了出来。

却说昨日小内侍送来张居正求见的揭帖,李太后当即拍板让小皇上准旨接见,当小皇上表现得紧张为难时,李太后叹道:"也难为你了,一个孩子,要让你同张居正这样天下第一精明的人打交道,不怯场才怪呢。"

母子俩正束手无策时,冯保突然灵机一动,说道:"启禀太后,奴才有个主意。"

"讲。"

"明儿个皇上云台接见,太后您也参加。"

"我?"李太后一愣,"我岂能参加,这不给天下人造成了干政之嫌?何况男女有别。"

"这些,奴才都想到了,太后可以坐在云台左侧的帷幕里,这样就近观察张先生,太后就可以明断是非了。"

李太后咬着嘴唇思索了一会儿,点头说道:"看来也只能如此了。"

现在,当李太后从帷幕后面转出来时,张居正的第一反应就是赶紧跪下行礼。李太后吩咐冯保去搬椅子,要在御榻前安排坐下。"母后,请坐这儿。"朱翊钧站起来要给李太后让座。

李太后瞅着儿子说:"你那是皇帝宝座,谁有这么大的胆子,敢僭越坐上去。"出口的话看似随便,寓意却深沉。

行过君臣相见之礼重新坐定,李太后笑吟吟问道:"张先生,我突然出现,没惊着你吧。"

李太后虽然身份高,但毕竟只有二十八岁,依然是个明眸皓齿气质娴雅的美丽少妇,加之今天并未打算见外臣,所以没有穿戴朝廷命服,只穿了一件薄如蝉翼,洁比雪艳的西洋布六幅拖裙,越发像一朵出水芙蓉光彩照人。

尽管张居正能做到非礼勿视,但偶尔一瞥,李太后的绰约风姿仍不免让他心旌摇荡。行礼之后,他借整理官袍来掩饰自己的失态,强自收摄心神,答道:

"太后突然出现,臣下确实吃惊不小。"

李太后不再就这个问题啰嗦,而是直截了当地切入正题:"你们君臣之间方才的谈话,我都听见了。"说着又扭头看了一眼背后的帷幕,继续说道,"说实话,国家大事,本不该我这个妇道人家掺和。咱现在常常怀念隆庆皇帝在位之时,一门心思都花在两个孩子身上，闲下来抄抄佛经，听听曲儿，日子过得多轻松呀。那时候，隆庆皇帝用了一个高拱，把天下事管得井井有条。这个高拱是个有本事的能臣，只是品性不好，在隆庆皇帝面前唯唯诺诺，所以深得信任。钧儿即位当了皇帝之后，咱们从一些小事上就看出高拱心术不正。咱和仁圣皇太后两人出于无奈，才决定拿掉这个刺儿头，把首辅的位子给了你张先生。咱们这样做，是对张先生寄予了厚望，指望你不负先帝之托，当好顾命大臣，辅佐幼主，把先帝传下的江山基业守好、治理好，让天下百姓觉着万历是个好皇帝。"

　　说到这里，李太后又充满爱怜地望了一眼坐在御榻上的朱翊钧。李太后没有出现之前，朱翊钧正襟危坐充小大人，自李太后走出帷幕，朱翊钧的紧张心理骤然松弛下来，眼眶里重新荡漾起孩子的天真。

　　张居正屏声静息听着李太后讲话，差不多把每一个字都"吃"进了脑子。以往他只知道李太后是一位端庄贤淑虔敬事佛，拘法守礼课子甚严的女人，方才的这番话却让他暗暗吃惊，原来在这位年轻太后美丽的外表之下，竟隐藏了如此之深的城府和卓然独立的主见。他顿时意识到，今天坐在这云台内的四个人，除开他自己，另外三个人都能主宰他的命运。尤其是这位李太后，更关系着他的身家性命。自己要想一展宏图，实现富国强兵的理想，首先就得把这三个人服侍好。想到这一层，张居正谦恭地说道：

　　"多谢太后对臣的信任，臣将不负两宫太后的厚望，一定辅佐幼主，开拓出万历一朝的太平盛世。"

　　"好，咱要的就是你这个态度。"李太后说罢，又转向冯保，"冯公公，把方才邸报上的第三段，再念一遍。"

　　"第三段？"

　　"对，就是男变女那一段。"

　　"是，奴才遵旨。"

冯保重新拿起放在茶几上的邸报，把山西太原府巡抚御史伍可的条陈念了一遍。冯保的声音一停，李太后就问张居正：

"张先生，伍可这个条陈，究竟是何用意？"

"臣以为，伍可此举，是官场颓风的沿袭。"

张居正回答得含含糊糊。这也是事出有因，李太后藏于帷幕之后，虽不敢说是干政，至少表现出对他这位首辅还不是完全的信任。基于此，他的答话不得不十分谨慎。

李太后显然不满意张居正的回答，只见她秀眉一挑，说道："仅仅是沿袭吗？伍可条陈中最后一句，胡说什么男变女是阴盛阳衰之兆，又如何解释？"

到此，一直纳闷的冯保才明白李太后为什么会突然走出帷幕，原来是伍可的条陈把她气出来的，于是他顺竿儿爬，攒眉说道：

"方才奴才读这段条陈时，还只是感到腻味，没往深处想，经太后这么一点明，奴才这才明白了伍可的险恶用心，他这是暗拉弓放冷箭伤害太后呢。"

"他怎么伤害？"朱翊钧瞪大眼睛问。

"伍可说男变女是阴盛阳衰之兆，阳衰，指的是你万岁爷还是个孩子，阴盛，指的是太后，言下之意太后在干政。"

经冯保这么一撩拨，朱翊钧当即小脸涨得通红，恨恨叫道："胡说八道！"

李太后示意朱翊钧冷静下来，然后看着脸色铁青的张居正，问道："张先生，这伍可的巡抚御史是怎么当上去的？"

李太后的言下之意，是问伍可是哪条线上的人。张居正心思透亮哪能不懂，但他装糊涂答道："回太后，所有官员品秩，都由吏部上报皇上批准。"

"你说的是形式，我是问……"

说到这里，李太后戛然而止，她怕问得太露骨，给张居正留下

不好的印象。冯保听在耳中,明在心里,立马接过来答道:

"奴才昨日遵太后懿旨,回去后查明,这个伍可是高拱的门生,嘉靖四十二年的进士,两年前还是吏部文选司的一个六品主事,高拱认为他能干,将他破格提拔为四品御史。"

"啊!如此说来,这件事情后头,就藏了一个天大的阴谋。"李太后起身踱到东厢那排巨大的透雕花格窗棂下,伸出玉指轻轻地捻摸着柔腻的窗幔。过了许久,她才又慢慢踱回来坐下,继续说道:"记得隆庆皇帝大行不久,钧儿刚刚登基,京城紫云轩书坊就赶印了一千本《女诫》,几天就销售一空,买主都是京职官员,六科廊的那帮言官,听说是人手一册。此中深意不言自明,无非是影射我干政。咱以为高胡子削籍回到老家,这股子邪风就可以刹住,谁知现在又跳出个伍可,说什么男变女是阳衰阴盛之兆,还要大家修省,这样乱七八糟的东西,居然堂而皇之地刊载在通政司的邸报上。"

说到这里,李太后情绪激动,眼眶中泪花闪闪。"母后!"朱翊钧涩涩地喊了一句,竟不知如何控制眼前的局势。冯保趁机煽风点火,悻悻说道:

"高胡子人虽走,但阴魂不散。看来不用上雷霆手段,这股子邪风还刹不下来。"

"张先生,你认为伍可应如何处置?"李太后问。

云台内的气氛已是非常紧张。张居正心底清楚,如果自己的回答稍有不慎,就会种下祸根。稍稍一想,他答道:

"臣认为,皇上下旨严加申斥即可。"

"这是不是太轻了?"

李太后反问的口气虽然很轻,却让人感到了威胁。张居正微微蹙眉,冷不丁反问了一句:

"依太后之见,应该如何处置才好呢?"

李太后嘴角一翘，立时露出泼辣的样子，谴道："张先生这一问，等于是唆使咱干政了。要论咱个人的好恶，这个伍可，把他削职为民咱看还是轻的，但一个朝廷命官的升贬去留，哪能让我这妇道人家做主？你如今是堂堂正正的首辅，处理一个人的建议都拿不出来，还谈什么刷新吏治，富国强兵？"

李太后伶牙俐齿，把张居正狠狠地刺了一下。张居正却是不慌不忙，顿首答道："臣不是没有主见，而是担心臣的主见与太后的想法相左。"

"那又有何碍，只要你出以公心，处置得当，咱们就应该听你的。"

"太后如此信任，臣不胜感激。"

张居正欠欠身子，不卑不亢地回答。他觉得时机成熟，是拿出自己主见的时候了。于是抚了抚长须，掏肝剖胆作了长篇陈述：

"太后在帷幕中时，大概已听到臣提醒皇上，应该在例朝时升座一问，在京各衙门、各省府州县的命官都在干些什么？方才冯公公念的邸报上的三个条陈，就很说明问题。臣在官场待了二十多年，身历三朝，眼见仕宦风气江河日下，常常痛心疾首，每至深夜辗转反侧难以入眠。嘉靖一朝，世庙因笃信斋醮，一切朝政听任严嵩处理。严氏父子巧言佞说，图私为务，取宠乎上而谗贼于下。柄国二十余年，导致朝廷纲常不举，政令教化不行。洪武永乐一脉开创的大明气象，清廉为本奉公惟谨的士林风气，在嘉靖一朝几乎丧失殆尽。世庙好修玄，好祥瑞，好变异，严嵩投其所好，每天捏造许多祥瑞变异之事呈报大内。各地官员纷纷回应，什么猪变麒麟、鸡变凤凰、黄河鲤鱼口中吐出九条青龙等等旷世奇闻，都成了驿路快报。督抚大臣献符争宠，贺表塞路星驰京师。世庙一高兴，便会给这些造谣以惑圣听的官员升官晋爵。长此以往，幸门大开。忠恳之士，每见放逐；淫巧之人，屡得便宜。以致江淮水患疏于治理，赋税积欠无人追缴。两京大僚尸位素餐，以奢靡为尚；地方官吏盘剥小民，以搜财为工。嘉靖四十三年，有一个户部主事六品小官，名叫海瑞，对这种弊政深恶痛绝，遂备了棺材上疏直接指斥世庙，惹得世庙大怒，把海瑞打入死牢。

"嘉靖四十五年，世庙驾崩，隆庆皇帝入承大统。天下振奋，万民拥戴。隆庆皇帝嗣位之初，也想挽振颓风，刷新吏治，重树洪武皇帝亲手创建的纲常教令。奈何积弊太深，人心坏朽，隆庆皇帝虽英姿天纵宵衣旰食，也难以毕其功于一役。加之隆庆皇帝在位六年，内阁走马灯一样换了四位首辅，人不安神席不暇暖，为保禄位钩心斗角，哪里还有心思来整顿政务稽查弊端呢？更可惜天不假年，隆庆皇帝英年早逝，遂使嘉靖颓风，至今绵延而不息。

"正因为如此，通政司的邸报才会出现如此怪诞的条陈，这都是嘉靖遗风。山西太原的巡抚御史伍可之所以上奏男变女的荒唐事，也正是因为有了这样的前提。就伍可这件事，不用说指桑骂槐攻击太后，就是制造奇闻混淆视听，我们就有种种理由将他重重治罪。但问题的症结在于，伍可之事绝非个案，而是官场的普遍现象。若不正本清源拨乱反正，今天处罚了一个伍可，明日还会有十个八个叫张可、王可的糊涂官员继续水行旧路，上各种乱七八糟的条陈奏折以惑圣听！"

张居正说到这里，觉得口干，便停下来喝了几口茶。他的这番话本是昨日就想好了的，所以说起来条分缕析，大有振聋发聩余音绕梁的功效。在座的三个人，都被他的话深深地震慑。特别是李太后，张居正讲话时，她眼都不眨地盯着这位身材颀长脸上轮廓分明的中极殿大学士。自从进了裕王府以后，由于宫禁甚严，除了隆庆皇帝之外，她还从未如此近距离地与一个男子对坐。隆庆皇帝病危时，她虽然隔着帷帘与张居正见过一面，但那时因心存悲痛未及细看。现在她才发现，张居正的声音充满魅力，气质如此诱人。

她不禁意马心猿想入非非，但"邪念"一起，她顿感羞愧，佯装拭汗，掏出手帕来揩了揩臊红的面颊。

张居正并没有觉察到李太后的微妙变化，他仍沉浸在激昂慷慨情绪中，顾自说道：

"太后，臣方才所作陈述，都是思考了多年的肺腑之言，不妥之处，还望太后指教。"

"说得很好，"李太后一改冷峻，声音竟变得甜腻腻的，"张先生在政府多年，所以能一针见血地指出朝廷弊政。多的也不用说了，你就说，下一步你想怎样刷新吏治整顿颓风？"

"臣建议皇上立即下诏，实行京察！"

"京察？"

"对，京察。"张居正冷浸浸的眸子一闪，徐徐解释道，"所谓京察，就是对应天、顺天两京官员实施考核。四品以上官员，一律上奏皇上，自陈得失，由皇上决定升降去留；四品以下官员，由吏部、都察院联合考察，称职者留用，不称职者一律裁汰。"

"冯公公，你觉得张先生这个建议如何？"李太后问冯保。

冯保操着娘娘腔，恭谨地回答："启禀太后，张先生的主意好，这是大手笔。"

李太后点点头，朝张居正送了一个秋波，问："张先生，何以只限于京察，各处的地方官也应该考核才是。"

张居正答："这个使不得，地方官都负有牧民之责，若同时进行考察，势必引起混乱，导致州县不宁。两京衙门，并不直接面对百姓万民，考察起来没有这层麻烦。何况风气自上而下，只要京官的问题解决好了，地方官行贿无门，进谗无路，吏治就会有一个好的开端。"

"钧儿，你是皇上，你认为呢？"

李太后又转头问坐在御榻上的儿子。朱翊钧虽不懂深奥的大

道理,但凭直觉感到张居正的建议是好的,于是答道:

"张先生的建议很好。但是,伍可也得重重惩处。"

"如何惩处?"李太后问。

"免他的官。"

"为何要这样呢?"

"这个混蛋官员,竟然变着法子骂朕以及母后,不惩处,我这个皇帝哪里还有威严!"

说罢,朱翊钧一跺脚,鼓着腮帮子兀自生气。

冯保见状,连忙朝张居正使眼色说:

"张先生,皇上金口玉言,伍可削籍,就这么定了。"

张居正微微颔首,答道:

"臣遵旨。"

李太后此时明眸溢彩,红晕飞腮,表现出前所未有的兴奋。她火辣辣的目光盯着张居正,说道:"张先生,你今天回去就立即替皇上起草实行京察的诏令。"

张居正还来不及回答,忽见云台值班太监冒冒失失闯了进来,跪下禀道:

"万岁爷,东厂掌帖陈应凤派人送了个十万火急的密札进来。"

"说什么?"小皇上紧张地问。

"北镇抚司的锦衣卫同储济仓的守卫兵士打起来了。"

第 二 回

赳赳武夫寻衅闹事　谦谦君子以身殉职

位于皇城东总布胡同之侧的储济仓，平时冷清寡静门可罗雀，今儿个可是热闹非凡。仓前广场上东一辆西一辆密匝匝停满了骡马大车，其间还夹杂了不少携筐带担的挑夫。身着戎装的军曹武弁、穿号衣的差人番役、穿襕衫的吏目衙牌、戴乌纱帽的官身僚佐混杂一起，笑谈声、斥骂声、喊叫声、吆喝声闹哄哄交织成一片，直把人吵昏了头。

这一番突然出现的热闹景象，原也事出有因。前日户部咨文在京各衙门，告之太仓银告缺，本月在京文武官员的月俸银，改用实物胡椒、苏木支付。在京的文武衙门上百个，文武官员总数也有上万人。虑着衙门繁杂人口众多，管着这项业务的户部度支司将各衙门排了队，分三天支付完毕。安排在第一天的大多是戎政府、锦衣卫、五城兵马司以及京营等军职衙门。公门中人，当了大官不说，中小官员每月就巴心巴肝等着发俸这一天，油盐酱醋礼尚往来各种用度应酬，都指着这一份俸银来开销。因此，一大早，各路领俸的人马就急急如律令赶来，把个储济仓围得水泄不通。不过，眼下来的人，没有谁能有个好心情。实物折俸，白花花的银子变成了胡椒、苏木，谁碰上这个，就算他棉花条子一根，也会蹭出火星子来。

储济仓辰时开的大门，眼看个把时辰过去了，还只是兑付了一两家。广场上的人越聚越多，毒日头底下闷热难挨，加之肚子里都窝着火，一些赳赳武夫便你一言我一语地骂开了：

"谁他娘的吃屎眯了眼儿，弄出这么个胡椒、苏木折俸的馊主意。"

"是啊，老子吃了三十年皇粮，头一遭儿碰到这等邪事。"

"新皇上登极，本指望多少得几个赏银，这下倒好，赏银得不着，连俸银也变成了胡椒面儿。"

"咱听说高胡子在的时候，本打算给咱们封赏银的，但他的官帽子让皇上一撸，新首辅即位，什么章程都改了。"

"嗨，绣房里跳出癞蛤蟆，邪了。"

"天上九头鸟，地下湖北佬，邪的还在后头哪！"

正这么议论着，忽然人群中骚动起来。只见一个人大大咧咧地走了过来。此人生得面阔身肥，一双粗眉紧压在两只鼓眼之上，两耳招风，上唇翻翘。乍一看，活脱脱一只猩猩。他脚上蹬了一双黄绫抹口的黑色高靿靴，身上穿一件金鞬丝质地绣着熊罴的五品武官命服——单就这身打扮，就知道此人大有来头。按规矩，金鞬丝的面料只能是一二品武官才准予使用。此人名叫章大郎，是锦衣卫北镇抚司主管粮秣的官员，袭职为副千户，这职位是一个从五品官衔。这样的官，若是搁在外省州府，或许还是个人物，但在京城，却是球也不算。但这个章大郎不同，他的舅舅邱得用，是李太后极为信任的巨珰，原是慈宁宫掌作，如今又升格为乾清宫管事牌子。就因为邱得用有了这层宠，不要说一般太监，就是权势熏天的"内相"冯保，也免不了要拉拢他，宫内遇上，大老远就把笑脸摆出来迎着。章大郎正是靠着这位舅舅，两年前开后门弄了个锦衣卫百户。前不久，北镇抚司为了巴结邱得用，又把章大郎提升一级，调到司衙主管粮秣。今天来储济仓领取折俸，原是他分内的差事。

此时他大摇大摆走过来，见众人一时都歇了嘴，便道："方才听得你们闹嚷嚷的煞是热闹，为何咱老章一来，就都不说话了？"

"章爷,咱们是在发牢骚呢。"一位身着七品武官命服的官员搭讪着回答。

"发甚牢骚?"章大郎问。

"就为这胡椒、苏木折俸的事。"

"日他娘,你们别提这事,提起来,咱老章的气头比你们更大。"章大郎说着就一手牵开官袍的圆领,一手撒开折扇朝内扇汗,恨恨骂道,"老子这个粮秣官上任第一个月,就他娘的碰上这等事。司衙的上司同僚明里不说,暗中还不是骂我丧门星!你们说,这事与咱老章有什么相干?可是,别人在咱面前做头做脸,咱还不是得受着!"

"章爷,咱们都同你一样。"

"是啊,放屁打嗝,两头都不好受。"

"章爷,你有办法,帮咱们讨个公道……"

刚刚冷下去的话题,顷刻间又更热烈地议论起来。这章大郎本是个倚势横行好听奉承的莽汉,见众人抬举他,也就一刀把鼻子剁了,不晓得哪面朝前。此时他收了折扇,吊着眼问:

"你们说,这公道上哪儿讨去?"

"胡椒、苏木折俸,这是不把咱官员当人呢!咱们还得要月俸银。"一个官员撺掇着说。

"听说太仓里空了,一钱银子也没有。"章大郎说着,叹了一口气。

"你听他的,章爷,管太仓的没有银子,就像开窑子的说没有婊子,你信吗?"

"这倒也是,"章大郎若有所悟,忖道,"京城文武官员,撑破天一万人,大小一拉,平均每人十两银子,也才十万两银子。偌大一个太仓,未必十万两银子也拿不出来?"

"可不是这个理?我看哪,是有人成心挤对咱们。"

　　说这话的是京营里的一个校官,刚说完,就有人捅了他一下,低声劝道:

　　"老弟,可不能瞎诌。"

　　"谁瞎诌了? 有胆量的,让咱到太仓瞧瞧去。"校官不但不听劝,反而越说越激动,凑到章大郎跟前,问道,"章爷,你说是不是?"

　　"是,是这个理。"章大郎眨着眼睛,用折扇一敲脑袋,问身边那位七品武官,"新任的户部尚书,叫什么来着?"

　　"王国光。"

　　"这人是啥身世?"

　　"此前的差事是总督天下仓场。"

　　"这么说,连这储济仓在内的京城十大仓,都归他管辖?"

　　"是的,章爷。"

　　"日他娘,这咱算对上号了,他管仓库的出身,什么仓里装着哪些东西,这姓王的一清二楚,兴许他觉得这些东西在仓库里放陈了、放烂了可惜,干脆折俸给咱们了事。"

　　"嗨,章爷英明,把人家的贼心眼看了个透儿亮。"校官说着竟拍起巴掌来。

　　"折俸的事儿大,恐怕户部尚书一个人做不了主。"有个官员插嘴说。

　　"他请示谁? 无非是新任内阁首辅。"又有一个武官气呼呼地搭话,"听说王国光与首辅张大人是同年,穿……"

　　那武官本想说"穿连裆裤",但感到不妥,话到嘴边又咽了回去。章大郎瞅了他一眼,正欲开口说话,忽听得仓门那边又嘈杂起来,忙抽身走了过去,只见一个六品武官带着一脸怒气从朱漆大门里走了出来,身边跟着几个兵士,一人扛了个沉甸甸的大麻袋。

　　"请问这位兄弟,是哪个衙门的?"章大郎拦住那个武官问。

　　"京师西大营的。"

"为何不快活？"

"那监秤的家伙，太操蛋。"

"怎么个操蛋法？"

章大郎偏要打破砂锅问到底。那武官眼见这个愣头青品秩比自己高，也就耐下性子来一五一十地回答：

"今日发放胡椒、苏木，真他娘的邪门。有主秤，有监秤。主秤的是这个储济仓的大使，姓王；监秤的是户部度支司派来的，姓金。王大使人还好，每一秤都称得高高的，杆子翘着，但那姓金的站在旁边，总要拿铲子往下铲点，非要把秤杆压得平平的。眼看称完了，咱向那姓金的央求，能否多给一铲子补补秤，不然回去分亏了，谁认这个账。那姓金的头摇得货郎鼓似的坚决不肯，咱生的就是这个气！"

"那姓金的是个什么玩意儿？"

"听说是个观政，还没有实授哪。"

正这么说着，又见一位吏目从门里走出来，高声嚷道：

"京师南大营，京师南大营人来了没有？"

"来了。"

答话的正是那位呱呱唧唧想说"穿连裆裤"的武官，他这会儿正急匆匆朝前走。

"轮到你们领货了。"

吏目说着正要转身进去，章大郎赶紧喊了一声："慢着！"

吏目站住了，瞧着章大郎的五品官服以及比这官阶更大的势派，连忙堆下笑来，拱手问道："大人有何吩咐？"

章大郎指令紧随身后的亲兵说："递帖子。"

亲兵迅速递了一张名刺过去，吏目接过一看，上面写着：

锦衣卫北镇抚司粮秣官副千户章大郎

锦衣卫与东厂，是由皇上亲自主管的两大特务机构。锦衣卫比东厂权势更大,因为负责保卫皇城以及皇上的扈驾侍卫的御林军,也归锦衣卫管辖。而北镇抚司,是锦衣卫负责北京治安的常设机构,大凡遣送、抓捕、廷杖大臣,都由它负责,只要提起它,公门中人就不寒而栗。所以,吏目看过名刺之后,虽然对这个从五品的副千户瞧不上眼,但对"北镇抚司"却不敢马虎,于是小心问道:

"请问章大人有何事?"

"进去禀告你们大人,就说章爷咱公务繁忙,没工夫傻等,先把咱们司衙的胡椒、苏木领了。"

"这……"吏目看了看广场上黑鸦鸦的人,为难地说,"章大人,这名单次序可是先排好了的。"

"排了就不能改,未必铜浇铁铸的,嗯?"

章大郎盛气凌人说话生戗,吏目还在踌躇,已挤到前面来的南大营那位武官说:"章爷有事,咱们让他。"

"对,咱们让他。"立刻有不少人附和。

见这些平日强五作六的军爷们这会儿不分高低贵贱都一条心地让着章大郎,吏目才感到这位"副千户"大有来头,再也不敢怠慢,忙跑进去传信,一口气工夫又跑回来,对章大郎点头哈腰说道:

"章大人,请进!"

章大郎鼻子里哼了一声,嗒嗒嗒几步上了青石台阶,反剪双手跨过门槛,又回过头来对广场上的军爷们挤眼说:

"你们等着,咱章某给你们出口恶气。"

章大郎随着吏目进了大门,绕过照壁便是过堂,由过堂往左,是储济仓大使的官廨,往右是一溜十几座库房。过堂里,先已站着两名九品官员等候章大郎的到来,他们是储济仓大使王崧、户部观政金学曾。吏目对双方做了介绍。王崧知道这章大郎的来头,因此表现得特别谦恭,尽管忙得团团转,他还一定要请章大郎到官廨

叙茶。章大郎也不推辞,到了廨房坐下,呷了一口茶后,开口问道:

"你们储济仓里,藏了多少胡椒、苏木?"

各仓储里收藏的物品及数量,属于机密,不可轻予人言。王崧只得嘿嘿笑着,打马虎眼说:"有一些,咱这储济仓,除了胡椒、苏木,也还保管另外几种物品。"

"金银珠宝、绫罗绸缎你这儿都有?"

"不不不,这些值钱的物品,不归储济仓保管。"王崧听出章大郎口气不大友好,连忙引开话题,"章大人,你就在这里歇息喝茶,贵司衙的折俸,卑职安排人与你手下人对账发放。"

王崧说着就要起身,章大郎连忙喊住他,说道:"这么大的事情,怎好让手下人办理,本官要亲自去。"

"这样更好,那就请章大人挪步。"

王崧领着章大郎来到称房,斯时章大郎带来的司务已办妥了账面手续。北镇抚司衙署中有品级的官员差不多两百多位,核实下来,胡椒、苏木两种每样都超过千斤。几个役夫拿来麻袋正欲装填,章大郎又把他们拦住,说道:

"慢着,哪能这样装。"

几个差役住了手,望着王崧听候指示。王崧早就注意到章大郎是有意找碴儿,心里头颇为紧张,小心翼翼地问:

"章大人,你认为应该如何办理?"

章大郎问站在一旁的本衙司务:"咱衙门官员的花名册,你可带来了?"

司务答:"带来了。"

章大郎转向王崧,说道:"就按咱提供的花名册,你一份一份地称好,装好。"

"这得多长时间?"王崧面有难色,支吾道,"外面还有那么多衙门的人候着。"

"咱不管别人,咱北镇抚司的事儿,就得这么办!"

章大郎态度蛮横故意刁难,王崧隐忍着不敢理论,转而问站在身边一直默不作声的金学曾:

"金大人,你看如何处置?"

这位金学曾生得白白净净,一副儒雅之相,只是一双小眼睛总是眨巴个不停,让人感觉到他的狡黠。他本是隆庆二年的进士,放榜后不久,就分来户部观政。所谓"观政"并非实衔,只是官员等待分配的一种过渡。大凡一个新科进士,一时无法分配,吏部便让他到各大衙门临时学习政务,观政一名由此而来。分到刑部则称刑部观政,分到兵部则称兵部观政,如此类推。观政虽挂级别很低的九品衔,但并非所部的正式官员,只是一个闲曹。金学曾来户部待了不到一个月,已是岁暮,忽然得信父亲去世,只得回到浙西老家丁忧三年。今年三月期满启程来京,一路游山玩水,到户部报到已是六月初了,正值隆庆皇帝大行,各衙门乱成一锅粥。吏部文选司给他入了仕籍,仍遣他到户部继续观政。户部新旧更替,加之他又不是在编人员,所以也没有人管他。佐贰官让他临时到度支司帮忙,因房子太挤无法安插,司郎竟让他这个有"品"的官员到书算房和八个吏目挤在一起,在门口处支张桌子安身。他也不计较,不消三天,就和吏目们混了个脸儿熟。只要一落空,他就在书算房里摆龙门阵,说了京城说外地,说了大内说衙门,从官场说到赌场,从窑子说到书院,指东道西说咸扯淡,把他满肚子杂碎尽行抖搂。吏目们虽然都是见多识广的京油子,却无不折服于他的口辩之才,每日里竖着耳朵听他棉布丝布地乱扯,竟常常忘了做事。王国光上任之后,整饬部治,又是盘存又是清账,各司科顿时都忙得一塌糊涂。吏目们再无闲空来享耳福了,金学曾倒也知趣,一连好几天在书算房里免开尊口,去文牍房里借了些档案邸报来看。但房中整日价算盘珠子劈里叭啦一片乱响,聒噪得他五心烦乱,便找到上司要求换岗。恰在这时，上头决定胡椒、苏木折俸，度支司须得派一个人前往储济仓监理此事。这是个鬼不缠的差事，谁见了就躲。司郎早嫌这个没事干的游神碍手碍脚，于是就把这差事委派给他。金学曾闲得无聊，因此乐得前往。储济仓往外发放物品，每一笔，都得有三个人签字，一是发放方的管仓大使，二是接受方，三是监理方。按理说，章大郎寻衅，本与他金学曾无关，但王崧既然问上脸来，心知他这是转移矛盾，却也不得不答：

"依卑职看，还得按章程办事。"

章大郎睃着金学曾，心中忖道："这大概就是刚才那位官员咒骂的金观政了，瞧他贼眉鼠眼，就不是个好东西，待老子调教调教他。"于是故意大惊小怪地嚷道：

"啊，原来你不是哑巴！"

金学曾脸色一沉，问："章大人怎么如此说话？"

章大郎用折扇敲了一下金学曾的肩膀，以一种侮辱的口气说："咱章爷从进这储济仓的大门，就看见你耗子样跟着，眼珠子滴溜溜转个不停，嘴巴却是个死的。王大使，这人是干啥的？"

王崧回答："回章大人，这位金大人是户部观政，度支司派来的监理。"

"监理什么？"

"就监理胡椒、苏木折俸的发放。"

"他娘的，六个指头搔痒，偏多出了这么一道。"章大郎骂骂咧咧，接着又拿眼横着金学曾，轻蔑地问，"金观政，你刚才说到章程，什么章程？"

平白无故受此羞辱，金学曾一张白净脸涨红到耳根。尽管章大郎进来之前王崧已介绍了他的底细，但此刻他仍想"太岁头上动土"，迎着章大郎挑衅的目光，他硬朗朗答道：

"储济仓的章程，只对衙门，不对个人。你北镇抚司两百多名官员,若一个一个地给付,今天一天都称不完。"

"称不完也得称,就这么办!"

章大郎以势压人,眼珠子瞪得牛卵子大,金学曾也不甘示弱,回敬道:

"章大人,你既插队进来,众人忍让也就罢了,现在又无理取闹,公堂之内,岂无王法?"

"好你个鸟观政,竟敢教训本官!"章大郎没想到眼前这位弱不禁风的书生竟然有如此胆量,于是哧地一笑,揶揄道,"看看你穿的是什么?几只小麻雀前胸后背的乱飞,老子身上穿的你看清楚了,一只大熊罴,你有什么资格和咱讲话?"

章大郎挖苦金学曾是个"九品观政",金学曾冷冷一笑,答道:

"是的,我金某官阶九品,是大明王朝里最小最小的官,但是,我这个小官是乡试会试这么一程程考出来的,是皇上金榜题名,从正途上得到的,请问章大人,你这五品官是怎么来的?"

如此一问,等于戳了章大郎一刀,因为他的官毕竟是开后门花大把银子买来的,他顿时恼羞成怒,举起扇柄朝金学曾劈头打来。金学曾一躲,头上的乌纱帽翅被扇柄击断。

"章大郎,你胆敢行凶?"金学曾跳过一边,大声嚷道。

"老子行凶怎么样,老子今天打的就是你这个金榜题名的野狗。"

"天子脚下岂无王法?"金学曾还想理论。

"你一个鸟观政也配说王法?"

章大郎顾不得官箴体面,像一头咆哮的狮子,在称房里把金学曾撵得团团转。胆小怕事的王崧跟在章大郎背后劝道:"章大人,请息怒,有事好商量。"说着就去拉拽章大郎的衣袖。章大郎认为王崧劝架是假,偏袒金学曾是真,顿时迁怒于他,回转身来狠命推了一掌。王崧猝不及防,仰面跌倒,后脑勺重重地碰在砖地上,顿时身子一缩,四肢抽搐起来。

这当儿,金学曾已跳出称房,与闻讯赶来的守仓小校撞了个满怀,小校问道:

"金大人,出了何事?"

"有人在这里行凶动武。"金学曾气喘吁吁地回答。

"谁?"

小校言犹未了,只见章大郎抓了一把铲子又从屋里扑出来冲向金学曾。

"快,把他拿下!"

金学曾一边对小校嚷着,一边撒腿就跑。小校见追打者是个武官,愣了一下,旋即上去阻拦。没想到章大郎气红了眼,也不问青红皂白,竟又抢起铁铲朝小校拦腰扫来,亏得小校手脚麻利一步跳开,不然,这一铲子挨上了,不死也是个终身残废。小校见这"官人"已是完全发了疯,立时命令与他同来的七八个兵士将其团团围住。面对一下子逼上来的七八支枪矛,章大郎色厉内荏地嚷道:

"你们想要怎么样?"

"把他轰出去!"

重又走过来的金学曾,跺着脚命令小校。

"这位大人,你自己走,省得小的不好交差。"小校息事宁人,对章大郎好言相劝。

章大郎见自己孤势,好汉不吃眼前亏,于是一丢铲子,指着金学曾咬牙切齿骂道:

"狗日的,你等着,看我章大爷怎么收拾你!"

章大郎说着,已是三步并作两步出了大门,他前脚刚走,称房那边,吏目又锐声叫了起来:

"金大人,快来!"

金学曾赶紧跑进称房,只见王崧躺在地上,已是口吐白沫不省人事。一应胥吏急糊涂了，一声声地喊着"王大人"，也不知如何办理。金学曾蹲下来仔细一看，地上没有一丝血迹，他伸手在王崧的后脑勺摸了摸，只觉得塌陷了一块。他隐约感到这是颅骨破裂血淤颅中，刚才撒腿狂奔已是爆出了一身臭汗，这会儿额头上更是汗水涔涔了。

"金大人，怎么办？"

"快找副担架来，把王大人抬出去急救。"

得了这个指示，吏目飞身而去。金学曾又拿起王崧的右手腕给他把脉，寸、关、尺三点都摸不着脉息，接着翻开他的眼皮来看，瞳孔已经放大。金学曾心中一格登，随即眼角一酸，几颗豆大的泪珠滴落在王崧的脸上。

正在这时，忽听得大门那边喊声震天。旋即小校滚葫芦一般跑过来禀道：

"金大人，方才那位武官领着几十个兵士操着家伙杀进来了。"

金学曾霍地站起，咬着牙说："天子脚下，岂无王法？你们守库兵士，都操家伙奋勇抵抗！"

"是。"

小校领命而去。金学曾又喊过一位吏目，吩咐道："你赶快从后面出去，到户部禀告这里的情况。"

"是，小的遵命。"那吏目刚跨出称房，又回头说道，"金大人，小的看那章大人好像要找你寻仇，你也得躲一躲。"

"对，请金大人暂且回避。"

"谢谢诸位好意，出了这么大的事情，金某怎能离开？要死，我也只能死在这储济仓内。"

说着，金学曾朝在场诸位拱了拱手，整了整衣冠，挺胸出门，朝杀声震天的大门那边走去。

第 三 回

渡危艰折俸闯大祸　平叛乱誓拔硬头钉

乍一听说储济仓发生械斗，小皇上显得特别紧张。李太后也不安地问："锦衣卫怎么会跑到那儿去打架？"在座的谁也回答不出。张居正说道："臣现在就去调查此事。"说罢告辞离了云台，步履匆匆回到内阁。

刚过会极门进了内阁院子，大老远就见王篆花脚猫似的蹿来蹿去。一看见他，张居正就明白他是为储济仓发生的事情而来，因为守仓兵士属他管辖。张居正也急欲知道事情经过，便快步走了过去。王篆这时也一眼瞥见了他，连忙跑过来，也不及行礼，就禀道：

"首辅，出了大事了。"

"储济仓发生了械斗，是不是？"

张居正一边走向自己的值房，一边问道。王篆跟在屁股后头，有些吃惊地说：

"噢，首辅已经知道了？"

张居正头也不回，说道："东厂的消息比你的还要快哪。说说，究竟是为何事？"

"还不是为胡椒、苏木折俸！"

"果然是为这个！"张居正心下一沉，不禁想起了几天前发生的一件事情。

那天,新任户部尚书王国光来内阁拜谒,叙茶时,张居正说道:

"汝观兄,听说你这位大司徒到职之后,户部衙门面貌焕然一新。当此新旧交替之际,许多衙门差不多都瘫痪了,官员们一心都在窥测风向,根本没心思做事。户部却不然,各司职部门清账的清账,盘库的盘库,催缴的催缴,倒比过去忙了几倍。没有老兄的掌握,这种局面是不可能出现的。"

"首辅大人如此称扬,着实令卑职惭愧。"王国光又是摆手又是摇头,眼神里虽透着自信,说话的口气却很谦逊。

这王国光看上去五十挂边的年纪,身材偏高,虽然发福肚子微腆却不显得臃肿,两颊丰满,鼻隼高耸有肉,五官四窦都生得得体,一看就是一个大富大贵的上乘之相。他是嘉靖二十三年的进士,金榜题名比张居正早了三年。隆庆四年,他从南京刑部尚书任上调任北京户部尚书,但并不到部任职,只是挂此头衔,实际的职责是总督天下仓场。这次张居正让他取代张守直到部履职,级别并没有提,只是事权加重。他是河南府阳城县人,按理与高拱也算大半个老乡,但感情上却更亲近于张居正。这皆因二十年前,张居正任翰林院编修、王国光任吏部文选司郎中期间,两人都恃才傲物,在京城的年轻官员中都算是出类拔萃的人物。两人声气相求结为密友,对当时权倾天下气势熏天的严嵩颇有微词。他们的形迹很快受到次辅徐阶的注意,这个状元郎出身的阁臣便把他们延揽到门下,教会他们政治上的隐忍之术,因此这两个甫入仕途的愣头青才得以保存下来,并在隆庆一朝徐阶任首辅时得到提拔重用,成为朝廷的栋梁之臣。两人既都成了徐阶的弟子,政见相同又兼着同门之谊,感情自是非同一般。这回张居正力荐王国光出掌户部,还惹出不少风言风语,说张居正怀私罔上任用私党。期间两人曾见过几次面,张居正对此始终不吭一声。仅这一点,就让王国光心存感激,整顿户部开创新局也就格外卖力。这会儿,坐在张居正的值

房里,王国光接着说道:

"户部掌握着全国的财政,究竟如何才能给皇上当好掌柜的,这里头名堂大得很。我到部还不到一个月,已摸到一些情况,看到一些弊病,正琢磨着如何革故鼎新,扎扎实实地做出几件事来。因思路还没有理顺,故不忙向你首辅汇报。方才咱已讲过,今天,有急事向首辅禀告。"

"究竟何事?"

"国库的银子已经告罄。"

"啊?高拱离任前,不是说还有四十万两吗?"

"四十万两,哼,那是张守直说的假话。"王国光悻悻然说道,"这几日,所有账目都已查证核实,国库里实只有二十万两银子,所谓四十万两,是把高拱答应多给殷正茂的那二十万两银子也算在内。可是,这笔银子已划出去三个多月了。"

听了这席话,张居正马上想到了朱衡。他登门拜见这犟老头子,请他继续留任工部尚书一职,朱衡二话不说,只提一个条件,必须近期内将二十万两银子的潮白河工程款如数拨付,张居正出于无奈答应了他。于是张居正接着问:

"潮白河二十万两银子的工程款,划拨了吗?"

"早划拨了,"王国光愤愤地说,"朱衡是个牛脾气,这笔钱不给,他就又会闹着去敲登闻鼓,只好给他。他不闹了,我这里也就灯枯油尽。堂堂一个户部尚书,口袋里竟抠不出一两银子,国朝两百年来,实在是前无古人哪!"

王国光一番感叹,让张居正听了心酸,他下意识地伸出手指梳理着长须,问道:"汝观,总还有一些银子的进项吧?"

"有是有,年初,户部十三司会同有关衙门一起核定,今年全国应该征收的赋税是二百七十万两银子,但全年各项开支却须得银两四百余万,这还不包括先帝宾天与新皇帝登基这些意外的大笔开支,总之是寅吃卯粮,入不敷出。"

"不是说还有历年积欠吗？这个数目是多少？"

"五百多万。"王国光伸出一只手来晃了晃,接着叹道,"这还仅仅只是隆庆二年以来的积欠,如果这笔钱收起来,我们就不会如此捉襟见肘,作无米之叹了。"

"汝观,我看催收积欠是户部的重中之重,在这件事上你要多动脑筋。"

"咱已经想好了主意,第一步,把全国十大权关的征税御史全都换掉,换上年轻肯干愿意为国分忧的官员。这是个大事,过两天咱专门再来请示。"

"今天为何不商议呢？"张居正性急地问。

"今天有比这更急的事情。"

"啊？"

"叔大,后天是啥日子？"

"七月二十。"张居正脱口答道,他不懂王国光葫芦里究竟装的什么药,不解地问,"你问这个干什么？"

王国光嘴一咧想笑,却又笑不出来,只是干扯了扯嘴角,善意讥道:"你是官当得太大不做具体事,所以记不得了。再过几天是发放月俸的日子。京师的官吏,合起来有一两万人,每月应发放的本色俸银是十二万两银子,可是现在上哪儿去找这笔钱呢？"

"一点办法都想不出来吗？"张居正问。

"若还有一丝办法可想,咱就不会来啰唣你了。实在是山穷水尽啊!"王国光两手一摊,一脸苦相。

张居正这才感到事态严重,一个首辅上任的第一个月,京官就领不到俸银,这可真是屋漏偏遭连阴雨。张居正顿觉胸口堵得慌,嗓子也干得冒烟。趁他呷茶的工夫,王国光继续说道:

"千难万难打磨不开也就是这两个月,过了这两个月,咱就有办法了。"

张居正"嗯"了一声，犹自沉思着问："邻近州府的钞库中，也无银可调吗？"

"这个主意咱也想过，但行不通。"王国光伸手抹了抹鼻头渗出的细密汗珠，答道，"各省府的官吏俸禄，都从各省府的钞库支取。因多年赋税催缴不力，各省府钞库也大多入不敷出。你调他的银子，等于是夺了他一省官吏的俸禄，纵是省抚答应，底下的官员也不答应。如此扯来扯去，半个月也不得下地。这边的事情解决不了，那边又捅出个新的马蜂窝。"

"找京城富商临时挪借呢？"

"这更使不得。一是有失皇朝体面，载诸史册，必遭后人唾弃。二是你莫看官员们平常爱财如命，你若告知本月的俸银是从商人处告借得来的，马上就会舆论沸腾。那些自诩为孔圣人嫡传弟子的朝廷命官，这会儿就会个个都成了耻食周粟的叔齐伯夷，觉得自己蒙受了奇耻大辱。弹劾咱们的各种奏折也就会纷纷涌至内廷，这不是没事找事吗？"

"那么，就临时拖欠一月。"

"欠也不能欠，你这首辅上任第一个月，就拖欠官员的俸银，叫人家怎么看你？"

张居正急了，嚷道："这也不行，那也不行，活人难道叫尿憋死不成？"

王国光迎着张居正的目光，说："咱倒有个馊主意。"

"请讲。"

"本月的折色银，全部改用实物折俸。"

"实物，什么实物？"

王国光徐徐说道："户部管理的国库，在京城也有二十几处。除了钞库空空如也，余剩各库倒都是满登登的，累年各府州县纳缴的实物,从纸笔墨砚锣鼓铙钹,到炭米油盐竹木藤漆,可谓应有尽有,统计下来,大约有七百多个品种。这些东西本来是供朝廷日常用度,但入缴数量太多,用也用不完。有些物品因入库时间太久,还发生霉烂变质,每年各司库呈报的损耗最低也是好几十万两银子。依愚职之见,干脆选出几样库存实物,折价作为官吏们的俸银发放,这样既解决了库存压力,又解决了俸银,这无招之招,也算是两全其美。"

"这主意不错,"张居正笑道,"好你个王国光,口口声声说一点法子都没有了,原来是在卖关子。"

"咱不是说过吗,这是无招之招,是馊主意。"

张居正伸手摩挲着额头,冷静思考后,又说:"这件事执行起来,恐怕还会有阻力,仆坐在这个首辅位子上,该有多少官员不满,他们鸡蛋里寻骨头,想找碴子的人多的是,因此我们做任何一件事,都得把前因后果仔细思量一番。实物折俸,好像国朝已有先例,待会儿我让书办查查。"

"不用查了,咱记得。成化五年,御史李监受命清查内库,见各库纻丝绫罗褐缯布帛衣衾褥,以及书画几案铜锡瓷木诸器皿,皆委诸积尘日久腐坏,因此上疏请充俸钞。皇上批旨允行。"

王国光从容道来,凡涉及国家财政,事无巨细孰论古今,他都不假书簿对答如流。仅此一点,就让张居正心里感到踏实,他暗自庆幸举荐得人,并由此感叹:官场中,像王国光这样的明白人实在太少。

"汝观,既有先朝实例,这件事做起来就有据可依了。"张居正眼神里重又恢复了自信,"只是究竟用何等实物折俸,还须详议。"

"这个,咱也想好了。"王国光立即答道,"就用胡椒、苏木,一是这两样物品国库收藏甚丰,足够供应;二来,胡椒、苏木历来由榷场专营,民间不许散卖,因此,拿它们折俸,官员们很容易就能变现。"

王国光什么事都想得很细，倒让张居正觉得自己的思虑都是多余。不过，他仍免不了嘱咐：

"既如此，这件事就按你的思路办理。仆虽不谙市情，但也约略知道胡椒、苏木历来估价不菲，因此在折俸时，还望汝观不要太抠，多给官员们让一点利。"

"这个不用首辅操心，愚职自会办理。"

"还有，为慎重起见，你将此事写成折子呈奏皇上，以求准旨。"

"折子已拟好了，请首辅过目。"

王国光说着就从袖筒里抽出奏折递上，张居正接过笑道："汝观，原来你是蓄谋既久啊！"

走进值房，张居正收回思绪，跟着进来的王篆，刚落座就把储济仓发生的事情备细讲了。却说章大郎撒野不到半个时辰，王篆就闻讯率兵赶到现场，其时械斗已经停止。章大郎听说王崧死了，心中发虚，也知道天子脚下闹事儿不是好玩的，便脚底抹油开溜了。但储济仓门前依然是人山人海挤得水泄不通，看热闹的领折俸的混杂一起。由于这样一闹腾，原本就有怨气的军爷们，这一下更是火上浇油。尽管领头的章大郎走了，他们却没有稀松下来。只见这个挽袖捏拳头，那个捅娘骂老子，你上蹿下跳惟恐天下不乱，我乌头黑脸赛似活阎王。看见王篆率了兵马前来弹压，他们也毫不害怕——皆因他们自恃都是簪缨贵胄，谅王篆也不敢把他们怎么的。这时，正好王国光的八人大轿抬了来，立刻就遭到军爷们的围攻谩骂。有的人朝他啐口水吐唾沫，有的人朝他扔石块，慌乱中，不知是谁的一块石头击中了他的额头，顿时血流如注。王国光本是得了传信后马不停蹄赶来处理问题的，没想到一下轿还来不及说上一句话，就又挨骂又挨打，军爷们恨不得生吞了他。亏得王篆拼死相救，把他塞回大轿，在巡警的簇拥下离开储济仓，不然的话,很难说他会不会成为王崧第二。

听着王篆的汇报,张居正心里头一抽一抽的,手心里全是冷汗。王篆话音一落,他立即问道:

"储济仓那边,现在怎么样了?"

王篆答道:"卑职一看情况不对头,就下令关了大门,暂停给付,并增加了保卫的兵士。"

"闹事的武官,究竟有哪些?"

"在场的都闹了,跳得凶的,也有十几个。"

"那个挑头的章大郎,抓了没有?"

"这个……"

王篆欲言又止。张居正盯着他,厉声问道:

"怎么了?"

"这个章大郎,是个有背景的人,他的舅舅,就是如今的乾清宫总管太监邱得用。"

"哦,原来有这一层。"

张居正眼中火花熠然一闪,脑中迅速浮现出一张总是笑眯眯的脸来,这就是邱得用。此人平常从不多言多语,但做事很有分寸,因此极得李太后的赏识。张居正没想到,章大郎竟是他的外甥,立时感到这事棘手。若抓捕章大郎,必然会得罪邱得用;若不抓,那些不明事体专扯牛筋的军爷们还会寻衅闹事。张居正顿时陷入两难之中,半晌没有说话。

善于察言观色的王篆,这时望了望门外,压低了声音悄悄说道:"首辅,依卑职看,干脆放这章大郎一马,给邱得用一个人情。"

"混账!"张居正脸色铁青,一拍桌子骂道,"这话是你说的?大是大非的事情,岂容拿来做交易!"

王篆本以为揣摩对了张居正的心思,没想到搔痒搔错了地方,招来一顿臭骂,顿时脸红到耳根,坐在那里局促不安。张居正瞟了他一眼，又问：

"章大郎现在何处？"

"从储济仓走后，这家伙一头钻进北镇抚司衙门，就不见出来。"

"这个硬头钉子，一定得拔掉。"张居正咬着腮帮子说道，"你现在就去，务必把章大郎抓捕归案。"

"卑职遵命。"王篆答应得爽快，可就是不挪身子。

"去呀！"张居正催促。

王篆看着张居正的脸色，小心翼翼地答道：

"首辅，北镇抚司是锦衣卫衙门，那儿直接归皇上管辖，没有请得圣旨，卑职这个巡城御史，就无权进去抓人。"

王篆说的是实情。张居正听了，做了一个不耐烦的手势，决然说道：

"到皇上那里请旨，不是三两个时辰就办得下来的，况且，你也说过，这中间还有一个邱得用，请不请得动圣旨还是一个问题。我的意思，是要抢先下手，只要把章大郎抓到，怎么处理，主动权就在咱们的手上，这个道理难道你不懂？"

王篆猴儿精，听得出张居正对他讲的是心腹之话，连忙答道：

"经首辅这一点拨，卑职明白了。我这就派人到北镇抚司候着，只要章大郎一露面，立马就把他逮住。"

"他若不出来呢？"

"咱就等。"

"等不得，等过了今天，黄花菜都凉了。你必须设法把他骗出来。"

"骗？"王篆眼珠子一骨碌，对首辅话中的"玄机"心领神会，笑道，"请首辅放心，卑职一定把这件事办好。"

王篆一走，已是中午，张居正胡乱吃了一点东西。按习惯，午饭后他一定得眯一会儿，可是今天他无论如何都睡不着。储济仓事件的发生，搅得他六神不安，思绪驳杂。上任首辅这一个多月，顺心事少烦心事多。单是财政困难倒没有什么，主要是人事上的纠葛。他隐约感到暗中总有一股势力在与他较劲。高拱人虽走，但他数年经营提拔的官员多半都还在各大衙门担任要职。这些人明着不说什么，见了面点头哈腰作揖打躬，好像一切都很平静，其实，这些人是用"软磨"代替"硬抗"。这样一来，各衙门都处在半瘫痪状态。政府机构中最最重要的六部，虽然大都更换了堂官，但事繁权重的各司郎官却不肯配合，局势不但没有起色，反而比高拱在位时更糟。近几天来，张居正强烈地感到，自己虽然得到了首辅之位，实际上并没有得到首辅之权，凡所提倡少有回应，一个柄国大臣，上演的竟是自弹自唱的"独角戏"。今天上午，他郑重向皇上提出京察，原就是为了恢复高拱在位时那种一呼百应的局面。可是，天有不测风云，京察还没有开始，胡椒、苏木折俸却出了大事，不但发生了械斗，还出了人命……

　　张居正慎重思虑反复推想，觉得武官们闹事并不是偶然，保不准背后有人怂恿。有些人就是想浑水摸鱼把事情闹大，若不能及时把局势控制住，听任官员们的不满情绪蔓延开来，最终所有的矛头必定都会对准他这个新任的首辅。众口铄金金必销之，众人推墙墙必倒之。张居正意识到这一点，顿时不寒而栗。有那么一刹那间，他甚至怀疑当初支持王国光做出胡椒、苏木折俸这一决策是否妥当，但很快这念头就熄灭了，吃后悔药并不符合他的个性，何况国库空虚也没有别的选择。思虑了一番，张居正眼里重又射出那种逼人的锋芒，他用手捏着鼻翼提了一会儿神，然后朝门外威严地喊了一声：

　　"来人！"

　　"卑职在。"

书办姚旷应声入内。张居正朝他扫了一眼,说道:"传示兵部、刑部两位尚书,到内阁会揖。"

第 四 回

动贼心思擒拿凶犯　灌迷魂药智骗中官

下午时分,两乘四人抬轿子一前一后进了北镇抚司的轿厅。前轿里下来的一个人,五十岁左右年纪,一张大圆脸,两道又疏又淡的眉毛下,嵌了一双总是半闭半睁的雁眼。他穿了一件大红妆花过肩云蟒绸质地的贴里襕衫——这一款的云蟒绸产自杭州,一匹值银五十两——单从这件衫衣就可以看出其人身份高贵。他便是如今名动京师的巨珰,乾清宫管事牌子邱得用。后一乘轿子里下来的也是一名太监,叫廖均,是惜薪司掌印太监。凡供应宫内柴炭,疏浚宫内沟渠,安排节日彩妆一应杂事,皆为惜薪司职责范围。这样两个人,为何邀齐了来到北镇抚司衙门,说起来这里头还有故事可言。

却说王篆从内阁出来,一门心思想着如何能把章大郎抓捕。请不来圣旨,他是不能够进北镇抚司衙门抓人的,惟一的办法就是把章大郎骗出来。既然闹出了命案,章大郎也知道闯了大祸,轻易不会走出北镇抚司大门,思来想去,能让他出来的人,只有他的舅舅邱得用了。但要让邱得用心甘情愿钻这道烟筒,却也并非易事。首先,得找一个邱得用信任的人传递消息。王篆想破了脑瓜子,才想到一个人,这就是惜薪司掌印太监廖均。

惜薪司属于大内二十四监局之一,其管辖的几个炭厂柴厂均在北京城中,因为涉及到这几个厂子的治安保卫,所以王篆与廖均有了联系,交往既久,也产生了一些友谊。譬如说,王篆每年都会帮着廖均偷偷卖一些大内专用的红箩炭或御膳房专用的片儿柴，赚上一笔昧心银子。这中间自然也少不了王篆的好处。这种换背搔痒的事做多了，两人自然就成了"哥儿们"。邱得用任乾清宫管事牌子后，廖均曾私下对王篆讲过邱得用是和他一起净身入宫的"同年"，几十年相处下来，关系极为融洽。他要介绍王篆与邱得用认识，让邱得用得便帮着他在李太后面前美言，王篆点头应允，只是因为忙，才把这事儿搁下了。现在他决定走一步险棋，让廖均去找邱得用。于是派人去找廖均，扯了个治安上的由头，让廖均速来红箩炭厂旁边的一家茶馆里相见。

大约过了大半个时辰，廖均乘轿前来，王篆早就要了一间清静雅室坐等，见他来了，起身打一躬，问道：

"廖公公，是否用过午膳？"

"用过了。"

"那就看茶。"

王篆吩咐堂倌摆上几样茶点，沏了一壶朱兰窖出的太湖碧螺春。廖均端起杯子来，觉得太烫，又放下了，问道：

"王大人，你猴急马急地找咱来，究竟有何事？"

"这真是个火上房的急事……"

说了个半截子话，王篆便停了。他这是故意卖关子，吊廖均的胃口。廖均果然急了，忙不迭地追问：

"有人在红箩炭厂挖洞，偷炭了？"

王篆摇摇头。

"那，管厂的牌子作奸自盗？"

王篆还是摇头，廖均嘴一瘪，尖着嗓子嚷道："我的天，你这是让咱猜灯谜呀！"

王篆勉强一笑，旋即又绷紧了脸，压低声音问道："廖公公，你与乾清宫总管邱公公的交情究竟怎样？"

"好哇！昨儿个晚上，咱俩还在一起喝酒哪。"廖均一摸光溜溜的下巴，惊诧道，"咦，你怎么突然问起这个来？"

王篆朝前凑凑身子，声音压得更低了：

"邱公公可是出了大事。"

廖均心猛然一缩，端起的茶杯又放下了，问道："什么大事？"

"今天上午储济仓里发生的事，你可知道？"

"知道，不就是因为胡椒、苏木折俸的事，几个老军门吵嚷着闹事么？这与邱公公有何相干？"

"你知道带头闹事儿的是谁？"

"不知道。"

"我告诉你吧，就是邱公公的外甥，那个北镇抚司的粮秣官章大郎。"

"是他？"廖均惊得一吐舌头，旋即又道，"军爷们闹事，隔三岔五就有发生，这算是什么大事？"

"可是，这次出了人命。章大郎追打户部观政金学曾，储济仓大使王崧上去解劝，被章大郎一掌推跌在地，摔碎了后脑骨，当时就口吐白沫，一命呜呼了。"

"这么说，章大郎犯了命案？"

"正是。"

"这就算是个大麻烦事了！"廖均双眉紧锁，叹着气问，"如今这章大郎在哪里？"

"在北镇抚司衙门。"

"藏在那儿，谁敢把他怎么样？"

"廖公公此话差矣，"王篆小眼睛一眨，琢磨着说，"我知道廖公公心里头是怎么想的，第一，锦衣卫由皇上直接管辖，没有皇上旨意，任何衙门也不能进镇抚司抓人；第二，章大郎是邱公公的外甥，邱公公跟随李太后多年，深得信任，冲着这层关系，别人也不敢把章大郎怎么的。"

见点着了实处,廖均不自然地笑了笑,答道:"王大人既然说出了这两个理儿,那还有何担心的。"

"这两个理儿若放在平常,兴许还算是一道挡箭牌子,但放在眼下这局势,是一点作用都不起。"

"为何?"

"就为朝局的稳定,"王篆欲擒故纵,始终控制着说话的节奏,"你想想,小皇上登基刚刚两个月,宫里头主事儿的是李太后。户部提出胡椒、苏木折俸,小皇上下旨允行。这明里是小皇上的意思,其实,还不是李太后在后头当家?这个章大郎不识时务带头闹事,如果把这件事儿捅到皇太后那里,你说皇太后会怎么想?一个朝廷命官活活死在章大郎的手下,这事儿已是犯了众怒。如果科道言官一起上章弹劾,李太后就是有心袒护,恐怕也得顾忌朝廷的体面。何况《大诰》上白纸黑字写着:杀人者偿命。李太后哪怕是做样子给大臣看,也得把章大郎抓进大牢。只要章大郎一犯事,邱公公那一头还不知道会担什么干系。李太后若果真要树立个清正廉明的形象,保不准还会拿邱公公开刀呢。"

王篆歪理正理一起摆,真话假话掺着说,廖均果然上了他的圈套,这时候才真正意识到问题的严重性,不由得睁大眼睛,焦急地说道:

"依王大人这么一说,邱公公果然难逃一灾,这才真是叫人在家中坐,祸从天上来。"

"可不是,人有旦夕祸福,此言不虚也。"王篆接着又补了一句,"听说刑部已下了驾帖,要把章大郎捉拿归案。"

廖均一听,愣了。国朝体制:凡缉拿罪犯(不管是大臣还是百姓),须得由刑部开出驾帖。拿了驾帖抓人,如果反抗,格杀勿论。这么快就开出了驾帖,可见事态严重到何种程度。

"邱公公是个好人,这下惨了。"

廖均替朋友担心,连连叹气。王篆看在眼里,喜在心中,趁机说道:

"我倒有个主意,可以帮邱公公渡过难关。"

"啊?"

廖均眸子一闪,巴巴地望着王篆。

"这事儿的关键是章大郎,当前最要紧的,就是不要让刑部逮着章大郎。"

"让章大郎躲在北镇抚司里不要出来。"

"这哪儿成?"王篆的头摇得货郎鼓似的,"廖公公你应该知道,锦衣卫都督朱希孝是个胆小怕事的人,刑部来要人他可以不给,若是李太后开了口,他敢不给?"

"这倒也是,那,王大人你还有何妙计?"

"让章大郎藏起来,藏得严严实实的,让他们找不着。"王篆眼中闪着贼亮的光,狡黠地说道,"再大的事也是一阵风,一年半载风头过了,大臣们的情绪也平息了,到那时章大郎再出来,保准就没事。"

廖均想了想,点头答道:"王大人言之有理,只是往哪儿藏呢?再说,你不是说刑部下了驾帖吗?章大郎一出北镇抚司,岂不是自投罗网?"

王篆一笑,拈了一粒盐水花生嚼着,饶有深意地说道:"天网恢恢,疏而不漏,那是一句屁话,再密的网,也能找着地方钻出去。"

"啊?请王大人开示明白些。"

王篆便把脑袋凑过去,同廖均咬了一会儿耳朵。廖均觉得王篆的计策可行,于是一击桌子,兴奋地说:

"咱看也只能这么办了。待事成后,咱让邱公公摆一席酒,好生答谢你。"

"答谢不敢,廖公公,你千万不可在邱公公面前露半字口风,说这主意是我出的。"

"这又是为何?"

"事涉朝廷机密,一旦让人知道了,本官就是跳到黄河也洗不清。"

"这倒也是,"廖均憬然而悟,"等这事儿平息了,再让邱公公报答你。"

王篆见廖均已是深信不疑,怕再说下去会露出破绽,便打住话头说:

"廖公公,事不宜迟,你还是去会邱公公,务必抢先一步,把章大郎安全转移。"

说罢,两人拱手而别。

廖均心急火燎赶回紫禁城,把邱得用请出乾清宫来通报商量。出了这么大的事,邱得用竟还蒙在鼓里什么都不知道。这也难怪,乾清宫是禁中之禁,门卫森严,除了司礼监太监能来这里,任什么人没有皇上的旨意是不得入内的。邱得用从小父母双亡,十二岁净身入宫前,一直与姐姐相依为命,手足之情十分深厚。这章大郎是姐姐的独苗,为了给他补这一个官,邱得用不知花了多少银子,费了多少心思。一家人都指着他升官荫子光耀门庭。如今突然出了这么一件事,无异于晴天霹雳,震得邱得用半响说不出话来。廖均在一旁催促:

"邱爷,这事儿再磨蹭不得,救人要紧。"

邱得用哭丧着脸,问道:"依廖爷之见,咱那不成器的外甥,果能解救?"

"死马当作活马医,不妨试试。"

"那,咱们就去吧。"

　　邱得用寻了个由头回乾清宫请了两个时辰的假,然后与廖均坐两乘大内专用的四人抬杏黄轿如飞地出了紫禁城,不消片刻就到了北镇抚司衙门。

　　锦衣卫与东厂,都是独立于政府之外,由皇上直接控制的两大警治特务组织。锦衣卫历来由世袭勋爵掌管。它的职能一分为二,一是宫廷禁卫、大朝仪仗等;二是负责监视大臣,缉捕廷杖犯罪臣工。因此它也设了一座大狱,即镇抚司狱。京城中有三大狱,分属刑部、东厂和锦衣卫北镇抚司,三家刑治机构功能虽有重叠,但大略也有分工:盗匪奸杀等民案,由刑部管辖;涉及宦官及公门中人犯罪,由东厂管辖;凡大臣谋反弑逆或忤犯皇上,则由锦衣卫缉拿。所以说,镇抚司狱也称"诏狱"。三座大狱,用刑最酷者,东厂与北镇抚司可以并称。有时,北镇抚司甚至还超过东厂。小老百姓,说起刑部无不骇然变色,而达官显宦,对东厂与北镇抚司则避之如虎。这两个机构互为表里,被皇上视为心肋。因此,这北镇抚司虽只是个三品衙门,但在京师人的眼中,却是个充满血腥威到极致的地方,再急的事,路过这里也得绕个道儿。正因为如此,章大郎才敢仗势欺人胡作非为。

　　邱得用的轿子刚在轿厅停稳,早有人通报了进去,挂都指挥金事职衔的北镇抚司堂官林从龙赶紧出来迎接。邱得用心里急得猫儿抓要见章大郎,却又不得不先与林从龙敷衍几句。他跟着林从龙进了花厅,坐下说道:

　　"林镇抚,咱那不肖的外甥这次给您惹了麻烦,心里头甚是不安。"

　　"邱公公说哪里话,"林从龙一副满不在乎的神气,"章大郎做错啥事儿了,不错,死了一个九品的守仓大使王崧,可是,那也不是章大郎故意弄死他的。再说,胡椒、苏木折俸,是个什么鸟章程?咱们这些军爷,肚子没那么多弯弯绕,心里头不满,口中就要骂,邱公公你说是不是？"

"是是，"邱公公对林从龙的态度虽然心存感激，但又觉得他不识大局，于是说道，"多谢林镇抚的关心。章大郎现在在哪？"

"在后院僻房里，邱公公你放心，本镇抚已把他藏得好好的，任何人也拿不走他。"

"啊，"邱得用听了这句话一愣怔，拿眼瞅着廖均，犹豫着问，"廖公公，你看？"

廖均知道邱得用轻信了林从龙的话，但他觉得林从龙牛皮烘烘，有些靠不住，便委婉地说道：

"要不，咱们先去看看大郎再说。"

"好吧。"

邱得用答应。林从龙便要陪同他们一起去章大郎处，邱得用一再辞谢，林从龙只得派了一个衙役给他们领路。

这北镇抚司的后院，就是那座名震京师戒备森严的诏狱。衙役把两位公公领进大狱，三弯九转，来到一座极为隐蔽的小院，这里岗哨密布，本是关押犯罪的贵族勋戚王公大臣等特殊人犯的地方，像前朝被弃市的兵部尚书于谦、首辅夏言等，犯事后就被关押在这里。近些年没有这样的大臣要案发生，故这座小院一直空着。上午章大郎逃回北镇抚司后，林从龙便把他安排在这里避风。

邱得用一行走进小院时，章大郎正在一间牢房里吃酒。这牢房原本空空的就一张炕，临时搬了些桌椅进来，如今桌上摆满了酒菜，还不知从哪儿弄了两个粉面姑娘，一边一个把章大郎夹在中间，传杯递盏打情打俏地寻欢作乐。邱得用走到牢房门口，只听得里面嚷道：

"喝呀，章爷。"一个娇滴滴的女子声音。

"再、再喝不得、得了，再喝，就、就醉、醉了。"章大郎的舌头已经僵了。

"哟,醉了才好,醉了才是个真男人。"

"是吗?那咱章爷就、就、再醉、醉一回。"

里头正这么闹腾着,房门突然哐啷一声被推开。邱得用乌头黑脸闯进来,也不等章大郎反应,就跨步上前重重地捆了他两个耳光。

"你,你是什么人,竟敢打、打……"

章大郎跳将起来,一声怒骂,但"老子"二字还未说出口,人就定在那儿了,伸出去的一只醋钵样的拳头也缩了回来,脸臊臊地问了一声:

"舅舅,你咋来了?"

"孽畜,你还有心思在这里寻欢作乐!"

邱得用眼见这么个不争气的外甥,气得身子打颤。章大郎虽然蛮横得如一头犟牛,但见了舅舅,犹如老鼠见了猫。见平日里弥勒佛一样的舅舅突然发怒,他声都不敢出,酒意也吓醒了大半,他朝两位姑娘努努嘴,示意她们出去。

两个姑娘悄没声儿刚溜出去,章大郎就搬过两把椅子请舅舅和廖均入座。邱得用指着廖均介绍:

"这是廖公公,你喊叔。"

"廖叔。"章大郎觍着脸喊道。

"上午你干的好事,"邱得用又骂开了,"胡椒、苏木折俸,又不是你一个衙门,你伸什么头?"

"舅舅,这事可怨不得咱,"章大郎辩解道,"你不晓得那个户部观政金学曾做事多么气人。"

"气人,气人又怎样?"邱得用没好气地数落,"忍得一时之气,免得百日之忧,这是古训!"

廖均怕舅甥两人这么争下去白耽误工夫,在一旁提醒道:

"邱爷,时候不早了。"

"哦,"邱得用一拍脑瓜子,对章大郎说,"你闹出了人命案,听说刑部已下了驾帖要抓你。"

"怕个屁,"章大郎蛮横劲又上来了,"咱待在这里,谁敢进来抓我?"

方才林从龙说过类似的话,邱得用本已产生了犹豫,见到章大郎在这种时候仍然肆无忌惮地寻欢作乐,更觉得北镇抚司衙风不正,担心章大郎藏在这里还会弄出新的事情来,于是铁了心要把章大郎带走,斥道:

"你小子别张狂,北镇抚司再厉害,也是皇上脚下的一只蚂蚁。刑部的人拿了驾帖进不来,拿了皇上的旨意,进不进得来? 嗯?"

章大郎心中就指望舅舅这个靠山,如今这靠山既然这样说话,他顿时就抽了一口冷气,嗫嚅着问:

"舅舅,你不是李太后跟前的第一大红人么?"

"呸,什么第一大第二大的,"邱得用狠狠地瞪了章大郎一眼,"你问问廖叔,舅舅在紫禁城待了几十年,哪一天不是夹着尾巴做人?"

"是啊,大郎,你舅舅平时紧开口、慢开言,见了是非躲得远远的,你这事儿出来,对你舅舅影响不小哪。"

"那,那怎么办?"

"现在,你就跟我走。"

邱得用说着就起身,章大郎问:

"去哪儿?"

"去你廖叔处,他管着的红箩炭厂,隐蔽得很,没人往那里去。"

廖均连忙插进来说:"是啊,咱那里头当值的都是内侍,与外头世界不相干,大郎去了那里管保没事。"

"可是,咱出不去啊!"章大郎两手一摊。

"这个咱与你舅舅商量好了,"廖均说,"你就坐我的轿子,咱们大内抬出来的轿子,没有人敢盘查的。"

"廖叔,你呢?"

"你放心,咱另外安排了一乘。"

"舅舅,那咱们走?"

"走!"邱得用坚决地回答,又对廖均说,"廖爷,咱带着大郎先走,麻烦你去和林镇抚打个招呼,要他千万不要对人说咱来过这里。"

"好嘞,邱爷你放心去,咱会赶在你前头先到红箩炭厂。"

顷刻,章大郎跟着邱得用来到前院轿厅登轿起程。出了北镇抚司衙门,邱得用特意掀开轿帘朝外瞧了瞧,只见街面上清寂寡静连个人影儿都没有,他连忙跺了跺轿底板,吩咐道:

"快,去红箩炭厂。"

北镇抚司与红箩炭厂都在东城区,大约只隔七八条巷子,若走得快,小半个时辰都花不了。这大内的轿班训练有素,把个轿子抬得又快又稳,不知不觉已穿过了六条巷子,再过一条约半里路长的纸马巷,就到了红箩炭厂。眼看快到了目的地,邱得用一直紧缩的心才慢慢松弛,刚说揉揉疲乏的眼睛,忽然听得身后传来吵闹声,他掀开轿帘扭头一看,只见后头的那乘轿子被一群皂隶围着了。他心里一急,大呼一声:"停轿!"

轿子还未停稳,邱得用早跳将下来朝后头奔去,只见那伙人正掀开轿门,把章大郎从里头揪了出来。

"住手!"

邱得用尖着嗓子大喊一声。那伙人见是个衣着华贵的老公公,愣怔了一下,其中一位黑靴小校瞅了邱得用一眼,命令众差人道:

"不要管,先把人犯捆了!"

说话时,邱得用已跑到跟前,把一双雁眼睁得大大的看着小

校,气喘吁吁地说:

"你们是哪个衙门的?"

小校亮了亮腰牌,答道:"刑部的。"

"你知道咱是谁?"邱公公又问。

"不知道。"小校装蒜。

"不知道咱是谁,这轿子你总该认识吧?"

"认识,是大内二十四监局的掌印公公们坐的。"

"既然知道,为什么还敢拦?"

"因为这轿子里坐的不是公公,而是咱们要抓的人犯。"

"谁说他是人犯?"

"这个咱不知道,小的只是奉命行事,公公你看,咱这里有抓捕章大郎的驾帖。"

小校将一张盖有刑部关防的公文在邱得用跟前晃了晃,然后命令众皂隶:

"把人犯带走。"

早已被捆得结结实实的章大郎被众皂隶推推搡搡,要扭进另一乘两人抬的黑色小轿。

"舅舅救我——"

章大郎声嘶力竭地叫着。邱得用一时气极,也不知如何办好,眼睁睁地看着这伙人把章大郎硬塞进小轿,抬起来如飞地跑了,才挥舞着双手,歇斯底里地叫道:

"你们回来——"

黑色小轿早就没影了,只有邱得用干涩的喊声,在空荡荡的巷道里回响。

第 五 回

析时局大臣商策略　行巨贿主事为升官

　　整整一个下午,各衙门要紧官员走马灯一样在内阁穿进穿出。储济仓的械斗弄出了人命案,也算是惊动朝野的大事。俗话说,好事不出屋,恶事传千里。事儿出了不到两个时辰,满京城就传得沸沸扬扬。十之八九的京官,对胡椒、苏木折俸本来就有意见,只是慑于新任首辅的权势,敢怒而不敢言,章大郎这回挑头出来闹事,他们是求之不得。谨慎一点的,抱着黄鹤楼上看翻船——幸灾乐祸的态度;刁钻一点的,便借题发挥四处煽风点火,惟恐天下不乱。更有那些个惯于窥伺风向挖窟窿生蛆的人物,硬是耸着鼻子要从中嗅出个什么"味儿"来。他们很自然由章大郎想到邱得用,由邱得用想到李太后,这么连挂上去,就觉得这里头大有文章。"章大郎敢这么张狂,肯定是得了上方宝剑。"他们想当然得出这么个结论,由此更猜测上任才一个多月的首辅张居正肯定在什么地方得罪了李太后。顿时舆情对张居正极为不利。

　　面对这一团乱麻的局势,张居正尽管心情沉重,但却镇静如常。他是个绝顶聪明的人,就是不听衙署市坊的那些议论,单从前来谒见的那些官员的言谈举止中,也大致推断得出事态的严重性。要抓住牛鼻子而不要让人牵着鼻子走,一开始,他就在心里这么告诫自己,因此,当兵部尚书谭纶走进他的值房谒见时,他劈头就问:

　　"子理,你属下究竟有多少人参与了闹事?"

　　谭纶与王国光以及刑部尚书王之诰都是同年。谭纶是嘉靖朝霍然崛起的一名军事奇才,在东南抗倭及西北抗虏的各次战争中,立下赫赫战功。他麾下的俞大猷与戚继光,都成为了一代名将。张居正担任次辅期间分管军事,英雄惜英雄,故与谭纶结下了深厚友谊。一年前,谭纶从南京兵部尚书任上解甲归田,张居正担任首辅后,又举荐他重新出山执掌兵部堂印。因为是老朋友,张居正讲话也就不存客套。

谭纶身材魁梧,脸膛紫红,一看就是久历沙场之人。虽年过六十,仍身板硬朗,声如洪钟。面对张居正的逼问,他提着官袍从容坐定,答道:

"在储济仓前,跟着章大郎起哄斗殴的,实只有七人。"

"就这么几个人,能闹得山呼海啸?"

张居正的眼中射出两道寒光,他倒不是故意要给谭纶下马威,而是谈论紧要问题时的习惯使然。谭纶尽管不言而威,仍不免心中震惊,由此猜想张居正为何如此焦灼,他稍一思虑,答道:

"领头的就这几个人,但随着他们去的那些军曹马弁,还不是看长官眼色行事,跟着一起撒野。不过,请叔大兄放心,这事儿咱已经处置过了,谅再不会滋扰生事。"

"请问子理兄如何处置?"

"一听说发生了械斗,咱当即就把今日前往储济仓的各衙门将佐全部叫到兵部,一个一个查证落实。这些赳赳武夫,开头还跟咱发蹩。京西营的那位粮秣官,竟当众脱了官袍,赤袒着上身,让咱看他的刀伤、箭伤,细细数落他的战功。说他的五品官,是用多少瓢多少瓢的鲜血换来的。如今新皇上登极,不说多得几个赏银,却连少得可怜的几两俸银都拿不到,这怎能不叫人伤心,不叫人寒心。如果这时候国家战事再起,又有谁会再提着脑袋卖命?这些话问得确实在理……"

说到这里,谭纶长叹一声,轻抚长髯,神色极为严峻。张居正

静静地注视着他,心里头忽然涌起一股酸楚,说道:

"收揽人心的事,谁不想做? 只是国家财政已到了山穷水尽的地步,胡椒、苏木折俸,实在是不得已的举措。"

谭纶咽了一口唾液,斟酌字句答道:"叔大兄的为难,咱十分理解,这叫前人作祸,后人受过。只是这些行伍出身的人不明事体,跟他们讲道理等于是对牛弹琴。"

"那你究竟如何处置?"张居正追问。

"先打下他们的气焰。"谭纶苦笑了笑,摆出一副无可奈何的样子说道,"那个粮秣官不是摆谱么,咱谭某虽是进士出身,书生一个,但大小战阵也经历了数十次。在榆林堡对瓦剌一仗,因坐骑中箭掀倒在地,左大腿被虏将搠了个对心穿,幸亏护卫将士及时赶来营救,才不至于横死沙场。因此,咱也当众撩起裤管,让他们看看咱的伤疤。"

说着,谭纶又情不自禁捋起裤腿,伸出大胯给张居正看,只见接近大腿根部处,有一茶盅口大的伤疤,闪着暗红的幽光。张居正也是第一次看到,不由得感慨道:

"有道是秀才遇上兵,有理说不清,子理兄若不是有这块伤疤,恐怕就制服不了这群犟牛。"

"这倒是实话,但这些将佐都是直肠子,虽然闹事不对,却也有情可原。"

"啊?"

听谭纶口风不对,张居正感到惊诧。谭纶继续说道:

"这些武将,对文官历来是又恨又怕。常言道,一年清知府,十万雪花银。可见文官若要贪墨,路子野得很。武官却不一样,除了极少数辕帅军门可以吃空额玩点猫腻,大多数将佐常年无银钱过手,想贪墨也没有机会。就是沙场厮杀打了胜仗,皇上封赏,大头也都被那些随军督战的文官拿走,而真正一刀一枪对阵叫杀的将士所得封赏少得可怜,这叫文官吃肉,武官喝汤。所以说,每月的月俸银,对于文官来说不算什么,对于武官却是养家餬口的活命钱。这次苏木、胡椒折俸,京师文武官员同等对待,叔大兄啊,咱俩关起门来说话,此举有些欠妥。"

谭纶一番话语重心长,既动情又在理,张居正虽觉得不对路子,又不便反驳。正踌躇间,书办来报,说是刑部尚书王之诰已到。张居正吩咐请他进来。

少顷,只见一位年过五十身材偏瘦神情优雅的官员挑了门帘走进值房。这便是张居正的老乡加姻亲,刑部尚书王之诰。他也是素有名望的大臣,多年担任统率三军的边关总督,后来又接替谭纶当了一年的南京兵部尚书,这次张居正"内举不避亲",又推荐他出任刑部尚书。他一进来,看见谭纶已坐在里头,两人是同年,且又是多年朋友,故先与他打躬,然后才与张居正叙礼,说道:

"首辅与子理兄还有话要谈,要不,我暂且回避,等会儿再进来?"

"告若兄请坐。"张居正指了指谭纶对面的黄梨木椅子,说道,"储济仓的事情你也知道了,仆与子理兄正在商量如何处置闹事武臣,你也当了多年的三军统帅,或许有好的建议。"

接了张居正的话,谭纶也说:"告若兄,你素有智多星之称,首辅说得对,现在,你得帮老哥一把。"

王之诰"嗯"了一声算是作答。在他听来两人说的都是客套话,即便是真的,他也不会提什么建议。第一,他明白储济仓械斗事件的严重性,这些军爷武夫们是在向新任首辅的权威挑战。在高拱手上,发生的事件诸如裁抑军员等,比之胡椒、苏木折俸要严重得多,也不见哪位官员敢跳出来闹事。单从这一角度,张居正肯定会严惩肇事者。第二,对谭纶他也非常熟悉,这位老儒帅,历来享有"爱兵如子"的美誉。大凡他手下的将士,除了真正犯有国家大法难以保全外,他总是尽可能地加以保护。有此两点,他就知道这建议万万提不得。

"子理兄方才所言,句句是实,"见王之诰不肯做声,张居正又接着说道,"武臣职权与禄秩,这是国朝大政,虽有商榷之处,却也是牵一发而动全身的问题。譬如说事重权轻,隆庆四年仆就向皇上建议过要做改革。如今仆既当了首辅,更有责任做好这件事。这些都是后话,眼下最最要紧的是要处理储济仓的械斗事件,严惩肇事者。子理兄,你说呢?"

谭纶皱了皱眉,缓缓答道:"咱已经说过,这七位武臣再不会滋扰生事了。"

"何以见得?"

"咱已安抚了他们。"

"安抚?"骤然听到这两个字,张居正心头掠过不快,"如何安抚?"

"这几个人的月俸银,都如数支付了银两。"

"啊,谁给的?"

见张居正脸色冷了下来,谭纶觉得再也不好隐瞒,索性直话直说:

"请叔大兄放心,咱没动用公家一厘银钱,这几个人的月俸银,都是咱用自家积蓄支付的。"

"子理兄,你这是……"

张居正本想说"妇人之仁",但话到嘴边又咽了回去,他怕伤害谭纶的自尊。

谭纶听了半截子话,半天没等到下文,只得又接着说道:"叔大兄,武臣们闹事,没有几个是冲着你的,他们多半为自家生计着想。"

见谭纶一味地偏袒部属,张居正长叹一声,明是体恤暗含讥讽地说道：

"京师那么多驻军行辕，武臣少说也有好几千人，你子理兄个人积蓄有多少银子，照顾得过来么？"

"能做多少就做多少，"谭纶已明显感到了张居正的不满，他俩共事多年，从未发生过龃龉，这次他依然不想闹僵，便又自打圆场说道，"当然，这些武臣闹出这么大事来，干扰了首辅的政令，咱这兵部堂官，也深感不安。"

"这事与你没关系。"张居正赶紧申明。

"怎么没关系，属下闹事，是堂官管教不严，咱已想好了，今夜里写一份自劾折子，明天就送呈皇上。"

谭纶一脸峻肃，完全没有做戏的样子，但张居正仍觉得这位老朋友是在负气，也不想多做解释，趁势说道：

"自劾的折子你也不用上了，但那七位武臣必须听参，等候处治。"

"那带头闹事的章大郎怎么办？咱听说他躲进北镇抚司，怎么着也不出来。"

谭纶的嗓门陡地高了起来，一直默不作声的王之诰这时做了个手势示意他冷静点。张居正瞅着谭纶涨红的脸膛，扑哧一声笑了，对王之诰讲：

"告若兄，你看，子理兄今天好像是故意来和我闹别扭的，你看他这副样子，无异于沙场秋点兵。"

一句玩笑话，屋子里的气氛顿时缓和了下来，谭纶转怒为笑，自嘲道：

"咱拿章大郎作挡箭牌，是想着你这首辅，应该枪打出头鸟。"

"请子理兄放心，章大郎一定会绳之以法，捉拿归案。"张居正收敛了笑容，断然说道，"王子犯法与庶民同罪，何况他一个章大郎。仆知道你子理兄的心思，认为章大郎后头有一个邱公公，邱公公后头还有一个李太后，因此仆处置起来会手下留情。这一点你尽可放心，事情再棘手，仆也决不会徇私情而放纵罪人。今天我请告若来，也就是为的这个。章大郎一旦捉拿归案，立即三堂会审，鞫谳定罪。刑部应就储济仓械斗立即展开调查，事涉兵部之事，还望子理兄多多配合。"

谭纶虽然闹点意气，但见张居正决心已下，也不好再说什么，只得点头答应。王之诰已隐约感到张居正要利用这起突发事件大做文章，以期建立起首辅权威。他承认自己的这位亲家是个铁腕人物，既下决心要做某件事情，就绝不会改变初衷半途而废。他想了想，说出了自己的担心：

"人臣循令而从事，这是千古定例。刑部护法除奸，本是题中应有之义。章大郎一案，刑部一定会尽力办好。但储济仓械斗，本因胡椒、苏木折俸引起，若官员的月俸银得不到保障，即便处置了章大郎，恐怕还会有新的祸事发生。"

"告若兄言之有理，"张居正长嘘一口气，忧心忡忡答道，"仆曾与王国光认真磋商，他说，千难万难就这两个月。"

王之诰一惊，问："怎么，折俸得两个月？"

张居正沉重地点点头，谭纶看着张居正眉心里蹙起的疙瘩，知道他承受的压力，心里头憋着的那股子气不知不觉也就消了。此时，一个念头从他脑海里掠过，也不及斟酌，就索性讲了出来：

"叔大，三个月前，高拱给殷正茂多拨的二十万两银子军费，可否要回来以解燃眉之急？"

"你觉得要得回来吗？"

"不妨一试。"

张居正沉吟着还未回答，书办又挑开了门帘，只见巡城御史王篆兴冲冲闯了进来，朝三位深深打了一躬，禀道：

"首辅大人，章大郎给逮住了。"

天煞黑,冯保就从大内回到了位于崇文门之东的后井儿胡同私宅内。这宅子是他提督东厂第二年买下的,至今已十五个年头儿了,其间又强行将毗邻人家尽数买下,大兴土木扩建了三次。如今宏敞华丽,雕梁画栋,参差楼阁,置身其中,真有天上人间之感。

冯保每天回来的第一件事,就是躺在绣榻上,让两名小丫环替他捶腿捏脚,解了乏劲儿,然后才用餐。今儿个晚膳是一碗红枣粥加上两个黄澄澄的小窝窝头,佐菜是一碟六必居的酱黄瓜和一碟糟雀舌。吃惯了珍馐美馔凤髓龙肝,回头再吃这些家常饭,冯保觉得真是特殊的享受。饭后稍事休息,冯保刚在后花厅里饮完一小壶峨眉绿雪,徐爵就推门进来,毕恭毕敬禀道:

"老爷,胡自皋求见。"

"胡自皋,哪个胡自皋?"

冯保不记得了。徐爵小心翼翼地提醒道:"就是那个捐了三万两银子给老爷买佛珠的。"

"啊,是他。"冯保顿时想起那串"佛珠"惹下的麻烦差点让他栽了跟头,没好气地问,"他不是在南京么,跑来北京干吗?"

"南京工部有趟公差,他要了来,主要是想找个由头,进京来拜谒老爷。"

"他是个什么官?"

"南京工部主事,六品。"

"六品官多大一点,你见见不就行了?"

冯保说罢把头朝椅背上一靠,闭目养起神来。徐爵被晾在那儿,进也不是,退也不是。他深知主人的脾气,平常深居简出极少见人,还有一个不成文的规矩,凡来家拜望的外廷官员,只有三品以上者他才肯赏脸叙茶,至于内侍,二十四监局的掌印上门找他,只能在外花厅一见,连堂屋都进不了。徐爵明知道这规矩,还涎着脸帮胡自皋求情,主要是想到胡自皋给冯保送过三万两银子的厚礼,这次来京,又给了徐爵一千两银子,求他帮着安排和冯保见一面,两头一凑,徐爵决定帮这个忙。

"老爷。"徐爵又轻轻喊了一声。

"怎么啦?"

冯保微微睁开眼睨着徐爵,这个刁钻的管家依然弓着身子站在原地,谨慎说道:

"小的冒昧建议,这个胡自皋,老爷还是应该屈尊见一见,因为……"

"因为什么?"

"他毕竟捐过三万两银子,就是放在今日的京城来看,这个数目也不算小。"

"唔,事情都过去了,还见什么?"

听鼓听声,听话听音,深谙主人脾性的徐爵,立刻顺着话缝儿钻,禀道:

"老爷,胡自皋还有事求你哪。"

"啊?"

"他可是带了银票来的。"

一听这句话,冯保头离了靠背,身子一挺坐了起来,问道:"他有何事?"

"还不是想挪挪位子。"

"往哪儿挪,他对你说过没有?"

"小的没问他。"

"他人呢?"

"在外花厅里坐着哪。"

"那就见见吧。"

说毕,冯保便跟着徐爵离开后院,到前院外花厅与胡自皋见面。

却说这个胡自皋自从四个月前与徐爵牵上线后，一直为攀上这么个大靠山沾沾自喜。特别是冯保当上司礼监掌印后，他更庆幸这个"冷灶"烧得及时。这回他找了个公差机会来京，目的就是为了登门拜谒这位权势熏天的大公公。此刻，他在外花厅里坐了差不多半个时辰，一直不见冯保的影子，心里急得像猫抓。尽管徐爵打了包票说一定让冯保接见，但他仍心存疑虑。他对冯保见客打发的态度早有耳闻，自己一个小小的六品官，人家万一不念"旧情"来一个拒见怎么办？正自胡思乱想，只听得门口传来轻微的脚步声，他忙伸直脖子去看，只见徐爵领了一个年过半百一身富态的老公公进来，不用说，这肯定就是冯保了，也不等介绍，胡自皋扑通一声就跪了下去，口中高声唱了一喏：

"卑职胡自皋叩见冯老公公。"

按规矩，内外廷分守极严。外廷命官，哪怕品秩再低，见了内廷巨珰，也绝不能行叩头大礼，因为这既涉及到朝廷的尊严，也关乎读书人的操守。但是，一旦纲常崩坏吏风不正，便总会出现一些无耻之徒向有权有势的巨珰献媚，因此，磕头膝行也只当是寻常之事。

看到胡自皋纳身跪了下去，冯保心中一震，接受外廷命官的叩头大礼，他这还是第一次，因此那一张本来毫无表情的白胖脸上居然浮出了一丝笑意。他也不慌着让胡自皋起来，而是顾自坐了下来，觑着胡自皋说：

"胡大人，有道是男儿膝下有黄金，你给咱如此行礼，就不怕人家笑话你吗？"

胡自皋抬起头来，巴巴地望着冯保，理直气壮地答道："老公公，儿子给老子磕头，有谁敢笑话？"

"啊？你咋如此比拟？"

"若论年龄，老公公正好是我的父辈，只是卑职福薄，摊不上老公公这样的令尊大人。"

胡自皋这几句恬不知耻的奉承话,连站在一旁的徐爵听了都感到肉麻。谁知冯保听了甚为熨帖,笑得眉毛打颤,他吩咐给胡自皋赐座看茶,问道:

"胡大人这次来京有何公干?"

胡自皋双手按着膝头,一副诚惶诚恐的样子,答道:"南京工部所辖造船厂,关于核查落实今年的船价银,差卑职前来讨个实信。这是小事,主要是想来京晋见冯老公公。"

"咱一个糟老头子,有啥值得看的。"

冯保说着咯咯咯笑了起来,不知为何,他竟有点喜欢眼前这个满脸谄笑的六品官了。胡自皋见风使舵,这时候忽然板了板脸,说道:

"老公公,卑职斗胆给您提个意见。"

冯保一怔,问:"有何意见?"

"卑职不过是一个无能的晚辈,老公公一口一声地喊胡大人,实在是令卑职羞愧难当,无地自容,老公公再这样喊,卑职就只好一头碰死了。"

胡自皋说着,越发装出惶恐之态。冯保看了很是受用,对一旁陪坐的徐爵说:

"瞧你这个短舌头,上次从南京回,也没给咱细讲,胡大——啊不,胡,胡自皋是这么个灵性人。"

冯保的赞赏,换回的是徐爵的一罐子醋意,他欠身回道:

"是啊,小的也不清楚,胡主事的两片嘴唇,竟是蜂蜜浸出来的。"

对于徐爵的挖苦,胡自皋一点也不感到尴尬,犹自兴冲冲地说道:

"卑职很是羡慕徐总管,能一天到晚跟着冯公公,这真是八辈子修来的福气。"

接过这话茬儿,徐爵索性说起玩笑话:"听胡主事这么说,你是想当咱家老爷的干儿子了?"

"若真能这样,卑职求之不得。"

胡自皋迅速接腔,说罢,瞪着一双酒色过度眼圈发青的眼睛瞄着冯保。

说笑归说笑,看到胡自皋较了真,冯保倒冷静了下来,他虽然脸上依然挂着笑,但说话却不似方才亲热:

"胡自皋,你见咱还有何事?"

一听这口气,胡自皋知道认"干爹"是没门了,连忙从面前的茶几上拿起一只花梨木的锦盒,恭恭敬敬递给冯保,说道:

"卑职前来晋见冯老公公,奉上一点薄仪,不成敬意,望老公公……"

"你这是做甚?"冯保打断胡自皋的话头,蹙着眉头说,"来看看就是人情,还要什么薄仪?"

"卑职知道老公公奉公惟谨,廉洁自律。但老公公是前辈,卑职叩见岂能无礼。"

冯保脸色一变,胡自皋不免心下发怵,说话时舌头也就不那么灵便了。亏了徐爵这时上前接过他手上托着的锦盒,打开一看,是一张银票。

"哟,是一万两!"

徐爵故意惊叫,他这实际上是给冯保透信,冯保听了,只淡淡地说了一句:

"下不为例了。"

胡自皋长长嘘出一口气,又深深打了一躬说道:

"多谢老公公栽培。"

冯保示意胡自皋坐回去,问:"你究竟有何事需要咱出个面,不妨直讲。"

"我,啊,卑、卑职想……"

胡自皋结结巴巴话不成句,冯保瞧着他的窘态,抿嘴一笑,讥道:

"你们这些进士出身的人,总脱不了那一个字儿,酸!巴心巴肝想要得到的东西,可就是呀呀唔唔地上不了嘴。"

徐爵也趁机嘲笑:"是呀,不说正事儿,满身都是嘴,一说正事儿,一张嘴反倒成了扎嘴葫芦。"

听了两人的奚落,胡自皋脸红到耳根。一咬牙,便赤裸裸说出了心底话:

"蒙老公公鼓励,卑职就直说了,卑职想升个官,挪挪位子。"

"好哇,升个什么官,想好没有?"

"想好了,听说两淮盐运使颜元清四年任期已满,如果卑职能接任……"

看到冯保微闭了双眼,胡自皋便打住了话头,好一会儿冯保才睁开眼,徐徐说道:

"两淮盐运使是朝中第一肥缺,还是个四品衙门,你胡自皋真是敢想啊!"

"不是卑职敢想,而是两淮盐运使这个位子,一定得是老公公自己的人坐上去。"

"啊?"

"卑职只要坐上这个位子,一切都听老公公差遣。"

冯保"嗯"了一声,并不作明确的答复。这时,又有家人进来禀道:

"老爷,邱公公求见。"

"啊,他来了,领他进客堂。"冯保吩咐过,又对胡自皋说,"你的事儿咱知道了,你先回去吧。"

第 六 回

为求人大珰舍至宝　谈家事首辅释愁怀

　　冯府的客堂有五楹之大，就是百十人坐在里面也不显得拥挤。京师显宦或巨富人家，客堂里都装了戏楼，冯保家也不例外。这客堂彩绘梁栋极尽藻饰，一应家具大至金饰木雕六折屏风，小至髹漆器皿，无一不精致。就是四壁挂着的那些书画，也全都是宋元精品。每当夜幕降临，大厅里三十二盏宫灯一齐点亮，照耀得如同白昼。

　　冯保从外花厅里与胡自皋告辞后回到后院，换了一身衣服出来，只见邱得用已在客堂南厢里坐着了。冯保趋身过去，满面春风说道：

　　"邱公公，什么风儿把你给吹来了？"

　　邱得用站起身来，干笑了笑，答道："咱回宅子，想着晚上也没甚急事，索性就绕了一腿，过这边来拜望拜望冯公公。"

　　邱得用想尽量说得自然些，但在冯保听来依然是假话。他知道邱得用肯定是为他外甥章大郎的事情而来。邱得用出任乾清宫主管之后，在紫禁城中的地位迅速上升。论级别，乾清宫主管与二十四监局的掌印一样，都是享受五品待遇，但因他是李太后跟前的红人，内外廷想求李太后办事儿的人，都变着法子巴结他，故无形中就显得高人一等。邱得用为人本来还算本分，但因求他的人多了，把他的架子给求大了，看人打发的那一套，不知不觉也就学会了。就像对冯保，表面上他依然恭恭敬敬，但言谈举止间，常常不经意地表现出一种优越。冯保看了心里头很不舒服，觉得邱得用的气焰长得太快，一直在瞅机会要杀杀他的气焰。

"邱公公不是住在西城么，你这一腿子可就绕得远了。"冯保揶揄地说。

"冯公公这是责怪咱来得迟了。"邱得用答非所问地回了一句。论级别，在冯保面前，他不应称"咱"而应称"小的"，这就是他不经意间表现出的优越。他四下瞅了瞅，惊叹道："人家都说冯公公府上布置得好，果然名不虚传，看看这客堂，京城里没有几家的。"

冯保今夜里心情好，乐得与邱得用扯野棉花，答道："也算不得什么好，就是敞亮一点。听说邱公公喜欢听曲儿？"

"还不是跟太后学的。"邱得用的口气不无炫耀，"她老人家喜欢听曲儿解闷，咱在一旁拣耳朵，拣多了自然也就喜欢上了。"

"今儿晚上正好没事，咱老哥儿俩，就选几支曲子听听，如何？"

"听说冯公公家里养了个戏班子，有几个一流的唱手。"

"别听人瞎吹，是好是歹，你自家听听。"

"要不，换个时间？"邱得用今晚委实没有心情。

"为何？"冯保明知故问。

"今儿晚上来得仓促，雅兴一时还提不起来。"

"雅兴还用提么，管弦一响，自然就来了。"冯保说着，一拍巴掌，一个家人应声前来，冯保问他，"戏班子呢？"

"禀老爷，都已开了脸，坐在戏楼后头哪。"

"今儿晚上，戏段子就不唱了，你去找一个好的下来，就坐这儿，给邱公公唱几支曲子。"

"欸。"

家人答应一声，飞快地上了楼。不一会儿，领了一个浓妆艳抹袅袅婷婷的少女下来，后头还跟了三位乐师。那少女走近来，对冯保蹲了个万福，柔声说道：

"奴婢春月,拜见冯老公公。"

冯保眯着眼,从眼缝儿里透出的目光捉摸不定,他抬抬手指着邱得用说:

"春月儿,这是邱公公,最喜听曲子的,你好好儿唱几支。"

春月儿又朝邱得用敛衽行了一礼,说道:"奴家唱得不好,还望邱公公见谅些个,不知邱公公喜欢听些什么样的曲子?"

邱得用哪里有心来听曲子,自章大郎当街被刑部番役拿走后,他就一直如坐针毡。回到乾清宫,几次想在李太后面前求情,又生生地不敢开口。还是廖均帮他出主意,要他来求冯保,他才怀着一颗忐忑不安之心来到冯府。可是,一点正事都没谈上,冯保硬要他听什么曲子,推又推不掉,他只得逢场作戏,望着春月儿两片小巧的猩红嘴唇,敷衍着答道:

"随便什么曲子都行。"

"可不能随便,"冯保递过来一本大红绢面九折笺纸的曲目单,说,"想听什么,自己点。"

邱得用接过曲单随便翻了翻,心乱如麻也不知该点什么,只得说道:"还是让春月儿看着唱吧。"

"春月儿,最近学了啥新曲子?"冯保问。

"禀老公公,奴婢前几日刚学了一曲《青杏子》,是《大石调》的套曲。"

"啊,要不就听听这个,邱公公?"

"好,好。"

见邱得用点头应允,三位乐师坐下来,一人按笛,一人吹箫,一人弹琵琶。春月儿轻轻击了击手中檀板,顿时弦管悠扬,竹音悦耳,听了过门,春月儿慢启朱唇唱了起来:

【青杏子】游宦又驱驰,意徘徊执手临岐,欲留难恋应无计。昨宵好梦,今朝幽怨,何日归期?

【归塞北】肠断处,取次作别离。五里短亭人上马,一声长叹泪沾衣,回首各东西。

【初问口】万叠云山,千重烟火,音书纵有凭谁寄?恨萦牵,愁堆积,天、天不管人憔悴。

【怨别离】感情风物正凄凄,晋山青、汾水碧。谁返扁舟芦花外?归棹急,惊散鸳鸯相背飞。

【擂鼓体】一鞭行色苦相催,皆因些子,浮名薄利。萍梗漂流无定迹,好在阳关图画里。

【催拍子带赚煞】未饮离杯心如醉,须信道"送君千里"。怨怨哀哀,凄凄苦苦啼啼。唱道分破鸾钗,丁宁嘱咐好将息。不枉了男儿堕志气,消得英雄眼中泪。

春月儿把这六支曲子连成的套曲唱完,大约过去了小半个时辰。听得出来,这首《青杏子》唱的是一对夫妇分别时的无尽幽怨。词中的关捩窍妙,春月儿体会得很深,一颦一笑,一招一式,无不深通关节,曲尽其妙。加之铜磬样的一副好嗓子,可可地把两位公公给唱醉了。待她歇了歌喉,邱得用拍了拍巴掌,评道:

"这姑娘唱得真好,热锅里爆豆子,脆蹦脆蹦的,若是在这笛箫里头再掺些弦索进去,就更妙了。"

听了他的高论,冯保笑道:"邱公公在宫里头听惯了南调,所以开口便说弦索,方才春月儿唱的是北调。北调用乐就是以箫笛为主。嘉靖末年,沈吏部订了一个《南九宫谱》,盛行天下,因此南曲广为人知,而北调差不多失传了,其实,北调比之南调,要高亢清丽得多。"

"哦,这里头还有这么大的学问。"邱得用逮着机会献媚道,"难怪满京师的人都说,冯公公一肚子学问,赛过十个状元郎。"

"哪里哪里。"冯保略做谦虚,就招春月儿前来,问她,"这曲子跟谁学的?"

春月儿跪在冯保面前,勾头答道:"奴婢是跟师傅学的。"

"还是那个马三娘?"

"是。"

看着春月儿低垂的粉颈,冯保心上像有一条毛毛虫爬过,既惬意又难受。他咽了口唾沫,对邱得用说:

"你知不知道马三娘?"

邱得用茫然地摇摇头。冯保接着说:"这个马三娘,本是北调高手,咱第一次见到她,觉得她不是个货,高高大大像匹马,一张大嘴可以囫囵吞下个窝头,可是她一开口,满场人都被震住了。声音该一缕的时候是一缕,该一雷的时候是一雷,真个儿是绝艺藏身。自从听了马三娘的北调,咱就觉得南调没啥意思了,这个春月儿,原是马三娘的弟子,咱同马三娘打商量买了过来。"

"水灵灵的,真好一个旦角儿。"邱得用一双眼在春月儿身上睃来睃去,啧啧称赞。

"邱公公若喜欢,咱把她送给你。"

"这,这是哪里话,"邱得用哽了一下,脸上泛着红光说,"古人言,君子不掠人之美。"

"这么说,咱哥儿俩就生分了。"

冯保本是做戏,说起来却很认真。邱得用没看出破绽,心里头掂了掂,回道:

"冯公公真要送,就送给李太后。"

冯保一愣,说:"你说让春月儿进宫?"

"是呀,李太后不是最喜欢听曲儿么?"

冯保咻地一笑,摇摇头说:"你看咱春月儿,市井中长大的丫头,哪里懂得宫中的规矩。"

"这倒也是,所以,还是冯公公留着自己受用。"

邱得用就着冯保的话题打转,心里头却一直在想着自己的急

事,因此坐在那里焦灼不安,偏偏这时冯保又道:

"邱公公,春月儿还有拿手的唱腔,索性让她逐个儿给你演唱。春月儿,继续。"

"奴婢遵命。"

春月儿说着,起身回到原处,拣了云板,正欲起腔,邱得用赶紧喊了一声:

"慢!"

"为啥?"冯保问。

邱得用哭丧着脸,嗳嚅着说:"冯公公,实不相瞒,咱登贵府拜望你,还有些急事。"

"有急事,嗨,你怎的不早说,"冯保挥手让春月儿一行退了下去,接着说,"咱还真的以为你邱公公闲着没事绕这一腿呢! 原来不是。"

冯保不显山不露水就把邱得用刺了一下。邱得用到这一步上,也顾不得面子,瑟瑟缩缩地从怀中掏出一卷纸来,双手递给冯保说:

"这个,请冯公公收下。"

"是啥?"

"看过便知。"

冯保遂叫来家人打开,原来是抄在三尺御品净皮上的一幅《心经》,字体娟秀,端庄工整,并且钤了一方"慈圣皇太后之宝"的红印。

冯保顿时肃然起敬:"哟,是李太后的墨宝。"他知道李太后每日抄经,但从不肯送人,就连冯保这样的心腹侍臣,她也手啬,因此人们都说想得到她的墨宝,简直比登天还难。

趁冯保细细欣赏的当儿,邱得用说道:"这幅《心经》,是李太后上个月晋封后,一时高兴赏给咱的。多少人看了都眼热,有人愿出一万两银子来买,咱说,你出十万两,咱也不勒你。"

冯保相信这话,讪讪说道:"这幅《心经》,是宝中之宝,李太后送了你,连咱都不知道。"

"李太后怕张扬,不让咱说,"邱得用看着冯保小心翼翼卷起了字幅,又道,"冯公公收藏好,对外可别透了风,若是让李太后知道了,怪罪下来,咱就担当不起了。"

冯保也不言谢,只是问:"邱公公将如此贵重的礼物相送,究竟是为何?"

"唉!"邱得用长叹一声,说道,"还不是为咱那不争气的外甥章大郎。"

"你外甥怎么了?"

"今儿个上午,储济仓发生械斗的事,想必冯公公早就知道了。"

"听说了,怎么,跟你外甥扯上了?"

"可不,他一失手,把储济仓大使王崧一掌推倒在地,摔碎了后脑骨,死了。"

"啊,这事儿是你外甥干的?"

冯保故意大惊失色,其实,这件事的来龙去脉他早从东厂送来的密报中知道得清清楚楚,包括邱得用动用大内专轿把章大郎从北镇抚司抬出来另觅地方藏匿,一切细节也在他掌握之中。但此时他却装糊涂,仿佛什么都不知道,迎着邱得用焦急的目光,他急切地问:

"你外甥就是那个北镇抚司的粮秣官?"

"可不是!"

"他人呢?"

"让刑部逮着了,现关在刑部大牢里。"

"这就难办了,这是命案,进去了就难得放出来。"

冯保眉头蹙得老高，邱得用瞧他这神色，越发慌得空吊吊的，说道：

"正因如此，咱才来找你帮忙。"

"找咱能帮上什么忙，这件事已经惊动朝野，一般人恐怕做不了主，要不你直接去求李太后，或许有救。"

"咱是想过，但一走到李太后跟前，就慌得开不了口。"邱得用为难地说，"李太后的为人，冯公公你又不是不知道，大是大非面前，从来不肯徇一点私情。"

"这算什么大是大非，一个破九品官，又不是故意弄死的。"

冯保嘴一撇，一副不屑的神气。邱得用投过感激的一瞥，又道：

"这事儿咱琢磨过，能救章大郎一命的，只有你冯公公了。你是皇上的大伴，可以求皇上恩赦。"

"皇上还不是听李太后的？"

"是呀，李太后把咱当奴才使，对你冯公公就不一样，你是她的文胆哪。"

冯保不置可否，想了一会儿，答道："这事儿的关键在于一个人。"

"谁？"

"首辅张先生。他不松口，章大郎就放不了。"

"啊，难道皇上的话他也不听？"

"不是不听，而是皇上听他的。今儿上午云台会见，李太后的意思，是要张先生摄政呢，要不，你找他也行。"

"张先生是个铁面人，听说抓人的驾帖，就是他让刑部签发的，咱去找他，有啥用。"

"这倒也是。"冯保仰脸看了一会儿璀璨的宫灯，眼角的余光却一直扫着邱得用的表情，过了一会儿，才说，"咱们哥儿俩在大内共事多年,没有友情也有交情,就冲着这一点,这个忙我一定帮。不过,帮不帮得成,咱不能给你邱公公打包票。"

"飞起来了,飞起来了。"

一个孩子欢快的叫声,给一向沉寂的张府后院平添了几分生气。声音是从内眷会见客人的小客堂里传出来的。说是小客堂,却也有两楹之大。斯时八盏宫灯已经点亮,华光四溢,四壁厢那些彩绘梁柱被照耀得金碧辉煌。除了张居正,张府合家十几口人都坐在里面。张居正的夫人王氏坐在客堂正中的绣椅上。这位王氏是张居正的第二任夫人,他二十岁成婚,两年后第一任夫人顾氏去世,才续娶了王氏。第一任夫人一脉未生,王氏却为张居正生下了六个儿子。他们依次是敬修、嗣修、懋修、简修、静修、允修,其中敬修、嗣修、懋修都已成家。敬修与嗣修均是乡试过关的举子,现正在加紧温书,准备参加明年的会试。懋修年底就得回到江陵,参加明年的乡试。这么大一家人,虽同住一院,平常各忙的,也难得一聚。六个儿子除每天早晨一块出来给父母请安外,都窝在自己的书房里闭门苦读。今儿个这种其乐融融的相聚,原是为了庆祝张居正夫妇最小的儿子——允修十岁的生日。

此时,允修正站在客堂中间,兴致勃勃地玩着风葫芦。这是京师孩子们常玩的一种游戏。风葫芦学名叫空钟,在江南叫扯铃。它的轴部是用桦木制作的,这是大的。还有一种小的,中间只有寸把高,径约寸半,中间只有一根长芯,用线缠上,利用离心力,把线一抽甩出去,它便在地上陀螺般旋转,发出嗡嗡嗡的响声,所以叫风葫芦。但往地上摔着旋转,只是这种游戏的低级玩法,若要玩出名堂来,必须往空中抖。空钟有单双之分。初学抖空钟,自然先学比较容易掌握的双钟,即中间一个葫芦腰轴,两头两个空圆盘,形如一个空圆饼,边上有缝,旋转起来空气进去,发出悦耳的鸣声,所以叫空钟。学会抖双之后，再学抖单的，即一头有圆盘，另一头只是木轴。两档绳槽，很滑，一头重一头轻，抖起来极难平衡。这种单钟玩起来最刺激，但也很难玩好。大凡抖得好的孩子，不但能把这一头重一头轻的空钟抖得飞快，而且还要变幻各种花样。最简单的，就是趁空钟凌空飞转时，突然一松抖绳，让它尖头朝下落地打旋儿，等它速度减慢几欲倾倒时，再让抖绳嗞溜一下重新缠住木轴，提出来一翻腕，空钟又飞向空中，时而晃悠悠，时而急呼呼地转动。还有的抖着抖着，突然用绳杆接住，让空钟在绳杆上滚动，哗哗乱响。还有两三个人合玩一个，我抖着一松绳子扔给你，你马上接住，抖一会儿再传给他……这一传一接之中，也各有招数，或翻身或劈叉或用指头或用脚掌，不一而足。

京师垂髫少年，没有几个不会玩这种风葫芦的杂技。但允修偏是那不会玩的一个。这皆因张居正课子甚严，除了读书，一切游戏皆禁绝。今天早上，张居正离家之后，张夫人把允修叫来，说可以送一个生日礼物给他，问他要什么。允修想了想，瑟缩地问能不能给他买一个空钟。张夫人心疼儿子一天到晚啃书本，全没有一个孩子应有的快乐，故爽快地答应了，命游七派人去街上买了一个回来。

家人自作主张，买了两个，一个是双盘的，一个是单盘的。允修今日破例放了一天假，打从空钟买回来，他就乐颠颠玩了个不歇气。游七找了个会玩空钟的家人现场施教，不消一个时辰，他就会玩双盘空钟，但单盘的那一种，他愣是玩了两三个时辰，仍不得要领。天黑了，一家人都来到后客堂等着张居正回来共进晚膳，趁这空儿，允修又把单盘的风葫芦提到客堂里玩。

由于玩得不顺手，允修的几个哥哥便你一言我一语地讥笑他。允修心里发急，越是想让风葫芦抖起来，它越是往地上掉。还是三哥懋修看出问题来了，对允修说："六弟，你的手腕太僵，往上抖的时候,不要发力,手腕要松,悠着点,你再试试。"允修按懋修指点的试了几次,果然奏效,因此高兴得大声叫喊起来,哥哥们也一齐给他鼓掌。正在热闹之时,忽听得门口传来一声厉喝:

"你们胡闹个什么?"

正玩得起劲儿的兄弟们,一看是他们的父亲张居正怒气冲冲从外面走了进来,一个个顿时都噤若寒蝉,允修更是吓得手一软,松了杆绳,那只凌空飞转的风葫芦,刹那间跌落在地。

张夫人看了看满堂人都站了起来,垂手而立,她也缓缓离了座位,笑吟吟对身边的丫环说道:

"芝儿,快服侍老爷更衣去。"

张居正本来还想发作,看到夫人有袒护儿子们的意思,他也只好摇摇头,气咻咻地穿过客堂,来到后面的起居间,卸下官服,换上芝儿递上来的一件酱色府绸道袍。随他进来的张夫人又命芝儿给老爷上茶,待张居正啜了一口加参片冲泡的红茶后,她才开口说道:

"你一回到家,就头不是头,脸不是脸的,在孩子们面前,总没个慈祥的时候。"

"允修在玩什么?"张居正问。

"风葫芦。"

张居正又沉下脸,说:"玩物丧志,谁让他玩的?"

"我。"

"你?"张居正狐疑地望着夫人,"庸爱出逆子,夫人,这一点你要切记啊。"

张夫人一笑,旋即又不无伤心地问:"叔大,我且问你,今天是什么日子?"

"什么日子?"

"允修十岁的生日,早晨你出门时,还提醒我,晚上大家一起用膳庆祝。"

"啊呀!"张居正一拍脑门子,抱歉地说,"今天忙昏了头,竟把这事忘得一干二净。"

"我们荆州老家,人一生重三个生日,一是十岁,这是成人,过了十岁就可以定亲了;二是三十岁,这是而立之年,一生能不能做大事,就看三十岁做没做出样子;三是五十岁,这是天命之年,晚年有没有福禄寿,在这个年上便见分晓。允修今天要做十岁,可是你却忘得一干二净,这……唉!"

这位张夫人与张居正同是荆州城里人,是一位举人的女儿,从小墨香熏染,因此知书达理。与张居正结缡二十多年,两人相濡以沫,从未红过脸。张居正为官,一应家务很少过问,全凭夫人操持。眼下,张夫人提起葫芦根也动,数落一大堆,眼圈儿也红了。张居正自知理亏,也不争辩,只得赔笑问道:

"晚膳用过了?"

"谁用了,都等着你哪。"

"那,现在吃吧。"

说是这样说,张居正其实一点胃口也没有。今天一天他都在紧张中度过,上午在云台觐见皇上,下午因处理储济仓事件,不停地召见大臣。累且不说,尤其让他担心的,是这件事情可能留下的后患。有可能出现的各种后果他都反复想过并琢磨出对策来,真正的累就累在这里。但这种治国的大事也不便与夫人谈及,因此说是去吃饭,人却不挪腿。

张夫人察言观色,问道:"叔大,看你心事重重,究竟发生了什么事?"

"没什么?"张居正掩饰地一笑,"今晚给允修做生日,办了什么好吃的?"

"有你最喜欢的三个菜。"

"啊？"

"皮条鳝鱼、蒸茼蒿、冬瓜炖裙边。"

张夫人说的这三个菜，都是荆州名菜，特别是冬瓜炖裙边。这"裙边"乃是海碗大的老鳖绕背一周的边带，一只鳖的精华全在其上。用其炖冬瓜，味美无比，除秋燥，这是当令食品。张居正虽居京多年，仍喜欢吃家乡菜。家里换过三个厨师，全是从荆州请过来的。前年，张夫人听说荆州城里的凤天酒楼上又出了位名厨，便托人把他聘了过来。一想到"裙边"的美味，张居正立刻口角生香，但他依旧说道：

"现在京官们胡椒、苏木折俸，必定会有风波。家里用度，还望夫人抠紧一些，以免捉襟见肘。"

张夫人答："几样家常菜，要不了什么钱。"

"人多口杂，还是不要招摇。"

"哟，你好歹是个宰相了，未必吃两个菜也要看人脸色？你不要这个门面，我还要呢。"

张夫人说着，眼圈儿又红了。张居正已经起身走到起居间门口，见夫人这么说，又折了回来，小声说道：

"正因为我现在身为首辅，所以才必须处处小心。"

"这一点我知道。"张夫人说着，进到卧房中拿出一张纸条来递给张居正，说，"你看看这个。"

张居正接过一看，那纸条的上端用蝇头小楷写了两行："东关帝庙神签。第五十七支，中吉。"

底下是四句诗：

> 燕子离巢上下飞，
> 翩翩求侣勿相违。
> 破空神剑依天意，
> 不斫霓衣斫老梅。

张居正看过,问夫人:"这是谁抽的签?"

张夫人答:"我让游七去东关帝庙抽的。一直听说那里的签很灵,京师人家有什么事,都去那里求关帝爷保佑,求支灵签。"

"你为何抽签?"张居正又问。

张夫人一笑,答道:"还不是为的家事,想讨个吉利。"

"家事有何不吉利的,值得抽签?"

看着丈夫不屑的态度,张夫人叹一口气,说道:"叔大,今天储济仓那儿发生的事,我都知道了,是王篆的管家过来告诉游七的。发生了这么大的事,我能不为你担心吗? 好在,这支签有逢凶化吉之象。"

"哦,你都知道了?"

张夫人默默地点点头,看着丈夫,眼睛里充满关切。

张居正又拿起那张字条认真研究。张夫人在一旁说:"那把神剑指的是你,你神剑出鞘,是顺从皇上的意思。你不伤害百官,却单斫老梅,梅的谐意是倒霉的霉,剑一挥,霉气就一扫而尽,你还担心什么?"

"这是你解的?"

"我哪里懂得这些玄机,是关帝庙的解签人说给游七听的,游七回来说给我听。叔大,千难万难,有皇上支持,这事儿就逢凶化吉。"

"如果皇上不支持呢?"

"那……不会的。"

"国家大事,岂是一支破签解得透的。"张居正说罢,又把那张字条随手丢在茶几上,提醒夫人说,"凤兰,你要记住,当今皇上同允修一样大,才十岁。"

"是啊,允修玩一个单盘的风葫芦,花了两三个时辰才飞起来,毕竟是孩子啊!"

"好了,不议论这些事情,我们好好用一顿晚膳。餐后,我来教允修如何玩风葫芦。"

说罢,夫妻俩相视一笑,走回客堂。

第 七 回

左侍郎借酒论政敌　薰风阁突降种瓜人

　　天色一黑，灯市口一带的夜市便嚣腾闹热起来。所谓夜市，唱主角儿的无非是歌楼舞榭、酒肆饭庄。在灯市口大街东有一座二郎神庙。据道书称，二郎神为清源真君，唐贞观二年创庙于此，那时京都称为范阳。宋元祐二年，北辽据此称京，又把这座二郎神庙扩大重修，从此便成了京城一景。从二郎神庙前的广场往南折有一条横街，叫庙右街。从街头到街尾，清一色都是各具特色的高级食府，达官贵人多半在此燕饮饷客，因此也是灯市口夜市的最盛之处。这些食府酒楼，装修得富丽堂皇，氍毹帘幕锦绣重重，朱梁画栋巧夺天工。一到夜晚，各家店肆高高低低都悬起五色灯球，或间以各色纱灯，如珠如霞，连绵不断。更有一些店家挖空心思，空其壁以灯填之，假其廊以灯幻之，且灯其门，灯其室，屋中一应陈设皆以彩灯装饰。置身其中，如临仙苑天阙，大有不知今夕何夕之感。高拱曾经大快朵颐的薰风阁，就在这条庙右街上。

　　这天晚间戌牌时分，有一乘两人抬的便轿晃晃悠悠抬进了薰风阁的院子。那时，大凡有名一点的酒楼，不但设有轿厅，同时底楼都安排大排档专供等候主人的轿夫们吃茶喝酒。那乘便轿刚在轿厅里停稳，只见一个手拿描金折扇、身着府绸道袍的先生走出轿来。

　　"楼上看座——"

　　眼疾嘴快的店小二一个肥喏尚有一个"座"字没唱出口，早有一个管家模样的人上来制止,接着对那位先生说:"魏大人,我家主人在三楼,这边请。"

这位打扮成学究先生的不是别人,正是吏部左侍郎魏学曾。

大概四个月前,魏学曾曾陪着高拱来这薰风阁里吃了一顿熏猪头肉,那时候正值隆庆皇帝病情有所缓解。高拱虽然感到内有冯保作对,身边有张居正掣肘,但压根儿没有想到局势变化如此之快。一个身历三朝声名显赫的堂堂首辅竟然说栽就栽,弄了个禄秩尽夺褫职回籍的悲惨下场。所以魏学曾今次重来,难免心中涌起人去楼空的酸楚。自高拱去职后,魏学曾绝少应酬,除了每日到吏部当值,余下时间都是待在家闭门谢客。今天是他第一次接受别人的宴请。

上得三楼,走进一间靠内院的清静雅室,早有一个人起身相迎,勉强挤着笑脸问道:"启观,你怎么磨磨蹭蹭现在才到?"

魏学曾答:"总得挨到天黑才好走路。"

那人本想跟着笑话一句"你这个魏大炮如今也晓得怕人了",但又怕刺伤魏学曾的自尊心,故忍了没说,改口问道:"一路上没碰到熟人?"

"没有。"魏学曾抬眼看了看雅室内的华丽陈设,淡淡一笑,不无讥诮地说,"汝定,胡椒、苏木折俸已经半个多月了,你居然还敢在庙右街上请客,就不怕人家说闲话?"

"怕什么,咱吃自己的积蓄,碍着谁了?"

说话间,早有店小二沏上一壶茶并端了几样茶点上来。这是京城燕饮饷客的规矩,正式开席吃热菜之前,先摆上茶点让客人嚼嚼开胃。两人遂坐到桌前饮茶。

却说今晚请客的主人,也是京城内鼎鼎大名的人物,现任礼部左侍郎的王希烈。他与魏学曾都是嘉靖二十九年的进士,座主都是高拱,因此除了同年之谊,还有着同气相求的政友交谊。两人都是高拱深为器重的人物。隆庆皇帝大行后，王希烈一直在万寿山督修陵寝。高拱去职第二天，本来就重病在身的大学士兼礼部尚书的高仪也惊疾而死，担任礼部佐贰官的王希烈便临时回部主政。王希烈担任礼部左侍郎已届四年。高拱曾经许诺，待高仪入阁之后，将选择恰当时机奏明皇上，他不再兼任吏部尚书，高仪也不再兼任礼部尚书，空下的职位，将由魏学曾和王希烈两人接任。可是时过境迁，这次六部尚书调整，吏部尚书由兵部尚书杨博改任，礼部尚书则由詹事府詹事吕调阳升迁出任了。刚刚临时主政不到半个月的王希烈，又不得不退回到副手的位置。他心里头那股窝囊气实在是无从发泄，只得回家平白无故地殴打书童折磨小妾以解恨，闹得这些时家里人见了他，都像是耗子见了猫，无不躲得远远的。但奇怪的是他的脾气却是越发越大。他自己也觉得长此下去不是办法，恼的是自己心大抓不破天。半月前胡椒、苏木折俸闹出大风波后，他又觉得机会到了。冷静观察了一段日子，昨日散班，他便写了个请柬让家人送到魏学曾府上，约他今夜里来薰风阁餐叙。魏学曾这些时也是闷得慌，正想找个人发发牢骚，因此爽然答应如约前来。

　　喝茶时，两人先说了几句不着边际的闲话，待到酒席摆了上来，看着满桌的佳肴，又看了看这间空荡荡的大雅间，魏学曾问："汝定，如此丰盛一桌酒席，就咱们两人吃？"

　　"还能请谁？"王希烈尽管窝了一肚子的苦水，面子上却装得轻松自如，调侃问道，"要不，让店小二找两个女孩子来，给咱们唱曲儿佐酒？"

　　"算了吧，"魏学曾耿直，不像王希烈善于隐藏自己，苦笑着说，"你汝定兄这时候找我，肯定是有事。眼下，谁还有心思吃花酒。"

　　"这话也对。"王希烈说着便以主人的身份与魏学曾碰了一杯，他本想就胡椒、苏木折俸一事，探探魏学曾的想法，但话到嘴边又咽了回去,却改了一个话题问道,"启观兄,杨博老接任吏部尚书,有何改弦更张之处?"

魏学曾并不直接回答,而是反问王希烈:"你那里呢?吕调阳怎么样?"

"这个还用问,吕结巴是你我的同年,他米缸里究竟有多少米,难道启观兄你不清楚?"

王希烈酸溜溜说着,夹起一块熏猪头肉送进嘴中。奇怪,平日里提起来就馋得流口水的京城名吃,这会儿却味同嚼蜡。王希烈屏住呼吸勉强吞咽下去,一门心思却还想着吕调阳。

这个吕调阳,字和卿,别号豫所,也是嘉靖二十九年的进士,殿试为第一甲进士及第第二名,留在翰林院中,三年后又升迁为春坊谕德。按唐宋两代的规矩,春坊这个官署,专管皇帝的诏令;谕德这一官职,专门负责传达皇上的指令。但这一官署有其名而无其实,仅仅成了翰林院修撰、编修升迁的中转站,因此,修撰、编修们例升春坊谕德开坊。

吕调阳开坊后,接着担任国子监司业,这是一个学官。隆庆皇帝登基,又迁升为南京国子监祭酒,再擢升南京礼部侍郎,两年后回到北京任礼部右侍郎,再改任吏部左侍郎。其实这后两个职位都是虚衔,他的实际职务是詹事府詹事。因詹事府詹事只是一个从四品官,而吏部左侍郎是正三品,给吕调阳这个头衔,是为了提高他的待遇,并不到吏部值事。吕调阳步入官场,一直担任着学官和史官,从来就没有干过封疆大吏,这倒符合他的性格。与他共过事的人都知道,他一肚子学问,只是为人迂腐,说话又有口吃的毛病,因此在同年中落下个"吕结巴"的绰号。他办事稳重有余而魄力不足,绳墨有余而变通不足,因此步入官场二十多年,除当了三年国子监祭酒这个正职之外,大部分时间干的都是副职。詹事府是负责皇太子生活和教育的衙门,詹事虽是正职,但刚刚出阁讲学的太子已当了皇帝,吕调阳又无事可干了。张居正这次特意举荐他出任礼部尚书,一来是要借重他的学问;二来也是最重要的,这吕调阳虽是高拱门人,却从不攀附,平日除了老老实实做自己分内之事,绝不肯沾惹一点是非,因此大家都认为他不会对任何人构成威胁,是同年中出了名的好好先生。论读书之多,学问之博,王希烈的确远不如吕调阳,但王希烈甫入仕途,先任知县,后回京任礼科给事中,接着多次出抚地方,或州牧或按台,建衙开府,从七品知县到三品封疆大吏硬是一步一步干起来的。他自恃操约驭繁举能捷辩,因此根本不把长期担任史职学官的吕调阳放在眼里。谁知道就吕调阳这么个三扇大磨也压不出一个响屁来的木头人,如今却成了他王希烈的顶头上司,你说让他气也不气。但王希烈今晚把魏学曾请出来,并不仅仅是找老朋友吐吐苦闷发发怨气,他另有要事要与之磋商。

在王希烈喝闷酒想心事的时候,魏学曾也好一阵子没有说话,只有一搭没一搭地搛眼前的菜吃,看看王希烈脸色缓过来,才开口说道:

"汝定,你莫小瞧这个吕结巴,他表面不吭不哈,其实他最懂得官场三昧。鹬蚌相争渔翁得利,这简简单单八个字,你我都不懂,他吕结巴却参到了骨髓。算了,事到如今,评价这个也太没意思。"

说罢,魏学曾又满饮了一杯。王希烈瞅着老友,表面上无所谓,其实心事重重,这时便切入正题问:

"启观,伍可的事,知道吗?"

魏学曾点点头,答道:"伍可弄了个条陈,胡诌什么男变女是阴盛阳衰之兆,得罪了李太后,被圣谕削籍,这已经成了京城里的一大新闻,还有谁能不知道。"

"听说他还写了一个弹劾张居正的折子,说张居正启用私党。正巧他被罢官,这折子就没呈上来,但却私下里在京城流传开了。"

"是的,咱也看过这个折子。"

"伍可此举,不知事先是否找人商量过?"

王希烈朝魏学曾投来探询的目光。魏学曾知道他的意思,索性挑明了说:"汝定兄是不是觉得伍可背后的指使者是我?"

王希烈讪讪一笑,圆滑地说:"外面是有这样的传闻,也不叫指使,可能是这个伍可揣摩着老兄有这层心思,加之玄老有恩于他,故义无反顾放出了一个旱天雷。启观哪,如今京师官场上,多少双眼睛都在盯着你哪。"

"盯着我干啥?"

"干啥?你说干啥?"王希烈压低声音,探着身子说道,"伍可放了第一炮,这第二炮、第三炮该谁上阵呀?"

"谁放炮跟我有何相干?"

"你不是魏大炮吗?"

魏学曾把王希烈盯了好一会儿,叹口气说:"看来,你真的认为伍可此举是受我指使。"

"这又不是坏事,你躲什么?"

"你有这种想法本不足怪,"魏学曾板着脸,解释说,"伍可原是吏部文选司主事,在我手下干过两年。这小子做事灵活,很得高阁老赏识,今年初便把他提拔起来去太原当了一个四品巡抚。高阁老的意思是让他开府建衙,在地方上多做些实事,以备日后晋升。哪晓得这家伙心高气盛,一到太原就与按院府台搞不好关系。人家都因他是吏部出去的人,后台硬,凡事都让他三分,但暗地里仍少不了叽叽咕咕说些不满的话。过了一些日子,就有那么三言两语传到高阁老耳中。高阁老心里很烦,嘱咐我有空给伍可写封信去规劝,并指示写信言语一定要严厉。这事发生在隆庆皇帝病重期间。从那以后,京城局势一日比一日紧张,那封信终究来不及写,高阁老本人也就去职离京了。"

"这么说,伍可弹劾张居正是自作主张?"

"我想是的。"

"这小子是嘉靖四十二年的进士吧?"

"是的。"

"唔,三十啷当岁,还是个年轻人。"王希烈索性放下筷子,搓着手感叹地说,"如今的官场,年轻官员们多半都是有奶便是娘,见利忘义之徒不胜枚举,这伍可知恩必报,也算是个血性男儿。"

"汝定对伍可如此欣赏,愚弟却有不同看法。"魏学曾摇摇头,不屑地说。

"噢?"王希烈一愣。

"你说伍可放了第一炮不假,但是可惜得很,他放的是一个横炮。"

"怎么,他弹劾得不对?"

"肯定不对。"魏学曾口气坚决不容置疑。这时店小二送了一壶热酒上来,待他退出重新掩好门后,魏学曾接着说道,"说张居正怀私罔上,此话不假,但说他重用私党,却证据不足显得勉强。伍可在折子上提了两个人,一是王国光,一是王之诰。这两个人,一个是张居正的好友,一个是张居正的亲家,这都不假,但他们都是勇于任事政声卓著的大臣,玄老在任时也很器重他们。六部尚书真正换了的就是户部刑部两个。朱衡是三朝老臣,又是治河专家,张居正将他留用。杨博早在隆庆初年就是吏部尚书,玄老出任首辅后,隆庆皇帝要他兼任吏部尚书,于是便让杨博改任兵部,却仍挂了一个吏部尚书的空衔。这次他归政吏部,也说得上是众望所归。他空出来的兵部尚书一职,由刚刚卸任的南京兵部尚书谭纶接任。谭纶战功赫赫,坐镇宣大六年,俺答虏寇从不敢前来犯边,由他来出掌兵部,也无可厚非。再就是兄台所在的礼部,吕调阳比起上述几人,政绩逊色得多,但道德文章仍为人所称道。更重要的是，他是詹事府詹事，是太子的老师。小太子如今登基御极，张居正举荐他的老师出任礼部尚书，也在情理之中。说句公道话，张居正举荐的六部人选，实在是无可挑剔。"

魏学曾一番宏论，把王希烈说得心都凉了半截。他本指望魏学曾能够借伍可事件，挑头儿领着大家与张居正较量一番，没想到这个魏大炮一反常态，居然为张居正大唱颂歌。如果不是交情多年，他真怀疑魏大炮要卖身投靠了。想着想着王希烈心火蹿了起来，悻悻说道：

"启观兄，张居正给你吃了什么迷魂药，今儿晚上，你专门往他脸上贴金。"

魏学曾知道王希烈向来心胸狭窄，因此也不计较，只笑了笑，仍沿着自己的思路说下去：

"汝定兄，我方才说六部尚书的人选无可挑剔，并不是说张居正无可挑剔。他出任首辅的第一件事就是拍李太后的马屁，上两宫皇太后的尊号，这件事你是参与者，比我清楚，个中奥妙我就不啰嗦了。第二件事就是更换部院大臣，这两件事都做得很得体。这正是张居正的阴险过人之处。但是接着这两步棋的第三步棋，才真正显出了张居正的毒辣。"

"他第三步棋是什么？"

王希烈急切地问。魏学曾正欲回答，忽然房门被一下子推开，只见两个陌生人闯了进来。

魏学曾细看这两个人：一老一少，老的约摸五十来岁，少的二十出头。瞧模样动静，很像是一对父子。都穿着黑裤白褂，光着一双膀子，脚上都穿了一双踢死牛的千层底皮衬布鞋，一看就是江湖卖艺人的打扮。

"你们要干啥？"王希烈警惕地问。

"回两位老爷，"年纪大的一个抱拳一揖，说道，"俺叫胡狲，这是俺儿子,叫胡狲子,俺爷儿俩见两位老爷闷酒喝得慌,今特来表演几套杂耍,给老爷长情绪。"

说着拉开架势就要开演。这当儿店小二三脚并两脚赶了进来,一副狗眼看人低的神态拉着胡狲的手就要往外赶。"去去去,早就言明了三楼以上是禁地,老子车个眼睛转个身,你们就溜上来了。"店小二咋咋呼呼,胡狲满不在乎嘻嘻笑着。可是,任凭店小二使尽了吃奶的力气,硬是拉不动胡狲半步。胡狲于是讥笑道:

"瞧你这豆腐架子,连棵葱都拔不动,还想扯夺咱这棵树,扯吧扯吧,看你能使出多大的劲来。"

店小二脸憋得通红,越发下劲去拉,一面拉一面嚷道:"看你走不走,不走,我去楼下喊人。"

京城各处酒楼,不管高档低档,都有一些陪酒娇娃、卖唱歌伎或杂耍闲汉寄生其中。这些人专门替客人找乐子,有些酒楼就靠他们招徕生意。但这些人无孔不入有时也让客人心烦,因此大凡高档酒楼,除了客人召唤,一般不准这等人进入,薰风阁三楼便属此列。

看到双方僵持不下,魏学曾便让店小二松了手,然后问胡狲:"你会些什么杂耍?"

胡狲答道:"回老爷,小的最拿手的把戏,就是种瓜得瓜,种豆得豆。"

"如何表演?"

胡狲拿眼把屋子睃巡了一遍,指着屋角隙地说:"老爷若有兴趣观看,小的就在这里种上一瓜。"

王希烈心里头还在想着张居正的第三步棋究竟是什么,因此心无二用,不想有什么事掺进来误了谈话,正想开口把这父子闲汉轰出去了事,却没料到魏学曾已抢先说话:

"既如此,本老爷就看你怎样种出瓜来。"

"启观兄……"王希烈还想阻止。

"汝定兄,"魏学曾拦住王希烈的话头说,"待看过这杂耍,我们再谈话不迟,你说呢?"

"好吧。"王希烈不情愿地答应。

店小二抬脚就要退出去,王希烈担心这两人来路不明怕生意外,便要店小二站在一旁观看。只见胡狲父子俩站到屋角,那里除了壁角一串牛蹄子大的彩色灯笼,空荡荡别无一物,但胡狲仍装模作样地对魏学曾说:

"老爷,请您挪贵步前来一看,这里除了实心的楼板,可是啥都没有。"

魏学曾手一挥说:"看到了,别卖关子,快弄吧。"

"老爷这么性急,想必是烈酒烧焦了舌头,想吃瓜了。店家,央你帮个忙,给咱拎一桶水来。"

店小二闻声下楼,一会儿就拎了满满一桶水回来。胡狲又问:"老爷想吃什么瓜?"

"你能种什么瓜?"这回是王希烈问。

"嗨,能种的就太多了,"胡狲扳着指头数快板一样说道,"冬瓜南瓜大西瓜,金瓜倭瓜小香瓜,岭南海边的凤梨瓜,乌思藏那边的哈密瓜,俺都能种出来。"

见他牛皮吹得太大,魏学曾故意出个难题,说道:"我想吃个凤梨,你种吧。"

胡狲一缩脖子,答道:"哟,对不住,凤梨没到时令,眼下正当令的是西瓜和香瓜。西瓜太大,长得慢,要不咱给两位老爷种个香瓜?"

王希烈只想这游戏赶快结束,催促道:"行了行了,你就快种吧。"

"好咧。"

胡狲说着让胡狲子解下背上的褡裢，从里面取出一只盛满土的花钵，放在屋角，又从怀里抠出一颗瓜子，上前两步递到魏学曾手上："请老爷过目，这是一颗香瓜子。"

魏学曾把那颗黄褐色的小瓜子放在手心掂了掂，确定是香瓜子无疑，便退还给胡狲，说道："你少绕圈子，且快种去，老爷我的确口渴得很。"

"小的遵命。"

第 八 回

卖艺人席间演幻术　老座主片纸示危机

胡狲说着就把那枚瓜子栽进了花钵,然后吩咐胡狲子浇水。胡狲子毛手毛脚,拎起水桶就要往花钵上倾倒。"慢着!"胡狲急喝一声,抬手就往胡狲子头上挖了一个栗暴,恶狠狠骂道,"你想把瓜子淹死是不是? 对你说过多少遍了,只能用手捧着浇,待润透了,再浇一捧。"

胡狲子一脸委屈,两泡眼泪夹在眼眶里打转。魏学曾知道这都是"关子",因此也不搭话,两眼只盯着花钵。胡狲子小心翼翼往花钵上浇了一捧水,胡狲蹲在旁边,煞有介事地念起了快板:

> 老爷要吃瓜,
> 我胡狲种上它。
> 先浇一捧水,
> 等着你开花。

说来也怪,须臾之间,只见那花钵里竟有一枝绿芽儿颤颤巍巍拱出土来。

"再浇一捧水,轻点。"胡狲吩咐。

胡狲子浇了一捧水,眼见那芽儿舒开两片嫩叶,一副不胜娇羞的样子。胡狲两眼死死地盯着它,双手一下一下扇动,示意绿芽儿快长。做这动作时,嘴中仍在大声念道:

> 一棵好瓜秧,

> 长在盆中央。
> 再浇一捧水，
> 求你快快长。

胡狲子又浇了一捧水，只见那翠滴滴的瓜秧一下子就蹿起一拃来高，惊得店小二在一旁直咋舌。

胡狲用手指头碰了一下瓜秧，说道："瓜秧儿你懂事，往老爷那边放蔓去。"

这瓜秧儿好像真的听懂了胡狲的话，竟溜下花钵，一根蔓放箭似的朝酒桌这边长过来。顷刻间，瓜蔓竟爬上了酒桌，在那盛着熏猪头肉的髹漆盒子旁边停住不动。

看到两位老爷都傻了眼，胡狲狡黠地眨眨眼睛，故意问道："是让这瓜秧儿长快点还是长慢点，请两位老爷发话。"

"自然是快点。"王希烈急忙回答，这会儿，他的心竟完全被瓜秧儿勾住了。

"好嘞，请老爷看好啰。"

胡狲一拍巴掌，让胡狲子再浇一捧水，然后对着蛰伏在木盒旁的瓜蔓有板有眼地念起了"咒文"：

> 瓜蔓瓜蔓我的好乖乖，
> 恭喜你千辛万苦爬到桌上来。
> 现在听我喊口令，我喊到三
> 你就欢欢喜喜把花开。

念到此，胡狲陡然打住，他见两位老爷一齐盯着瓜蔓，眼睛都睁得铜铃大，心中甚为得意，不由得提高嗓门喊了一声：

"我要数数了。"

"数吧。"王希烈头也不抬地应着。

"一——"胡狲拖腔拖调喊道。

店小二被这声喊撩拨得忘了身份，竟也鸭颈伸得鹅颈长凑上来,恨不能把瓜蔓抓到手上。

"二——"胡狲又喊了一声。

魏学曾和王希烈也不知不觉倾了身子。

"三!"

这一声喊得短促,话音未落,只见桌上的瓜蔓头一昂,居然就真的爆出一朵花来。

"太神了!"店小二忘乎所以,竟手舞足蹈大叫起来,突然间瞥见魏学曾阴沉的脸色,才察觉自己的失态,忙掩了口,一脸窘色退回到门边站定。

却说桌上这朵黄花,顷刻间开得有鸡卵大,胡狲指着花问:

"老爷看看这朵花是真的还是假的?"

王希烈伸手摸了摸,说:"是真的。胡狲,啥时候结瓜?"

胡狲弯下身子把那朵黄花前后左右仔仔细细看了一遍,然后脑瓜子一摇,说:

"这朵花结不了瓜。"

"为何?"

"这是一朵公花,"胡狲一脸沮丧说道,"忙乎了半天,让瓜秧儿把咱涮了。"说着就把那朵花给掐了。

王希烈扑哧一笑说:"好你个胡狲,卖关子也不是这样卖的,瓜秧儿还会涮人?"

"怎的不会,"胡狲一挤眼,故作憨态答道,"瓜秧儿说,谁给钱买瓜,它就开一朵雌花,不然,它就只开一朵公花。"

"绕了半天,原来是要钱。"王希烈吩咐店小二说,"待会儿若真能结出瓜来,你就把胡狲带下去,找我的管家给一吊钱的赏钱。"

"有老爷这句话,瓜秧儿有精神了。"

胡狲也不再卖关子,只对着桌上的瓜蔓吆喝一声:"开花!"又一朵小黄花灿然而开。

"结瓜要多长时间?"王希烈问。

"喝盅酒的工夫,"胡狲答着,突然脸色一变,指着王希烈身后的墙壁说,"老爷,你看那是不是一只壁虎?"

众人一起回头去看,除了壁角灯饰,偌大粉壁光洁如新连个黑麻点都没有,哪里有什么壁虎的影子?魏学曾意识到上当,赶紧扭转头来,只见瓜蔓上已结出了一只金灿灿的香瓜。

"怎么样,老爷,一盅酒的工夫吧?"胡狲得意地说。

王希烈怀疑胡狲趁众人扭头时迅速搬一只香瓜放到桌上,可是他伸手去摸那只瓜,竟然是结结实实地长在藤蔓上。心知有诈,却又找不出破绽,不由得惊叹:

"咦,这就奇了!"

"请老爷们尝个鲜。"

胡狲说着从腰间抽出一把小刀,割断藤蔓,又把瓜一剖两半,分别递给魏学曾和王希烈两人。

魏学曾咬一口,真正是又香又脆,本来就渴,也就不讲客气,三下五除二把半边瓜吃个精光。

"老爷,好吃吗?"

"好吃。"魏学曾难得高兴一回,饶有兴趣地问,"你这是什么法术?"

胡狲又卖关子:"这一招儿是神农氏传给咱老祖宗的,世代相传到小可。"

"你胡扯!"魏学曾笑着反驳,"我知道你这是幻术,是靠它走江湖混饭吃的。"

"既然老爷把话点穿了,小可也就承认,这的确是幻术。"

"你说,这香瓜是怎么长出来的?"王希烈也把瓜吃完了,打了一个饱嗝问。

"这个容小可保密。"

"汝定兄问这个干啥,未必你也想学会这套骗术去跑江湖?"魏学曾讥笑着问。

"在下只不过好奇而已。"王希烈佯笑着搭讪,随即吩咐店小二领胡狲父子下楼去领赏钱。

胡狲子收拾好褡裢随店小二咚咚咚地下楼去了,胡狲却留在雅间里不走。

"你还磨蹭个啥?"王希烈问。

胡狲一改满脸的市侩之气,肃容问道:"请问二位老爷,谁是魏大人?"

"在下便是。"魏学曾一下子愕然,便把这位胡狲又重新打量一番,问,"你究竟是谁?"

"咱本来就是一个跑江湖的艺人,今受人之托,有一封信要交给魏大人。"

胡狲说罢,从腰间掏出一个小布包,打开来取出一封信递上。魏学曾接过一看,不禁大吃一惊,信皮上的字迹他是再熟悉不过了。他并不慌着拆信,而是谨慎地问胡狲:

"你是如何得到这封信的?"

胡狲看了一眼在座的王希烈,欲言又止。魏学曾明白他的意思,说道:"你不必多虑,这是多年故友,不妨事的。"

"既是这样,小可就说了。"胡狲朝门口觑了觑,压低声音说,"小可与高阁老同乡,也是河南新郑县人,他的管家高福是咱的远房亲戚。"

"是高福把这封信交到你手上?"

"是的,我是专程送这封信来京。高福说,这封信非常重要,嘱咐咱一定要亲自交到魏大人手上。"

"你到京城几天了?"

"已经三天,高福还嘱咐咱,京城形势复杂,这封信不要直接往魏大人府上送,更不要上吏部衙门找您,这一下可苦了小可,转悠了几天,竟找不到投信的方法,谢天谢地,今夜里终于得在这薰风阁了此差事。"

胡犰说完,一拱手就要道别,魏学曾又抢着问了一句:"你在家乡见到高阁老了吗?"

"没见着,高阁老回到故居,整天关门闭户不出门。他的院子附近,也总有一些不三不四的人在游荡。乡亲们说,这是官府密探,高阁老虽然削职为民,皇上对他仍不放心呢。"

胡犰的口气很是为高拱抱屈,魏学曾更不多言,只是说道:"此地也不便久留,壮士你还是快走为是。"

"是,小可就在此与两位大人告别了。"

胡犰深深一揖,闪身出门走了。

胡犰走后,魏学曾亲自起身把门掩好,再回来拆封读信。信只有两张纸,亦行亦草的蝇头小字,反映出写信人潦倒不平的心境。读罢信,魏学曾掩卷不语,本来就黧黑的脸膛,越发显得铁青难看。

"信上说的什么?"王希烈小心问道。

"这封信你看看也无妨。"

魏学曾说着就把信递给了王希烈。王希烈看过顿时也脸色大变。原来信中所述内容,与两人都有利害关系。

却说高拱那日狼狈离京,张居正赶到京南驿设宴饯行。临别前把李延给高拱置办的三张田契原物奉还,高拱一时负气把它撕了。待回到老家细想此事,觉得这里头还藏有巨大祸根。张居正仅仅给了高拱三张田契,他的手上还有没有比田契更为重要的证据?因为从韩揖与兵部驾部郎官杜化中口中吐出的情况分析,京城中各衙门堂官得过李延贿银的肯定不在少数,设若李延走火入魔,也把行贿之事逐一记账存档,而恰好这些证据也如同那三张田契一样落入张居正手中，这可真给他这个新任首辅剪除异己提供了绝妙机会。高拱心想自己反正已经下台，张居正再下毒手，大不了把他整个一死而已，但他不忍心看到自己多年来呕心沥血培植的势力毁于一旦，于是就给魏学曾写了这封信告知真情，希望他与人商量及早防范以备不测。

这封信的出现，使两人刚刚轻松下来的心情又加倍地紧张起来。魏学曾从王希烈手中拿过信，借桌上烛台的火苗一举焚了。他还记得几个月前高拱特意与他商量过此事，原以为李延一死就一了百了，没想到祸事再起旧衅重开，眼看就有一场暴风雨到来。他把烧信留下的纸灰清理干净，看着一直发愣的王希烈，说道：

"汝定，这件事大意不得，玄老当时就担心此事若是捅出来，京城各大衙门就会人去楼空，因此百般防范，没想到最终还是出了问题，此情之下该如何应变，老兄有何见教？"

王希烈本人曾两次收过李延的贿银，因此看过信后已是急得如同热锅上的蚂蚁，不过此时还存了一份侥幸心理，他斟酌说道：

"依在下看来，张居正手中，未必有那份受贿者的名单。"

"何以见得？"

"李延保留三张田契，这是购地的凭证，当然丢失不得。但他毕竟也是老官场，懂得当官的大忌就是给人送礼还留下证据，谁都知道这个证据一旦落入政敌之手，后果就不堪设想。"

"道理是这样，但不怕一万，就怕万一啊！"

魏学曾心情如同十五只吊桶打水，七上八下的，一种不祥的预感拂之不去。看到他这副样子，王希烈心中暗忖："我一个礼部左侍郎，就得了李延五千两银子，这还是李延想给母亲讨诰命，这事儿归礼部管辖，所以才偷偷封了银票送我。这个魏大炮却不同，他是吏部的佐贰官，又深得高阁老信任，权势之大，声名之显，竟超过了其他五部的尚书，李延巴结他，不知又送了多少银子去。跟他比

起来,我那点贿银算得了什么。"如此一推测,王希烈不但坦然了,甚至还有点幸灾乐祸的心理,他试探着问:

"启观,事到如今也没有什么好隐瞒的了,你说句实话,李延送了你多少银子?"

魏学曾没想到王希烈会问出这种话来,心中甚为鄙夷,也就产生了想逗逗他的念头,便欲擒故纵地说:

"你猜猜?"

王希烈伸出一只手,叉开五指晃了晃,说:"这么多?"

"这是多少?"

"五千两。"

魏学曾摇摇头。

王希烈又伸出双手,叉开十指说:"那就是这么多?"

"这是多少?"

"一万两。"

魏学曾仍是摇头,说:"你再猜。"

"两万?"

"不对!"

"三万?"

"还是不对!"

王希烈倒抽一口冷气,把身子凑近,神秘兮兮地问:"启观,你究竟得了多少?"

"实话告诉你吧,这么多。"

魏学曾伸出右手,把大拇指与食指弯成一个圆圈。望着他一脸古怪的神情,王希烈不解地问:

"这是多少?"

"零。"

"零?"王希烈猛然失口一笑,头摇得货郎鼓似的,"你这话鬼都不信,李延来京行贿,除了高阁老,头一个想到的就应该是你。"

"他怎么想是他的事情,我反正是一个铜板也没有拿他的。"

魏学曾口气坚决,王希烈也知道他一向不贪财好利,但仍不相信他就如此干净,因此半是玩笑半是讥讽地说道:

"官场里头,已经有了莳花御史与养鸟尚书,现在又多了你一个零号侍郎。"

"这个称号,愚兄受之无愧。"魏学曾干脆应承了下来,接着问道,"汝定,你问我半天,现在轮到我来问你了,你拿了多少?"

"我嘛,"王希烈支吾着答道,"别人吃肉,我只不过喝了一点汤而已。"

"汝定哪,那不是汤,那是毒药哇。"

"就算是毒药,如今已喝进肚子里,又有啥办法。"王希烈悻悻答道。

魏学曾长叹一声,以拳击额自言自语道:"汝定,看来你是在劫难逃。"

看魏学曾样子挺认真,不像是故意吓唬人,王希烈的心顿时又提到了嗓子眼上。

"启观,你何出此言?"

魏学曾看了王希烈一眼,宕开一句问道:"汝定,还记得胡狲进来之前,我说过的张居正的第三步棋么?"

"啊,你不说我倒忘了,"王希烈拍了拍脑门子,追问道,"你说张居正的第三步棋很毒辣,究竟是一步什么样的棋?"

"明天早朝,皇上就要宣布了。"

"宣布什么?"

"两个字,"魏学曾伸出两根指头,一字一顿地说,"京察。"

第 九 回

议京察大僚思毒计　狎淫邪总管善摧花

"京察?"王希烈眼珠子忽悠悠转了好几圈,狐疑地问道,"京察四年一次,去年才搞的,现在又搞什么京察?"

"凡例是四年,但这次是特例。"

"如何一个特法?"

"今天下午,杨博老拿来一份诏书让我看,并说皇上曾在云台单独召见张居正。这位首辅大人向皇上提出了京察的建议,皇上允行,并降旨要张居正代为起草《戒谕群臣疏》,张居正起草完毕,让内阁书办抄录了几份,分送杨博、葛守礼以及朱希忠、朱衡这样的老臣征求意见。博老明知道我是高阁老一手提拔的人物,仍把这草疏拿给我看,其用意十分明显,就是表示他不偏不倚,要做一个公道守正的天官。"

"那《戒谕群臣疏》的大意是什么?"王希烈焦急地问。

"你看看便知。"

魏学曾说着,从怀中掏出一份吏部专用的移文笺纸,递给王希烈说:"皇上的《戒谕群臣疏》已经刊登在吏部的移文上,明日就要分发两京各大衙门。"

王希烈接过迫不及待读了下去:

> 朕以幼冲,获嗣丕基,夙夜兢兢,若临渊谷,所赖文武群臣,同心毕力,弼予寡昧,共底升平。乃自近岁以来,士习浇漓,官方刓缺,钻窥陈窦,巧为躐取之媒;鼓煽朋俦,公肆挤排之术。诋老成

廉退为无用,谓谗佞便捷为有才。爱恶横生,恩仇交错,遂使朝廷威福之柄,徒为人臣酬报之资,四维几至于不振,九德何由而成事。朕初承大统,深烛弊源,亟欲大事芟除,用以廓清氛浊……

书不云乎?"无偏无党,王道荡荡,无党无偏,王道平平。"朕方嘉与臣民,会归皇极之路,尔诸臣亦宜痛湔宿垢,共襄王道之成。自今以后,其尚精白乃心,恪恭乃职……若或沉溺故常,坚守旧辙,以朝廷为必可背,以法纪为必可干,则我祖宗宪典甚严,朕不敢赦!

一篇草诏读下来,王希烈只觉得手脚冰凉眼冒金星。魏学曾问他:"汝定,张大学士的手笔如何?"

"杀气腾腾。"王希烈咬牙切齿,从牙缝里蹦出这四个字来。

魏学曾微微颔首表示赞同,接着说道:

"以往的京察,都是走过场,这次不一样了。你我都是三品官员,都要给皇上写《自陈不职疏》,然后,皇上再根据你一贯的表现,决定你的去与留。"

"这哪是皇上决定,还不是张居正说了算!"

"这就是问题的实质,"魏学曾抚髯长叹,"高阁老担心十岁的孩子如何做皇帝,不幸言中啊。"

"启观,难道我们就这样束手待毙?"

"你还能怎么样?"魏学曾没好气地反问,"俗话说,打铁还要自身硬。这么多人都拿了李延的贿银,谁还敢理直气壮地去和张居正较劲?"

"张居正真的就一意孤行,不计后果了?"

"什么后果,将你我等高阁老的门生故旧一网打尽,逐出京城,是不是?"

"果真他要下毒手,让部院大臣人去楼空?"

"他不就这样想吗?"

"好哇,我王希烈就等着张居正摘了我的乌纱去。也好,从此悠游林下,尽享天伦之乐。"

王希烈嘴上虽这么说,心里头却像打翻了一只五味瓶,甜酸苦辣涩什么滋味都有。他一仰脖子,将一盏冷酒一饮而尽,魏学曾望着他,眼窝里掠过一丝不屑的神情,忽然问道:

"汝定,你说这个胡狲,如何就能凭空种出一只香瓜来?"

"他自己也承认,这是幻术。"王希烈心不在焉。

"明知是幻术,你却没办法破解,看来大千世界芸芸众生之中,各色高人真是不少。"

"张居正何尝又不是幻术高手,他的京察之计,还不是无法破解。"

看着王希烈的一副苦瓜脸,魏学曾摇头一笑,哂道:

"老兄此话差矣。"

"啊?"

"锣做锣打,鼓做鼓敲。哪怕他张居正是再大的幻术高手,只要你不让他牵着鼻子走,不按他的套路行事,他也拿你没办法。"

王希烈听了,眼睛一亮,问道:"启观兄,你是说,咱们还可以与他较量较量?"

"正是,"魏学曾下意识看了看掩着的房门,低声说,"咱们可以在胡椒、苏木折俸一事上大做文章。"

王希烈今夜邀魏学曾前来薰风阁,本意就是为的此事,只是话题岔开一时忘记了,见魏学曾主动提起,他顿时又兴奋起来,问道:

"依老兄看,这文章应如何做?"

魏学曾答道:"胡椒、苏木折俸,两京官员,上至部院大臣,下至典史军曹,大都怀有怨气,北镇抚司的那个章大郎在储济仓闹事,失手打死了管仓大使王崧,这件事闹得沸沸扬扬,至今都未见皇上旨意下来惩处。可见小皇上对此事还吃不准,说白了,是李太后吃不准。事情过了半个月,表面上风平浪静,实际上各方都还较着劲儿哪。屎不挑不臭,这时候,只要有人再挑头议论这事,张居正就会陷入被动。"

王希烈频频点头,说道:"咱猜测,张居正这时候提出京察,目的就是借此震慑百官,让大家逆来顺受,当扎嘴葫芦。"

"所以,咱们要就事论事,团结百官向皇上进言。你搞你的京察,咱们要咱们的俸银。"

"唔,这样才有救。"王希烈脸上露出难得的笑容。他想满饮一杯,发现酒盏是空的,抓起桌上的酒壶摇了摇,也已空了,便朝门外大喊一声:"来人。"

随着一声"到"字,只见一个十六七岁的小跑堂像一只受惊的小鹿一样跑了进来,涩涩地问:"老爷有何吩咐?"

"刚才在这屋里当值的店小二呢?"王希烈问。

"啊,他有点事,走了。"

小跑堂说得很不自然,而且一双眼睛老往门外溜,王希烈顿时起了疑心:

"店小二到底哪里去了?"

小跑堂被这一逼,竟吓得哭了起来。魏学曾赶紧上前替小跑堂揩了眼泪,哄着他说:"你们店小二是不是随着那种瓜的爷儿俩走了?"

小跑堂点点头,又接着摇摇头。

"你这是什么意思?"

小跑堂惊恐地答道:"那种瓜的爷儿俩从这里出去后,一上街就被人扭住了。"

"上哪儿了?"

"不知道。"

"店小二呢?"

"他吓得躲起来，不知道去了哪里。"

"啊，是这样，没你的事了，去，再给我们筛一壶热酒来。"

小跑堂逃跑似的下楼，魏学曾回过头来望着王希烈，阴沉地说道：

"汝定，我们被人盯上了。"

却说胡狲下得楼来，他的儿子胡狲子早已从王希烈管家手中领了赏银，在门厅等他。爷儿俩遂分予店小二几枚铜板，在门口拱手别过，闪身走进了流光溢彩的大街。刚走几步路，却不知从何处冒出几个人来把他们夹在了中间。胡狲毕竟是个老江湖，各色事情经历不少，因此也不慌张，朝胡狲子丢了个眼色，爷儿俩便膀靠膀站着，暗中提起气来攥紧了拳头。

"你们想干啥？"胡狲问。

"不干什么，咱大爷想让你去种只瓜。"一个长着刮刀脸的人大大咧咧地说道，看来他是这群人的头儿。

"咱不会。"胡狲摇了摇头。

"不会？"刮刀脸短茬眉一吊，说，"刚才在薰风阁三楼，那只瓜是谁种的？"

胡狲见被揭了底，知道赖不过了，便反问："你们是谁？"

"咱们是谁，你到了地头儿便知。"

"哪个地头儿？"

"喏。"刮刀脸努努嘴。胡狲顺势望去，只见又是一处饭庄，门首悬了一块大匾，叫"彩云楼"。这彩云楼的宏敞亮丽，不要说压过了薰风阁，就是在这条火树银花彩映千姿的庙右街上，也算是拔了头筹。胡狲心想，既然是在酒楼人多之处，咱也不怕谁，便与儿子跟着刮刀脸一行，走进了彩云楼。

这彩云楼里头原是一座花园式建筑，胡狲父子跟着刮刀脸穿过几道曲槛回廊，才迤逦来到一处水榭。刮刀脸先进去禀了主人，才招手让胡狲父子进去。

胡狲刚走进去，顿时被屋子里明亮如炽的灯光炫迷了眼睛，他定定神后，才看清屋内的一切。这间水榭堂面很大，一应陈设十分考究。靠着南窗有一张软藤躺椅，上面躺了一个约有四十来岁的矮矬矬的黑脸汉子，藤椅两侧各蹲了一个浓妆艳抹的二八佳人，在给那个男人捏腿。另还有两个酥胸半露的美女，跑上跑下地应酬。屋子正中的红木八仙桌上摆着酒席，盛放酒菜的器皿，一色都是用纯金制成。胡狲一个江湖艺人，何时见过这等富贵？他不知躺椅上的黑脸汉子是何方神圣，但凭他的经验，晓得这等豪奢纨绔大都是一些头顶生疮，脚底流脓的角色，内心里先就生了十二分的警惕。

胡狲当然不认识，躺在藤椅上的这个人原就是冯保的大管家徐爵。自冯保升任司礼监掌印太监，徐爵越发的摆威使势，神气得不得了。在大内主子面前，他仍是曲腰躬背，谦卑有礼，但一旦到了外面挑头当差，那股子张狂气焰，简直是灼草草死，燎树树枯。

且说高拱削籍离京后，冯保那一日把徐爵叫到值房面授机宜，要他会同东厂掌帖陈应凤，多撒些便衣出去，对高拱留下的死党都要暗中盯紧，看看他们有无串连，每日做什么事情说什么话，都要记录禀报。冯保说着就交给徐爵一份名单，大约写了好几十个人的名字，雒遵、韩揖、程文、陆树德、曹金、王希烈等都在上头。摆在第一名的，就是魏学曾。徐爵本是挖窟窿生蛆的角色，自接了这差事，恨不能看见一个洞口就能掏出一窝王八来。东厂的一帮小番役直接听命于徐爵，每日里鬼鬼祟祟晃荡在各大街小巷打探消息。盯梢魏学曾是重中之重，但这个魏学曾好像知道风声似的，一个多月以来一直是除了衙门就是家门，不同任何人接触。今夜里是他第一次出门，而且是穿了便服乘了小轿从后门走的。手下人赶紧给徐爵报告,徐爵心想这只蝎子终于出窠了。他迅即点了一二十名精干番役,乔装打扮一番也来到了庙右街。喽啰们各尽其责当值去了,他则进了彩云楼包下这座水榭,点了四个陪酒的女妓进来,坐镇指挥的同时,也顺便做起那皮贴皮肉贴肉的苟且之事。

胡狲进来的时候,徐爵正闭着眼任两个姑娘在他腿上揉揉捏捏,只见左边那个姑娘一双巧手捏到了大腿根部,徐爵鼻子里舒舒服服地哼了一声,说:"再往里捞。"那姑娘碍着胡狲他们在场,只敷衍着说:"大爷该起来吃杯酒了。"徐爵仍是不睁开眼睛,只扯了扯嘴角,淫邪地答道:"咱这二爷一天到晚窝在裤裆里得不到照顾,你小妮子要想得大爷的赏银,先把这二爷料理好。"说罢,一把拽住那姑娘的手硬往裤裆里塞,慌得那小妮子大声嚷道:

"大爷,有人来了。"

徐爵这才把一双鱼泡眼睁开,只见刮刀脸领着胡狲父子已站在屋子门口处。他推开两个姑娘,一骨碌翻身起来,睨着胡狲问道:

"你叫什么?"

"胡狲。"

"听口音是河南人?"

"是。"

"河南哪个府的?"

"南阳府汝州县人。"胡狲留了个心眼,没有说真话。

"啥时候来京的?"

胡狲又扯白道:"有些日子了。"

"来京干啥?"

"玩杂耍混口饭吃。"

徐爵嘻嘻一笑,说:"听说你善于种瓜。"

胡狲答道:"那是小可的看家本领。"

"种瓜得瓜,种豆得豆,这句老古话居然也成了他妈的杂要。"徐爵说到这里像是突然记起了什么,一拍脑门子,问刮刀脸,"呃,上回你不是就着种瓜得瓜这四个字,讲出了一个笑话,这笑话怎么说?"

刮刀脸笑了笑,望了望屋子里四个女子,不好开口。徐爵怂恿道:"你怕什么?她们都是经过场面的人,什么样的话没听过?但讲无妨。"

刮刀脸领了这指令,也不再扭捏,遂肆无忌惮讲开了:"上回宛平县一个老典吏来京公干,闲来喝酒时与我们扯淡,说到他那个县上的瓜农,今年种的西瓜大丰收,自然是个个喜笑颜开。但也碰上那么一个愁眉苦脸的,这家伙三十多岁还没讨上媳妇,做梦都想着女人,因此哭丧着脸,跑到土地庙里给土地老爷烧香,一边磕头,一边发牢骚说:'土地老爷呀,您老真是咱小民的大神圣呀,您让咱这地方风调雨顺,种瓜人种瓜得瓜,种豆人种豆得豆,俺庄稼人个个腰上的钱袋儿都是鼓鼓的呀!如果土地老爷再开一回恩,叫咱种尻得尻,那就真是你老人家的大恩大德呀。土地大老爷您想想,种瓜得瓜咱有了钱,如果再能种尻得尻,咱就有了媳妇,啊不,这可比媳妇强着呢!媳妇只有一个尻,这地里头长出的可就是一片一片的,那多好呀。一到夜晚,咱就摘一个嫩嫩的带回家去享用,嗨,咱再不说了,咱再说,这跪着的蒲团也会叫咱杵出一个洞来。'那个光棍汉的这番祷词,不知怎么让人听见了,便一传十十传百地传开了。"

刮刀脸油腔滑调绘声绘色,大有让人身临其境之感,因此他的笑话刚一讲完,屋子里的几个男人已是个个笑得前仰后合。那几个姑娘虽然要忸怩装出个假正经,也莫不咬了银牙,阴在肚子里笑个不止。有个姑娘居然憋岔了气,一抽一抽地打起嗝来。徐爵笑出了眼泪,他指着刮刀脸,喘着气说:"好你个刮刀脸,一次跟一次讲得不一样。后几句上回你就没有讲,看来是你编的,编得好编得好,老爷回去有赏钱给你。"

"谢老爷。"刮刀脸打一躬,满脸泛着红光。

"姑娘们,这笑话好不好听?"徐爵对着几个妓女嚷道。

四个姑娘你看我我看你,一个个红晕飞腮。其中一个姑娘在徐爵大腿上拧了一把,故作娇态嗔道:"老爷你真坏,唆使人讲出这等浑话来。"

徐爵眼眶里射出淫光,谑道:"幸亏是个笑话,如果是真的,本老爷就把后花园全都种满,哪还用得着你们。"说着又与姑娘们闹作一团。

对这种毫无顾忌的狎邪调情,胡狲平生还是头一遭看到。徐爵那头不在乎,他这厢却吃不住精神,只得干咳两声,背过脸说道:

"小可请示这位老爷,如果没有什么事情,小可就告辞了。"

徐爵闻听此言,就把姑娘搡到一边,对胡狲说:"你给老爷种只瓜吃。"

"小可遵命。"

胡狲说罢,便与胡狲子配合起来,按在薰风阁表演的那套路子,重新热热闹闹惹人眼目地表演一番。约小半个时辰,便结出了一只香瓜。他拿刀剖开,递给徐爵请他品尝。徐爵嘎嘣咬了一口,直称赞好味道。他又让刮刀脸和几个姑娘都尝了尝,个个都啧啧称奇。

"有这手绝活儿,在江湖上混个肚儿圆不成问题。"徐爵让姑娘斟了一杯酒拿过来一饮而尽,又问道,"你怎么叫胡狲?"

"咱是属猴的。"

"就为这?"

"可不是。"

"依你这么推断,那属猪的不就得叫猪八戒,属鸡的就得叫鸡公了。"

屋子里又是一阵哄笑。面对徐爵的奚落，胡狲脸上有些挂不住，却也只得隐忍了，站在那里一声不吭。

"我再问你，"徐爵又盛气凌人地说话，"你方才在薰风阁，为谁表演来着？"

"不认得。"

"真的不认得？"

"这还有假？"胡狲辩解道，"咱一个跑江湖的卖艺人，逮着谁是谁，哪管他是赵钱孙李，还是周吴郑王。"

徐爵冷笑一声，一个挺身屁股离了藤椅，他反剪双手慢慢踱到胡狲跟前，盯着胡狲的眼睛突然厉声问道：

"有人看见你跟着魏大人的轿子，从他家一直跟到了薰风阁，这事如何解释？"

"这是没有的事，什么伪大人真大人，小可统统都不认得。"

胡狲嘴上虽不承认，心里头却在犯嘀咕："这人怎么跟踪起俺来了，莫不是官府的探子？"他刚这么想，徐爵又吼了起来：

"说，你如此鬼鬼祟祟，要见魏大人做甚？"

"这位老爷的话，小可实在听不懂。"

事到如今，胡狲只好一味地装糊涂。徐爵显得满脸的不耐烦，吩咐刮刀脸道："看来，这只精猴子是敬酒不吃吃罚酒，你且把他们带下去细细审问，别让他们留在这里败了咱的酒兴。"

黑脸汉子说罢手一挥，刮刀脸上前揉了胡狲一把，一行人又闹哄哄地离开了水榭。

这伙人前脚刚走，又有一个人后脚走进了水榭。他一个长揖，毕恭毕敬地说："徐总爷，薰风阁那边，该怎么办？"

徐爵问："那两位大人现在如何？"

来人答道："还关着门，在里头嘀嘀咕咕。"

"呵,都两个时辰了,他们在商量什么大事?"徐爵眼珠子滴溜溜一阵乱转,嘱咐那人道,"你且先回去给我盯着,有啥动静及时来报。"

"是。"

那人答应一声,躬身退下。水榭里只剩下徐爵和那四个陪酒女妓。这五个不知廉耻的男女,顷刻又胡闹扭成了一堆。做过了种种淫邪动作,徐爵又提议坐回到八仙桌喝个交杯酒,内中一个生了一双好看的丹凤眼,言语也最为泼辣的姑娘不同意,她噘着嘴,撒娇地说:

"老爷应先吃一杯罚酒。"

"为何要平白无故罚我?"徐爵不解地问。

"你诳骗我们姐妹。"

"咱诳骗什么了?"

"你说你姓王,叫咱姐妹称你王大爷,可是方才那差人进来,却是恭恭敬敬喊你徐总爷。姐妹们,你们说,大爷的这杯酒该不该罚?"

"该罚。"

众姑娘一齐应声,也不容徐爵辩解,拉手的拉手,抱头的抱头,掰嘴的掰嘴,生生地硬是把一杯酒给徐爵灌了进去。

徐爵呛得连咳了几声,虽吃了亏,却也不气不恼,涎着脸笑道:

"其实,本大爷从来就没有骗你们,徐总爷是我,王大爷也是我。"

"那你为何一个人有两个姓?"

"这个嘛,你们姑娘们自是不懂。"徐爵邪邪一笑,把坐在旁边的丹凤眼搂进怀中,一边摸着她的奶子一边说道,"徐是我的姓,这个王嘛,是我老二的姓。"

丹凤眼猛不丁朝徐爵裤裆里抓了一把,徐爵猝不及防,那根东西便被丹凤眼攥了个满把,丹凤眼扯着它,嗔道:"既然它叫王大爷,咱们也把它请出来喝杯酒。"

徐爵只觉被拽得生疼生疼,禁不住"哎哟哎哟"直叫唤,丹凤眼毕竟心疼它,顿时就松了手,噘着嘴说:

"什么王大爷,原来是只没疙瘩的海参。"

徐爵嘻嘻一笑,涎皮涎脸答道:"是呀,大爷这只海参,最喜欢吃的就是白白嫩嫩的蚌肉。"

"你真坏!"

丹凤眼又开始撒娇,两只小拳头擂鼓似的打在徐爵身上,徐爵假装怕疼,夸张地嗷嗷乱叫,告饶道:"我的姑奶奶,别打了,再打,大爷我就要恼了。"

姑娘们怕徐爵真的要恼,遂都收了手。经这一闹,一个个也都香汗淋漓云鬟半松,看了越发觉得可爱。徐爵仍在兴头上,嚷着让丹凤眼给他斟酒。

看着丹凤眼特别受宠,其余三个姑娘都有了醋意,一位胖嘟嘟的姑娘连忙献殷勤道:"大爷,秃酒难喝,菜都凉了,要不,咱去给老爷再要几个热菜来。"

徐爵打了一个酒嗝,摇头说道:"再好的菜大爷也不想吃了,单有一道菜可以醒酒,你去给大爷点了来。"

"啥菜?"胖姑娘说着就要起身。

"麻雀的杂碎。"

"这是道啥菜,没听说过。"

"没听说过,那大爷就告诉你吧,"徐爵又把丹凤眼揽进怀里,搂着她说道,"麻雀的杂碎,就是小——心——肝。"说毕,在丹凤眼的脸上猛亲了一口。

姑娘们没想到又上了当,顿时扑过来又要大闹。正在这时,刮刀脸慌里慌张地跑了进来。

"你怎么又回来了?"徐爵问。

刮刀脸也顾不得有不相干的人在场,只把双腿往地上一跪,哭丧着脸说:"禀总爷,胡狲爷儿俩跑了。"

"怎么跑的?"

"刚走出庙右街,到了二郎神庙前的广场上,那儿满地都是卖小吃玩杂耍的。胡狲瞅机会拔腿就往人缝里钻,我赶过去抓住他的膀子,他反身朝我右眼窝就是一拳,打得我天昏地暗,他爷儿俩就趁机跑了。"

刮刀脸说罢就把头低了,紧张地等候主人的咆哮。徐爵定睛望去,只见刮刀脸的右眼窝的确瘀紫了一大块,眼睛也肿得差点闭了缝,心想这小子挨了臭揍,那胡狲看来也真的就是个江湖艺人,因此倒也没有深究,只问道:

"薰风阁那两个人呢?"

"方才也都走了,还是分头走的。"

"好,你们先回去吧,明儿个多派些弟兄上街,见了胡狲,还得抓回来。"

"小的遵命。"

刮刀脸千恩万谢就要退下,徐爵又把他喊住,指着屋里四个姑娘说:"这几位姑娘,今夜的缠头银子我都付了,你领回去让弟兄们消受消受。"

"这……"

刮刀脸蒙了,他不敢相信自己的耳朵。

"你这个屁,"徐爵没好气地申斥,"叫你领走就领走。"

徐爵说着一甩手,径直向水榭外走去,他的态度突然来了个一百八十度的大转弯,让几个姑娘反应不及。眼看他已走出水榭的长廊,丹凤眼才追上来哆声哆气说道:

"老爷,您老未必连我也不要了?"

徐爵回过头,龇牙一笑说:"你两片小蚌肉不知喂过几百条汉子,本大爷哪还有兴趣!"

走廊上光线昏暗,丹凤眼望着徐爵白厉厉的牙齿,顿时像看到了魔鬼,吓得惨叫一声,一摊泥样晕倒在地上。

第 十 回

冯公公读折耍手腕　李太后吃茶识股肱

这些时,尽管京城官场里头,为胡椒、苏木折俸的事斗得驴嘶马喘,各方人物都铆足了劲儿蓄势待发,可是大内紫禁城中,依旧平静如常。小皇上每日上午在母亲李太后等人的陪同下听冯保念各府州县衙门呈上的条陈奏折,下午温书习字。这天上午辰时刚过,冯保反剪着手一步一摇地走进了乾清宫院门,遥遥看见宫前长廊上,小内侍客用正按着小皇上的脑袋,踮着脚瞧他的耳朵,孙海则嘻嘻笑着站在一旁凑热闹。冯保觉得这两个小内侍太放肆,顿时人脸放下去,狗脸捡起来,快步奔过去,断喝一声:

"大胆!"

两个小内侍一哆嗦,扭头一看是冯保,客用赶紧松了手,与孙海退到一边,勾头垂手,身子已是筛糠一般。这两个小大人虽贵为皇上身边的侍应,但见了冯保,依然如同老鼠见了猫。由于这一声断喝太突然,不但孙海与客用吓得灵魂出窍,就是小皇上朱翊钧也吓得脊背上直透凉气,不由得惊恐地喊了一声:

"大伴!"

冯保赶紧朝朱翊钧打了一躬,歉意地说:"皇上,老奴吓着你了。"接着又转向两个小内侍,恶狠狠骂道,"你们两个小畜生,好不晓事,万岁爷的头,是你们摸得的?"

"吵什么呀?"

忽然一个女人的声音插进来问,众人抬头一看,却是李太后从乾清宫中走了出来。

"太后,"冯保忙趋前行礼,说道,"奴才方才进来,见这两个小畜生按着万岁爷的头,便跑过来训斥。"

李太后"啊"了一声,便款款地走了过来。

冯保又朝两个小内侍喝道:"还不快跪下!"

孙海和客用哪敢吭声,一刷儿跪了。

走近前来的李贵妃,睨着两个小内侍,问道:"你们两个小奴才,为何要按万岁爷的头?"

"是,是……"

客用语不成句,勾着的头又不敢抬起来。瞧他面如土色,朱翊钧看不过眼,忙站出来说话:

"母后,这不怪他们。"

"为何?"李太后问。

朱翊钧答:"是咱的耳朵痒,好像飞了只虫子进去,咱就让客用看看。"

"万岁爷,老奴又要斗胆纠正您了,"冯保眯眼儿笑道,"在奴才面前,您不能称咱,要威威严严的,称朕! 朕,这才是您的自称。"

李太后微微颔首:"钧儿,你大伴说得对,你可记住了?"

"记住了,母后。"朱翊钧瞧着跪在地上的两个贴身内侍,又说道,"朕让客用看看,朕的耳朵里钻进虫子没?"

"啊,是这样。"李太后表情释然。

见李太后有原谅的意思,冯保赶紧奏道:"万岁爷,您的耳朵痒,可以坐下来,让客用跪在凳子上给您瞧,哪能这样站在走廊上,任一个小奴才来扳弄,您是万乘之尊哪!"

经冯保这么一点拨,李太后豁然醒悟,喃喃说道:"是啊,这里头有规矩。"

"规矩大着哪!"冯保一脸峻肃,藏着玄而又玄的神气,说道,

"奴才刚入宫时,就听宫内老人讲了一个故事,说的是孝宗万岁爷在御时,好微服私访,为的是洞察人心的向背。有一天夜里,投宿在一间荒村野店里,枕着块石头,睡在草席上。半夜里,有两个人在说话,一个在院子里,一个在隔壁屋中,孝宗万岁爷支着耳朵,听他们说些什么。只听得院子里那个人对屋中人说:'今夜,皇上老儿又出来了,咱看星象,当在民间中,头上枕着石头,睡在草席上。'屋中人笑道:'你没看错吧?'孝宗万岁爷听了觉得稀奇,便头脚易位颠倒来睡。不一会儿,听得屋中人也来到院子里头,看了一会天,说道:'你老兄果然错了,皇上老儿哪是头枕石头,明明是脚踹着一块石头嘛。'孝宗万岁爷听了,不觉浑身冒汗。第二天回宫,命人前去访求那两个人,竟始终找不到。由此孝宗万岁爷深信,身为九五之尊的人主之极,一举一动,都有神灵窥伺。哪怕细微末节的小事,也丝毫马虎不得。须知万岁爷一句话就是圣旨,一个举动就是万世楷模。今日里,让客用这个奴才按着万岁爷的头,设若民间的高人看了星象,说不定就是天狗吃日头的大事。"

耳朵痒了请人看一看,这在老百姓里头,原是极平常的一件小事,可是经过冯保搬经弄典这么一白话,竟成了不可饶恕的欺君之罪。李太后顿时没了主意,问道:

"依冯公公看,这两个小奴才该治罪?"

"正是。"冯保觑了一眼李太后,答道,"若按皇上的家法,客用小畜生怎么讨便宜,也得斫一只手,但今天的事既是万岁爷叫的,惩罚就轻一点,让这两个小畜生跪在院子里的砖地上,晒一上午太阳。"

"日头老毒的,晒晕了怎么办?"朱翊钧瞧了瞧砖地上白晃晃的阳光,担心地问。

冯保立即回答:"万岁爷,天底下生杀予夺大权都在你手上,一味地慈悲,怎好当皇帝!"

"冯公公说得对,就这么办了,走,万岁爷,咱们去东暖阁。"

李太后一锤定音,说罢牵着朱翊钧的手,在两名宫女的引导下,挪步向东暖阁走去,冯保紧随其后。

此时的东暖阁,早已被值事太监擦拭得窗明几净,镶嵌了几十颗祖母绿的鎏金宣德炉里,也燃起了特制的檀香,异香满室,闻者精神一爽。而在小皇上的御座与李太后落座的绣椅之间,有一个小巧玲珑的单盆花架,上面放了一只翠青六孔莲瓣花插,那本是南宋龙泉窑的旧物。花插上插了六枝猩红欲滴的玫瑰,也分外夺人眼目。主仆坐定,李太后瞄了瞄小皇上几案前先已放好的十几份奏折,问冯保:

"冯公公,奏折还未拆封?"

按规矩,所有呈给皇上的奏折,先都集中到通政司,再由该衙门转呈大内。奏折寄呈时就已封套缄口,通政司收到后再加盖火印关防。只有呈至御前,皇上下旨才能开拆,此前任何人不得与闻。新皇上登极之初,冯保就把这规矩说给李太后母子听了。这些时来,也一直是这么做的。今日李太后突然问这么一句,看似无心却是有意,冯保觉得这是李太后故意试探他是否对小皇上竭尽忠恳,便恭谨答道:

"没有皇上的旨意,奴才岂敢拆封。"

"啊!"李太后嘴角微微一翘,微笑道,"那就拆吧,你说呢,钧儿?"

"拆。"

朱翊钧的嘴中硬绷绷吐出一个字,他的心思还在那两个罚跪的内侍上头。

冯保趋身上前,把那些奏折逐一拆开并看了一遍题目。李太后问:

"有无紧要的?"

冯保答:"有三封折子,皇上和太后想必愿意听听。"

"哪里呈来的?"

"一封是河南府新郑县令呈上的密札,备细禀报高拱回籍这两个月的举止动静。"

本来慵懒地坐在锦缎绣椅上的李太后,一听这话迅速坐正了身子,急切地问:

"这倔老头子,回家后可老实?"

冯保眯着眼,把那密札读了一遍,大致陈述高拱回籍之后,足不出户,闭门谢客,连当地缙绅前往拜望,也一概谢绝。他刚读完,李太后就微蹙着秀眉问:

"这个县令的话可靠吗?"

"大致可靠,"冯保觑了一眼李太后,讨好地说,"上次太后嘱咐奴才,要把高拱盯紧一点,奴才就派人去了一趟新郑,传谕县令,高拱回籍闲居,地方官要把他看管紧一点,有关高拱的言谈举止,须得定期写密札向皇上奏报。为了万无一失,除了县令那边,奴才还另外派了人监视。"

"情况如何?"

"诚如县令所奏,高拱表面上的确足不出户,但他总还有个传声筒在外活动。"

"谁?"

"他的管家高福。"

"啊,可有越轨之举?"

"这高福早被高拱调教出来,滑得像条泥鳅。他三天两头离开高家庄,一忽儿到庙里烧香,一忽儿到县城采东购西,看起来忙的都是高家的杂务,其实,他还是见了不少的人。前两天,有两个高福会见过的人跑到了京城,还在庙右街的薰风阁酒楼上,会见了魏学曾和王希烈两个。"

"这不是高拱的哼哈二将吗?"

"正是,因此奴才琢磨着,这里头兴许有阴谋。"

"那两个人是干啥的?"

"江湖玩杂耍的,是爷儿两个,爹叫胡狲,儿叫胡狲子。"

"抓住了?"

"这两个家伙武艺高强,抓着又跑了。"

李太后秀眉一挑,埋怨道:"这办的是啥事!"

冯保赶紧滚下凳子,伏在地上连连自责:"奴才该死,是奴才办事不力。"

看着冯保一副惊恐的样子,李太后摇头叹了一口气,吩咐冯保坐起来回话,问道:

"冯公公,你上次说唐朝有个姓李的,住在衡山上,却把握着京城的朝政,这个人叫什么?"

"回太后,叫李泌。"

"后人称他为山中宰相,是不是?"

"是的。"

李太后突然从花插上拔出一枝玫瑰,一折两断扔在地上,恶狠狠地说:

"在咱万历皇帝当政的时候,绝不允许出现一个山中宰相。钧儿,你说呢?"

朱翊钧仔细听了这一番谈话,一想到高拱胡须戟张、目光严厉的黑煞星样子就不免心悸,因此答道:"母后说得对,大伴,那两个人你务必抓住。"

"是,奴才遵旨。"冯保欠身回答,又道,"山中宰相,之所以能呼风唤雨,是因为在朝中党羽众多,若一举剪除,则可永保无虞。"

李太后频频点头,沉吟道:"高胡子自恃先帝信任,总揽朝政几年来,培植了大量党羽,这可是最大的心头之患啊。"

　　冯保察言观色,适时答道:"张先生提出京察,昨儿皇上例朝时宣读的《戒谕群臣疏》,可谓是清除高拱死党的绝妙良策。"

　　李太后一笑莞尔,她的眼前闪过一个衣饰整洁五官端正进退有度的大臣形象,心里头难免浮起一片躁动,但她很快克制住并收敛了笑意,问冯保:

　　"另外两份要紧的折子,是哪里呈来的?"

　　"一封是湖广道御史黄立阶呈上的,向皇上推荐已经回籍闲居四年的海瑞,说他是朝野闻名的清官,希望朝廷能够重新起用他。"

　　李太后问:"这个海瑞,是不是当年抬着棺材向嘉靖皇帝上疏的那个人?"

　　"正是,他上疏指责嘉靖皇帝宠信方士迷恋丹药,懈怠朝政,嘉靖皇帝雷霆大怒,把他打入了死牢。"

　　"先帝在的时候,不是放了他么?"

　　"不但放了,还给他官升两级,当了苏州知府。"

　　"怎么又回籍了?"

　　"听说这位海大人过于孤介,人品虽好,却不会当官,同僚与当地缙绅对他颇有怨词。"

　　"啊,钧儿,你说这折子该如何处置?"李太后问。

　　"发内阁票拟。"朱翊钧答。

　　冯保又拿起第三份奏折,晃了晃说:"这是殷正茂从广西庆远剿匪前线寄来的。"

　　"殷正茂,他抓到贼首没有?"李太后淡淡地问。

　　"没有,但他已把叛贼围在深山了。"

　　冯保接着又把那折子读了一遍。当听到"臣旬日前已将总督行辕移至荔波县城。叛首黄朝猛、韦银豹已被合围于水岺山中。目下臣正部署军事,设计出奇制胜之良策,以期冬至之前捣毁匪巢,擒获叛首,使西南妖氛清净,为万历顺世之展开,略献臣之芹

心……"这一段话,李太后满意地"嗯"了一声,问道:

"高拱多拨给他二十万两银子,到底是花了还是没花,怎么不见他的奏词?"

"是啊,"冯保随话搭话,"若是有这二十万两银子支撑危局,张先生也不会如此被动。"

"张先生为何被动?"

"还不是为胡椒、苏木折俸的事!"

冯保巧妙地把话题引到这上头,原也是煞费苦心的。章大郎失手打死王崧后,张居正只是写了个条陈告知皇上,之后再没有任何折子呈进。这件事究竟影响多大,牵涉面有多广,李太后和皇上并不知晓,因此也就没有对这件事进行查询与深究,甚至连章大郎何许人也不甚清楚。对这件事,冯保本可作壁上观,但因邱得用三天两头就跑过来求他,冯保也觉得心里头总搁着什么。他原以为张居正会就这件事来找他,探探李太后有何口风,谁知等了十几天也不曾得到张居正的只言片语,害得这位大内主管挖空心思在想张居正究竟是何心思,有何招数。他这个人的禀性,本像是药铺的甘草,一时作冷,一时作热,日子过得风平浪静,他就感到无聊。思来想去,他决定择机向李太后及小皇上"吐点实情",既不伤害张居正,又要让这位首辅喝上那么一点点辣汤。

却说李太后听了冯保的话后,心里头一惊,立即问道:"胡椒、苏木折俸,京官们反应很大么?"

冯保答:"可谓是一片怨言。"

"说些什么?"

"有的说这是张居正怀私罔上,借此离间君臣情义;有的说不是太仓银告罄,而是国库陈年积压杂物太多,张居正实物折俸,是酷臣寡义之举。这事儿,在两京各大衙门里,已被吵得沸沸扬扬。"

"这么大的事情,张先生为何不向皇上禀报?而且,也不见两京官员的奏折。”

“张首辅没有禀报，依奴才看，也不是故意隐瞒。”冯保说着咽了一口口水，眼巴巴望着神色严峻的李太后，见李太后抬抬手示意他说下去，便继续说道，“张先生同高胡子不一样，对太后与皇上竭尽忠恩，这一点不用置疑。这么大的事情他之所以不禀奏，据奴才猜度，是因为张先生认为这不是什么大事。”

李太后突然提高嗓门说道：“这还不算大事，那究竟什么是大事？”

“在张先生看来，京察才是大事。”

“啊？”李太后一愣，停了一会儿才又蹙着眉头说，“张先生人品好，有能力，大小事情可以放手让他去做，但遇上大事，总不能让咱母子俩蒙在鼓里。”

听话听音，冯保已听出李太后的话风中藏有某种担心，心中得意的同时，又感到不能再挑唆下去，于是又改口说道：

“其实，张先生不及时禀报，还另有隐情。”

“是吗？”坐累了的李太后，示意一旁侍候的宫女帮她捶捶背，捏捏腰，问道，“有何隐情？”

“就为那个被刑部拘捕的章大郎。”

“章大郎，章大郎是谁？”李太后问。

一直静听对话的朱翊钧这时插话说道：“就是张先生上次的揭帖中讲到的失手打死储济仓大使王崧的那个人。”

“钧儿好记性，看看，娘倒忘记了。”李太后朝儿子笑了笑，又问冯保，“这个章大郎，不就是北镇抚司的一名官员么，张先生为何在乎他？”

冯保刚欲开口，突然发现小皇上一双亮晶晶的眼睛死死地盯着他。他感到那眼神里藏了一种过去未曾发现的东西，不免心头一惊，答话时就分外谨慎：

“太后与皇上有所不知,这个章大郎是邱公公的外甥。”

“邱公公,你说是邱得用?”

李太后眼睛一下子睁大了,小皇上也霍地挺直了身子,东暖阁里顿时静得可以听见彼此的呼吸。

这种反应在冯保预料之中,他继续作戏,连连叹气道:“唉,千想万想都不会想到,邱公公会摊上这么个不争气的外甥。这些时,邱公公心都怄肿了。”

“可是,邱公公却一直不曾提起过。”李太后喃喃说道。

“借十个豹子胆给他,他也不敢提呀,”冯保振振有词,“邱公公服侍主子尽心竭力,太后也觉得邱公公是难得的好奴才,如今升任乾清宫管事牌子才一个多月,就出了这等丑事,他那一张脸,往哪儿搁呀。”

“这倒也是……”

李太后说了个半截子话就打住了,冯保听不出下文来,又道:“处理胡椒、苏木折俸的风波,章大郎是关键。”

“说说看。”李太后道。

冯保接着说:“说实话,两京各大衙门的官员之所以敢有怨言,就是看着章大郎受不着惩罚,如果把章大郎明正典刑,官员们便都会像秋后的知了,一下子全哑了。”

“那张先生为何不这样做呢?”朱翊钧问。

“投鼠忌器啊!”冯保挪挪身子,从窗棂里射进来的阳光,正好照着他的眼睛,他用手揉揉眼皮子,才又说道,“张先生是有心人,他上次呈上的揭帖,说章大郎是失误致死人命,就这一个‘误’字,就说明他有保全章大郎性命之意。”

“究竟是不是误伤呢?”李太后追问。

“这个……这个,老奴也说不清楚。”

“这个张先生,胸中倒藏得住千山万水,”停了半晌,李太后才缓缓说道，"钧儿，你要好好跟着张先生学一学。"

朱翊钧瞥了一眼地上被折成两截的玫瑰花枝，又伸手理了理摆在面前几案上的那些奏折，答道："母后，儿正有事要请教张先生。"

"那，你就传旨接见他。"

"您呢，母后，您陪儿一同召见。"朱翊钧说此话时，几乎是在撒娇。

"这……好吗？"

李太后侧身望了望南墙一垂到地的丝幔，端庄秀丽的面颊上，忽然泛起了好看的红潮。

刚过未时，张居正走进会极门，沿着东边甬道穿过会极、中极、建极三大殿。节令虽已过了处暑，可是大日头底下依然暑气蒸人，所以，张居正走完甬道来到云台门口时，额头上已是渗了一层细碎的汗珠。趁他揩汗时，领路的牙牌太监低声说道：

"请张先生稍稍留步，奴才先进去禀告一声。"

管事牌子刚进去，须臾间就有一个银铃样的声音传出来，这是小皇上朱翊钧亲口说话：

"请张先生进来。"

张居正先习惯地整了整官袍，抚了抚本来就很熨帖的长须，然后才提起袍角抬脚进门。一进屋子，他就发觉李太后与冯保都在里头。三人所坐位置与上次会见时大略相同。他立即跪下行君臣之礼，朗声禀道：

"臣张居正叩见皇上，叩见太后。"

小皇上答："先生请起，坐下说话。"

一名小内侍给张居正搬来了凳子，张居正刚坐定，朱翊钧就开口说话了："朕要见先生，是有事要请教。"

张居正答:"臣不敢当请教二字,皇上有何事垂询,请明示。"

朱翊钧看看冯保,冯保指指袖子,朱翊钧会意,便从袖口掏出几张小字条,那都是他今日要请教的问题。这是冯保给他出的主意,怕他小孩子临时紧张,把要问的问题丢三落四给忘了,故先都在纸条上一一写好。朱翊钧把手上的几张纸条翻了翻,捡起一张来问:

"请问张先生,通政司每日送来很多奏本要朕审阅,这些公文事体浩繁,形式各异,应该怎样区别对待?"

一听这问题,张居正心里头一阵高兴,小皇帝已经有心练习政事,熟悉掌故了,这实在是一件好事,便应声答道:

"皇上所问之事,乃宫府间移文方式,冯公公在司礼监多年,是再也熟悉不过了。"

张居正的话意是要小皇上就近请教冯公公,这是在表示友好。冯保一听就明,两眼一眯笑着答道:"老奴虽在司礼监待了多年,办的却都是具体事情。哪道折子该怎么批,外头有内阁的票拟,上头有皇上的旨意,司礼监只是看样批朱,都是些省心事。昨日皇上问起,奴才也说不全,只记起上次张先生回答'龙生九子'之事,平常处就见先生的学问深厚,便建议皇上亲自请教先生。"说罢一缩脖子一挤眼,越发像个没骨头的面团。

比起十几天前的第一次会见,朱翊钧胆子壮得多了,接着冯保的话头,朱翊钧说道:"方才朕提的问题,还请先生快快回答。"

张居正一直正襟肃坐,此时"嗯"了一声,略一思忖,答道:"皇上在各类章奏上的批复或者御制文章,虽总称圣旨,但因体裁不同,大略可分十类:一曰诏、二曰诰、三曰制、四曰敕、五曰册文、六曰谕、七曰书、八曰符、九曰令、十曰檄……至于各衙门所上奏本,体制亦分十类:一曰题、二曰奏启、三曰表笺、四曰讲章、五曰书状、六曰文册、七曰揭帖、八曰会议、九曰露布、十曰译……"

　　接下来,张居正就自上而下以及自下而上的各十种文体做了详细的介绍说明,每种文体的法式、物件及作用都引经据典由浅及深剖析明白,朱翊钧听得很认真,没有听懂或心存疑惑之处便及时提问,这样言来语往,不知不觉过去了大半个时辰。两人话头刚落,冯保连忙插进来说:

　　"万岁爷,该歇会儿了。"

　　"啊,是的,先生累了。"朱翊钧望了望透过西窗白色的柔幔照射到缠龙楹柱上的阳光,看看李太后,又朝张居正歉意地一笑,生涩地吩咐道,"看茶。"

　　立刻就有几个小内侍抬了四桌茶点上来,君臣四人一人一桌。张居正面前的小桌上,摆了三五种饮品和十几种茶点,他只喝了一小碗冰镇银耳汤,吃了一小块点心,便漱了口。

　　就在张居正慢慢品尝茶点的时候,细心的李贵妃一直从旁暗暗观察。她发现张居正特别细心,吃的时候,一只手始终按着下巴上的三络长须,这是为防止沾上点心的碎屑。而且,他咀嚼时也不发出任何声响,只是慢吞细咽,一派斯文。这样一些细节,难免让她联想到自己的夫君,已经冥驾的隆庆皇帝,每次用膳,胡须上都难免沾上食物的碎末和汤水,而且碰上合口味的饭菜,吃起来声音很大,样子难看。两相比较,她更欣赏张居正的温文尔雅。凭女人的直觉,她感到这种男人做任何事都会三思而行,见张居正不吃了,她便劝道:

　　"先生多吃些。"

　　"谢太后,臣用好了。"

　　李太后指了指自己食桌上的一碟点心说:"这是先帝在世时最喜欢吃的蜜制罗汉果,张先生不妨品尝几颗。"

　　张居正点点头,伸手拿起一颗,正欲送进嘴中,忽然又放回到碟子里。

"怎么了?"李太后问。

张居正长叹一声,说道:"先帝与下臣,有千古不移的君臣之谊。他既龙驾大行,吃不成他平生最爱吃的罗汉果,下臣又哪里吞咽得下。"

张居正说着就喉头发哽,敛眉唏嘘。李太后大为感动,晶莹的泪花在眼眶里打转,她假装阳光炫迷了眼睛,拿出丝绢拭了拭,指着食桌,对候在门口的太监说:

"撤下!"

第 十 一 回

送风葫芦取悦皇上　练隐忍术笼络太监

　　几个小内侍抬了食桌出去,云台内复归平静。李太后的情绪也稳定了下来。她看了看御座上的朱翊钧,这小皇上,只要母后一开口,立刻就如释重负,好像再没有他的事儿似的。这时候他歪着身子,一条腿曲起来蹬着御座的扶手,李太后朝他一瞪眼,他人还挺机灵,知道母后这是在责怪他,忙放下腿,端正身子,又从袖筒里摸出纸条来,拣了一张念道:

　　"请问张先生,这些时都在忙些什么?"

　　张居正一听这句问话,心中不免格登一下子,他立刻就想到这里头可能有两层含义:一是这些时一直没有求见,皇上不放心;二是可能皇上听到了什么有关他的传言,特召他前来核实。不管怎么说,他从问话中听出了些微不满——与其说是小皇上不满,倒不如说是李太后。因此,他下意识地看了李太后一眼,答道:

　　"回皇上,臣近些时,一是就京察之事与各值事衙门磋商,听一些部院大臣的建言咨议,二是为皇上物色讲臣。"

　　"啊,你在为皇上物色讲臣?"

　　李太后提高嗓门问道。为了今天下午的会见,她特意换了一件制作考究的九凤翔舞的绯红锦丝命服。戴在头上的凤冠,也是珠光摇曳。脸上薄施脂粉,更是顾盼生姿。张居正不经意地看了她一眼,顿时觉得这位一向冷峻端庄的年轻太后,今儿个却显得特别妩媚。虽然他感到李太后一双丹凤眼正注视着他,他却不敢正

视,垂下眼睑,掩饰地清咳两声,答道:

"两年前,臣建议太子,也就是今日的皇上出阁讲学,蒙先帝恩准,每年春秋开两次经筵。今年春上,因先帝患病,经筵暂停。现皇上已经登极,宫府及部院大臣,都齐心协力辅佐圣主开创新纪,虽偶有不谐之音,却无损于礼法,臣因此思忖,择日奏明太后及皇上,恢复今秋经筵。"

"这建议甚好。"李太后眼波一闪,又问,"参与经筵的讲臣,都物色好了?"

"选了四个,一讲《春秋》,一讲《诗经》,一讲本朝历代典章,一讲历朝圣主治国韬略,这四位讲臣,其人品学问都为士林注仰。待礼部奏折上来,请太后与皇上裁定。"

"此事就让张先生费心了,事不宜迟,让礼部尽快拟折上来,经筵之事,就让冯公公协理张先生操办。"

"臣遵旨。"

"奴才遵旨。"

张居正与冯保几乎是同时起身回答,看着这宫府两相一副谦恭之态,李太后心中甚是舒坦。她情不自禁说道:

"你俩都是先帝遗嘱中的顾命大臣,钧儿虽贵为天子,但毕竟只有十岁,所以,紫禁城内的事情,冯公公要想周详,把皇上的家管好,而国事天下事,就要有劳张先生尽心谋划了。"

李太后刚说完,冯保又是俯声尖着嗓子道了一声"奴才遵旨",张居正却是两手按膝,颔首言道:

"启禀太后,臣当尽职尽责,不敢有丝毫懈怠,把首辅分内之事做好。"

李太后觉得张居正的话虽然诚恳,但却让人感到生分,于是嗔道:

"张先生怎好如此说话,你还是钧——皇上的师傅哪,不要忘了,隆庆四年,你就晋爵为太子太傅!"

"臣哪敢忘记,"张居正抬眼看了看坐在御座上的朱翊钧,充满深情地说道,"今天,我给皇上带来了一件小小的礼物。"

"礼物?"李太后一愣,"啥礼物?"

张居正朝门外招招手,顷刻,刚才领路的那个牙牌太监就拎了一个锦盒进来,递到张居正手上便又退了出去。张居正打开锦盒,从里面取出一个木葫芦样的东西来。

"这是个啥?"朱翊钧瞪大眼睛,好奇地问。

"空钟。"张居正答。

冯保伸着脖子看了看,哧地一笑,说道:"这不就是风葫芦么,京城里头,满街的孩子都玩这个。"

李太后少年时在京城巷子里住过几年,自然也认得这物件,她不明白张居正为何送这"贱物"给皇上,不由得脸上一沉,问道:

"张先生,这就是你送给皇上的礼物?"

张居正听出李太后的不快,但他并不惊慌,从容答道:"启禀太后,臣知道这礼物太轻,这是臣派人在草甸子集市上花两个铜钱买来的,但臣认为,皇上一定会喜欢它。"

朱翊钧打从出生到现在,从未见过这玩意儿,此时心中痒痒的想看个稀奇,因此也顾不得看母后的脸色,朝着张居正嚷嚷道:

"张先生,这风,风……"

"风葫芦。"冯保垫了一句。

"对,风葫芦,风葫芦,"朱翊钧一拍小手,急切地问,"究竟如何玩?"

"皇上不必着急,臣这就玩给您看。"

张居正说着,便离座起身,走到屋子中间,面对御座上的朱翊钧,把风葫芦往空中一掷,熟练地扯动绳索,那只风葫芦便随着他的手势上下翻飞。

张居正为何要送这"贱物"给皇上，说来事出有因。却说允修生日那天，因为玩风葫芦家中闹了一场不快之后，听了夫人的劝告，张居正终于悟出"孩子终归是孩子"这个道理，并由自己的小儿子允修联想到与之同龄的皇上。于是每日散班之后，总要挤点时间陪允修玩一阵子风葫芦。这玩具张居正小时候也玩过，只是年数久远技艺生疏，一连玩了几次才又有所恢复，然而身子骨儿僵了，手腕也不灵活，很难玩出童年时的那般境界。待看到允修玩过风葫芦之后，不但不厌学，反而精力充沛思路通达，他遂决定买来一个送给皇上。

就在张居正专注地玩那风葫芦时，殿堂里的其他三个人，可谓是心态各异。李太后看着这位长髯及腹身着一袭仙鹤补服的大臣，那么投入地玩一只风葫芦，她既感动又觉得滑稽；冯保没想到张居正会想出如此绝招取悦皇上，在佩服张居正老谋深算的同时，心里头又酸溜溜的。朱翊钧一双水灵灵的大眼睛始终没有离开那只翻飞腾跃的风葫芦，整个神情显得无比兴奋。有一次，眼看风葫芦快要跌到地上，他吓得惊叫一声，霍地从御座站起，恨不得一步跳下金踏凳，去抢救那只风葫芦。须臾间，但见张居正的手轻轻一抖，那只风葫芦又贴地飞起，小皇上高兴得拍掌大笑。这发自肺腑的银铃一般爽脆的笑声，李太后听了无比惊讶——好多年了（也许从来就未曾出现），她都没有听到过儿子的笑声如此甜美！

玩过一通，张居正收了绳索，又把风葫芦托在手上。此时只见他额上已是热汗涔涔。冯保吩咐值事小火者送上拧好的湿巾，张居正并未慌着揩汗，而是转向李太后禀道：

"太后，臣想将此礼物献给皇上。"

朱翊钧早就伸出小手想接过风葫芦，但见李太后沉吟不语，他又畏葸地缩回双手，向母后投以乞求的目光。

此时李太后心情复杂，她既感受到张居正对小皇上的一片赤诚之心——这不仅仅是君臣之义,甚至可比拟为父子之情,但她又害怕这位当年的太子太傅误导皇上,让这孩子玩物丧志,从此读书不专,不思上进……

正在她左右为难不好表态时,张居正又说道:"太后,臣这几日与部院大臣交谈时,曾留心问过他们,小时候除读书外,是否玩过风葫芦之类的玩具,几乎所有被询问之人,都回答说玩过。"

"啊?"李太后微微仰起脸,以犹豫不决的口气问道,"你是说,玩物不会丧志?"

张居正接过小火者递上的湿巾,擦了擦汗,依旧回到椅子上坐下,款款答道:

"玩物肯定丧志,但此物非彼物也,这风葫芦可舒筋活络,启沃童心,偶尔玩习之,有百利而无一弊。臣之犬子允修,今年亦是十岁,与皇上圣龄相同,自玩了风葫芦后,好像换了一个人。往常总显得病恹恹的,读书听讲打不起精神,现在却不然,一天到晚朝气蓬勃,与塾师问答,嘴巴十分勤快,犬子由厌学到乐学,皆风葫芦之力也。"

"听张先生这么一说,这风葫芦还是疗治孩子贪玩的灵丹妙药?"

"回太后,臣以为风葫芦有此功效。"

"难得张先生想得如此周全,既为皇上物色讲臣,又送来风葫芦,先帝选你做顾命大臣,可谓慧眼独具。"

"太后如此夸奖,臣愧不敢当。"

这时,冯保已从张居正手上接过风葫芦,恭恭敬敬地递给了朱翊钧。小皇上把玩一番爱不释手,真想一步跳下御座试玩一把,但看到母后与张居正对话严肃,又不得不强自收摄心神。

眼见李太后对张居正的赞赏已是溢于言表不加掩饰,冯保心中暗忖:"女人毕竟是女人。"便硬着头皮,插进来说道:

"启禀太后,您不是还有事要问张先生么?"

"啊,正是。"李太后浅浅一笑。此时,偏西的阳光照着她肩头的霞帔,显得格外光彩夺目。她瞟了一眼冯保,问张居正:"张先生,听说胡椒、苏木折俸一事,在京城里有一些风波?"

"看来,太后与皇上今日召见,为的就是这事。"张居正心里头嘀咕了一句,便答道,"是有一些浮言訾议,但无碍大局。"

"为何不见当事衙门上折子奏报此事?"

"是臣压下了。"

"啊,"李太后一惊,她没想到张居正如此坦诚,问道,"为何要压下?"

"些微小事,何必惊动圣上。"

张居正说得轻描淡写。李太后觉得他既深不可测,又清澈见底,于是也就不绕弯子,直接问道:

"章大郎打死王崧一事,如何处置?"

这一问问到筋上,张居正最感棘手的就是此事,但他声色不露,以退为进答道:

"臣让刑部勘查此事,结果尚未出来。"

一直摩挲着风葫芦的朱翊钧,突然冷不丁插问一句:"你知道章大郎有何背景?"

"臣知道,他是乾清宫管事牌子邱得用的外甥。"

既已挑明,李太后索性打破砂锅问到底:"张先生,你对章大郎迟迟不作处理,是不是就碍着这层关系?"

"回太后,臣的确有投鼠忌器之意。"

李太后下意识地瞟了一眼冯保,这位大内总管也正拿眼瞧她。四目相对心照不宣,冯保的眼神里似乎藏了这样一句话:"怎么样,太后,张先生的心思,奴才猜得不错吧?"李太后突然眉毛一拧,口气严厉地说道:

"张先生为何要投鼠忌器？你且秉公而断。不然，六科廊的那帮爱嚼舌头的言官又有攻击咱的口实了。"

李太后突然变脸，张居正始料不及，因此稍作迟延，思虑如何答话。冯保见机行事，趁空儿问道：

"张先生，你上回给皇上的揭帖中，说王崧之死系章大郎误伤，果真如此么？"

张居正不知冯保问话的用意，因此机敏地反问："冯公公，东厂对这件事勘查的结论如何？"

冯保答："手下的访单报来，也说是误伤。"

张居正悠悠一笑说道："待刑部勘查结果出来，如果仅系误伤，章大郎死罪没有，活罪难逃。"

张居正明里是对冯保讲话，暗里却是说给李太后听的。他巧妙地道出对章大郎的惩罚尺度，看李太后做何反应。

李太后犹自气鼓鼓地说："张先生一定要秉公而断，万不可留闲话给人说。"

朱翊钧瞪大充满稚气的眼睛问："母后，谁有这么大胆，敢说你的闲话？"

"有哇，"李太后长嘘一口气，愤愤地说，"六科廊的言官，不是人手一册《女诫》么？"

"张先生，这次京察，把这些人统统革职。"

朱翊钧脚一跺，那表情竟又成了一言九鼎的人间至尊。张居正并不"领旨"，而是适时掉转话头，对李太后说：

"方才太后提到《女诫》，臣倒有个建议。"

"说。"

"京城紫云轩书坊印行一千本《女诫》，肯定受人指使。言官们人手一册如获至宝，其心情不言自明……"

"这是指斥太后干政呢。还有那个伍可，胡诌什么男变女，说这是阴盛阳衰之兆,真是狗吠日头!"冯保打断张居正的话,气呼呼说道。

张居正待他说完,又接着说:

"太后为天下母仪,有深沉博大的爱子之情,却绝无一星半点干政之心。因此,臣冒昧建议,那些心怀鬼胎之人,不是利用《女诫》来做文章么,干脆,太后以自己名义,颁旨内经厂印行五千本《女诫》,赐给两京及天下各府州县衙门,看他们还有何话说。"

"这……冯公公,你觉得如何?"

因救了章大郎一条命,冯保稳稳落下了邱得用的人情,因此这会儿心情十分畅快,见李太后征询意见,忙答道:

"张先生这主意真是好,太后若是在《女诫》卷首写上序言,天下的是非之口,就一次塞得干干净净。"

经这一点拨,李太后豁然开朗,她向张居正投以感激的一瞥,说道:

"烦请张先生,替咱作个序。"

"臣遵旨。"

大内刻漏房报了酉时,张居正才离开云台。斯时夕阳西下,建极殿高高翘起的檐角挂着灿烂的余晖。领路的牙牌太监又带着张居正踏上通往会极门的长长的甬道。大约走了一半,忽听得背后有人喊道:

"先生请留步。"

仅听声音,张居正就知道是冯保,他回转身来,只见冯保正急匆匆朝他走来。

"冯公公,你还有事?"张居正问。

"皇上还有事交代哪。"

冯保赶了几步路,说话气喘喘的。他俩站着的地方,是中极殿

的左侧。冯保左右瞧了瞧,吩咐领路的牙牌太监:

"你去交代中极殿管事牌子,开一间耳房,咱与张先生要说话。"

牙牌太监滚瓜样跑开,一会儿就听得开门的声音。冯保领着张居正挪步过去。按区域划分,紫禁城应分三块。第一块是午门至会极门之间,内阁与六科廊于此办公;第二块是会极门至乾清门之间,就是宏伟壮阔的会极(后更名为皇极)、中极、太极三大殿,两旁厢房里,是内宫二十四监局的值房;第三块就是乾清门内,这里是皇上与后妃们的私寝之地。现在,冯保领着张居正进了中极殿的耳房,按常规这是不允许的。为了避免内外串通要挟皇权,内宫掌印太监与外廷首辅绝不准单独见面。皇上有旨到内阁,有专门的传旨太监,皇上要接见大臣,有专门的领路中官。这些五花八门的专职内侍,虽然都归掌印太监管辖,但掌印太监本人,并不像人们想象中那样可以为所欲为,其实他的行动处处都受到诸多制约。但明太祖洪武皇帝制订的这些禁令,过了一百多年数代皇帝之后,已是日渐松弛。纲纪朽坏的最大表现就是有禁不止。掌印太监与首辅这内外两大"权相"的配合如何,往往成为政局是否动荡的晴雨表,这方面的例子不胜枚举。不过,前朝内外"两相"虽然暗中通气互为奥援,表面上还要掩人耳目互不来往,所以,当冯保邀请张居正来中极殿耳房坐坐时,张居正心下犹豫,刚一坐定,他就问道:

"冯公公,你我坐在这里,是否有些不妥?"

"有何不妥,是太后与皇上叫咱来的。"

"啊?"

张居正微微一怔。冯保看透了张居正的心思,嘴角一扯笑道:"张先生,按太祖皇帝订下的规矩,皇上接见首辅,咱这个司礼监掌印是不该在场的,你说是不?"

张居正轻抚长髯,没有回答。冯保又接着说:"还有,太后直接与大臣会面,且议论国事,这更有悖祖训,你说是不?"

"这……"

张居正欲言又止。冯保的脸上又浮出刻毒的笑意,逼问道:"张先生,如果有人要嚼舌头,说太后如何如何的,你怎样回答?"

"这有何难。当今皇上圣龄幼冲,太后作为母亲,有监管的责任。"

"这不就得了,"冯保一拍大腿,兴冲冲地说,"你还担心你我会见,会被人说闲话么?要知道,先帝遗嘱中,咱与内阁三大臣同受顾命。如今高胡子削籍,高仪病死,就剩下你我两人,为了皇上,为了免除太后的担心,你我能不见面么?"

张居正心下承认冯保的话有道理,但他觉得这位老公公也许憋得太久,一朝得势,便有些肆无忌惮。他不好指责,甚至规劝也不能,只得委婉答道:

"我们做大臣的,为了皇上,背些黑锅原也不算什么,只是凡事须得谨慎,小心不亏人。"

一听这话,冯保心里头有些失望,他信奉"胆小做不成大事"的道理,但转而一想,也许张居正故意这等低调,便叹道:

"有些个做臣子的,蚕豆大的蚂蚱嫌路窄,张先生你却是獭子过水一重皮,毛都不湿一根,这是高手。"

"冯公公过奖了。"张居正不想这么闲扯下去,便照直了问,"请问冯公公,皇上又有何旨意?"

冯保顿时把脸上的刻毒一扫而空,换了一副弥勒脸答道:"你前脚走,皇上后脚就跳下御座,扯开绳索就玩那风葫芦,可是怎么着也飞不起来,他要咱问你,如何让风葫芦飞起来。"

"这个,光说说不清楚,得示范。"张居正想了想,又说,"皇上身边不是有两个小内侍么,让他们出宫,找两个高手学一学,再回去教给皇上。"

"好,就这么定了。"冯保说着,见张居正有起身告辞的意思,忙做手势让他坐下,接着说,"张先生,有两件小事,还望你留意。"

"何事?"

已起了身的张居正,又坐了下来。冯保瞄了瞄窗外,突然压低声音说:"你知道今日召见你,是谁的主意?"

"不知道。"张居正无意猜测。

"是太后,"冯保眨眨眼睛,一副皮笑肉不笑的神情,"太后早就知道章大郎是邱公公的外甥,有心保他又说不出口。你那揭帖里用了'误伤'两个字,真是绝妙啊。"

"这有何绝妙?"

"若太后口气硬,不讲人情,误伤人命也可重惩。若想救人一命,这一个'误'字,里头有多少文章可做。"说到这里,冯保又把身子凑近一点,好像老朋友谈心一样说道,"张先生,太后的心情咱知晓,她就是要保章大郎一条命。"

"还有呢?"

"还有……还有的文章,就靠你张先生来做了。菜刀打豆腐,两面光溜,你张先生有这本事。"

说心里话,张居正并不喜欢冯保这样阴阳怪气的脾性,但深知他有着翻手为云,覆手为雨的老辣手段,所以又不得不深与结纳。接了冯保的话头,他答道:

"冯公公,仆初为首辅,许多事考虑不周,太后与皇上处有何思量,还望公公能预通声气。"

"嗨,你这话一说,反把我老朽当外人了。"冯保仿佛要大笑,又强忍着,肩膀一耸一耸的,手指着乾清宫的方向,说道,"张先生你放心,宫里头的事,咱包了。"

"仆这就多谢了。"

张居正朝冯保抱拳一揖,告辞出门。这一坐,不觉又过了小半个时辰,满天红漾漾的晚霞,投到宫殿肃穆的琉璃瓦上,反射出柔和的橘色光芒。张居正刚穿过中极殿左侧的长廊,冯保又从身后赶上来,说:

"张先生,还有一件小事,差点给忘了。"

张居正停住脚步,笑眯眯道:"再说也不迟嘛。"

冯保瞧瞧周围没人,低声问:"听说两淮盐运使颜元清四年期满,首辅是不是打算换人?"

"仆还不知道此事。"张居正答道。他不是装糊涂,而是确实不知道,全国那么多衙门,如果事必躬亲,他哪里照顾得过来。但冯保既专此询问,就无法搪塞过去,便问:"冯公公如此来,想必是有人举荐。"

冯保嘿嘿一笑,有些不自然地说道:"老朽是想荐一个人。"

"谁?"

"胡自皋,现在南京工部主事任上。"

"胡自皋?这不是传言花三万两银子买一串假佛珠送给冯公公的那个人么?"张居正一惊,心里头顿时生了嫌恶之意,但脸上却依然笑容可掬,轻轻问道:

"冯公公有意举荐他?"

"如果张先生方便,就……"冯保望着张居正脸上捉摸不定的笑容,忽然有些尴尬,顿了顿,又说道,"不过,老朽也只是顺便提提,张先生如果为难,就算了。"

张居正摆摆手,依旧笑着说:"这有什么为难的,冯公公交办的事,仆一定尽力办好。"

"啊!"

冯保惊叹一声,他没想到这位推诚辅君竭精思职的首辅,竟答应得如此爽快。

第 十 二 回

探虚实天官来内阁　斥官蠹宰辅说民谣

　　杨博喝罢早粥,更了衣,刚准备吩咐备轿前往吏部当值,管家忽然来报:礼科给事中陆树德求见。杨博心想:"大清早不去六科廊点卯,跑来见我做甚?"遂答道:"都啥时候了,哪还有工夫见客。"

　　管家因得了陆树德的赏银,故替他说话:"陆大人已经来过三次了,都因老爷在会客而没有见成,陆大人说,他只跟老爷说几句话,不会耽误多少工夫的。"

　　"那就让他进来吧。"

　　杨博摇摇头,不情愿地坐了下来。

　　这位新近上任的吏部尚书是嘉靖八年的进士,今年已经七十二岁了。在朝廷现任的大九卿中,就数他的资格最老年纪最大。他嘉靖三十三年就当上了兵部尚书,十年后又改任吏部尚书。隆庆二年因受徐阶的牵连而致仕。两年后高拱接任首辅时又被召回,因吏部尚书被高拱兼任,杨博只得改任兵部尚书。吏部尚书俗称天官,大九卿中排在第一。由吏改兵,对杨博来讲就有点贬的意思。好在高拱有心计,向皇上建议让杨博挂吏部尚书衔而职掌兵部,这样既照顾了杨博的面子,自己又不失吏部的权力。虽然高拱觉得这主意两全其美,但杨博心里头总还是有点疙疙瘩瘩。这次张居正调整六部人选,又让杨博回去执掌吏部。尽管杨博对张居正让他官复原职心存感激,他还是上书皇上请求致仕。一来这样可以表现他避官去利的士林气节;二来他也的确感到自己老了,在张居正手下当这个"天官"有些力不从心。但他的折子被皇上打了回来，请求不允，他也只好硬着头皮上任。

打从到了吏部，杨博恨不能把一天掰做三天来使。倒不是他愿意这样，而是情势所然迫不得已。每天无论是在衙门里还是在家中，前来拜望的人络绎不绝。有的人来攀乡谊，有的人来认座主，也有的人来讨他的《百粥谱》，请教养生之道。不过，这些都是幌子，来访的官员其真实目的都是来打听虚实寻求保护的。特别是小皇上例朝宣布即刻实行京察之后，杨博家的门槛差不多要挤破了。这样过了两天，杨博难以招架，干脆就下了谢客令。每日散班回家便把大门紧闭，任什么人也不见。话是这样说，仍有人挖空心思削尖脑袋要见他。譬如这个陆树德，一大早跑来守门墩，硬是让他逮着了机会。

管家把穿戴齐整的陆树德领进客堂。他是在上衙的路上先折来这里的。天气很热，加之又在日头底下晒了一会儿，这个大胖子科臣已是前胸后背都渍出了汗斑。此时见了杨博，他也顾不得揩汗，纳头便拜。杨博欠欠身子算是还礼，抬手让陆树德坐下，问道：

"大清早的，有甚急事？"

陆树德与杨博同是山西老乡，没有这一层扯得上的关系，陆树德也没有理由死乞白赖地求见。他知道时间紧，也就不绕弯子，单刀直入答道：

"博老，晚生是来求救的。"

"求救？"杨博一惊，问，"你怎么了？"

陆树德一脸的晦气，抱屈答道："前几日例朝，卑职的六科廊同僚都听了圣旨，要举行京察，回衙来大伙儿一议论，都觉着这是新任首辅张江陵的好主意。博老你也知道，咱们科臣都是敲了登闻鼓的，冯保恨不能把咱们一个个都生吞了。这一回，他就可以借首辅之手，把咱们一锅端收拾干净了。"

杨博看陆树德紧张的样子,诘问道:"你听到什么风声了?"

"外头都在传,新首辅要把高阁老的故旧门生一网打尽呢。"

"这都是捕风捉影,你堂堂一个礼科给事中,也信这些个谣传?"杨博一捋长须,生气地申斥。

"博老,六科廊的人并不都是些呆脑瓜子。种种迹象,叫咱们不得不信啊!"

"你一口一个咱们,究竟代表谁说话?"

"实不相瞒,是六科廊的所有同僚都知道晚生与博老同乡,因此撺掇着让咱来找您。"

陆树德觍着脸,一把折扇呼呼呼摇个不停,看他那副样子是焦急、愤懑、惶恐与卑琐都交织在一起。杨博虽然打心眼里瞧不起,但对冯保这个笑里藏刀的阉竖更没有什么好感。他心里头一直同情高拱,爱屋及乌,因此对陆树德也动了恻隐之心,遂嘟哝一句:

"即便是这样,你找我又有何用?"

陆树德答:"咱们言官们商议,现在满朝文武,最能说公道话的只有您博老与葛守礼两人,你们两位大人出来说话,首辅张江陵不敢不听。而且,朝中四品以下官员的京察也由你们俩主持,这或许就是咱们科臣趋吉避凶的正途。"

"此话怎讲?"

"咱六科廊的言官希望博老能奏明皇上,咱们的京察改由吏部与都察院主持。"

陆树德此话事出有因:六科言官,论其秩只有六品,但其支俸却按四品待遇。如果按其官职,他们的京察倒是应该由吏部和都察院主持,但按其俸禄,他们的京察就要升格到皇上直接处置了。陆树德他们担心直接面对皇上,冯保与张居正就可以上下其手从中寻衅公报私仇;如果交由吏部和都察院来进行,有博老与葛守礼两位无偏无党德高望重的一品大臣从中斡旋奥援,局面或许还有可救之处。

杨博久涉朝政，对科臣们这一请求的真正动机自然是透透彻彻地明白，他笑了笑，说道：

"六科廊言官的京察，历来都是由皇上主持，这次恐怕也不能例外。"

"那，博老岂忍心看咱们成为砧上之肉？"

"没有这么严重吧。你们对新首辅可能还有误解，他提出京察岂是为了公报私仇排斥异己？时候不早，老夫也不得空与你闲扯。"

杨博说着就起身吩咐备轿。陆树德本希望能看到杨博有一个明确的态度，可是这老头子说了几句油光光两不挨边的话，让陆树德既感到有点希望又觉得不踏实，时候又不早，他只得怏怏告退。

却说杨博乘了八人大轿，从他所居的方巾巷出来，大约二三百步往右一拐，便上了东长安街。这时候卯时已过了多半，大街上车迎毂击熙熙攘攘正是闹热。天官出行虽有幡伞导引瓜钺开路，怎奈路上人多还是快不了。杨博倒也不催，索性放了轿帘闭目养神——目是闭了，神却不能养。他一门心思还在想着陆树德的话。

自四天前小皇上例朝当庭宣布即刻实行京察，这些时应天、顺天两京各衙门已是乱成了一锅粥。说它乱，并不是表面上那种能够见得到的嘈嘈杂杂闹闹哄哄的局面。事实上较之以往，衙门里倒是冷清多了。往常上班点卯之后，官员们便三个五个扎堆凑在一起云天雾地吹大牛。从某大臣上朝也舍不得脱下马尾裙到某亲王吃海狗肾吃成了痨病；从尼姑偷汉子的绝技到和尚吃花酒的本领，逮着什么谝什么，一谝就是半天，倒把正事都丢在了一边。现在却不一样，官员们不管有事无事，都在自己的值房里正襟危坐，既不串门，也不交头接耳。更有那些在肥缺上或者在要紧衙门里当值的显官，往日里神气得不得了，见了人像只大肥鹅一样头昂到半天，如今也缩了气儿软了脖子，逢人打招呼都成了笑脸菩萨。这皆因京察的圣旨既出，两京官员无论大小都得考虑自己的升降去留。在这关乎前途命运的非常时期，谁能不着急？谁又还有闲心插科打诨说笑话？连前些时因胡椒、苏木折俸引发的风波，多数官员们大发牢骚，甚至有的人蠢蠢欲动想闹事，如今也都成了霜打的茄子，蔫了。所以，前头说的乱，是乱在两京官员的心里头。

究其因，官员们的慌乱主要是心中没有底。谁都知道十岁的小皇上当不了什么家，真正决定众官员命运的还是新任首辅张居正。这种情势下，针对张居正的各种各样的猜测纷纷出笼不胫而走。譬如魏学曾与王希烈的担心、六科廊言官的分析，甚至更有危言耸听者，杨博都不知听了多少。因为隔着辈分，杨博与张居正并无深交，但同在朝中多年，特别是在最近两年任兵部尚书期间，与内阁中分管兵部的张居正有着较多的接触，他对张居正的深沉练达的行事风格还是有相当程度的了解，他虽然不敢保证张居正不会利用京察排除异己，但他更认为张居正这一举措有其更为深远的意义。在这一点上，不仅仅是他，两京稍有资历的官员都应该清楚。

话要说回到隆庆二年，刚入阁不到半年的张居正在当时内阁四名辅臣中位居末次，就向隆庆皇帝上了一道《陈六事疏》。开篇就讲"近来风俗人情，积习生弊，有颓靡不振之渐，有积重难返之几，若不稍加改易，恐无以新天下之耳目，一天下之心志。臣不揣愚陋，日夜思惟，谨就今之所宜者，条为六事，开款上请，用备圣明采择"。接着，张居正便从省议论、振纲纪、重诏令、核名实、固邦本、饬武备等六个方面全面系统地阐述了自己的施政纲领，希望皇上能够"审时度势、更化宜民"，从政治、经济、军事诸方面推行改革，改变自正德、嘉靖两朝积留下来的吏治腐败、法令不行、国库枯竭、武备废弛，豪强势力大肆兼并土地，农民破产，民不聊生的严重局面。在这篇洋洋万言的《陈六事疏》中,张居正对承嗣大统的新君隆庆皇帝充满了期望。他惟愿隆庆皇帝能够像成汤那样做一代英主明君,他自己也做好了准备当一个辅佐成汤成就霸业的伊尹。但这只是他的一厢情愿,隆庆皇帝素无大志,担惊受怕苦挨这么多年才好不容易登上御座,因此他只想粉饰太平花酒自娱,根本没有励精图治富国强兵的念头。何况还有更深的一层,张居正还没有取得这位新皇帝完全的信任,那时内阁中的两位名臣徐阶和高拱,虽然因为互相争斗而两败俱伤相继致仕,但张居正前面还有李春芳、陈以勤等素有名望雍容进退的老臣,所以,一切大权还轮不到他这位年仅四十四岁的末辅。鉴于这些原因,隆庆皇帝收到《陈六事疏》后,只是敷衍式的嘉奖。他的朱批"览卿奏,俱深切时务,具见谋国忠恳,该部院看议行",只是一纸空文,国家政治局面依然是水行旧路没有多大改变。但是,张居正并没有因为这件事而气馁。当伊尹霍光这样的名臣良相是他毕生的政治抱负,他一如既往地以超乎常人的忍耐等待机会的出现。功夫不负有心人,在隆庆皇帝驾崩新旧更替之机,张居正终于把握住机会荣膺阁揆之职……

杨博迷迷瞪瞪这一路想来,忽然感到轿子缓了下来,睁眼一看,只见轿夫们正在磨轿杠准备折向吏部衙门所在的富贵街,他赶紧蹬了一下轿板,掀帘叫道:

"不要磨了,径直去内阁。"

听说杨博乘轿来访,张居正赶紧丢下手头事情,走到内阁门口迎接。杨博是那种表面谦和内心倔强的人,高拱任首辅期间,他竟没有到内阁一次。有关兵部的事情,除了廷议,实在有要事磋商,往往是高拱屈驾到兵部会议。好在兵部一直由张居正分管,高拱也省了许多尴尬。那时候,张居正虽是杨博的上司,但杨博是老资格,无论朝野人望都重,因此张居正在杨博面前总是表现谦恭,每次相见都执晚生礼。杨博表面上不说什么,内心中对张居正却有着十分的好感。如果不是这样,今天他就不会亲自来内阁拜访。

杨博在内阁门口下轿,张居正快走两步迎了上去,双手一揖说道:

"博老,天气酷热,您怎么来了?"

杨博拱手还了一礼,答道:"心里头窝的事情太多,想找你倾吐倾吐。"

不说商量而是说倾吐,细心的张居正听得出杨博既要摆老资格,同时也把他当朋友看待,于是笑道:

"您有事,仆可以去吏部嘛。"

杨博摇摇头,既是诚恳也是调侃地答道:"你如今已是首辅,老夫怎能倚老卖老,失了朝廷的规矩呢?"

说话间,两人已走进了张居正的值房,在会客厅里,张居正把正座让给了杨博,自己打偏坐在杨博的右首。喝了几口茶后,杨博也不绕弯子,劈头就问:

"叔大,皇上宣布京察已经几天了,你都听到了一些什么舆论?"

张居正答:"博老向来人缘好,且虚怀若谷,一定是知道不少舆情,仆正想听听博老的呢。"

杨博快人快语:"叔大,舆情对你可是不利啊!"

张居正眼角的鱼尾纹稍稍动了一下,笑一笑后平静答道:"是吗?仆愿闻其详。"

杨博皱一皱眉,径自说了下去:"老夫待罪官场,已经四十五个年头儿了,亲眼见到了翟銮、夏言、严嵩、徐阶、李春芳、高拱六位首辅的上台与下台。老夫不想在这里评论他们柄国执政的功过是非,老夫只想说一点,他们上台时所做的第一件事,就是笼络人心,这一点几乎无一例外。像严嵩,谁都知道他是个大奸臣,可是他一上台就请示嘉靖皇帝,给两京官员提高折俸的比例,官越小获得本色俸越多,让两京官员对他感恩戴德。还有徐阶,甫一上任,就大平冤狱,大凡因进忠言而被嘉靖皇帝治罪的官员,死者昭雪封谥,生者加官晋爵。那个在大牢里整整坐了两年的海瑞,就是得徐阶之力而出狱,不但平反,而且还从一个六品的户部主事一下子晋升为四品的苏州太守。仅此一点,士林清议就对徐阶十分有利。再说高拱,他虽然性格躁急心胸狭窄,但除了整一整徐阶的几个亲信之外,对绝大多数官员,他还是优恤有加。譬如说,对那些当了尚书多年再也无法晋升的老臣,他向隆庆皇帝请旨额外颁赐,不是晋为太师就是晋为太傅,这些勋职都是虚衔,但有了这个虚衔,就同你晋升大学士一样,由二品变成了一品。俸禄拿到了顶级,一年多了几百石粮食上千两银子,而且除了本人,还有常例恩荫子孙,让他一个儿子免了考试就直接进入官场,当一个中书舍人或太常博士什么的,这又解决了老臣的后顾之忧。这些个策略招数,既无害于朝廷,又有益于官员。因此高拱尽管有这样那样的缺陷,却依然能够稳定政局,开创一呼百应的局面。

"可是你叔大,刚入机衡之地,所有官员莫不引领望之,侧耳听之,看你叔大有何举措,能够让他们从中得到好处。等来等去,好处没等到一星半点,却等来了一个胡椒、苏木折俸。武官们在储济仓闹事,按理是违悖了朝廷大法,应当严惩,可是在京各衙门的官员,对他们却是同情有加。人心向背,这里头不言自明。这一波还未平息,紧接着又是一个圣意严厉的京察,直弄得两京官员人心惶惶寝食难安。谁都知道,胡椒苏木折俸、京察,都是你的主意,叔大啊,你这样做,岂不是要结怨于百官,把官场变成冷冷冰冰荆棘丛生的攻讦之地么?"

杨博的这一番话,可谓是肺腑之言,虽住了口,两道吐剑的毫眉却还在一耸一耸地显示内心的激动。这老头儿真是保养得好,说了这半日的话,口不干舌不燥,精神气儿还旺得很。张居正听了这番话,心里头很不是滋味。一方面,他承认杨博说的话句句都是忠言,这位三朝老臣若不是把他当成忘年交,决计不会大老远顶着毒日头跑来内阁向他进言。但另一方面,他也感到自己提出的京察之所以普遍遭受非议,是大家并不了解他的真正动机。杨博出于情谊前来规劝,尚且听得出微词来,一般人的态度也就可想而知了。尽管张居正善于克制自己,心情却不能不由此沉重。沉吟有时,他缓缓说道:

"博老一席话振聋发聩,仆铭记于心,当深思之。但身居宰辅,惟务从命,一应国家大政,总以得体为是,岂敢为保禄位而怀私罔上。昔范文正公当国之时,深患诸路监司所得非人,便拿来选簿一一审视,凡有不合格者,便拿笔勾去,他的友人规劝道:'一笔退一人,则是一家哭矣,请公笔下留情。'范公答道:'一家哭,比之一路哭一郡哭,哪一个更令人痛心?呜呼,我既身居宰相,当以天下为公,岂能怀妇人之仁,为一家哭而滥发慈悲。'范公此等正气,足以震慑千古。仆以为,惟其如此,才是宰相的襟抱,才能担负起宰相的论道经邦燮理阴阳的责任。盖政事顺则民心顺,民心顺则天地之气顺,天地之气顺则阴阳有序。天地人之极,人为主,一国之政顺与不顺,检验民心便可得知,然而欲使民心顺者,官也。如果百官一个个怙势立威,挟权纵欲,恶人异己,谄佞是亲,于所言者不言,于所施者不施,其直接后果,就是皇上的爱民之心得不到贯彻,老百姓的疾苦得不到疏导吁救。上下阻隔,阴阳不交,人心不畅,出现了这种局面,身为宰辅不去大刀阔斧除痈去患,而是如范公讥刺的那样为博一个虚伪的官心,而尽力推行妇人之仁,那国家之柄庙堂神器,岂不成了好好先生手中的玩物么!"

张居正本是个城府极深的人,哪怕所说的话挟雷带火,也只是一个娓娓道来,让人感到波澜不惊。杨博虽然赞赏张居正慨然以

天下为己任的襟怀,但对他"妇人之仁"的观点却颇不以为然,张居正话音刚落,杨博就温和地反驳道:

"叔大,君恩浩荡无远弗届。民有福祉官亦应有福祉。身为宰辅在便利场合下为百官谋点利益,怎么能说是妇人之仁呢?"

杨博振振有词。张居正知道这样争论下去,纵然十天半月也绝无结果。他遂起身走进里间案房里,打开桌上的卷宗抽出两张纸来,又回到会客厅递给杨博说:

"博老,你看看这两首打油诗。"

杨博接过,只见这两张纸都是五城兵马司衙门的文笺,每张笺上都光头光脑地抄了四句韵文。杨博先看第一张,上面写着:

> 一部五尚书,
> 三公六十余。
> 侍郎都御史,
> 多似景山猪。

再看第二张:

> 漫道小民度命难,
> 只怪当官都姓贪。
> 而今君看长安道,
> 不见青天只见官。

就这么两首顺口溜,杨博翻来覆去看了很多遍。读过后,他的第一个念头是:宰辅的案头上,怎会放着这样的东西?接下来第二个念头是:五城兵马司的堂官巡城御史王篆,众所周知是张居正的夹袋人物,这两张纸十有八九是王篆送过来的,此人最了解张居正的心思,他送这个来肯定是投其所好,也就是说,刻下张居正"好"的就是这个。

"叔大,这是王篆送来的?"杨博直言问道。

"正是。"

"王篆从哪儿弄来这样的顺口溜?"

"这是民谣!"张居正笑着纠正,"大凡国运盛衰,官场清浊,民心向背,都可以从老百姓口头相传的歌谣,也就是您所说的顺口溜中看得出来。赏其歌而知其民,颂其谣而知其俗。所以,周文王特别置了一个采诗官,让他采集民间的歌谣,从中分析老百姓的所思所想,为其治国纲领的制订提供依据,这实在是一个好的传统啊!"

经这么一点破,杨博明白张居正为什么好此一道了。他叽咕着说:"王篆也是个鬼精,他居然能弄到首辅想要的歌谣。"

"博老,这两首歌谣不是王篆弄到,而是仆亲耳听到的?"

"哦,你在哪里听到的?"

张居正呵呵一笑,便讲了前天晚上发生的一件事情。

第 十 三 回

访衰翁决心惩猾吏　弃海瑞论政远清流

却说数月前张居正在方老汉家门前逮捕王九思闹出一场风波之后,他心中一直挂牵着方老汉一家,不知他们是否受到牵连遭人报复。尽管他曾两次派王篆前往安抚打探情况,回答说都无问题,他仍放心不下。前天晚上,他又派人叫来王篆,陪他亲自去方老汉家一趟。

在家中吃过晚饭,张居正换了一身青衣便服,带了几名便衣马弁,与王篆各坐一乘两人小轿,不多时就到了方老汉所住的巷子口。两乘轿子在此停了下来,王篆领着张居正来到了方老汉的杂货铺门口。

杂货铺已经上了窗板,大门也关得严严的。一名便衣马弁上前敲门,大声问:"有人吗?"

连问了几声,才听见一个颤巍巍的声音回答:"谁呀?"

"是王大人。"马弁回答。

"哪个王大人?"门里头有人蹑足走来,声音充满警惕。

"是我,"王篆对着门缝儿说道,"方老爹,我是上次来过的巡城御史王篆。"

"哎哟,恩人哪!"

大门吱一声打开,一个模模糊糊的干瘦人影走出门口,又是作揖又是打躬。王篆上前扶了他一把,轻声说:

"方老爹,我们屋里说话。"

　　王篆与张居正随了方老爹进了堂屋,马弁们都留在了外头。堂屋里黑灯瞎火的,方老爹摸摸索索点着了油灯。他一边点灯一边解释道:

　　"这屋里本是掌着灯的,小可听见敲门,怕又是歹人,就扑地一口吹熄了。"

　　灯一亮,方老汉认清了王篆,纳头就要下跪,王篆赶紧把他扶住,指着张居正说:

　　"方老爹,您看是谁来了?"

　　张居正笑吟吟地站着说:"方老爹,这一向可好?"

　　"好,好。"方老汉嘴上答道,一双昏花的老眼却在张居正身上溜来溜去,因为张居正身着青衫便服,显然他没有认出来,"王大人,这位贵人是?"

　　"方老爹,这是张阁老。"王篆大声提醒。

　　"张阁老?"

　　方老爹惊得浑身一颤,不由得又凑近一步,看到张居正那一部梳理得整整齐齐的飘然长须,这才猛然记起,顿时在张居正面前双膝一跪,喃喃说道:

　　"大恩人哪,小可有眼无珠,竟没有认出来,还望大恩人恕罪。"

　　方老汉磕头如捣蒜,王篆上前把他搀起。方老汉情绪激动难以自制,竟忘了招待客人,犹自唠叨:

　　"听说大恩人当了首辅,这是上天有眼,咱这贱地,如何能让恩人的贵脚来踏……"

　　见方老汉不能自持,张居正与王篆各自觅了凳儿坐下。张居正借着昏暗的灯光仔细打量方老汉,几个月不见,这方老汉完全变了一个人。只见他眼窝深陷形销骨立,满下巴胡子拉碴,套在身上的裤褂也都是皱巴巴的。他很想在客人面前掩饰自己的重重心事,但强作欢颜的后面依然让人感到他有着至深的哀愁。见他如

此恍恍惚惚,张居正动了恻隐之心。待方老汉唠叨完毕,他问道:

"方老爹,您杂货铺的生意可还兴旺?"

"杂货铺?"方老汉凄然一笑,"还好,还好。"

张居正看出其中有隐情,开导说:"方老爹,你不用隐瞒,有话直说好了。"

方老汉愣了一会儿,喉管里忽地涌起一口痰来,他猛咳几声,才叹气说道:"实不瞒阁老大人,小可的杂货铺已关门两个多月了。"

"这是为何?"

张居正这一问,把方老汉心中的苦楚一股脑儿都勾了起来。自从他的儿子方大林被王九思当街打死之后,这个案子便成了京城的第一大案。刑部、大理寺、东厂、锦衣卫等一应办案部衙,走马灯一样,几乎不隔天地到方老汉家问事取证。常言说得好,穷人怕接媳妇,富人怕打官司。只要有惊动官府的事,有多少银子你都赔得进去。单说方老汉家,来一起胥吏皂隶各色差人,哪怕问了三两句话,都得打发一顿酒饭,见人封几个脚力钱。开头,方老汉一心只想着给儿子伸冤报仇,花再多的钱也不心疼。各衙门办案的吏卒,都是些能在骨头缝里吮出血来的刁钻蚂蟥。吃了原告吃被告,本是他们的行规。如今这个案子,王九思是个无家无室的人,又已经关在东厂大牢里,人都见不着,又从哪里去榨油水?因此差人们便都把弄钱的主意打在方老汉身上。一个多月下来,可怜的方老汉做一辈子小生意,辛辛苦苦积攒起来的一点家底就被敲得一干二净。可是这王九思究竟偿不偿命,却还一直没个说法。其实这案子有东厂把持,任什么衙门都插不上手。方老汉只是个本本分分的苦主,这里头的一趟子浑水他哪能知道?只要是个皂衣皂裤的公门中人,他都当是一个得罪不起的王爷,都是能替儿子伸冤的恩主。所以,大凡进门之人,他都是好酒好肉地款待,现钞现银地打发。又过了一个多月，不但把方老汉的几个家当吃得干干净净，而且还欠了一屁股烂债，一家人赖以活命的杂货铺也山不显水不露地垮了下去。看看家中什么都没有了，差人们也不再上门。直到此时，方老汉才明白这些衙门中的吸血鬼并不是为了给他伸冤，而是挖空心思前来敲诈钱财。好端端的一个殷实之家，如今已是家徒四壁人财两空。方老汉一个快七十岁的老人，只得领着新寡的儿媳和尚未成年的孙女云枝苦熬岁月。

在张居正一再追问之下，方老汉声泪俱下讲出了这段隐情。看到张居正紧绷着脸，一副怒不可遏的样子，王篆急了，紫涨着脸，对缩在一角兀自抹着眼泪的方老汉说：

"方老爹，你这么多苦处，为何本官来了两次，再三询问，你都不肯直讲？"

方老汉畏葸答道："小可不敢讲。"

"为何不敢讲？"

"小可心想，冤枉钱已经花去许多，如果讲出来，这些当差的老爷一怪罪，又跑来找碴子拿咱，那小可花出去的钱，岂不白白打了水漂儿。"

"真是岂有此理！"一直咬着腮帮子一声不吭的张居正，这时终于爆发了，他腾地站了起来，恨恨骂道，"京城之内，辇毂之下，竟有这等徇私枉法鱼肉百姓的公门败类。方老爹，这些人你可还记得？"

"记……啊，不，不记得了。"

方老汉吞吞吐吐，张居正知道他仍心存顾忌，便压下火气耐心开导：

"老人家，你不用害怕，有我张居正给你做主，看还有什么样的人敢来欺负你。你只要肯讲出来是哪些差人敲诈过你，我必将他们捉拿归案绳之以法，拿走的钱一厘一毫也得吐出来。"

"阁老大人,您,您,您老的话可是真的?"

方老汉看着张居正眼睛里的两道寒光,似乎看到某种希望却又不敢相信这是现实,因此激动得语不成句结结巴巴,问得也不甚得体。

王篆听了方老汉的问话,啧了一声,加重语气说:"你个方老爹好不晓事,你以为张阁老是什么人,可以随便说着玩的?他是当今首辅,一句话顶一万句,你懂吗!"

"我懂我懂,"方老汉点头哈腰越是激动越显得卑微,"首辅就是前朝的宰相,一人之下万人之上,都不是凡人,是天上的星宿下凡的。小可何德何能,芝麻大的事竟惊动了宰相,大林啊,你不该死呀……"

方老汉语无伦次说着说着就想起冤死的儿子,又瘪着嘴呜呜地哭起来。看到方老汉被折磨成这个样子,张居正心中非常难过,他吩咐王篆:

"介东,方老爹的事,就交由你来处理,那些敲竹杠的人,不管是哪个衙门的,一律从严惩处。他家的杂货铺,旬日之内,也必须重新开张。"

王篆拍胸脯应承:"下官遵令,一定办好此事。"

听着两人的对话,方老汉拭了眼泪,肃然说道:"小可年纪活了一大把,今儿个才信日头也能从西边出来。"

"老人家此话怎讲?"张居正温颜问道。

方老汉说:"小可打从知事时起,就常听人言,天下乌鸦一般黑,要想不官官相卫,除非日头从西边出来。"

"方老爹,你不要瞎说。"王篆瞅着张居正的脸色似乎又要阴了下来,便及时提醒。

方老爹这才意识到失言,也不知道是否闯祸,只得慌忙掌了自己两个嘴巴,往地上一跪,说道:

"小可一时图嘴巴快活,说话扎着了张阁老,还望大人不记小人过。"

张居正向王篆投过去一个眼色,意思是责怪他多事,然后又挪身扶起方老汉,好言说道:

"方老爹,你不要听王大人的,您方才说得很好,请继续讲下去。"

方老汉的头摇得货郎鼓似的,说:"都是咱小老百姓嚼牙花子的话,再不敢讲了。"

眼见方老汉疑虑甚深,张居正索性用起了激将法:

"看来,方老爹是不肯信任我这个阁老啰。"

"哪里哪里,阁老大人把天大的恩典送到小可家中,小可生生世世都感激不尽,哪还有不信任的道理。"

"既是信任,为何不肯畅所欲言?"

方老汉迟疑了一下,问:"阁老真的想听?"

"真的想听。"

"那,恕小可冒昧,先给大人您念几段顺口溜。"

听完这段故事,杨博知道了两首民谣的来源,闷头闷脑想了好一阵子,才抚髯叹道:"京城天子脚下的老百姓,比之外省,一张嘴也格外地尖刻。什么'一部五尚书,三公六十余',这明显是讥刺高拱在位时赏典太滥,不断地给人升官晋爵,故朝廷多了不少秩高禄厚的闲官。高拱本意是想给当官的捞点实惠,没想到因此而弄出一个大隐患来。这几句顺口溜也算是言之有物。至于第二首,说什么当官的都姓贪,长安道上不见青天只见官,此语有失偏颇。"

张居正说:"偏则偏矣,但绝非捕风捉影,老百姓盼清官,把清官比作青天,自古皆然。但历朝历代,清官莫不寥若晨星。我大明开国洪武皇帝,吏治极严,那时有一个户部主事贪污了十两银子,被人告发，洪武帝下旨给他处以剥皮的极刑。可是现在呢，连一个吏都称不上的公门皂隶，办趟差也不止敲人家十两银子。去年，郧阳一个知府调任新职，携了眷属家资上路，走到襄阳住进驿站，半夜里被一个偷儿偷了一只箱笼去，这位知府不敢报案。后来，地方捕快因另一起案子捉住那个偷儿。偷儿一并交代了这件事，大家才知道那只箱笼里满登登装的都是白花花的银子。这便印证了那句话：'三年清知府，十万雪花银。'襄阳巡按御史给那知府奏了一本，因朝中有人祖护，最后也不了了之。博老，您想一想，这些银子后头，藏了多少敲肝吸髓的贪墨劣迹，又有多少老百姓，像方老汉这样，被敲诈得家破人亡贫无立锥之地。正德、嘉靖、隆庆三朝差不多七十年已经没有正儿八经地整饬吏治了，才导致今日的国库空虚官场腐败。如果再拖延下去，必然江山不保社稷倾危！这绝不是危言耸听，而是活生生的事实！此种情势之下，正好新帝登基，仆深蒙圣恩，愧得治国之柄，此正是刷新吏治重振纲纪，保我大明基业万世无虞的绝佳时期。

　　"如何刷新吏治，仆已深思多年，主要在于治三个字：一曰贪、二曰散、三曰懈。贪为万恶之源。前面已经讲过，不再赘述。第二是散，京城十八大衙门，全国那么多府郡州县，都是政令不一各行其是。六部咨文下发各地，只是徒具形式而已，没有人认真督办，也没有人去贯彻执行，如此则朝廷威权等于虚设。第三是懈，百官忙于应酬，忙于攀龙附凤，忙于拉帮结派，忙于游山玩水吟风弄月，忙于吟诗作画寻花问柳，惟一不忙的，就是自己主持的政务。此一懈字，实乃将我大明天下一统江山，变成了锦被掩盖下的一盘散沙。此时倘若国有激变，各级衙门恐怕就会张皇失措，皇权所及，恐怕也仅限京城而已。所以，贪、散、懈，可以视为官场三蠹，这次京察，就冲着这三个字而来。"

　　张居正鞭辟入里慷慨陈词讲了一大通，杨博听了连连颔首。

他二十七岁步入官场，从陕西省周至县知县干起，四十多年来先后在十几个衙门待过。地方官干过省级巡抚，掌兵官当过蓟辽总督，都是到了顶儿的。京城里也待过吏、户、兵三个部，因此，张居正所讲的官场种种行状，没有一件他不清楚。他年轻时也曾总结过，官场有三多：痞子多、油子多、混子多，并发誓不与这三种人为伍。五十岁之前，他总梦想出一个圣君能够使出雷霆手段，将这种官场积弊扫涤干净，但久而久之他就感到自己的想法不切实际。"天命"年一过，他总结自己官场经历，竟有那么多公正廉明的官员因不满现实纷纷上折弹劾巨奸大猾而遭到残酷打击，他的一颗炽烈的心也就慢慢冷却下来，灰暗起来，这时候，他只求洁身自好善始善终。现在，听到张居正义愤填膺痛斥官场三蠹，他的久已麻木的正义感又豁然而苏，但仅仅只是一个火花的闪现，旋即又熄灭了。他毕竟是七十多岁的老人，严峻的现实使他不再抱有任何幻想。

"叔大，"杨博这一声喊得格外亲切，"老夫很赞赏你官场三蠹的说法，老夫年轻时也说过官场上有三多，即官痞子多，官油子多，官混子多，这三多与你的三蠹，庶几近之。但是，要想去掉三蠹，让长安道上走的官都是清官，谈何容易！不是谈何容易，简直是比登天揽月还要难！"

张居正已注意到了杨博感情上的微妙变化，他想尽量说服这位老臣支持他的改革，于是婉转答道：

"难是难，但身为宰辅，如果一味地姑息好名，疾言厉色不敢加于人事，岂是大臣作为！夫治家而使父母任其劳，治国而使圣上任其怨，还能说自己是忠孝之人吗？"

张居正的话句句在理，杨博无从辩驳，只得长叹一声，忧戚说道：

"叔大啊，老夫再提醒你一句，你如果一意孤行坚持这样去做，无异是同整个官场作对，其后果你设想过没有？"

"想过，都想过了，博老！"张居正神色冷峻，决然答道，"为天下的长治久安，为富国强兵的实现，仆将以至诚至公之心，励精图治推行改革，纵刀山火海，仆置之度外，虽万死而不辞！"

杨博凝视着张居正，好长时间默不作声。张居正这几句剀肝掏肺的誓言让他深深感动。他顿时想起了"治乱须用重典"那句话，他相信眼前这个人正是敢用重典之人。要想国家富强纲纪重整，非得有张居正这样勇于任事的铁腕人物柄国执政不可，但是，他以一己之力能否荡涤污浊扭转乾坤，现在还很难说。看得出来，张居正是已铁了心要按他四年前的《陈六事疏》行事，杨博虽为他的前途担忧，但也明白此时此际再也不是泼冷水的时候。思来想去，杨博心乱如麻，愣怔有时，他动了动坐僵的身子骨，徐徐说道：

"今天来内阁一趟值得，老夫至少弄清楚了你急着实施京察的真正动机。只是积重难返，几十年郁积的痼疾，不可能一次京察就解决得了。何况，你大道理讲得再多，在别人看来，依然只不过是你借机整人的幌子。"

张居正眉尖微微一扬，声色不动地问："博老，你刚进门时就说外头的舆情对仆不利。究竟有哪些具体实例，还望博老明告。"

杨博想了想，就把早上陆树德去他家讲的那番话说了出来。

张居正轻轻地摇了摇头，讥道："陆树德这是庸人自扰。博老，您相信仆会借此机会打击报复高阁老的门生故旧么？"

杨博心中暗道："按你今日所言，比打击报复高阁老的门生故旧还更可怕。"但想是这样想，嘴上说的话都是另外一个样："你已经说过，当以至诚至公之心实行京察，所以，老夫并不担心你会假公济私排除异己。"

"多谢博老的信任。"张居正说了一句敷衍的话，但听起来却情真意切，他接着问道，"太原巡抚御史伍可的事，博老知道吗？"

"已从邸报上看到。"杨博答。

"仆正想就此机会请教博老,此事是否处置得当?"

关于伍可的背景,杨博已从魏学曾处尽数得知。他的那篇男变女的条陈,杨博看过一遍之后便再无兴趣翻阅了。现在张居正既然问起,他也就表明态度:

"有人说伍可写这个条陈,是为了替他的座主高拱鸣冤。谁都知道,高拱是倒在冯保手上,这里头起关键作用的,就是当今皇上的生母李太后。伍可弄出个男变女的条陈,其意是含沙射影攻击李太后,这也不假。但依老夫分析,伍可明里是为高拱鸣冤,暗里却是为了让自己扬名。"

"啊,博老的见解倒十分新鲜。"

"新鲜谈不上,"杨博神情优雅,谦逊了一句,接着说道,"伍可先弄这个条陈试试风向,看看反应。当士林为之叫好,他接着又上了一道正规折子弹劾你,说你借九卿调整之机怀私罔上,任用私党。因他被削籍,此折来不及上奏,但已经在京城里流传开了。此折一出,该有多少官员为他叫好! 这个时候,他希望的就是你出来惩治他,只要你这样做,他暂时吃点苦头,削籍也好,廷杖也好,谪戍也好,他一概接纳。因为他心底明白得很,像他这样一个毫无政绩可言的御史,惟其如此,才能一夜之间成为名满天下士林景仰的英杰。你当一辈子官,再辛苦再勤勉,未必就能获得这样的影响。凭着这个影响,他日后一旦翻案,就是朝廷中个个敬畏的诤臣;若不能翻案,也是个青史留名的卓越人物。因此,无论从哪一点讲,这个年轻气盛的伍可,才是真正的怀私罔上的奸臣。"

"说得好,"张居正拊掌赞道,"满朝大臣中能够看透伍可险恶用心的,除了博老之外,恐再无第二人了。那一日云台召见,皇上听了这个奏折甚为激愤,一定要对伍可重加惩处。仆虑着初初柄政,若惩治了伍可,恐怕天下人就会笑我张居正心胸狭窄,因此一再奏明,对伍可只可罚俸以示薄惩。现在看起来,仆的这个做法,倒与博老的见识不谋而合了。"

"如此处理甚好。"杨博戴了高帽子,心里头很高兴,剑眉越发显得漆亮,他很优雅地捋了一把长须,继续说道,"你如果重重惩处了他,表面上看是伤害了他,其实是成全了他。对这种小人,惟一的办法就是咸淡不理。"说到这里,杨博好像突然记起了一件事,斟酌了一下,问张居正:"叔大,老夫从邸报上看,湖广道御史黄立阶上折举荐海瑞,皇上发还内阁拟票,怎不见下文?"

张居正敛了笑容,略做沉思,答道:"黄立阶上这道折子之前,海瑞还给仆寄来一封信札,表面上是问安祝贺,字里行间,也约略透露出意欲再度入仕的想法。"

"啊,这位海大人可谓雄心未泯哪!"杨博赞叹了一句,接着问,"你这首辅,打算如何处置?"

"博老有何想法,仆愿闻其详。"

张居正说着,吩咐书办进来续茶。杨博信奉"水多伤肾"的道理,平常很少饮水。不过,说了半天的话,嘴有点干了,他端起茶杯微微呷了一口,徐徐咽下之后,说道:

"方才你让老夫看的那两首顺口溜,第二首说长安道上,只见贪官不见天。平心而论,这是气话也是实话。这些年来,贪官像耗子,逮了一窝又出一窝。海瑞为官几十年,反的就是这个'贪'字。士林也好,民间也好,一片舆情都称海瑞是天底下第一清官。叔大你若能把此人收至麾下,打鬼就有钟馗了。"

"博老的意思,是将海瑞重新起用?"

"如此清官,焉能不用?"

杨博的反问理直气壮。张居正笑了笑,答道:"博老,仆决心已下,不打算起用海瑞。"

"这是为何?"杨博大惊。

张居正说道:"嘉靖四十五年,海瑞因上疏讥刺世宗皇帝迷恋方术而被打入死牢,严嵩揣摩世宗皇帝心思,让大理寺从严鞫谳,将海瑞问成死罪。折子到了世宗皇帝手上,大约是世宗皇帝顾忌到天下舆情,一直未曾批准。其后不久,世宗皇帝大行,严嵩劣迹败露,徐阶接任首辅,他不但给海瑞平反,还给他官升两级,由户部的六品主事一跃而为众官垂涎的四品苏州知府。可是,这位海大人到任后,升衙断案,却完全是意气用事。民间官司到他手上,不问是非曲直青红皂白,总是有钱人败诉吃亏。催交赋税也是一样,穷苦小民交不起一律免除,其欠额分摊到富户头上,因此弄得地方缙绅怨气沸腾。不到两年时间,富室商家纷纷举家迁徙他乡以避祸。苏州膏腴之地,在他手上,竟然经济萧条,赋税骤减。还有,官员出行,有规定的扈从仪仗,这本是纲纪所定,官家的体面。海大人也嫌这个劳民伤财,一律撤去,出门只骑一头驴子,带一个差人,弄得同僚与之结怨生恨。一任未满而劾疏连发,海大人负气之下只好挂冠而去。论人品,海大人清正廉明无懈可击;论做官,他却不懂变通之道,更不懂'水至清,则无鱼'这一浅白之理。做官与做人不同,做人讲操守气节,做官首先是如何报效朝廷,造福于民。野有饿殍,你纵然餐餐喝菜汤,也算不得一个好官;如果你顿顿珍馐满席,民间丰衣足食,笙歌不绝于耳,你依然是一个万民拥戴的青天大老爷。仆基于以上所思,决定不再起用海瑞。你给他官复原职,他仍不能造福一方,若给他闲差,士林又会骂我不重用他。所以,干脆让他优游林下,这样就保全了他的清廉名节,让千秋后世奉他为清官楷模,岂不更好?"

张居正这一席话,让杨博听得目瞪口呆,这一通闻所未闻的道理,足足让他回味咀嚼了半天,许久,他才讷讷地说:

"你这样做,恐怕会得罪天下的清流。"

张居正悠悠一笑,答道:"博老,这次京察,仆就思虑应少用清流,多用循吏。"

杨博摇摇头,指着张居正苦笑道:"你呀,一会儿让我明白,一会儿又让我糊涂。"

话说到这里,忽听得一声炸雷响在头顶,惊得两人一激灵,屁股腾地都离开了座位,一齐拿眼看了窗外。只见本来响晴响晴的天此时已是乌云密布,随了这声惊雷,如浇似泼的豪雨已是洋洋洒洒铺天盖地而来。两人因谈得忘情,对窗外天气的骤变竟浑然不觉。

"真是一场好雨!"张居正伸了个懒腰,赞道。

"久旱多日,也该下一场透雨了。"杨博精神一放松,顿时感到乏困,他双手握拳揉了揉眼窝,问,"啥时候了?"

张居正看了看屋角计时的刻漏,答道:"快到午时了。这一上午不知不觉就过去了。博老,雨下得这么猛,您想走也走不了,只能在这里吃顿便餐了。"

"好吧,咱也不要别的,只要一碟咸菜一根葱,两只窝头一碗粥,有吗?"

张居正一笑,说:"博老若要燕窝鱼翅,仆无法办理,若只要这个,管保供应。"

说罢,张居正抬手一请,两人便出了门,有说有笑向膳房走去。

第 十 四 回

荐贪官宫府成交易　获颁赐政友论襟怀

　　这场豪雨下了差不多大半个时辰,雨一住杨博告辞而去。张居正回到值房,来不及休息,立刻就埋首在堆积如山的文札案牍之中。自从高拱去职,高仪病逝,内阁中就只剩下张居正一人。泱泱大国,每日亟须处理的军政要务该有多少,单是把须得内阁签发的各种文件展读一遍,当值就不消做得别事。张居正虽办事干练,但毕竟只有一双眼睛一双手,当有许多顾及不到之处。他自恨分身无术,感到选拔一位大臣入阁当他的助手已是迫在眉睫,但选阁臣比选六部尚书更为重要,此事虽急,却也不能仓促行事。次辅没有选好之前,张居正仍只能事必躬亲处理一应大小事体。

　　却说今天上午杨博来访之前,张居正先已约了户部尚书王国光商量事情,见杨博来,他又派人急速赶到户部通知王国光,把约见的时间改在下午。

　　张居正约见王国光,为的是冯保所托之事,要荐拔胡自皋出任两淮盐运使。这事儿当时答应得爽快,但办起来却让张居正颇费踌躇。谁都知道,两淮盐运使是第一等的肥缺,多少人都在找靠山钻路子挖空心思想得到这把金交椅。张居正提出京察整顿吏治,就是为了杜绝这类跑官要官的歪风邪气。但冯保也是个得罪不起的人物,他既然开了口,就必须特事特办,而且只能办好不能办砸。两淮盐运使开府扬州,是一个四品衙门,属户部管辖,因此这个官员的任免虽然由吏部行文,但户部也有参与遴选之责。张居正找王国光来,就是要说服他同意冯保提出的人选,并以户部名义移文呈报。

张居正刚把今天的邸报看到一半,书办就来报告说王国光已到,张居正推开文牍,挪步来到了会客厅。

王国光已在客厅里站着了。

自那日在储济仓前被闹事武弁打伤之后,王国光在家休养了几天。刚到家时,夫人见他头破血流的样子,吓得三魂掉了两魂,忙不迭问他究竟出了何事。王国光虽然一腔怒火煮得熟牛头,但在夫人面前却还要硬撑面子。他让丫环洗了血污,缠了绷带,才嘻嘻笑着对夫人说:"在路上过,碰上个二八佳人女疯子,脱得赤条条的一丝不挂,一边舞之蹈之一边唱歌,许多人挤着观看,合不该咱停下轿子也想饱个眼福,被那女疯子发现,一支箭样冲过来,要和咱亲嘴,咱不肯,惹恼了她。这个疯子,随手捡了块石头,不偏不倚,砸着了咱额头。"夫人一听,气不打一处来,横眉骂道:"你这老没正经的,为甚只挨了一石头,挨一刀才好!"到了晚上,王府周围平添了许多持刀执枪的军士,那是王篆奉张居正之命,特意抽调一哨巡警来保护王国光的安全。夫人大约也从另处打探到丈夫负伤的真相,才又跑到丈夫的床前哭道:"你这当的哪门子官,蚂蚱啄了斗鸡,皇上难道不管?"躺在床上养神的王国光,这时候既不嬉笑,也不发怒,任夫人说上天说下地,他直是双目一闭,并无一语。第二天,张居正匆匆来看过他一次,看到老友遭此不测,张居正心甚快快,除了好言安慰,也没有多说什么。临分手时,王国光扔出一句话:"叔大,咱王国光的为人你清楚,咱什么都信,就是不信邪!"过了三天,头上伤口结疤了,王国光又回到户部坐堂值事。凡涉及胡椒、苏木折俸之事,他的态度较之往常更是强硬十分。

张居正走进会客厅时,王国光正盯着墙上悬挂的一幅书法立轴出神。张居正走到他身边,笑着问:

"汝观,看出什么蹊跷来了?"

王国光一欠身算是见面之礼,然后答道:"上回咱来,这儿挂的是吴道子画的一幅钟馗,如今换上了米元章的字,我正在看米元章写的是什么。"

"是他游虎丘的诗。"

"是真迹吗?"

"你看呢?"

王国光又凑近把那立轴上的墨迹与印章认真看了一遍,以行家的口吻说道:"这纸用糯汁调浆,是宋宣的特点,应该是真迹。叔大,你是从哪儿弄到的?"

张居正说:"这哪是我的,是内阁文卷房的藏宝,书办找了来,挂在这里装门面。"

王国光啧啧称赞,感慨地说:"取下钟馗,换上米颠,换得好,换得好。"

见王国光摇头晃脑的样子,张居正被逗得一乐,问道:"这么简单一件事,未必老兄还能看出什么名堂来?"

"当然有名堂,"王国光振振有词地说,"若论打鬼,叔大兄你本人就是高手,哪还用得着借助钟馗。换上米颠就不一样,这米疯子是宋代二百余年来最有洁癖的人,在衙门里办事,碰到一个叫秦去尘的穷秀才,他觉得这名字取得干净,一高兴,竟招这位秦去尘做了女婿。叔大兄的洁癖,与米元章原也在伯仲之间,所以,把他的字挂在这里,正好应了戏文里的两句词。"

"哪两句?"

"两个痴心汉,一双干净人。"

王国光学了戏文里的念白,尖着嗓子学起了旦角。当他双手甩了个水袖翘起兰花指时,逗得张居正忍俊不禁,扑哧笑出声来。接着解嘲地说:

"说一双干净人还凑合,但两个痴心汉却与情不符。"

"怎的不符?"王国光故意紧绷着脸争道,"你们两个有洁癖的人,巴不得大千世界不存任何一点污垢,这不是痴心又是什么?"

"好你个大司徒,什么话到了你的嘴里,酸甜苦辣全都变了味。难怪人家说你有一张油嘴,可以说得白水点灯,此言不虚。"

在汉唐前朝,户部尚书又称大司徒,故张居正这样称呼王国光。初一见面就说了这一场笑话,张居正顿觉心情轻松得多了。他招呼王国光落座,待书办上过茶后,张居正便把话切入正题,说道:

"汝观,今天找你来,是有一件事要同你商量。"

"什么事?"王国光问。

张居正因王国光是老朋友,也就不绕弯子,索性挑明了问:"两淮盐运使颜元清的任期已到,不知兄台考虑到接任的人选没有?"

"这事应当征询博老的意见。"

"博老在这里待了一上午,我尚未与他通气,我是想,这件事还是我俩商议出一个方案,再与他会议不迟。"

王国光略做思忖,说道:"人道盐政、漕政、河政是江南三大政,盐政摆在第一。全国一共有九个盐运司衙门,两淮最大,其支配管辖的盐引有七十万窝之巨,占了全国的三分之一还多。所以,这两淮盐运使的人选马虎不得,一定要慎重选拔才是。"

"兄台是否已经考虑了人选?"

王国光摇摇头,依旧摆道理:"常言道'三年清知府,十万雪花银',如果盐官选人不当,套一句话说,就是'三年清御史,百万雪花银'了。"

"这些道理不用讲了,大家心底都明白,我要问的是人选,这个人选你想了没有?"

张居正句句紧逼追问同一问题。王国光精明过人,猜定了张居正已经有了人选，所谓商量只是走过场而已，因此笑道：

"叔大，你就不用兜圈子了，你说，准备让谁替换颜元清？"

"仆是有一个人选，"张居正沉吟着颇难启齿，犹豫了半天，方说道，"这个人，可能你还认得。"

"谁？"

"胡自皋。"

"他，你举荐他？"王国光惊得大张着嘴巴合不拢。对胡自皋他是再熟悉不过了，隆庆二年，他以户部右侍郎身份总督天下仓场的时候，胡自皋是他手下的一个府仓大使。此人的贪婪是出了名的。王国光只想着张居正一心要把这个肥缺安排给自己的亲信，却万没想到会是胡自皋。他不解地问："胡自皋的劣迹秽行，你知道吗？"

"知道，汝观，我知道的甚至比你还多。"张居正又起身踱到米元章的书轴之下，盯着那些铁画银钩出神。其实他并不是在看字，而是借此稳定情绪。半晌他又开口说话，声音如同从古井里出来："胡自皋是个贪官，而且贪而无才，一方面花天酒地不干正事，另一方面为保禄位到处钻营。呸，十足的小人一个！"

"那，你为何还要举荐他？"王国光气呼呼地质问，接着说，"新皇上登基之初，南京工科给事中蒋加宽还上了一个手本弹劾这个胡自皋，说他花了三万两银子买了一串假的菩提达摩佛珠送给冯保……"说到这里，王国光戛然而止，他突然间像明白了什么，抬眼瞅着脸色铁青的张居正，又小心地问，"叔大，是不是冯……"

张居正一摆手不让讲下去，他重新坐下来，审视着满脸狐疑的王国光，语真意切地问：

"汝观，我且问你，如果用一个贪官就可以惩治千百个贪官，这个贪官你用还是不用？"

王国光琢磨着张居正话中的含义，问：

"这么说,胡自皋大有来头?"

"你是明白人,何必一定要问个水落石出呢?"张居正长叹一声,感慨地说道,"为了国家大计,宫府之间,必要时也得做点交易。"

张居正点到为止,王国光这才理解了故友的难言之隐,不过,他仍不忘规劝:

"叔大,胡自皋一旦就任两淮盐运使,两京必定舆论哗然,你我都要准备背黑锅啊。"

张居正不屑地一笑,说道:"只要仆的大政方针能够贯彻推行,背点黑锅又算什么?"

"那些清流凑在一起嚼舌头,也是挺烦人的。"

"宁做干臣勿做清流,这是仆一贯的主张。汝观,年轻时,你不也是这个观点吗?"

王国光点点头,也不再就这个问题争论,而是掉转话头问道:

"户部呈文推荐胡自皋,怎么说呢?"

"这件小事也须商量吗,你胡乱找几条理由即可。"

王国光苦笑了笑,揶揄说道:"当此京察之际,你这位首辅口口声声要刷新吏治,我们却不得不挖空心思荐拔一个贪官。"

"说起来此事是有点滑稽,但仆以天下为公之心,惟上天可以明鉴。"张居正词严神峻地说道,"何况让胡自皋升任此职,也不是让他继续贪墨。汝观,你要想法子把胡自皋盯得死死的,一旦发现他有贪墨秽行,一定严惩不贷!"

"有这句话,咱就知道该如何办理了。"

王国光狡黠地一笑,正欲掉转话题谈谈部务,忽见书办冒冒失失闯进来,对张居正禀道:"首辅大人,传旨太监王蓁到。"

书办说完,王国光赶紧趑趄进文卷室中回避。王蓁人还未进屋,那又尖又亮的声音已是传了进来："张老先生,皇上传旨给您了。"话音未落,只见他已是满面春风地走了进来,后头还跟着两名小火者,各托着一只盒子。

张居正一提袍角,准备跪下接旨,王蓁咯咯一笑,忙道:"张老先生,免了礼吧,今儿个,皇上是口谕。"说着,他习惯地清咳两声,有板有眼地念道:

> 皇上口谕:说与张先生知道,朕每见你忠心为国,夙夜操劳,心实悯之,且慰何如之。今特赐纹银五十两,大红纻丝二匹,光素玉带一围。钦此。

念毕,王蓁吩咐两名小火者把几样赠品放在茶几上摆好,请张居正过目。这意想不到的赏赐,叫张居正既激动又惊诧,他朝乾清宫方向深深打了一躬,说道:

"臣何德何能,蒙圣上如此眷顾。"

中官传旨,不可多说一句话,所以王蓁也不接腔,只向张居正行礼告辞说:

"张老先生,奴才这就回去缴旨,皇上还在东暖阁等着哪。"

"啊,皇上还在值事?"

"冯公公陪着,在练字。"王蓁这老太监是冯保的亲信,此时他顿了一顿,又说,"冯公公让奴才转告张老先生,皇上忒喜欢那只风葫芦,如今玩得熟。"

"没耽搁学习吧?"

"没呢,因此太后也很高兴。"

王蓁说罢离开值房走了。王国光从文卷室中走出来,看着茶几上的赠品,问道:

"叔大,王公公说到的风葫芦,是怎么回事?"

张居正苦笑了笑,答道:"仆看皇上整日枯燥,便买了个风葫芦送他。"

"难为你如此用心！"

王国光本是一句赞叹，张居正听了却感到难受，他想了想，问道：

"汝观，你说，皇上这时候突然颁赐于我，究竟有何用意？"

王国光脱口而出："皇上，不，是太后赏识你呗。"

"难哪，汝观。"张居正听了王国光的话，忽然大发感慨，"古今大臣，侍君难，侍幼君更难。为了办成一件事情，你不得不呕心沥血曲尽其巧。好在我张居正想的是天下臣民，所以才能慨然委蛇，至于别人怎么看我，知我罪我，在所不计。"

"这正是你叔大兄一贯的主张，鱼和熊掌不可兼得。"一番动情的话，王国光深以为是，因此答道，"做事与做人，若能统一，可谓差强人意。若有抵牾，则只能把做事放在第一了。"

"知我者，汝观也！"张居正把身子朝太师椅上一靠，看着面前茶几上的赐品，又恢复了怡然自若的神色，仿佛是自言自语道，"这些赐品，早不到，晚不到，偏偏这时候到。"

"叔大的话是啥意思？"王国光问。

"汝观，章大郎一案三法司会谳，定了个误伤人命的罪名，呈进宫中，皇上让内阁拟旨……"

"怎么拟的？"

"削籍，发配三千里塞外充军。"

"皇上准旨了？"

"你想想，能不准吗？"

"可怜王崧一条冤魂！"王国光颓然若失，接着又摸了摸额头上似乎还在隐然作痛的伤疤，愤愤地说，"章大郎不就是邱得用的外甥么，牵扯到国家大法上，太后怎么能存有袒护之心。"

"这不怪太后，她坚持要秉公断案。"

"杀人不偿命，这秉公又秉在哪里？"

　　面对王国光的愤愤不平，张居正既表示同情，又感到这位挚友修炼还不到家，于是说道："隆庆二年，我初入内阁，一日，隆庆皇帝忽然来了雅兴，传旨内阁几位大臣陪侍他去西苑游玩。在西苑，仆目睹了一场饿虎扑羊的游戏。西苑里养了三只番邦进贡来的老虎，都关在铁栅围死的虎屋里。我们君臣到了那里，饲虎的小火者便投了一只羊进去。老虎一下子从屋子里冲了出来，一个纵跃到了羊的跟前，前爪伏地，屁股耸起，目光如电，张须龇牙，那只肥羊股栗不止。大家以为那只虎顷刻就会冲上去把羊撕得粉碎，谁知虎却掉头而去。羊看到机会，顿时撒开四蹄仓惶逃窜，就在那一刹那，只见那只老虎屁股往下一沉，长啸一声，凌空腾起，闪电一样扑下，须臾间就咬断了羊的咽喉，七步之内，血溅尘土。观赏此番饿虎攫羊，让仆悟到后发制人的道理。忍让，后退，乃是为了积蓄力量，以便更有力地进攻，扑杀。"

　　张居正娓娓道出这个故事，王国光咂摸再三，忽地嘻嘻一笑，说道：

　　"怎么着羊也是老虎口中之食。如果羊要戏弄老虎呢？要逃生呢？"

　　"那就趁老虎打盹。"

　　"叔大啊，你不要给人造成误会，说你是硬处扛枪过，软处杀一枪。"

　　"我已说过，知我罪我，在所不计。"张居正觉得闲话扯够了，又谈起正事，问道，"汝观，今夏的赋税银，是否有行省解付进京？"

　　"还没有。"

　　"太仓还是空的？"

　　"有一点点小的进账，须得留下来应付各衙门日常开支。"说到这里，王国光想起心中搁了很久的一件事，憋不住问，"叔大，有件事，不知当不当问？"

"你说。"张居正睁大探询的眼睛。

"高拱多拨给殷正茂的二十万两银的军费,能否要回来,以解目下燃眉之急?"

张居正沉吟了一下,答道:"这些时,殷正茂不但有折子进京,奏报战况,打从他接任两广总督后,才三个多月时间,庆远剿匪就节节胜利。昨日,皇上还有旨给他予以褒奖。关于那二十万两银子,他曾给兵部咨文谈及,说是添置了军备。这个人你知道,钱到了他手上,就如同枣儿到了猴子嘴中,抠是抠不出来的,何况当初高拱就讲过:'只要殷正茂能把叛匪剿灭,纵让他吞没二十万两银,也值!'应该说,高阁老知人善任。"

"这么说,那二十万两银子是要不回来的了?"

张居正点点头,说:"仆根本就不动这个心思。设若殷正茂今冬之前能扑灭匪患,生擒匪首,这样的事功,是一千万两银子也买不回来的。"

"只是这样一来,下个月还得胡椒、苏木折俸。"

"当初不是计划好了的,共有两个月施行折俸么,皇上既准旨,就得按旨行事。"

"才一个月,就怨声载道,再施行一个月,有的人恐怕要把咱王国光生吃了。"

"你害怕了?"张居正笑着问。

"咱怕啥,怕鼻子掉下来咬了嘴。"王国光自嘲地说,"倘若再有人跳出来闹事,皇太后再让咱钻烟筒子,那才叫一跤跌进了茅缸,满身是屎了。"

"汝观,事情不会糟到这种地步。"

"很难说,大凡敢闹事之人,后头都有靠山。"

"这倒也是。"

谈完了正事,发够了牢骚,不觉又是日头偏西,王国光起身告辞走了。这一天的连轴儿转，张居正累得身子骨像要散架，他吩咐书办打盆凉水浇了浇脸颊，正说眯会儿，书办又领了一名内侍进来。

"何事？"张居正问。

"启禀张老先生，"内侍跪地禀道，"冯老公公派奴才前来知会您老，明儿个，李太后要去昭宁寺敬香。"

第十五回

老鸨母诲淫真龌龊　白浪子嫖妓遇名媛

崇文门内的东城根,原是一块闹中取静的地方,始建于元代的昭宁寺,就在这里的一条小街上。这条街就叫昭宁寺街。街的南边叫沟沿头,稍北叫闹市口。自沟沿头往东各胡同,靠南边的叫毛家湾,再靠东边的叫抽屉胡同,再往东叫神路街。抽屉胡同的南边叫盔甲厂,北边是马匹厂,再往东是宽街。马匹厂的西边有梅竹胡同。从毛家湾往北叫一眼井,再过去是铃铛大院。闹市口的东边叫苏州胡同下坡,与之毗连的是箭杆胡同,从那里往东叫铁匠营和豆腐巷。单从这些地名就大略知道,住在这一带的人,大都是些贩夫老卒、佣工匠役、皂隶火夫等三教九流的下等人。各府州县进京讨食的流民,也大都聚居在这里。说它闹,是因为每日这里熙熙攘攘的人气。说它静,是因为比之棋盘街、灯市口那些寸土寸金的商业街衢,这里又要逊色许多。但是,这里也有一个去处,不但在京城,就是在全国也名声极大,那便是位于苏州胡同下坡与箭杆胡同中间的窑子街。

顾名思义,窑子街乃私男野女苟合交媾的风月之地。这里原是两条胡同间的一处隙地。嘉靖年间,一个在京师混了多年并已混出个路路通的开封府人,在这里盖了几间土坯房,弄几个丐女做皮肉生意。多少年过去了,窑子一家接一家开张,这里便成了花柳一条街。街并不长,但三十多家门面,没有一家干别的营生,齐齐儿开的都是窑子。这些窑子里的妓女,少则十几个,多则几十个乃至上百个不等。妓女的来路大致有三：一是从乡下诳骗来的；二是从人口市上买来的；三是收容的丐女。光顾窑子街的嫖客，京城俗称"打钉"者，是各色人等都有，但多半都是身列贱籍的市井小民。

眼下正是两头冷中间热的秋老虎时节，京城已有好长时间未曾下雨。今天下午那场雨，紫禁城那边虽下得猛，可是这里连地皮都未曾打湿。窑子街凸凹不平的泥土路，依然是铜一般硬，行人走在上边，若不小心，不是崴了脚就是踢破趾头流血。这时候西时刚过，只见有一个人迎着火辣辣的夕阳，从苏州胡同下坡方向东张西望走进了窑子街。

历来窑子的生意，都是旺在太阳落土之后，不过眼下这时分，别看日头还绊在街口的柳梢上，只需一个响亮的咳嗽，就能把它震落到灰苍苍的屋脊后头。走进街来的这个人，看上去约摸二十三四岁年纪，生得虽然白净，但身形弱小，嵌在扁平额头下的一双小眼睛，圆圆的，两颗黄豆大的眼珠子渗进不少黄色。此时他穿了一件浆洗得干干净净的青色夏布直裰，脚上蹬一双半新不旧的布鞋，手上还玩着一把折扇，偏是他走路不老实，一蹿一跳的，一看就知是一个没有四两正经的白浪。

但是，打从这白浪一踏进窑子街口，顿时一条街都兴奋了起来。不为别的，就为他这副"相公"的打扮。来窑子街的嫖客，通常是赤膊上阵臭汗熏天，甚至瘸子瞎子罗锅乞丐都有，何曾见过这等一袭长衫遮到底的白皮后生。立时，站在各家窑子门前拉客的徐娘小厮，都一窝蜂地迎了上去。

"少爷，你高抬贵步，脚下有一道棱。"

"相公，你往这边靠着走，树下有荫凉地儿。"

"哟，好一位爷，瞧一眼，比喝碗冰水都舒坦。"

"嗨，大贵人来啰，我们家的小姐，个个都眼皮子跳，爷，就这儿，您留步。"

面对这一片叽叽喳喳的奉承,白浪的黄眼珠子转得比陀螺还快。他双手往后一背,两个指头玩着折扇,一副不屑的神气,听得那个徐娘要他留步,他总算站定了,一开口就听得出来是浙江人打的京腔:

"你是这家的老板娘?"

"算是吧,咱姓夏,街上人都叫我夏婆。"

"唔,夏婆。你叫爷留步,有好货吗?"

"有,爷,你自个儿瞅去。"

夏婆搔首弄姿,扭腰伸了个兰花指。白浪顺着她的指头看到门头上悬了一块匾,叫"街头香"。紧挨着大门的,是一扇用窗纸糊死的大窗户。白浪伸头朝门里一看,是一间过堂,放了几张木椅茶几,再往里有一道门,虚掩着,看不出什么气象。

"爷,瞅这儿。"

早已快步跟上的夏婆,手忙脚乱地把那扇窗门打开了。白浪回转身把头伸进窗户,这一下看傻了眼——屋子里头,竟散漫地坐了十几个一丝不挂的姑娘。

姑娘们有大有小,有丑有妍,有胖有瘦,有高有矮,看见有人伸头进来,谁也不感到害羞,都慌忙从坐着的长条凳上起来,赤条条地一窝蜂拥到窗口。

"老爷,要我吧。"

一个年纪稍大,约摸二十来岁的姑娘抢先说道。她的脸色有些发青,好看的只是那一对鼓突突的奶子,但下腹已经松弛了。白浪的贼眼朝她身上溜了一圈,顿时感到裤裆里的那根东西硬挺了起来,他伸手往下按了按,又下意识地把腰往后窝了窝,然后伸出折扇戳了戳那姑娘的奶子。"马马虎虎,只是老了。"他淫邪而又挑剔地说道。

话音未落,立马又有一个削肩的少女挤上前来,半似挑逗半似认真地说道：

"老爷，我是初出道儿的，比水葱儿还嫩。"

白浪睐了她一眼，脸相、身材都还匀称，只是干巴了一点。众姑娘从他的眼神中看出还是不满意，便又争着向前七嘴八舌推荐自己。站在白浪身边的徐娘这时便拍了一下巴掌，姑娘们立刻就安静了。夏婆训斥道：

"瞧瞧瞧，来了一位财神，都争着上，规矩都哪儿去了？是客人挑你们，还是你们挑客？嗯？都朝后站，按章程来。"

经这一骂，姑娘们都老实了。往后退到墙根一字儿站定。夏婆又朝她们做了个手势。姑娘们便一个个依次走到窗户跟前。每位姑娘在白浪面前都要表演几个挑逗的动作，展示自己的丰乳肥臀，玉颈纤腰。实在没什么好展示的，便手把牝户，朝白浪投过一注企盼的目光。白浪痴痴地过了一回眼瘾，姑娘们已退回到凳子上坐了，他还像一根木桩似的一动不动。夏婆伸手轻轻戳了一下他的腰，小声问道：

"爷，看中了哪一位？"

"啊！"白浪如梦初醒，一龇牙笑道，"你这位大娘，这些姑娘，我怎么都闻着有一股狐骚味儿。"

"哟，看你这位爷说的，"夏婆扭捏着搡了白浪一把，调情道，"这味儿是窑子街的正味儿，没有这狐骚味儿，那还叫什么窑子街！"

这时，夕阳已下沉到屋脊后头，拂面的风也顿时凉爽了起来，街上的流客渐多。看这些人有的是常客，有的也如同这白浪，是初来乍到。大凡常客都有自己的老相好，一进窑子街就勾头直奔目标而去。初来乍到之人深恐吃亏，故总想挨家走完挑上一个最好的。眼下这个白浪就是这心思。他拿扇子骨拍了一下夏婆的手背，笑嘻嘻说道：

"夏婆,本大爷还想看看其他各家。"

"大爷,俗话说走多了脚酸,看多了走眼。我家的姑娘,你已经看到了,一个个都是娇滴滴的,水灵灵的,白腻腻的,勾人魂的,一句话,都是窑子街上最好的。"

白浪扑哧一笑,谑道:"常言道王婆卖瓜,自卖自夸,如今是夏婆卖花,自卖自夸。你的话我信,但还是货比三家为妙。"

说罢,白浪已是抬脚走去。顿时只听得一声锐叫"挑帘啰——"原是一直站在旁边拣耳朵的隔壁家拉客的小厮,早已跳到自家门前,撑起衬了白纱的雕花杉木窗。白浪伸头一看,同方才看的这一家大致情形差不多。原来窑子街的各家窑子,其建筑格局大致相同。临街正门之侧,必定是一扇又大又宽的窗户,窗户里头是间大厢房,姑娘们都赤条条一丝不挂待在里头。平常窗户都是关着的,一有客人来,在店前拉客的伙计便会把窗户撑起来,让客人挑货。白浪如此一家家看下来,不知不觉过了大半个时辰。斯时霞光尽褪,暮霭渐浓,各家窑子门口都点亮了写有店号的大红纱灯。这个白浪从街头走到街尾,虽然大饱眼福,免费欣赏了各类年轻女人的胴体,但仍没有发现特别中意的。这大约就是那个徐娘所说看花了眼的缘故。这时进到窑子街的嫖客越发多了,几乎每家窑子门口,都聚了一堆人在选货,白浪来得最早,至今却还没有着落,不免心里头发慌,不由得加快脚步,匆匆走回到街头看的第一家窑子跟前。

"哟,大爷回来了。"

闲倚在门口的那个夏婆迎上一步打了招呼,但口气已不似当初热情了,再看窗户底下,也没有围客。

"看看,你家生意就是比别家清淡。"白浪搭讪着,伸头朝厢房看去,已是空荡荡不见一人,"咦,人呢?"

"都上房了。"夏婆答应。

"一个不剩?"

"一个不剩!"夏婆斜睨着白浪,嘴一噘,没好气地说,"谁让你挑肥拣瘦的,到头来只能把耳朵搁在窗台上。"

"此话怎讲?"

"听动静呀!"

"呸,大爷我就不信这个邪。"

白浪拉下脸来,把折扇朝手心一捣,又匆匆转身朝街里头趱去。

"大爷哪里去?"

"再去找。"

"回来,"夏婆抢上一步拉住白浪,一张涂满脂粉的脸又堆上了笑,"大爷也不看看时辰,眼下还能找到什么,是三条腿的男人还是四只脚的蛤蟆?"

"你这个夏婆,看来要成心捉弄本大爷了。"

白浪两道稀疏的眉毛一拧,那样子是真的生气了。夏婆天天守在门口,什么样的人没见过? 因此倒也不在乎,只是不再开玩笑,而是压低嗓子,神秘地说道:

"看得出来,你这位大爷是第一次来窑子街。我就寻思着你会心花眼花,到头来两手空空采不着一朵花。来,大爷随我来。"

夏婆说罢,也不容白浪答应,便拉着白浪的手,三步两步进了自家的窑子,穿过厅堂来到后院,走到最里头一间把门推开,里面黑咕隆咚的什么也看不清楚,徐娘喊道:

"枣妮儿,掌灯。"

没有人应声。

夏婆只得自己摸索着把炕前小桌上的一盏桐油灯点亮。灯光如豆,白浪眼睛眨巴了好多下才调整过来,看见炕上坐着一个姑娘,脸朝里,双手抱膝,低着头不搭理人。

"枣妮儿,把头转过来。"夏婆喊道。

那姑娘木头人一般,坐在那里仍是一动不动。

"哟,她还会拿架子。"白浪说。

"找遍京城,你找不着比她长得更好的,你瞧她,小鼻子尖,小嘴儿圆,葱尖儿样的指头瓜子样的脸。这样子,就是皇宫里的贵妃也给比下了。"

夏婆手捏汗巾不住地絮聒,白浪走近炕前伸手把姑娘的头扳过来看了看,果然是天姿国色。

"方才在前厢房里没见着她。"白浪说。

"她是咱家的花魁,哪用得着去前边。"夏婆的口气中满是炫耀,接着又朝炕上喊了一句,"枣妮儿,来的是一位公子。"

枣妮儿肩膀微微一动,仍是不抬头。

夏婆把白浪拉出房来,顺手把房门带上,轻声说道:"这位枣妮儿心性太高,一般客人瞧不上眼。"

"是啊,看她脸上老挂着霜,一点也不喜兴。"

"要想让她喜兴起来,就看相公你的手段了。"夏婆撺掇着说,"你有本事,就把她办了,没本事,就去找烂虾吃。"

"吃什么烂虾,要吃就吃这只天鹅。"

白浪说着一捣折扇,又要推门进去,夏婆把他一拦,问:"相公,你初来乍到,知道价钱不?"

"啊,价码儿,你说!"

"这儿老规矩,打一次钉,十五枚铜钱。"

白浪小黄眼珠子一瞪,嗃声嗃气说道:"你欺大爷初来乍到是不是,窑子街上七文钱打一钉,你诈谁呀?"

见白浪揭了底,夏婆也不争辩,只笑着答道:"大爷你是明白人,但枣妮儿价又不一样。"

"要多少?"

"一两银子。"

"枣妮儿长的是金尿还是银尿,值这么多?"白浪一急,便说开了粗话。

夏婆瞧瞧门里,压低声音说:"枣妮儿还是女儿身,没有破瓜呢。"

"啊?难怪她那么腼腆。"白浪一惊,朝夏婆笑道,"若真如你所说,一两就一两。"说罢,也没得工夫再与夏婆理论,一推门重又进了房。

那姑娘坐姿未变,仍塑在那儿。

白浪听着夏婆走远的脚步声,便把房门闩了,挪近土炕,轻声喊道:"枣,枣妮儿?"

那姑娘慢慢转过脸来,答道:"我不叫枣妮儿。"

"那你叫什么?"

"叫玉娘。"

"玉娘?"白浪嘻嘻一笑,"这名儿太雅,听了本大爷都不敢动手了,还是枣妮儿好。"

白浪说着就动手动脚,玉娘伸手去推他,虽近在咫尺,她的手却推了一个空。

白浪一看不对劲,便伸手在玉娘眼前晃了晃,竟没有任何反应。

"咦,你是瞎子?"白浪问。

玉娘点点头,只见她两行热泪夺眶而出。

原来,那一日玉娘闻讯赶到京南驿要同高拱一起回归故里,遭高拱拒绝后,又羞又恨,一头碰向楹柱要自寻短见,虽然抢救及时保住了一条命,却因此眼睛模糊不清,大约一个月后,竟至双眼失明。她孤苦伶仃一人待在京城终究不是办法,遂决定返回南京故里,便央人觅车雇船。昨日,她所托之人带了一个人来,那人说是要带她去通州张家湾运河码头上看船。玉娘未曾细想，便跟着那人上了驴车，三弯九转，那人竟把她拖到窑子街，十两银子卖给了夏婆。自进了妓院，玉娘喊天天不应，叫地地不灵。夏婆一图她姿色，二欺她眼瞎，是棵难得的摇钱树，一来就要她接客，玉娘誓死不从。夏婆怕她真的寻了短见，白丢十两银子，因此也不敢硬逼，一心想找个嘴巴甜有手段的嫖客，把玉娘说动心成就那事。女儿家只要过了那一关，往后的事情就好说了。正是这个主意，让夏婆看中了白浪。

却说白浪听得玉娘哭诉被骗的经过，心中竟也动了那么一点恻隐之心。但憋了多时的一把欲火，又让他按捺不住，趁玉娘不注意，又把手伸向玉娘的奶子上想抓上一把。

凭感觉，玉娘知道有黑手伸来，虽然眼瞎，但她身子不瘸不跛，还是灵活得很，她身子一偏，忽地就在炕上跪下了，流着泪求道：

"好心的大哥，请你发点慈悲，不要欺侮我这弱女子，你若能救我出去，必有重谢。"

"如何救你？"白浪问。

"告到衙门，让官府知晓。"

"你又如何谢我？"

"奴家虽孤身在京，但尚薄有旅资。只要能平安回到居处，奴家送你一百两银子。"

"一百两银子？你有？"白浪惊问。

"对，我有。"

玉娘越是回答得恳切，白浪越是不信。他心想："你若如此有钱，也不会被人骗到这种地方来。"因此越发想占便宜。他淫笑着说：

"枣妮儿，我也不要你那一百两银子，只要你肯答应我一件事，我就帮你送信到官府。"

"哪一件事？"

玉娘昂起头来，眼巴巴地"望"着白浪。看着玉娘天生丽质，气吐若兰，白浪更是不能自持了，他把头凑近玉娘耳边，悄声说道：

"你现在陪咱大爷睡一觉。"

"这不行。"

"有何不行？"

白浪也不顾玉娘反对，说着就扑了过去，一下子就把玉娘压在身子底下。一只手箍死了玉娘的颈子，另一只手就伸到底下乱摸。玉娘拼死反抗，又撕又咬。白浪一面躲闪，一面动作，竟有许多力气使不上。双方这么撕扯了一阵子，都累得气喘吁吁的。白浪一只手眼看就要摸到玉娘大腿的根部，情急之中，玉娘拿嘴将白浪的另一只胳膊狠狠咬了一口，白浪痛得一阵嗷嗷乱叫，慌忙松了手，跳下炕来。趁这空儿，玉娘连忙站起，退后两步紧靠墙角站定，一只手从怀中掏出个物件，白浪一看，是把剪刀。

原来，玉娘自从眼睛失明之后，为防不测，身上便始终藏有一把剪刀。白浪虽然好占便宜，但毕竟是个银样镴枪头，见了剪刀，他不由自主地后退一步，嘟哝道：

"瞧瞧瞧，本是个乐事，你这样子，竟像是上了杀场。"

玉娘受了两天的折磨，本来就气力不支，加之方才一番争斗，此时已是累得筋疲力尽，但她仍顽强支撑，紧攥着剪刀说：

"你再敢前来一步，不是你死就是我死！"

看着她这副大义凛然视死如归的样子，白浪又气又恨，却也再不敢造次，只得狠狠"呸"了一口，打开门，悻悻地走了。

第 十 六 回

悍妇人邀功反惹祸　王御史视察出蹊跷

白浪劳神费力折腾了半个时辰,骂骂咧咧走出那间屋子,来到过厅,守候在此的夏婆迎了上来,开口说话前先耸了耸鼻子,因为她闻到了白浪身上黏腻的汗味。她随手递给白浪一碗凉茶,淫笑着问:

"大爷,这枣妮儿值吧?"

"值!"白浪一口气喝完那碗凉茶,咂了咂嘴没好气地说,"进房前,那姑娘叫枣妮儿,折腾这半个时辰下来,本大爷成了枣泥儿了。"

"大爷这是实话,"夏婆以行家的口吻说道,"像你这种男人,咱见得多,进了窑子,都是先等不得,后狠不得。其实,你只要不那么急,咱这里给你吃一颗丸子,你的那根钉,就真的成了铁做的。"

"什么药丸子?"

"金枪不倒。"

"好药好药,下次来一定先吃一颗。"

白浪只当是夏婆成心戏弄他,也不想在此久留,说着闪身就要出门,夏婆连忙把他扯住,喊了一声"大爷留步",接着把手一伸。

"什么?"白浪眯眼问。

"钱呢?"

夏婆身子摇摇晃晃的,两只耳朵上戴着的镶金大耳环忽闪忽闪让人心烦,本没个好心情的白浪心里头一连骂了几声"母狗,母夜叉",才讪讪地说：

"亏你还要钱。"

"怎么啦？"

"枣妮儿是丈二金刚,咱大爷摸都没摸着。"

"没上手？"

"是呀,肩上还被咬了一口。"

"那,你为何磨蹭半个时辰才出来？"

"这你也管得着？"

"进了咱的地儿,咱就管得着。"

"你想要咋样？"

"交了钱走人。"

"好吧,那就先记在账上,回头给。"白浪说着抬脚就要出门。

"慢着。"夏婆伸手把路一拦,"你想赖账？"

"赖又怎么样？"白浪想抖狠。

"哼,麻雀吃蚕豆,摸摸自己有多大个屁眼！"

夏婆顿时脸色一变,一拍巴掌,立马就有两名壮汉不知从什么地方钻了出来,一左一右把白浪夹在了中间。

"你们想干什么？"白浪喊道。

"咱们也不想难为大爷,交了银子,你走人。"

"我没带钱。"白浪拍了拍身上,表示一无所有。

"一进窑子街,咱就发现你小子不地道,但没想到,你竟敢欺到老娘头上来。黑柱子,你们看着办吧。"

夏婆说罢,抬腿就要走人,白浪慌忙把她喊住,说道："大娘请留步,大爷我有件东西给你看。"

白浪说着撩起夏布长衫,从腰间摘下一只小木牌递给夏婆,不无傲气地说："你看看我是谁。"

夏婆接过这只长三寸宽一寸的被漆得红彤彤的木牌,她虽不

识字,但认得这是"衙门人"通常用的腰牌,便把木牌递给略识几个字的黑柱子。黑柱子就着头顶上灯笼的光亮,磕磕巴巴念道:

五城兵马司崇文门内苏州胡同巡警铺

"啊,你是巡警铺的,"夏婆紧绷的脸顿时松弛了一些,她很内行地对黑柱子说,"你再念念腰牌的反面。"

黑柱子瞄了白浪一眼,又一字一顿念道:"刘金贵。"

"你叫刘金贵?"夏婆问。

"本大爷正是。"

夏婆咧嘴一笑,以一种见过大世面的口吻说道:

"咱这窑子街的地盘,就归苏州胡同巡警铺管辖,这铺里的十几位兵爷,还有管事的档头蒋爷,没有谁咱不认识,可咱就从来没有见过你这位刘爷。"

"我是新来的。"

"新来的,可是蒋爷没交代呀。"

"蒋爷是咱的头儿,咱上这里来,是他点头答应了的。"

"既是如此,蒋爷总得有话给你。"

"蒋爷说了,要咱玩得尽兴。这是咱巡警铺管的地头儿,有什么事担待得起。"

夏婆听了这话,讪讪一笑,随之脸色就冷了。须知这个夏婆是窑子街上的一只母虎,同苏州胡同巡警铺的管事档头蒋二旺关系非同一般。这蒋二旺世袭军籍,在苏州胡同巡警铺干了差不多二十年,夏婆年轻时就是他的相好。正是因为有了这层关系,夏婆才有恃无恐,成了窑子街上一粒咬不烂嚼不碎的铜豌豆,崇文门一带喜欢惹是生非的泼皮恶少,也没有哪个敢到她开的"街头香"来撞太岁。而且,蒋二旺本人也约束部属,不准他们到"街头香"来占便宜。这些年来,除了夏婆请客之外,巡警铺军卒是断不会到"街头香"来吃白食的。可是眼下这个自称叫刘金贵的巡警居然敢犯忌,夏婆断定其中有诈。所以，待白浪话头一落，夏婆就朝黑柱子使了一个眼色，说时迟那时快，只见黑柱子两人朝前一扑，顿时把白浪掀翻在地，取来一根麻绳，三下两下把他双手反剪捆了。

白浪鸭子死了嘴硬，兀自在地上抖狠："日你妈，你们想造反了！"

挨了骂的黑柱子来了火气，朝白浪的屁股猛踢了几脚，白浪杀猪似的嚎叫。夏婆这时已坐到木椅上，眯眼看着地上乱滚的白浪，又说道："褪下他的裤子。"

黑柱子领命做了，白浪露出了白生生的屁股。黑柱子又把他掀翻过来，白浪两胯间的那根东西，像一条地蚕耷拉着，情形委实狼狈。

"东家，还是老规矩？"黑柱子问。

"是。"夏婆答。

黑柱子便从搭档手中接过一把剔骨尖刀，一手抓住白浪的那条"地蚕"就要下货。

白浪感到肾囊根部有一股子冰凉，那是刀片抵在那儿，他顿时惊恐万分，忙不迭讨饶叫道："大娘，手下留情！"

夏婆说："手下留情也可，拿钱来。"

白浪哭丧着脸央求道："我身上的确未曾带钱，这样，你派人随我到巡警铺里去取。"

夏婆一声冷笑，咬着牙斥道："你小子还想在老娘这里瞒天过海，实话告诉你吧，老娘同苏州胡同巡警是肉连皮的关系，不要说那里的人，就是那里的任何一个物件儿，没有老娘不认识的，你冒充刘金贵，就这一点，我打死了你都不犯法。"

"我就是刘金贵，不信，你去巡警铺问。"

"看来，你小子是不见棺材不掉泪。好，就依你的，现在就去巡警铺。黑柱子，先把他那鸟玩意儿留一留，去了巡警铺再说。"

黑柱子又胡乱地帮白浪穿上裤子,像拎小鸡一样把他从地上拎起来,然后押着他,跟着夏婆,一路推搡着朝苏州胡同走去。

从夏婆的"街头香"到苏州胡同的巡警铺约有里把路,不消片刻,夏婆一行就到了巡警铺门口,脚一踏进院子,夏婆仗着人熟地熟,也不及细看,就扯着嗓子尖声尖气喊道:

"蒋二爷,你看看,咱给你领了个两只脚的骚狗公来了!"

刚喊完,夏婆这才发现院子里不对劲,平日里空荡荡的院子,如今歇了一乘八人大轿,沿着墙根,还有一二十匹马。从院门到公廨门十几步路,站了两队刀兵。廊檐下还一溜站了八个兵士,每人手擎一盏写有"巡城御史"的大白纱灯笼,把个院子照耀得如同白昼。夏婆一看这架势,知道有大人物光临,慌忙伸手掩嘴,一扭腰要退出去。正在这时,公堂里传来一声厉喝:

"何人大胆,竟敢来此喧哗,带上来!"

也不等夏婆回答,早有两个刀兵上前把她架住,连拖带拽带进了廨厅。

这廨厅原也是夏婆熟悉的,在此坐堂问政的蒋二旺是她多年的相好。只是眼下正堂的台案后头,坐着的是一个她不认识的大官,而平日坐在这个位子上威风八面的蒋二旺,此刻却像一只发了瘟的鸡,蔫头耷脑地站在台案左下角梁柱前。

却说在巡警铺里坐堂的这位大官,正是巡城御史王篆。下午,内阁书办来到五城兵马司衙门,送来了首辅张居正给王篆的手谕,告知明日辰时,李太后要去昭宁寺进香礼佛,要他务必"清净道路,尽心保护,慎始虑终,不可有万一疏忽"。接到这道手谕,王篆哪敢怠慢,当即就把衙门里的佐贰官以及掌管京师各路巡逻治安的十八名把总全都找来,就如何清理街道,圈禁流民,防范突发事件,临时增添彻夜巡逻兵卒等切要事体做了详细布置。须知京城的治安,原由五城兵马司、锦衣卫和东厂三家共同负责。锦衣卫、东厂是直接由皇帝控制的警探、刑狱合一的组织,惟有五城兵马司是政府系统的警事机构,管辖着京师城中的一百二十多个巡警铺,负责京师巡逻治安,接受民众报警、追捕和缉拿案犯。五城兵马司衙门的堂上官,就是巡城御史。打从新皇上登基,王篆这个巡城御史就一刻也没有轻松过,常言道天下事大,大不过改朝换代。在这期间,京城中若有任何有碍圣朝的祸事发生,都会是他这个巡城御史的弥天大罪。谢天谢地,在这新旧交替之机,除了皇城中的争斗,京师地面还算风平浪静。可是明天李太后的出行,却让王篆感到压力很大,就是张居正不打招呼,他也知道这件事的分量,是一点差错都出不得的。所以,这个紧急会议一开就是两个时辰,直到觉得万无一失了,王篆这才命令与会者分头行事,各负其责。他自己则于散会后,在衙门里胡乱扒了几口饭,吩咐起轿来到了苏州胡同巡警铺。这里是皇城去昭宁寺的必经之地,属于明日防范治安的重中之重,王篆委实放心不下,便亲自连夜来这里督查。

由于事前未打招呼,当王篆的大轿突然停进了苏州胡同巡警铺大院,该铺的管事档头蒋二旺还在对面的一家小酒肆里猜拳喝酒。铺院门口黑漆漆的,连灯笼也未曾点亮。进得屋来,只见两个值班的兵卒对坐,抱着胯子闲聊,余下兵士却是一个也不曾看见,顿时王篆大发雷霆。他让值班兵士把蒋二旺找来,劈头盖脸一顿臭骂,命令他立即派人把全铺二十名兵卒尽快找回来。遭此一吓,蒋二旺的酒醒了一大半,他跳进跳出,差不多过去了半个时辰,兵卒才找回来一大半。一直踞坐在堂的王篆余怒未消,把个蒋二旺足足骂了半个时辰,正在这不可开交之时,偏偏夏婆不识好歹地撞了进来。

兵士把夏婆扭进了公堂,这婆娘哪曾见过这等阵势,顿时心中发怵。但她毕竟是浑噩无知之人,不懂见官的规矩,一根桩站在那里,两只眼睛还四处睃看。

"跪下!"

随同王篆前来的负责崇文门一带巡警铺的一位姓张的把总吼了一句,唬得夏婆双腿一抖,身子趁势跪了下去。

王篆瞄了一眼夏婆头上满插着的镶金首饰和涂了厚厚脂粉的一张冬瓜脸,心里头顿时像吃了一只苍蝇。他皱着眉,没好气问道:

"你叫什么?"

"夏……荷女。"她本想说夏婆,一想不对劲,便改口说了个她自己都觉得生疏的名字。

"干何营生?"

"开窑子的。"

"啊?"王篆又抬头看了夏婆一眼,这女人也正拿眼瞅他,眼神中藏着的那股子淫荡让王篆很不受用,他接着问,"你方才在院子里嚷什么?"

"咱说给蒋爷送了个两只脚的骚狗公来。"

"送什么来?"

"骚——狗——公。"

夏婆拖腔拖调复述了一遍,公堂里响起一阵窃窃的笑声。王篆本也想笑,但一咬牙忍住了,一拍案台,大声斥道:

"大胆泼妇,竟敢对本官如此说话,来人,把这泼妇拖下去,狠狠打!"

"是!"

立时就有几个兵士应声上来,慌得夏婆磕头如捣蒜,哀求道:"大老爷,打不得打不得,老身说的是实话,这骚,啊不,这冒充巡卒的家伙,已被老身捆来了。"

"你说什么,有人冒充巡卒?这究竟是何等样的事情,你从实招来！"

王篆来了兴趣，身子不由自主地向前倾了。蒋二旺也颇为吃惊，一双眼睛死盯着夏婆，铜铃一样大。

夏婆跪在地上，把事情一五一十说了。说罢，又扭头朝院子里大喊了一声：

"黑柱子，带人上来！"

一看见带上来的人，蒋二旺不禁在心中暗暗叫苦。原来此人叫王大臣。三天前，本铺巡卒刘金贵得痨病而死，正好有人介绍王大臣前来找他谋个差事，他便让王大臣顶替刘金贵当了巡卒。按洪武皇帝定下的规矩，各军卫的在籍军士，分本兵和流兵两种，本兵采用世袭制，父死子替，代代相传，而流兵则随时招募。本兵每月禄米两石，较流兵高出一倍还多。这刘金贵世袭本兵，膝下无子，人一死等于报了绝户，按例要上报到五城兵马司衙门注销军籍，但蒋二旺想吞占刘金贵的禄米，便大胆让王大臣顶替了，言明刘金贵的禄米各得一半。王大臣爽然答应。今天下午，蒋二旺才把刘金贵的腰牌给他，言明明日到铺就职，没想到这么快就出了事。

王大臣一进来，便很知趣地跪下。王篆扫了他一眼，问道："你是这个巡警铺的？"

"是。"王大臣瑟缩地看了蒋二旺一眼。

"腰牌呢？"

"在我这儿呢！"

夏婆把手伸进月色夏布襟褂，掏出那只腰牌，旁边的军士接过，双手递了上去。

王篆把那面腰牌翻过来倒过去看了几遍，眼角的余光却一直注视着蒋二旺，只见这个档头抓耳挠腮，急得像热锅上的蚂蚁。王篆阴阴地一笑，突然大喝一声：

"来人！"

"到！"

立刻就有四名手持水火棍的兵士挺身向前。

王篆指着跪在地上的王大臣，下令道："把这厮拖下去，狠狠地打，打断他的双腿！"

四名军士一声应诺就要动手，慌得王大臣膝行上前，苦苦哀求道："请大人饶命，念小人这是初犯，往后再也不敢了。"

王篆小三角眼往上一吊，斥道："本官可以饶你，洪武皇帝亲自制订的《大明律》却饶你不得，在籍军士嫖娼者，斩无赦。打断你的双腿，这还是本官的通融，拖下去。"

"大人既如此说，容小人禀告实情。"

"说！"

"小人不是在籍军士。"

"啊，你不是刘金贵？"

"小的不是，小的名叫王大臣。"

"那你为何要冒充军士，滋扰生事？"

"不是冒充，是顶替。"王大臣嗫嚅着。

"谁让你顶替的，刘金贵现在何处？"

王篆明是问王大臣，眼睛却盯着蒋二旺。此时这个档头额头上早已汗如雨下，恨不能找个地缝儿钻进去。到了这个节骨眼上，王大臣才知道闯了大祸，也是紧张得嘴唇发乌，不知说什么好。

屋子里顿时陷入了死一般的寂静。

"说，刘金贵哪里去了？"王篆又问了一句。

夏婆觑着蒋二旺，她见这个老相好脸色蜡黄，嘴唇哆嗦着不说话，心里头不禁骂了一句"脓包"，便替他答了：

"刘金贵三天前就死了。"

"唔，"王篆点点头，他要的就是这句话，接着问王大臣，"谁让你顶替的？"

王大臣看了一眼蒋二旺，不做声。

王篆至此已全然明白了个中蹊跷，但他今夜里没有心思审理此事，便吩咐把王大臣押下去收监严加看守。

当兵士押着王大臣退堂时，站在一旁的夏婆幸灾乐祸。王大臣见了心里不服，忽然脚步一收，回转身来犟着脖子喊道：

"大人，小的还有要事禀告。"

"何事？"

"这个夏婆拐卖良家妇女。"

王大臣接着就把玉娘的事讲了。玉娘这个名字，王篆并不陌生，她不但让高拱赞叹，同时也得到张居正的激赏，只是不知道此玉娘是不是彼玉娘。王篆也不搭话，挥手让兵士把王大臣带下去，然后问夏婆：

"窑子街有多少家窑子？"

"三十多家。"

"每天有多少嫖客？"

"少则几百，多则上千。"

"生意有这么好？"

"这一带流民多，窑子街就赚他们的钱。"

"你开的窑子是不是最大的？"

"不是最大的，但是肯定是最好的。"夏婆说起"生意"来，顿时就眉开眼笑，嘴巴上毫无遮拦，"我家那个枣妮儿，不是我夸，全窑子街找不出第二个来，大人您是身份太高了，不然，老身就让你去尝个鲜。"

"放肆，出去！"

夏婆吓得一吐舌头，不待人来撵，早已脚底下抹油，溜之大吉了。

听得夏婆领着黑柱子叽叽喳喳走远，院子里又复归于平静，王篆喊了一声:"张把总。"

"小的在。"坐在案台右下角的张把总连忙起身。

"传我的令,你亲自带五百名巡逻兵,连夜把窑子街给我封了。"

"是。"张把总领命而去。

王篆又扭头盯着蒋二旺,冷笑一声说:"蒋二旺,你玩的这些猫腻,本官暂不追究。明日从你这里到昭宁寺一带的治安,若出半点差错,本官扒了你的皮!"

第 十 七 回

还夙愿李太后礼佛　选替身代皇上出家

卯时三刻，只听得东华门内九声炮响，接着就见到四名骑着一色枣红马，身着金盔甲，腰悬金牌、绣春刀，手执大金瓜斧的锦衣卫大汉将军作为前驱使，引出两列约摸有两百人的肃卫仪仗来。跟着就抬出来一顶十六人抬的雕花锦栏杏黄围帘的大凉轿，后面跟着二十多乘舆轿，八人抬四人抬二人抬不等。接下来又是二百名身穿红盔青甲骑着高头大马的扈从禁卫。大凉轿两侧，还各有四个身着红皮盔金甲，手执开鞘大刀的锦衣卫力士充任防护属车使。这规模气势，只是比皇帝出行少了两百名府军前卫带刀舍人，以及隶属神枢营的两百名叉刀围子手。因为不必沿途理刑，因此随驾负责提调缉事的锦衣卫东司房理刑官一员也就免掉了。

坐在大凉轿中的李太后，此时心情好极了。昨天，她正式得到了礼部特为她颁制的慈圣皇太后的铁券金书，一方面心里头感谢张居正忠诚皇室，斡旋有力；另一方面，她更加深信这是无远弗届的佛力所佑，便听从冯保的建议，选定吉日前往昭宁寺敬香礼佛。

大凉轿抬出东华门后，穿过棋盘街往前门迤逦而来。一路上，但见伞盖遮路，彩旗蔽天，每前行一里地，便会嗵、嗵、嗵响起三声礼炮。这是告诉前面各路负责巡视警跸的官兵太后的凤辇就要到了。凤辇所经之处，道路肃清，连平日摩肩接踵的棋盘街，此刻也清旷无人。坐在大凉轿中的李太后，全然不知道外面的情况，但第一次以皇太后的身份出行，这等威严仪仗，自然令她心旷神怡。这李太后乘坐的大凉轿十分宽敞，除她本人外，在她坐着的黄绫衬绣的藤椅两侧，还侍立了两名宫女，其中一名就是容儿。如今容儿已晋升为尚仪局尚仪，是个正五品的女官了。宫中太监有二十四监局，女官也有六局，名曰尚官、尚仪、尚服、尚食、尚寝、尚功。尚仪局掌礼乐起居，下设司籍、司乐、司宾、司赞四司。容儿善解人意，又精丝竹之艺，李太后便把这个官儿赐给了她。眼下节令虽过白露，但因久未下雨，暑气尚有余威，扈从卫士一个个汗得盔甲尽湿。大凉轿里因搁了一盆冰，倒不觉得燠热。耳听得又有三声炮响，李太后问容儿："咱们到了哪儿？"

容儿轻轻撩起轿帘一角，望到不远处的崇文门城楼，答道："启禀太后，奴婢看到崇文门城楼了。"

"啊，应该是快到了。"李太后伸手整了整头上戴着的凤冠，又笑着问道，"容儿，你训练的女乐，现在究竟怎样了？"

皇城大内本有一个教坊司，负责宫中一应大事仪制伎乐。两宫太后平时都好听散曲，容儿投其所好，提议选拔通晓钟吕音律的宫女训练一支女乐，李太后当即表示赞同。如今已经训练了一些时日。昨日，容儿征得李太后同意，今天便带了这支女乐一块去昭宁寺，在李太后礼佛拜香时演奏佛曲。现在见李太后问及此事，容儿答道：

"一般常听的散曲，女乐都已演奏娴熟，只是今儿个演奏的佛乐，因是赶排的，恐怕有污太后的耳目。"

李太后笑笑没有作答。这时又传来九声炮响，昭宁寺到了。

大凉轿在昭宁寺门口稳稳停住，当容儿掀开轿门帘，搀扶李太后走出凉轿时，只听得铙钹叠响鼓乐齐鸣，但见早来一个时辰的冯保领着一帮内侍，还有一如和尚领着大小僧众在昭宁寺前黑鸦鸦跪了一片接驾。

李太后今日来昭宁寺敬香，一应事体安排得满满的。首先是往各殿敬香拜佛,接着是将大内收藏多年的一尊藤胎海潮观音像赠予昭宁寺观音阁收藏,顺便还要施赠一千两银子的香资——这都有仪式举行。当李太后在一如师父导引下开始燃香拜佛时,容儿指挥女乐在大雄宝殿一侧奏起了佛乐。只见这班宫女乐工一色身着绯红琐幅质地月色鱼冻布滚边的六幅拖地长裙,头上梳的也是一色的云髻,各插一支玲珑琥珀如意簪,簪头上都坠了一颗亮晶晶的垂珠,摇晃晃光芒四射。她们个个身段窈窕,玉手纤纤;齿白唇红,仪态万方,馋得坐在另一厢放焰口的那帮小沙弥一个个意马心猿,眼睛发直,常常唱错经文。这帮女乐工端的训练有素,都能目不斜视,一门心思用在奏乐上。这皆因容儿对宋朝姜夔的《大乐议》别有心得,深懂古人槁木贯珠之意,对女工要求甚严。一时间,只见她们击钟磬、吹匏竹、操琴瑟——同奏则五音谐和,叠奏若空青出穴。俨然仙乐,又不失皇家气派与典雅。而此时李太后敬香的各殿,经过重新装点,也是流丹炫紫,锦绣错综。那些佛像、悬幢、梁楹与炉尊,若琉璃映彻,水晶洞明;若琥珀光,若珊瑚色;若玛瑙散辉,文采晃耀;若渊澄而珠朗,若山明而玉润;若凤羽之陆离,若龙章之焱灼;若旄旌孔盖之飘摇,金支翠旗之掩映;若景星庆云之炳焕,紫芝瑶草之斑斓。铃索撞摇,宝轮层叠;溜瓦鳞比,阑槛纵横;玲珑疏透,神动光溢。置身于这股子天花灿烂的佛国庄严气象之中,本来就雍容华贵不容逼视的李太后,越发显得神采飞扬。李太后拜佛特别认真,不要说在如来佛、欢喜佛、药师佛与观音菩萨面前一律三拜九叩,就连护法韦驮、四大金刚、十八罗汉面前,也必稽首行礼,献上檀香三支。这一趟三大殿的礼佛下来,足有大半个时辰。李太后也有些乏了,便由侍女搀扶着到客堂落座休息。一如与冯保也相陪着进来,李太后给他们赐座。待喝了一小盅从宫中带来的冰镇菊花茶后,李太后命侍女把容儿喊了进来,问她:"容儿,你们方才演奏的,是什么曲子?"

容儿轻轻提起裙子,正要跪下作答,李太后说:"这砖地不比宫中地毯,会弄污你的罗裙,还是坐下答吧。"

容儿蹲了个万福谢过,坐下来答道:"启禀太后,奴婢们演奏的曲牌,叫《善世佛乐》。"

"《善世佛乐》,唔,这名儿好,也好听。我拜佛多长时辰,你们就演奏了多长时辰,不短哪。"

"这是套曲,一共由七支曲子组成。"

"哪七支曲子?"

李太后心情忒好,所以不厌其烦地问下去,容儿只得细细回答:

"这开头的第一支曲子,就叫《善世曲》,接下来是《昭信曲》,第三是《延慈曲》,第四是《法喜曲》,第五是《禅悦曲》,第六是《遍应曲》,最后有一个圆满的收曲,叫《善成曲》。本来,配合这套《善世佛乐》,还有一套《悦佛舞》,用舞女二十人,手上或执香,或执灯,或珠玉,或明水,或青莲花,或冰桃,一起在佛像前载歌载舞。若是舞得好,莲花座上,便会有佛光出现。"

"啊,有这等神奇?"李太后眼睛发亮,追问道,"今天,你们为何只是演奏而不起舞呢?"

容儿答:"这套《善世佛乐》也才刚刚排练出来,《悦佛舞》还来不及排演。"

"啊,"李太后点点头,脸上略呈遗憾之色,"回宫后,你们加紧排演,何时排演好了,再演给我看。"

"奴婢遵太后懿旨。"容儿又起身蹲了个万福。

一直坐在旁边静听对话的冯保,这时插进来问道:"王尚仪,请问你这套《善世佛乐》用的是何处的谱本?"

"就取自宫中教坊司。"

"啊,怎么从来没有听到教坊司演奏?"

"这套曲子是洪武五年洪武皇帝龙驾亲临蒋山礼佛时,由蒋山寺的僧人度谱创作的。宋濂学士当时躬逢其盛,便在笔记中记下了这次佛会,并将曲谱带回来交给了教坊司。"

"你是怎么知道的?"

"奴婢是先读了宋学士的笔记,然后再去教坊司,从那十多只盛谱的大红柜中,找到了这套曲谱。"

"王尚仪不愧是有心人。"冯保口中赞叹,心里头却酸溜溜的。

容儿虽是太后跟前的红人,但对这位笑里藏刀的"内相"向来谨慎有加。她听出冯公公的话中含有讥讽之意,赶紧赔着笑脸答道:

"冯公公的琴艺天下无双,跟您老比起来,我们这班女乐都成了儿戏。今后,还望冯公公多多赐教才是。"

"王尚仪太谦虚了,方才太后还夸赞你们演奏得好。"

"是演奏得不错,"李太后接过话茬,"容儿,回宫后,让邱得用给你们赏银。"

"谢太后。"

容儿弯膝谢过,然后知趣地退出。歇了这半会儿,李太后缓过了劲,问冯公公:

"现在该做啥?"

"赠观音。"

冯保说着,朝门口一抬手,立刻就有两名小内侍抬了一个高约四尺的红木匣子进来,在砖地上小心翼翼地放稳,然后打开木匣,那尊藤胎海潮观音像就赫然映入眼帘。以下情形不必细说,一如师父先是给李太后叩首谢恩,然后让两名小沙弥进来,抬起那尊观音去大士殿落座。一时间,僧众夹道长跪接迎,女乐工们再次鼓吹奏乐。

短暂的仪式过后,一如师父又回到客堂,刚坐定,冯保就提起话头说:"一如师父,今儿可是昭宁寺千载难逢的喜事,一下子来了两个观音,那尊藤胎海潮观音,已经永久留在寺中,还有母仪天下的李太后,本就是观音转世……"

"算了,算了,冯公公瞎唠叨什么,"李太后明是嗔怪暗是高兴地打断冯保的话说,"在佛门清净地讲这种话,不怕犯忌?"

"太后本来就是观音转世嘛。"冯保猜透了李太后的心思,因此也就敢放肆讲话,"一如师父,听说你是练出了天眼通的得道高僧,想必你看得更准。"

"是啊。"一如忽然变得心事重重,抬眼再三,好像有什么话要说。

冯保尚在兴奋中,也顾不得看一如的表情,又抢着说:"既是这样,太后,奴才倒有个建议。"

"说。"

"既然太后亲自把大内收藏的藤胎海潮观音送到昭宁寺供奉,干脆,这昭宁寺就此更名,叫灵藏观音寺,岂不更好?"

"这……"

李太后把目光转向了一如,这一下可让一如为难了。京城梵刹,昭宁寺并不是最有名的,以一如的影响地位,他本可以住持一座更大的庙宇,但他宁可住在昭宁寺,原因是这一带穷苦百姓多,在他们中弘扬佛法,正好吻合他的"普度众生"的佛家襟抱,若更名灵藏观音寺,实际上就变成了一座皇家寺庙,一般百姓庶民就会敬而远之,这实非一如所愿。但冯保这一提议,明显是为了拍李太后的马屁,一如若表示异议,后果不堪设想。思来想去,一如只得合掌念道:

"阿弥陀佛,一切听李太后做主。"

李太后看出一如似有什么难言之隐,便追问了一句:"一如师父,冯公公的提议有何不妥吗?"

"啊……没有。"

"那,就改作灵藏观音寺吧。"

"谢太后。"

一如双手合十,又念起"阿弥陀佛"来了。老和尚的这份木讷与虔诚,倒让李太后大受感动,她对冯保说:

"冯公公,回宫后,您瞅机会奏请皇上,给这灵藏观音寺赐个匾额。"

冯保答:"奴才记住了。"

"唔,还有什么?"

李太后欠欠身子,那样子有回宫的意思,一如努努嘴唇似有话说,又是冯保赶紧奏道:"启禀李太后,还有一件事情,还望您老人家在此定夺。"

"何事?"

"万岁爷登基那天,您让奴才替万岁爷找个替身剃度出家,这孩子,奴才找着了,现就在外头,等着太后过目。"

"啊,传他进来。"

冯保出去片刻,便领了一个孩子进来。

这孩子身材偏瘦,但皮肤白皙,挺挺的鼻梁,大大的眼睛。骤然见到这些大人物,难免畏葸紧张,站在李太后面前,禁不住浑身发抖。李太后慈母心肠,她让孩子站得更近些,一面帮他扯了扯弄皱的衣衫,一面亲切问道:"你叫什么?"

"牵牛。"

"为啥叫这名字?"

"俺娘七月七生了我,所以叫牵牛。"

"今年多大?"

"十岁。"

"哟,你同当今万岁爷同年。"李太后怜爱之心溢于言表,"牵牛,你是哪里人?"

"漷县。"

"漷县?"李太后又大吃一惊,越发亲切起来,"原来你是咱的小老乡。"

牵牛点点头算是作答,冯保一旁插话道:"奴才领旨后,心里头琢磨着,给万岁爷找一个替身,也不是什么地儿的人都行。若能在太后的家乡物色一个,是最合适不过的了。于是就吩咐手下人一门心思去了漷县,花了这一个多月时间,终于从数千名孩子中,找出了这个牵牛。他年纪同万岁爷一样大,长相虽不及万岁爷,但奴才看他眉宇间也还有佛相,奴才觉得合适,就把他领过来了。"

李太后微微颔首,算是对冯保的赞赏,她的注意力仍集中在牵牛身上。她见牵牛身上穿的衫裤并不是家乡农家自织的土布制成,而是松江府产的细梭子布。这么热的天,还穿了一双城里少爷才穿的鸦头袜。因此问道:"牵牛,你这身穿戴,是从老家带过来的?"

牵牛摇摇头。

冯保仍是包揽着解答:"牵牛穿得破烂,这身衣服是来京后新买的。"

"牵牛,你爹做甚?"

"种庄稼。"

"收成好不好?"

"不知道,俺来的时候,地里正旱着呢。"

"哦,"李太后心里头像被螫了一下,她自十三岁随父亲逃荒从漷县流落京城,十五年过去了,就再没有回过漷县。牵牛的出现,勾起她对故乡的怀念,"漷县这地方,三年倒有两年旱,庄稼人日子不好过啊。牵牛,能吃饱饭不?"

"吃……"牵牛欲言又止。

"说真话。"

"吃,吃不饱。"牵牛答话声音细弱。

"可怜的孩子,"李太后把牵牛揽进怀中,眼角溢出细碎的泪花,"现在饿吗?"

"现在不饿,到京城来,我顿顿都吃得好。"

"你知道你来干什么吗?"

"知道,"牵牛开始兴奋起来,"咱是来替万岁爷出家的。"

"你愿意吗?"

"愿意。"

"为啥愿意呢?"李太后叮问道,"当和尚并不好玩,长大了也不能娶媳妇。"

牵牛使劲地点头,说:"咱还是愿意。"

李太后笑了起来,对在座的一如和尚和冯保说:"牵牛一口一个愿意,说的都是孩子话。"

"不是孩子话,咱娘就这样教的。"牵牛眼睛睁得溜溜圆,认起真来。

这样子逗得李太后很开心,她用手指头戳了戳牵牛的鼻梁,笑问:"啊,是你娘教的,她怎么说?"

"咱娘说,要是真能替万岁爷出家,那可是十代人修来的福气,也是光宗耀祖的大好事,还有,还有……余下的话,咱娘不让说。"

牵牛说着又止住了。他的这份天真质朴让李太后很喜欢,因此更加饶有兴趣地追问:

"有什么好话儿,你娘不让说?"

"咱娘说,咱若是被李太后相中,真的出了家,咱家就可以免差免赋,日子会好过一些。"

"就这话?"

"就这话,咱娘说,这是悄悄话,不让咱告诉任何人。"

李太后听了大受感动，她毕竟是穷苦人家出身，深知丁门小户过日子的艰辛。她让人把牵牛带下去休息，然后问一如：

"一如师父，你看牵牛这孩子如何？"

一直静坐一旁认真听着谈话的一如，往常只觉得李太后不苟言笑甚为威严，今日却看到她和蔼可亲极富人情的一面，心中平添了对她的十分好感，同时他也觉得牵牛纯真可爱，不过对这孩子他是同情大于赞赏，便答道：

"这孩子让人疼爱。"

"牵牛的确是个好孩子。"李太后由衷地赞叹，接着问，"一如师父，你愿意收牵牛为徒吗？"

"这个……"一如略一思忖，说了句模棱两可的话，"佛家也讲缘分。"

"牵牛这孩子既然让一如师父疼爱，这就是缘分，"冯保虽然对一如尊敬，但对他不痛不痒的答话又甚为不满，"太后的意思很明显，就是想让牵牛在昭宁寺出家。"

"如此甚好，善哉，善哉。"

一如迫于无奈，算是做了一个委婉的表态。

谈话至此，李太后想告辞了，便对一如师父说起道别的话：

"一如师父，咱只想到昭宁寺来敬香还愿，没想到宫里来了这么多人，对寺中多有叨扰，还望师父海涵。"

一如师父双手合十，悠悠说道："太后玉辇亲临，实乃寒寺的无上荣幸。新主登基，万方吉庆。老衲深信，有太后表率天下，从此后，国人皆敬三宝，佛门重振之日，为时不远。"

"现在，京城各寺庙香火不是都很旺么？老和尚为何要说佛门重振？"逮住一如的话把儿，李太后问道。

"这个，老衲不好明言。"

"越是不好明言，咱越是喜欢听，一如师父，但讲无妨。"

李太后本说道别即走,但从一如师父的话风中听出难言之隐,顿时来了兴趣,遂调整坐姿,一定要问出个子丑寅卯来。

第 十 八 回

大和尚进言多建庙　老国丈告状说舆情

一如见李太后催问得紧，便道："老衲所言之事，涉及先帝，怎好随便开口。"

"先帝？"李太后紧张起来，"哪位先帝？"

一如瞄着李太后，小心翼翼却又字字分明地说："当今皇上的爷爷嘉靖皇帝。"

"啊，是世庙皇帝爷。"李太后长出一口气，接了先前的话头问，"佛门重振，与老皇帝有何干系？"

"不但有干系，而且干系重大。"一如和尚也许是有事在心中憋得太久，现在见有机会倾吐，顿时满脸憔悴换成了红光，口齿也利索得多，"慈圣太后若能恕老衲无罪，老衲就把在心底窝了多年的话，一股脑儿地倾吐出来。"

李太后愣了愣，说道："咱依你，恕你无罪，你要把该讲的都讲出来。"

"谢太后。"一如又欠身道了佛礼。只见他捻动佛珠的手慢了下来，额上青筋也突然凸起——这是肝火骤旺之象，他缓缓说道："我大明圣朝的开国皇帝朱洪武，本是佛门子弟，他得天下之后，以孝悌为治国根本。洪武皇帝深知，要想芸芸众生天下庶民人人都做到孝悌，惟有佛教可尽除人心壅蔽之妄。我佛慈悲，以大悲智力拯拔沉苦，跻诸彼岸；以大光明灯普照沉迷，示之觉路。鉴于此，洪武皇帝秉乾建极，融皇风佛法于一体，转轮宏教，尊崇三宝，虔诚向佛之心,实乃垂范万世。洪武皇帝归天之后,朱家子孙袭承帝位者,莫不尊崇祖制,远近承风,光大浮屠之教。偌大中国,始终是大乘气象,西天净土。而大明天下,也因之皇祚绵长,国泰民安,这都是佛光披覆荫佑所致。

"但是,当国玺传至第十一代皇帝,也就是嘉靖皇帝世庙手中,这位皇帝爷不幸误信妖术,沉湎斋醮,受陶世恩、邵真人一帮妖道唆使,对佛教大加摧残,毁梵宇,焚舍利,荼毒僧侣。大明开国以来的佛教之大劫,实乃由这位皇帝一手造成……"

一如和尚接下来就历数嘉靖皇帝戕害佛教的种种罪孽,他特别讲到了嘉靖十四年发生的最大的毁佛事件:

紫禁城内旧有大善佛殿,其中藏有历代皇帝敕造的金银佛像以及从各地搜求迎进珍藏的佛骨佛牙等物。世庙早就有心拆除,只是碍于诸先帝之为,一时难下决心。恰好这一年皇太后提出想建宫另住,世庙立即抓住这一契机,下令拆除大善佛殿建皇太后宫,并命大学士李时、礼部尚书夏言等入视基址。夏言投世庙所好,建言请敕有司把佛骨佛牙搬出大内,埋入无人之荒野,以杜愚惑。世庙召见夏言颁旨道:"朕思此物,智者认为邪秽,必不欲观;愚者以为奇异,必欲尊奉。今虽埋之,将来岂无窃发,不如举火焚之,以绝后患。"圣旨既出,紫禁城中大善佛寺顷刻拆毁,内藏的一百六十九座金银佛像,各种头牙佛骨舍利一万三千余斤,也被尽数搬至灯市口闹市中心,当众焚毁。

从此,终嘉靖一朝,佛教一蹶不振,各府州县僧亡寺倾。即使这样,嘉靖皇帝仍不放松钳制。在嘉靖四十五年秋,这位已病入膏肓的皇帝爷,还不忘下诏顺天府抚按两院,严禁僧尼建戒坛说法,并令厂卫巡城御史严查京城内外僧寺,如有仍以受戒寄寓者,收捕下狱。四方游僧,一律捉拿治罪……

常言道:"蓄之既久,其发必烈。"一如这番话说了足有半个时辰，慷慨激昂，怒火不可遏止。说到伤心处，竟哽咽唏嘘，泪下如雨。李太后被这情绪感染，心中赞叹道："这老和尚平常慈眉善目，谨言慎行，原来却还是一个血性老汉。"顿时对他愈加敬重。关于嘉靖皇帝厌弃佛教之事，她在宫中也有一些耳闻，但她于嘉靖二十四年才出生，因此知道得并不多。入宫以来，无论是皇上还是老太监，都讳言先帝之事，许多事也就无从得知。趁一如在拭泪稳定情绪，她问冯保：

"冯公公，一如师父方才所言，是否凿实？"

冯保点点头，答道："句句都是事实，嘉靖十四年毁大内大善佛寺，焚烧佛骨时，奴才已经入宫六年了，这些事都亲眼得见。"

李太后盯着冯保，顿时脸色冷若冰霜。冯保不免心里发怵，坐在那里双手按住膝头，两眼傻傻地瞄着一如手上捻着的佛珠，后悔自己答话太快。其实，李太后的脸色并不是做给他看的，而是沉入了伤怀往事：论辈分，嘉靖皇帝是她的公公，可是，自她进了裕王府，甚至替这个老皇帝生下了皇孙，公公眼中也没有她这个儿媳。他听信方士的妖言，说什么"二龙不相见，见之则克陛下阳寿"，因此生前从不立太子。裕王朱载垕后来实际上成了嘉靖皇帝的独子，有的大臣帮裕王讲话，上疏请立太子。这一来惹恼了嘉靖皇帝，把上疏大臣廷杖削籍，并颁旨外廷，今后有敢言立太子者，斩无赦。不立太子也罢，他死前整整八年，从未召裕王见上一面，更不用说她这个儿媳了。故事：太子得子，须得老皇帝赐名。可是皇孙长到三岁尚无名字。裕王多次上疏请赐，均没有下文。直到驾崩，世庙终究没有给皇孙取下名字……

每每想起这些往事，李太后心口就隐隐作痛。平心而论，她对嘉靖老皇帝没有敬爱而只有憎恨，但因为她的特殊身份，要让皇室和谐，母仪天下，她只能把这种憎恨深埋心中。但深藏不露并不等于冰消瓦解，这股子睚眦之恨，始终还在心中作祟。她一直找不到泄愤的途径,因此静夜无人时,她常常会无端地怒满胸臆。今天,一如敢冒天下之大不韪,公然发泄对嘉靖皇帝谤佛毁佛的不满。她的心底深处,那一点真情顿时间爆发膨胀……但即使心如沸鼎五脏若焚,她仍不忘克制与掩饰。沉吟有时,她便借品饮茶水之机压下心火,并掏出黄绫绣帕轻轻地拭了拭双颊,然后威严自重地喊了一声:

"冯公公。"

"奴才在。"冯保赶紧起身。

李太后用力放下茶杯,正色问道:"诽谤先帝,按大明律,该当何罪?"

"这……"

冯保看看李太后,又看看一如,不知如何作答。一如吐尽心中块垒,已是如释重负,太后这种反应,早在他预料之中,便坦然答道:

"讪谤先帝,可处大辟之极刑,但老衲方才所言嘉靖皇帝所作所为,没有一句是讪话,更没有一句是谤言。"

李太后冷冷一笑,斥道:"和尚妄言,咱且问你,朝中皇帝与西天如来,哪一个为大?"

一如一愣,他没想到李太后会问出这么个刁钻问题,好在他慧根通透法养深厚,立即不假思索答道:"这个不好比拟,一个是人王,一个是法王。人法对垒,必然天道阻滞,灾害频仍。人法和谐,则天地晓畅,万物昭苏。人可欺法但法不欺人,人若违法则必遭报应。"

"唔,这话听起来倒有几分道理。"

"就是没有道理,太后今天也不能处置老衲。"

"这是为何?"

"因为老衲有言在先,请得太后懿旨,恕言者无罪。"

李太后本来就是做戏，见一如如是说，便浅浅一笑，说："老和尚不愧是得道之人，心机甚深。"

一如又趁机说道："太后若肯虚怀纳谏，老衲还有一言忠告。"

"讲。"

"如今宫廷内外传言，太后是观音再世，这并非妄言，天降大任于太后。还望太后能匡正世庙遗毒，广结佛缘，让我大明之皇天后土，重凝大乘气象。"

李太后专注地问："如何广结佛缘？"

一如不假思索地回答："把世庙所毁之寺尽行恢复重建。"

李太后蹙眉沉思了一会儿，说："这事儿得从长计议。"说着站起身来准备返宫，忽然门外有人来报：

"启禀太后，武清伯李老太爷求见。"

"啊，快请！"

李太后忙肃衣整冠。一如师父适时告退。一会儿，只见一个约摸六十岁左右身着轻绡蟒衣的干瘦老头儿风风火火走了进来。他一眼瞥见李太后，顿时情绪激动又显得局促不安，这便是李太后的父亲武清伯李伟。按国礼，他应该给李太后下跪，按家礼，李太后又该给他下跪，这正是李伟的为难之处。李太后大约看出了父亲的尴尬，主动起身给父亲蹲了个万福，亲自把父亲扶到一张藤椅上坐下，说道：

"爹，这里不是宫中，又没有外人，您不必拘礼。"

"好，好，咱听闺女的。"李伟忙不迭地回答。

"爹，你怎么来了？"李太后问。

"听说你来昭宁寺烧香拜佛，咱特意赶过来相见。搭帮着咱也在菩萨面前磕几个头，烧一炉香，讨点福气。"李伟回答，接着东张西望，看到客房里陈设琳琅满目，每一件都非常考究，不由得羡慕地说，"这和尚们的铺排，竟如此华贵，咱武清伯府上，比起这里来，不知道寒酸了多少。"

冯保听了一笑，说道："李老太爷要是看着这些家具不错，待会儿都搬了去。"

李伟眯眼觑着冯保，一咧嘴便露出了满口的黄牙，他熟络地说："你冯公公总喜欢拿咱老李头开涮，这些物件又不是你的，你才这么大方。"

"不是我的，也不是寺里的嘛。"冯保把身边茶几上一块黄绫绣凤铺垫揭起抖了抖，说，"老太爷您看看，这是哪儿用的？"

李伟伸头细看，艳羡一笑："啊，原来都是大内物件。"

"对呀，李太后来，这昭宁寺里的物件哪摆得出来？"冯保一面说着，一面看李太后的脸色，"您老太爷看中的，都是从宫中搬来的。"

"咱说呢，这些东西怎么就看着眼熟。"

李伟一口浓重的山西口音，人又生得干巴，怎么看都不是一个福相。若是脱掉蟒衣换上寻常装束，走在街上，活脱脱就是一个高粱花子，哪里看得出来他是当今圣朝第一皇亲，地位显赫。关于他的发迹史，偌大京师无人不晓，说得神乎其神，传到他自己的耳朵里，他也只是笑笑，从不辩解。

李伟是北直隶漷县人，在庄稼人堆中长大，一个大字不识，长到十二岁，因家中生计糊弄不开，就跟着干泥瓦匠的父亲学手艺。从此守着一把砌刀，在砖石堆里讨生涯。这李伟天性聪明，好琢磨事儿，几年之后手艺竟超过了父亲，成为当地有名的泥瓦匠了。俗话说"家财万贯，不如薄艺防身"，有了这门手艺，李伟虽不能置田买地，却总还能寻几个小钱来养家饷口。他二十一岁结婚，老婆十年未曾怀孕，李伟虽不说什么，老婆却沉不住气了，一天到晚到处求神拜佛。三十里外的观音娘娘庙，她差不多每月都要跑去两三回。功夫不负有心人，第十一个年头，肚子里终于有了消息。十月怀胎，分娩的头一天，她梦见一朵五色祥云飘进房中，大慈大悲的观世音菩萨端坐云头，俯身朝她点头微笑，慌得她赶忙下拜，人还没拜下去，却见观世音菩萨一抬手竟放出一只七彩凤凰。那凤凰绕屋飞了一圈，上下蹁跹，然后落在她的怀中不见了。第二天胎气一动，她便生下一个女儿。李伟满心希望是个儿子能接过砌刀。女儿是赔钱货，原本不想要的，既然生下来了，老婆又做了那么一个好梦，那就只好养着了。李伟给女儿取名李彩凤，应的是老婆梦中的吉兆。这李彩凤聪明伶俐，刚学会说话就能善解人意。天长日久，李彩凤越长越大，无论是长相还是气质，都与村子里别的女孩儿迥然不同。两口子也就把她宠爱得不得了。

　　丁门小户人家的日子苦巴巴过得很快。转眼间李伟已是四十出头的人了。闺女李彩凤也真是个吉星，她两岁时，李伟又得了个宝贝儿子，取名李高。泥瓦匠的活路虽苦，但生计不愁，加上膝下有一儿一女，倒也尽享天伦之乐，没什么烦心事。可是好景不长，那一年春上，忽然变了天，昏天黑地下了一场雹子，乡亲们的房子被冰雹砸得大窟窿小眼，倒的倒，残的残。按理说，李伟这个泥瓦匠不愁活计了，但他心底儿透明，这场冰雹把正在秀穗的麦子砸得稀巴烂，乡亲们口食也无，哪里还有闲钱来盖房？何况自家的房子也砸垮了，思来想去李伟心一横，与其窝在乡里饿死，不如出外闯荡闯荡，兴许还能弄出个活路来。于是携家带口，风餐露宿地到了北京。

　　初到京城，李伟举目无亲，一天到晚夹把砌刀，挨门挨户地问有没有泥水匠的活儿。京城人家自恃是天子脚下的顺民，对各地进京述职的地方官和走南闯北的生意人尚不忘逮着机会揶揄盘诘一顿，何况他这个说起话来嘴里像含了块大萝卜的乡巴佬。所以开头一些日子，他真是受了不少折磨，用他自家话说，"甭说是人，连打着京腔的狗也欺侮咱"。干活儿也是三天打鱼,两天晒网,半年时间,大多数日子只能蹲在租来的房子前的门槛上,抱着膝盖看大地。这时候,李彩凤已经十五岁,出落得眉清目秀,要多水灵有多水灵。惹得街坊上的一些浪荡子弟整天在他家门口打旋儿。李伟担心这样下去会出事,一日便领着李彩凤来到裕王府。他向裕王府门口当值的管事牌子说明来意,自愿送女儿来这里当宫女。那管事牌子瞧着李伟一副憨头憨脑的模样,便一搡三推要赶他出门。这时正碰上年轻的裕王从街上闲逛回来,问清缘由,看了看李彩凤。此时的李彩凤紧紧地依偎在父亲身后。一看她窈窕的身材,白腻腻的脖颈和扎在脑后的那一条乌黑发亮的大辫子,好色的裕王顿时就骨头酥软,当即就把她留在了裕王府中。

从此,李伟峰回路转,他后半生的荣华富贵都通过女儿开始了。在李彩凤为裕王生下朱翊钧之前,裕王还有两个儿子,但都没有成年就夭折了。裕王登基成了穆宗皇帝,立即册封已有了都人称号的李彩凤为贵妃,接着又册立朱翊钧为太子。母以子贵,父以女荣。作为穆宗皇帝的岳父,李伟于隆庆元年就被封为武清伯。不到十年时间,他由一个满手老茧的泥瓦匠变成了声名赫赫的显贵。搬进皇上御赐的大宅子住下,过起了锦衣玉食、仆役成群的贵族生活。开头李伟还真有点不习惯,他毕竟是个劳苦人,一天不码砖块儿手就痒。但时间一久,他也就适应了老国丈的身份,知道什么场合下说什么话,见了什么人摆什么样的谱。知道他底细的人都道这位皇亲变了一个人,只有一样没有变,那就是爱钱如命,且始终不忘"富时莫忘穷"的古训,日子过得十分悭吝。自李贵妃在宫中得宠之后,身为老国丈的李伟,只要逮着机会,三天两头就会跑进宫中变着法子讨封赏。李贵妃尽管心存孝悌,但对老父亲的苛求依然感到难以招架,因此常常避而不见。自隆庆皇帝驾崩以来,差不多两个多月父女未曾私下见面。今天父亲赶来昭宁寺相见,李太后尽管知道父亲的特点是无事不登三宝殿,但心里头还是高兴,这是因为她如今已晋升为太后,与以往相比,感觉自有不同。

李太后原打算礼佛一完就回宫,现在当着父亲面说不出口要走,遂临时决定在庙里吃一顿斋饭。好在冯保事前已做了安排,让御膳房的火者带了食品随辇而来,不多时就备齐了一二十样精致的素菜。父女俩在客堂边上一间特为大施主备下的香积室里一边用餐,一边叙话。李太后在宫里多年,已学会了矜持,吃饭时细嚼慢咽,并不多言。只是李伟一直絮聒个不休,议论家常,都是陈芝麻烂谷子的旧话。他本想借叙旧来联络父女感情,谁知李太后嫌父亲啰唆,只顾低头用膳,一俟放下碗筷,就即刻回到客堂喝茶。尽管有父女名分,但女儿毕竟是皇太后,所以李伟生不得闲气,胡乱扒了几碗饭,也回到客堂里来了。

"爹,你还有啥正事儿要说?"李太后问。

李伟今日来找闺女,的确有件正经事儿。却说昨日晚上,大约有四五个四品以上的京官大员上他家拜访,领头的便是礼部左侍郎王希烈。这些人凑了一千两礼银送给他,老国丈见钱眼开,立马就和这帮官员热乎起来。言谈中,王希烈把话题引到胡椒、苏木折俸上头,他说:"武清伯,您的外孙登极当了万岁爷,您的闺女如今已晋升为皇太后,按常例,这样天大的喜事,应该给文武百官封赏,可是如今,咱们不但没得到一厘一毫的赏银,反而连本来应该得到的月俸银都变成了胡椒、苏木。明事的人,知道这是新任首辅的主意,不知道的人,还以为是皇上寡恩呢。"一听这话,李伟气不打一处来,因为他这个老国丈,这个月拿的也是胡椒、苏木折俸。顿时他把大腿一拍,大包大揽地说:"你们也甭牢骚了,连咱拿的也是胡椒、苏木,你看邪不邪,明儿个咱就去找闺女。"

这就是李伟今日来昭宁寺的理由,现在见闺女主动问话,他就知道机会到了。

"咱就等着闺女这句话。"李伟把小火者送上的茗汤一口气喝了,抹着嘴说,"你升了太后,满京城都是喜气洋洋的,可是咱家,虽然门口也应景儿挂了一大溜红灯笼,却一天到晚闹得鸡飞狗跳墙。"

"这是为的啥?"

李伟叹口气,哭丧着脸说:"还不是你那不争气的弟弟,成天跟我闹别扭。"

李太后的弟弟李高,今年也有二十六岁。李伟受封武清伯的同时,李高也封了个锦衣卫千户,从此拿着朝廷俸禄养尊处优不干事,还结交京城一帮恶少滋扰生事。李太后对这个弟弟很不满,曾多次切责,现在听父亲这么一说,不由得双眉蹙起,问道:"他又发什么疯?"

"发什么疯?"李伟连连叹气,说道,"你弟弟说:'姐姐如今是太后了,可是你这当爹的,还有咱这当弟弟的,不但没沾上一点儿光,反而连月俸银都搞掉了。'"

"怎么,你们的月俸银也没有了?"李太后大惊。

"是啊,"李伟怒气冲冲,"宗人府给咱送上门的,也是一大堆没用的胡椒、苏木。"

李太后心里头咕哝了一句:"张居正是如何办事的?"但表面上她却恼着脸一言不发。

李伟继续说道:"昨儿个,我将宅子后头的花园清理了一下,什么这花那花的,也不管珍贵不珍贵,统统铲掉。"

"这是干啥?"李太后问。

"铲掉种菜。如今,咱这天字第一号的皇亲国戚,连买菜的钱都没得了。"

李太后心底明白,父亲再缺钱也不至于到这种地步,但她相信父亲的话并非儿戏,这老头子,为了钱,什么样的恶作剧都做得出

来。她长叹一声,对一直陪坐在侧的冯保说:

"冯公公,回去后,从咱的私房钱里头,拿一百两,给武清伯送过去。"

"奴才遵命。"

冯保欠身答话,刚说完这四个字,李伟又道:"闺女你别误会了,你爹今番不是讨小钱来的,咱要讨的是公道。"

"你讨啥公道?"

李太后顿时生了烦躁,问话口气生硬起来。李伟到此时也就不看脸色,兀自说道:

"咱那小外孙当了万岁爷,登了基,闺女你晋升太后,这都是大喜事,为啥咱们一点光都沾不上,不要说赏赐,连月俸银都变成了胡椒、苏木,你知道外头怎么传?"

"怎么传?"

"说你寡恩呢。"

"这与咱有何相干!"李太后话一出口,立刻感到不妥,又说道,"太仓银告罄,又有什么办法?何况,胡椒、苏木都是俏货,很好变现。"

"这是谁说的?"李伟气鼓鼓地说,"俏货,哼,储济仓里一下子放出几万斤来,如今满街都是,变得比萝卜白菜都便宜。"

"啊?"

李太后习惯地咬着嘴唇沉思起来。李伟知道她被说动了心,犹自添油加醋说道:

"退一万步说,就算太仓银告罄,京官们月俸银给胡椒、苏木,咱们这些皇亲国戚,总得照顾照顾吧,你总不能看着我这六十多岁的人,拎着袋子上街卖胡椒、苏木去……"

就在李伟这么唠叨时,又有一位内侍进来,李太后打断父亲的话,问那内侍:

"有何事?"

"外头又有两个人求见。"

"谁?"

"英国公张溶与驸马都尉许从成。"

这两人都是朝中显贵勋戚。一听说他们来了,李太后头皮一麻,问道:

"他们怎么都来了?"

"小的不知。"

"冯公公,去问问他们究竟有何事。"

冯保出去片刻,回来禀道:"太后,他们两人求见,也是为胡椒、苏木折俸之事。"

李太后一下子瘫坐在绣榻上,额上已是香汗涔涔,她本不想见这两个人,却又不能不见,只得把手虚抬一下,说:

"让他们进来吧。"

第 十 九 回

积香庐今宵来显客　花月夜首辅会玉娘

　　崇文门东城角的泡子河,本是元代通惠河的故道,永乐皇帝迁都北京后,大兴土木扩大内城,遂将这条河拦腰切断,一半留在城里,一半留在城外了。城里的这一段河流就叫泡子河,它的上游与紫禁城大内南端的金水河相通。这泡子河清波粼粼,且青藤结瓜似的连着十数个百亩大小的池沼。河岸密匝匝儿地长满了高槐垂柳。在房屋鳞次栉比,车水马龙红尘滚滚的北京内城,这一段两三里长的河流,委实是一处难得的野逸萧旷之地。

　　河两岸,也有一些京城富室大户筑了一些园子,南岸有方家园、张家园、房家园,以房家园最胜;北岸有蒋家园、傅家东园与傅家西园,以傅家东园最胜。泡子河的西头,有一座吕公祠。这祠里供奉的是吕洞宾仙人。祠中有一处梦榻,传说于此祈梦颇为灵验。吕公祠再往北不到一里路,即是贡院。每逢春秋会试,全国各地的举人聚集京城,都要到这贡院应试。不少人为了慎重应考,都提前几个月跑来泡子河南岸赁屋居住,也怀了虔敬的心情来吕公祠祈梦。因此,来泡子河游玩的士子,便留了这样一首诗:“张家酒罢傅园诗,泡子河边马去迟。踏遍槐花黄满路,秋来祈梦吕公祠。”

　　每年春秋两季,来泡子河边赏玩景色的游人不少。河边的十几座名园,终日里飞红舞翠,笙歌不绝。但是,这河边最好的一座园子,却极少有人能够进去一瞻宏丽,这便是紧挨着房家园的积香庐。

　　积香庐占地六十余亩,在京城的私家园林中,算是最大的一座了。园子本是前朝奸相严嵩的别业。传说严嵩动心思造此园时,请来了当时苏州的造园高手纪诚。纪诚问他欲造一座什么样子的园林时,严嵩没有直接回答,而是写了两句宋诗:"梨花院落溶溶月,柳絮池塘淡淡风。"纪诚便凭这十四个字,花了五年时间将这座园子造成。此园运用借景之妙,在泡子河边,水之上下左右,高者为台,深者为室,虚者为亭,曲者为廊,横者为渡,竖者为石,疏密相间,错落有致。一俟建成,便成了京城第一私家名园。

　　严嵩被罢官,家产抄没后,积香庐也被充公,一直由内阁管辖。严嵩之后的首辅徐阶、李春芳等,都是士林推重的词赋大家,好吟风弄月,每年都要邀请相好的王公大臣到这积香庐中游玩几次,或赏春花,或吟秋月,或听荷风,或瞻雪霁;寄情鱼鸟,品藻英华。公务之暇,尽享文人雅士之乐。高拱接任首辅之后,却是一次也不曾来过这里。一来是因为他不好玩,二来也因他太忙,内阁吏部两头跑,从没个闲的时候。积香庐本来就一年难得开几次门,到了高拱手上,更是"门虽设而常关"了。

　　却说这日薄暮,只见一乘两人抬小轿急匆匆抬过吕公祠,沿着泡子河堤岸一路向南而去。到了积香庐门前停下,一个人从轿子里下来,这便是张居正。只见他穿着一件宽袖元青纻丝直裰,腰上系了一条极为名贵的深绿色玉带。单看这身打扮,如果不认识,还以为他是赋闲的王公。

　　张居正为何轻车简从,突然到这积香庐来,起因还是与王篆有关。

　　昨天夜里,王篆因为盘查苏州胡同巡警铺而意外得到玉娘的消息后,顿时大喜过望。他虽从未见过玉娘,但这名字他却是耳熟能详。他不止一次听张居正谈起过这名女子。张居正评价玉娘用了"色艺双佳"四个字,让王篆惊奇不已。他跟随张居正这么多年,还从未听到他对哪位女子如此赞叹。所以,他立即派人前往窑子街,把玉娘从夏婆的手上解救了出来,然后连夜告知张居正。张居正闻讯后,稍做思忖,就下令王篆把玉娘送往积香庐调养。当夜无话,第二天,张居正照旧到内阁值事,下午散班时他才换了便服,乘小轿直奔积香庐而来。

张居正刚下轿,先已来此等候的王篆与管理积香庐的胥吏刘朴两人便上前施礼迎接。斯时天色薄暮,堤岸高槐垂柳尽挂余晖,而水中芦荻渐白,蒹葭苍苍,一片醇厚秋色,让人心旷神怡。张居正被眼前景色陶醉,在门前稍做踯躅,赞叹一番,才抬步进了积香庐大门。

徐阶与李春芳担任内阁首辅时,他们在积香庐举行的每一次雅集,张居正都躬逢其盛。高拱主政两年,张居正再也没到积香庐来过。此番一走进院子,面对暮霭中的这一片参差楼阁,以及点缀在小桥流水周围的嘉树繁花,心里头当是别有一番滋味。

他们一行三人刚绕过一丛翠竹,踏上生满苔藓的砖径,准备走进积香庐的主体建筑——山翁听雨楼时,忽听得河边的那座秋月亭里,传来悠悠忽忽琵琶声,接着有人唱曲,张居正当即伫步静听:

> 来了去、去了来,
> 似游蜂儿的身份。
> 吃了耍、耍了吃,
> 把我当糖人儿的看成。
> 东指西、西指东,
> 尽是诳人的行径。
> 究竟是你负我还是我负你,
> 你自心问口、口问心。
> 休像这云密密的天儿也,
> 雨不雨晴不晴糊涂得紧。

曲声凄婉,像孤雁,像中天的鹤唳,更像是深山古寺中的雨打霜枝。张居正听得怔忡,脸色也是愈加严峻。王篆在一旁小声说:"那就是玉娘。"张居正微微点点头。小亭子那边,曲声又起了:

> 老冤家我待你金和玉,
> 你待我好一似土和泥。
> 到如今你坐牛车回故里,
> 我泪眼儿已枯,容颜儿憔悴。
> 自古红颜多薄命,有谁知
> 我命薄如纸,气弱如丝。
> 苍天哪,痴心人是我,
> 谁又能说,负心人是你……

接下来是玎玎玱玱的琵琶声,万语千言尽在指间缭绕,或激愤,或幽怨,或痴情,或凄绝……

张居正一直静静地听着,直到曲声终了好一会儿,他才抚髯叹道:

"吴侬软语,痛哉斯情!"

刘朴看天色已经黑尽,在一旁赔着小心禀道:"首辅大人,请进屋先歇着,小的这就去把玉娘喊过来。"

"她眼睛看不见,不要吓着她。"张居正抬脚踏上山翁听雨楼的石阶,临进门时,又回头问,"玉娘旁边好像还有两位女子,她们是谁?"

"啊,这是学生家中的两个丫环,"王篆赶紧回答,"我临时差她们到这儿来服侍玉娘。"

"如此甚好!"

张居正满意地点点头,一抬脚走进了山翁听雨楼的大门。该楼三层,底层有七楹之大,是严嵩用来宴集宾客开堂会的地方。二楼曲槛回廊,有多间兰熏密室,本属金屋藏娇之处。三楼琴棋书画炉鼎尊彝样样俱全，是嬉恬娱乐之所。严嵩建成积香庐时，已届晚年，在内阁中待了三十多年，已是云烟过风雨不惊，所以才将这座楼命名为山翁听雨楼。他倒台后有人提议把这楼名改掉，继任首辅徐阶却声言积香庐里的一切都不用改动，他说："置身偎红倚翠声色犬马之中，而不为之所动，才做得须眉丈夫，堂堂君子。"他不但如此说，还为此写了一首绝句：

> 谁遣青鸾换鹤俦，
>
> 得风流处且风流。
>
> 他年杖履江南道，
>
> 闲话山翁听雨楼。

如今，这首诗刻在山翁听雨楼入门处的一座硕大的黄梨木屏风上。张居正进得门来，首先看到的就是这首诗。他在屏风前，对着恩师外秀内刚的手迹，睹物思人，心里头又产生了些许惆怅。

华灯初上，在山翁听雨楼一楼花厅旁的一间小室内，已经摆上了一桌淮扬风味的菜肴，这是张居正特为玉娘备下的。张居正先已入座，少顷，侍女把玉娘扶进来与张居正对面而坐，然后退了出去。屋子里只剩下张居正与玉娘两人。

"屋子里有谁？"玉娘问。

"你和我。"张居正答。

"你是谁？"

玉娘警觉地问，并习惯地摸了摸胸前。张居正细细地审视玉娘，两个多月未见，这位美人儿虽然憔悴了一些，一双水灵灵的大眼睛也神色黯然，但她依然是那么清纯。柔和的鼻翼，温润的香腮，两弯淡淡蛾眉，一张樱桃小嘴，纵是迷惘处，也别有销魂之态。

"你，你是谁？"见无人回答，玉娘又问了一句。

"再说一会儿话，你就知道我是谁了。"张居正说着，从冷碟中夹了一片薄薄的肉糕放在玉娘面前的盘子里，说，"先尝尝吧。"

"这是硝肉。"

玉娘耸了耸鼻子,浅浅一笑说,但并不动筷子。

"怎么不吃,怕人下药是吧?"张居正说着,便搛了一块到嘴中。

打从张居正说第一句话,玉娘就觉得这声音有点耳熟,像是在什么地方听过,她努力搜索回忆,却始终记不起来。但这声音沉稳,有某种不可抗拒的魅力。凭女人的直觉,她知道对面的这位男人不是浮浪纨绔之流。于是,她摸索着拿起筷子,将那片硝肉送进嘴中。

"好吃吗?"张居正问。

玉娘答道:"打来京城,就没有吃过这么正宗的家乡菜了。"

"你是南京的?"

"是。"

"何时进京的?"

"四个多月了。"

"这段时间,正值京城风狂雨骤,玉娘,你来得不是时候啊。"

玉娘凄婉一笑,说:"什么风狂雨骤,奴家不知。"

"你知,你比我们堂堂七尺须眉,知晓得更清楚明白。"张居正忽然提高嗓门,感叹地说,"你不是唱过'皇城中尔虞我诈,衙门内铁马金戈'吗?"

玉娘猛地一怔,脑子里浮现出在京南驿唱《木兰歌》时的情景,顿时脸色涨红,问:

"你,你是张,张……"

"对,我就是张居正。"张居正接过话头答道。

玉娘霍地站起,猛地从怀里抽出那把始终不离身的剪刀,隔着桌子,朝张居正直刺过来。张居正身子一偏,玉娘刺了一个空。她知道刺不中他,便恼怒地拾起桌上的菜盘,朝对面猛砸过去。张居正尽管躲闪得快,还是溅了一身菜汤。

守候在门外的王篆与刘朴听得屋内响声不对头,慌忙推门进来,一见此景,脸色都吓得白煞煞的,王篆脚一跺,斥道:

"大胆玉娘,你怎的如此无理!"

刘朴更不言语,只是冲上前夺下玉娘手中的剪刀,把她拼命地抱住。

"你们不要错怪了她。"张居正掸了掸直裰,仍旧不温不火地说道,"让侍女来,帮玉娘收拾收拾,我去换件衣服就来。"

大约一盅茶工夫,重换了干净道袍的张居正又走进了餐厅。屋子里已经收拾干净,桌上也换了新的菜肴。玉娘坐在屋角,犹自掩面而泣。张居正示意两位侍女出去,他自己斟上一杯酒,一扬脖子尽饮了下去,问道:

"玉娘,你为何要这样对我?"

玉娘抬起脸来,怒气冲冲地说:"是你夺去了高阁老的首辅之位。"

张居正脸色一沉,责备地说:"玉娘,你怎能如此说话。"

"你做得,难道我就说不得? 今天,你把我弄到这里来,又想如何?"

玉娘说着,习惯地又把手放在胸前。张居正瞅着她,越发产生了好感。他慢慢呷下一口酒,说道:"玉娘,我知道你此时心境,你放心,我不会把你怎样,请坐下说话。"

玉娘犹豫了一会儿,又摸到桌边坐了下来。张居正往她盘子里夹了一些菜,温和地说:

"我们边吃边聊,好吗?"

玉娘未置可否,低头不语。张居正语重心长地说道:"玉娘啊,你一个弱女子,哪里真正懂得什么叫尔虞我诈,又哪里见过真正的铁马金戈! 方才,你说我抢了高阁老的首辅之位,焉知这堂堂宰辅,上有皇上的把握,下有百官的监督,是抢得来的么?"停顿了一会儿,张居正又接着问,"玉娘,你家中还有一些什么人?"

玉娘摇摇头,打从九岁被卖进青楼,她就和家人失去了联系。张居正接着说:

"如果你有一位弟弟,今年才十岁,他老担心受别人的欺负,你做姐姐的,该如何办理?"

玉娘想了想,答道:"把弟弟保护好,不要让人欺负他。"

"这就对了,"张居正话锋一转,说道,"当今皇上才十岁,他老担心受高阁老欺负,这才是高阁下台的真正原因。"

"哦?"

玉娘抬起头来,怔怔地"望"着张居正。

张居正接着说:"高阁老与我共事多年,他既是我的良师,也是益友,我何曾有半点心思加害于他。那一天在京南驿,你突然出现,我很是为高阁老高兴,挂冠南下,有你这样的红颜知己相伴,纵然是终老林泉,又有何憾? 遗憾的是,高阁老视男女私情为不道,竟然辜负了你的一片痴情。"

"别,别说了。"

玉娘轻轻摆了摆手,由于戳到了痛处,她低头嘤嘤地哭泣了起来。

"玉娘,我把你请来这里,是想帮助你。"

"帮助我?"玉娘抬起头。

看着她满脸泪痕,张居正更是动了恻隐之心,他叹了一口气,说道:

"古哲有言,饮食男女,人之大欲。无情未必真豪杰。这一点,正是我与高阁老的不同之处。我张居正虽然不才,但毕竟怀有一颗怜香惜玉之心。"

"大人!"玉娘情不自禁地喊了一声。

"不要喊我大人,喊我先生即可。"

"先——生。"

玉娘涩涩地喊了一句,满脸羞赧。

这一变化被张居正看在眼里,他起身踱至窗前,撩开帐幔,推窗而望,只见中天已挂了一弯明月,山水亭树显出淡淡的朦胧之美。张居正感叹道:

"今夜月光很美,可惜你……唉!"

玉娘摸索着也走到窗前,听窗外凉风习习,秋虫唧唧,回想过去见过的淡云秋月,顿时悲从中来,不由得双手捂脸,再次抽泣起来。

张居正近在咫尺,闻到玉娘身上散发出的幽兰般的体香,直感到身上热烘烘的难以自持,他伸手轻轻地抚了抚玉娘瘦削的双肩,温情地问:"玉娘,听说你想离开京城?"

玉娘点点头。

"方才说过,我可以帮你。"张居正盯着玉娘挂着泪痕的脸庞,声音越发柔和了,"不管你是回南京还是想去河南新郑找高阁老,我都可以派专人护送。"

"不,我不去河南。"

"啊?"张居正眼眶中露出兴奋,"你不想见高阁老了?"

"奴家眼睛雪亮时,他尚且不要,如今,奴家已是两眼一抹黑,他更不会搭理了。"说罢,玉娘珠泪滚滚,抽泣着说,"我要回,只能回南京。"

"南京可有亲人?"

"没有,只有一个邵大侠算是恩人,是他花银钱把奴家从青楼中赎了出来。"

"邵大侠?"张居正一愣,对这个名字他并不陌生,"这些时,他来找过你没有?"

"没有,"玉娘苦笑了笑,"他还以为奴家随高阁老回了河南老家呢。"

"你想回哪儿,是将来的事,现在,你不能走。"

"为何?"

"为你的眼睛。"

"眼睛,我的眼睛?"玉娘神经质地用手按了按双眼,痛苦地说,"我的眼睛还能怎么样?"

"下午,是否有郎中来过?"

"有,是那个王大人领来的,那位郎中看了我的眼睛。"

"是啊,那是太医,是我让他来的。"张居正把玉娘扶回到餐桌边重新坐下,继续说道,"太医说,你的眼睛有救。"

"真的?"玉娘不敢相信。

"太医说,你的眼睛失明,是心火上蹿和头上淤血交杂而致,只要平静下来,吃他的汤药,将息调养,或可重现光明。"

"先生……"

喊了一句,玉娘已是哽咽无语。同为首辅,两相比较,她觉得高拱过于绝情,而眼前这位张居正——诚如他自己所言,有着怜香惜玉的君子之心。

"玉娘,你知道你目下住在何处吗?"

"知道,在积香庐。"玉娘掏出罗帕,揩了揩泪痕,问,"为何要叫积香庐?"

"这是严嵩投世宗皇帝所好取下的名字。世宗晚年以焚香炼药为乐事,所以,这积香庐之香,是斋醮之香,而非妆奁之香。"

张居正这句话稍稍有点挑逗,玉娘并没有往心里去,而是担心地问:

"奴家住在这里,会不会给先生带来不便?"

"没有什么不便,你只管静心养病。"

"多谢先生。"玉娘欲起身敛衽行礼,不知是由于激动还是看不见,竟三次没有站起来,她只好自嘲地说,"看看,我都像个老太婆了。"

"你想干什么?"张居正问。

"奴家想执壶,为先生斟酒。"

"啊,这个不必。"张居正劝阻道,"如果玉娘你还有精神,就请再唱一曲《木兰歌》吧。"

玉娘摇摇头,说:"伤心事,还提它做甚。奴家再也不唱它了。先生若要听曲子,奴家可唱别的。"

"好哇。"张居正立即朝门外喊道,"来人!"

刘朴应声而入,张居正吩咐他去把玉娘的琵琶拿来。刘朴出去一会儿拿了琵琶回来,递到玉娘手上,又退了出去。

玉娘调了调弦,问道:"先生想听什么?"

"随你的意。"张居正自斟自饮。

"你出个题儿吧,试试奴家应景儿的本事。"

"也好。"张居正一扭头,看到窗外远处河边上,有人提着一盏灯笼走过,便道,"你就唱个灯笼如何?"

"灯笼?"

"对,灯笼!"

玉娘怀抱琵琶,敛眉沉思了好一会儿,才慢慢转动纤纤玉指,往那四根弦上轻轻一拨,立刻,屋子里漾起柔曼如玉的乐声,玉娘慢启朱唇,婉转唱了起来:

> 灯笼儿,你生得玲珑剔透,
> 好一个热心肠爱护风流。
> 行动时能照顾前和后。
> 多亏那竹丝儿缠得紧,
> 心火上又添油。
> 白日里角落里枯坐守寂寞,

到夜来方把那青衫红袖，

送过长桥，听鼓打谯楼……

玉娘声音甜美，虽是即兴唱来，仍不失她天生的凄婉本色。张居正手执酒壶，却忘了斟酒，闭着眼睛，已是听得痴了。忽然，听得门外有嘈杂之声，玉娘首先停了唱。张居正睁开眼睛，生气地斥道：

"外面何人喧哗？"

"老爷，是我。"一个声音急切地回答。

"游七？"张居正一惊，立即坐直身子，喊道，"进来。"

游七推门进来，也不敢看玉娘一眼，只朝张居正一揖到地，禀道：

"老爷，冯公公派徐爵给您送来急信。"

"信呢？"

"是口信。"

看游七满脸惊恐的样子，张居正心一沉，暗忖："宫中又出了何等大事？"便把游七领到外头的花厅。

第 二 十 回

绕内阁宫中传圣谕　　出命案夜半又惊心

在花厅里,游七向张居正叙述了一切:

大约一个时辰前,徐爵派人把游七约了出去会面,告诉他乾清宫内刚刚发生的事情。

却说李太后去昭宁寺礼佛回到宫中,已接近酉时,尽管疲惫不堪,她还是留下了冯保,并把正在玩耍的小皇上找到东暖阁来,向他备细讲了武清伯以及英国公张溶和驸马都尉许从成告状的事。朱翊钧听了,惶惑地问:

"外公真的要把花园平了种菜?"

"但愿他不会。不过,也很难说,你不知道你外公的脾气,逼急了,什么事儿都做得出来。"李太后说着长叹一口气,"张溶和许从成也都说了狠话,说这个月若再胡椒、苏木折俸,他们就上街摆摊儿。钧儿,你说,如果他们都这样做了,会丢谁的丑?"

"丢他们自己的。"朱翊钧气呼呼地说道,"我就不信,他们会这么穷。"

"这不是穷不穷的问题。钧儿,你就不想想,你登极还不到三个月,就有这么多王侯闹嚷嚷找你要饭吃,如果真的闹到外头去,天下人会怎么看你?"

"这……"

"常言道众口铄金,这事儿,咱们不能不管了。"

"怎么管?"朱翊钧眉头蹙得紧紧的,"要不,传旨请张先生来,一同商议办法？"

李太后摇摇头，说："不用找他来了，钧儿，依咱看，你直接下旨户部，凡王侯勋戚，一体取消胡椒、苏木折俸，月俸仍以银钞支付。"

"太仓银不是告罄吗？"

"让户部想办法。"

"那，余下京官怎么办，王侯勋戚都拿了月俸银，他们依然胡椒、苏木折俸，岂不要闹事？"

"钧儿，你是皇上！"李太后秀眉一竖，加重语气说道，"王侯勋戚的事，得皇上亲自来管，文武百官那头，还有内阁哪。"

"内阁，内阁，"朱翊钧不停地嘟哝着，不无焦虑地说，"张先生恐怕也不好处置。"

"如果朝廷中尽是顺心的事，还要内阁首辅干什么？"李太后重重地拍了拍绣椅的扶手，断然说道，"疾风知劲草，张先生如果真是匡时救弊之才，就一定能想出办法，把事情摆平。"

"哦，儿知道母后的意思……"

朱翊钧一副恍然大悟的神态，正欲说下去，李太后伸手阻拦了他，又道：

"内阁就张先生一个首辅，也真累了他，我看，得给他找个助手了。"

一直噤若寒蝉不敢出声的冯保，这时插话道："张先生自己也好像有这个意思。"

"你怎么知道？"

李太后严厉的目光扫过来，冯保吓得一哆嗦，赶紧垂首答道：

"张先生今儿个送了手本进来，请万岁爷增补阁臣。"

"啊，他都提了哪些人选？"

"提了杨博、葛守礼、吕调阳三人。"朱翊钧回答。

"钧儿看过本子了？"

"看过,母后去昭宁寺敬香,儿在东暖阁看了一上午本子。"

"很好,"李太后冷冰冰的脸色稍有缓解,"钧儿,这三位大臣,你看哪位合适?"

朱翊钧又恢复他那小大人的神态,扳着指头说:"本子上摆在第一的,是杨博。"

"这个不能用。"李太后干脆地否决。

"为何?"朱翊钧问。

"既是摆在第一,就肯定与张先生私交深厚。内阁大臣,还是互相牵制一点好。"

朱翊钧虽是孩子,但心性灵活,经母后这么一点拨,他立刻就明白个中奥妙,于是一拍巴掌,笑道:

"母后,我就用吕调阳。"

"有何理由?"

"这吕调阳在本子上头摆在第三。"

"还有呢?"

"儿还是太子的时候,吕调阳是詹事府詹事,是儿的老师,他在经筵上讲课最好。"

"还有呢?"

"还有,还有,还……没有了。"

"还有最最重要的一点,咱听说吕调阳这个人一身学究气,从不拉帮结派。"

"那,母后同意用他?"

李太后咬着嘴唇思忖了一会儿,才字斟句酌地说:"选拔吕调阳入阁任次辅,从目下情势来看,或许是最佳选择。冯公公!"

"奴才在。"

冯保屁股离了凳子,欠身应答。作为大内主管,听了太后与小皇上母子之间这一场对话,可谓是风狂雨骤,惊心动魄,他感到前胸后背黏糊糊地都湿透了。

也许是他回答的声音有些异样,李太后又瞟了他一眼,问:

"你脸色白煞煞的,累了?"

"唉,有一点儿,啊不,奴才向来有头晕的毛病,进屋时发过一阵子,现在好了。"

冯保极力掩饰,处处显得不自然,好在李太后并不深究,而是令他:

"准备纸笔,替皇上拟旨。"

东暖阁内,笔墨纸砚啥时候都是现成的,冯保坐到书案前,李太后又道:

"拟两道旨,一道给户部,一道给内阁,就按方才咱与皇上商量的拟文。记住,这两道旨今夜就得送到通政司,明儿一早,就传到当事衙门。"

听完游七的陈述,张居正陡然感到了天威不测的沉重压力。自接任首辅以来,他一直谨慎从事。入则恳恳以尽忠,出则谦谦以自悔。哪怕深蒙圣眷,也始终不敢忘记国事之忧捍格之患,将一片肮诚之意,流露于政事之间。汲取前任削籍的悲剧,他最担心的是谗谮乘之,离间君臣关系。现在,这件事果然发生。他的脑海里顿时浮出《易·大系》中的两句话:"君不密则失臣,臣不密则失身。"君失此臣,尚有彼臣可代;臣若失身,何可代之? 虑着这一层,张居正惊出一身冷汗。他暗透一口气,望着紧张得合不拢嘴的游七,问道:

"我家的胡椒、苏木,拿出去变卖了吗?"

"没有。"游七嗫嚅着。

"为什么不卖?"

游七猜不透主人的心思,但知道他眼下心情不好,故小心答道:"小的虑着,一个宰辅之家,若真的去卖胡椒、苏木,恐被人笑话。"

"混账!"张居正一拍茶几,由于用力过猛,茶几上的杯子震落在地,这只比蛋壳儿还薄的卵幕杯,落地就碎了。张居正还恨恨地将那堆碎瓷踩了一脚,怒气冲冲骂道:"什么宰辅之家,我同所有京官一样,都是靠朝廷俸禄吃饭。朝廷实行实物折俸,我们堂而皇之拿出去变卖,有何羞耻?"

游七劈头盖脸挨了这一顿臭骂,尽管内心感到委屈,却半句声也不敢做,哆哆嗦嗦站在那里,像秋风中的一条丝瓜。瞧他这可怜又可嫌的样子,张居正朝他挥挥手,说:

"你先回去吧。"

"唉。"

游七如释重负,朝主人深鞠一躬,就退了出去。刚走出花厅门,张居正又喊住他,吩咐道:

"徐爵那里,你要和他热乎点,每次送了信,封点赏银给他。"

"小的知道了。"

游七唯唯诺诺退出,听着他笃笃笃的脚步声已是离开了山翁听雨楼,一会儿,又听得马蹄嘚嘚离开了院子。此时已是夜深人静,偌大的山翁听雨楼虽然灯火通明,却是死一般寂静,一应侍者既不敢睡觉,又不敢走近,只是缩在进门的过厅里等待传唤。张居正呆坐半晌,才开口问一直侍坐在侧的王篆:

"介东,皇上这两道旨意,你如何看?"

王篆向来不肯深研大局,只是个看主子眼色行事的角色,此刻他心里惶惑得很,答道:

"昨儿个,皇上颁赐纹银与玉带给你,今儿个,又绕开内阁直接下旨。皇上的脸色,下官实在看不懂。"

"惟女子与小人难养也!"张居正心里头忽然蹦出大成至圣先

师孔夫子的这句话来,但表面上,他却反省自己,"我们做大臣的,理所当然应该做到善则归君,过则归己。那几位王侯勋戚串通一气,跑到太后跟前告状,如果你是太后,你又会如何处置?"

"是武清伯这糟老头子,搅浑了这摊子水。"王篆答非所问。

"问题的症结就在这里,"张居正眼波微微一闪,"国家国家,皇上既要治国,又要治家,家事掺进国事之中,国事就难办了。"

王篆顺竿儿爬,帮腔道:"这个李伟,京城没有谁不知道他,是个钱眼里翻筋斗的人物。"

"事到如今,何必责怪人家。"张居正叹了一口气,声音低得几乎自己都听不见,"三个人凑到一块儿告状,我看这后头有人指使。"

"啊?"

"英国公张溶,是个树叶儿落下来怕打破头的人,从不出面招惹是非。驸马都尉许从成,有数千顷封田不说,光在两京等处的商铺,就有几十家之多。李伟每年收上万石秅粮,上个月还在枭卖粮食,三个人都富甲一方,怎么会为区区一点月俸银而兴师问罪呢?"

听张居正如此一分析,王篆才感到这场风雨大有来头,把脑瓜子抓挠了半天,才狐疑地问:

"究竟是谁呢,有这么大的能耐?"

"你说,我当首辅,哪些人心里不舒服?"

"还不是高……"

"嘘!"

张居正做了个手势,指了指里间小屋,王篆这才记起里头还有一位玉娘,顿时吐了吐舌头,小声说:"他的亲信门生故旧,以魏学曾、王希烈为首,还有一大把哪。"

"煽风点火之人,就在他们之中。唉,还是玉娘唱得对,皇城中尔虞我诈,衙门内铁马金戈。"

"既如此，首辅就该向皇上解释。"

"解释什么，让皇上收回成命，更改旨意，这可能吗？亏你在官场混了这么多年，连起码的事君之道都不懂。现在能做的只有一条，就是设法渡过危局。吕调阳入阁，本是仆之所愿，这是好事，难的就是王侯勋戚的胡椒、苏木折俸，此事牵一发而动全身。"

受了训斥的王篆，脸上红一阵白一阵。他正想表明心迹说点什么，忽听得小屋虚掩着的门被推开，玉娘摸索着走了出来。

"玉娘。"

张居正喊了一声，连忙起身走过去，把玉娘扶到一张椅子上坐下。玉娘说道：

"先生，奴家还是离开这里为好。"

张居正一愣："你为何又突然改变主意？"

玉娘凄然一笑，说："方才你们在这里的谈话，奴家在里头隐隐约约听到了不少。先生宰辅当得如此之难，这么多烦心事压着您，奴家哪里还能够再来麻烦您呢。"

"玉娘，这是两码子事。"张居正解释道，"你留下，不会给我添什么新的麻烦，相反，你若走了，倒真是添了我的心病。"

"先生，您……"玉娘疑惑不解。

张居正不加掩饰地说："我是为你的眼睛担心。"

王篆为了讨好张居正，也从旁说道："玉娘，首辅对你的关怀是无微不至，你怎能轻言离开。"

玉娘深深叹一口气，脸上又不自觉地泛起红晕。张居正想着玉娘这一晚也没吃什么东西，便吩咐王篆：

"喊侍女过来，给玉娘沏一杯参茶。"

少顷，侍女端了参茶过来，递到玉娘手上，玉娘呷了一口，又搁回到茶几上，感慨说道："平常总听人说，读书人十年寒窗，就为了博取功名，在头上戴一顶乌纱帽光宗耀祖，现在才知晓，这顶乌纱帽戴在头上,是何等的不自在。"说到这里,玉娘苦笑着摇摇头,补了一句,"看来,教曲儿的人,有时候也很无知。"

"教曲儿的人为何无知?"王篆追问。

玉娘答道:"奴家在南京时,就跟着师傅学过一曲《马头调》,专唱乌纱帽的。"

"啊,玉娘能否唱给咱们听听?"王篆说着瞧瞧张居正,见他没有反对的意思,忙去里屋拿了琵琶出来,递给玉娘,说,"首辅这一晌说话累了,正好听听曲子解乏。"

玉娘犹豫着说:"夜已深了吧?"

张居正看了看悄无人影的厅堂,说:"不妨事的,玉娘,你唱吧,这里离人家甚远。"

"那好。"

玉娘端正坐姿,拨动琵琶,唱了起来:

> 喜只喜的乌纱帽——两翅高摇,
> 爱只爱的大红蟒袍——腰中带一条。
> 喜只喜,象牙笏板怀中抱
> ——清晨早上朝,
> 爱只爱,黄罗伞罩着八抬轿
> ——旗帜儿前头飘。
> 喜的是封侯,爱的是当朝,
> ——天子重英豪。
> 喜只喜,出将入相三声炮,
> ——鼓乐闹嘈嘈。
> 爱只爱,十三棒铜锣来开道,
> ——人人站起来瞄。

这支曲子明快诙谐,玉娘的情绪虽然没有调整过来,但大致还是唱出了韵味儿。她稍稍表露出的那股俏皮劲儿,张居正很是喜欢,但这曲本来好笑的《马头调》,却是让他笑不起来。平心而论,唱词儿中表述的那些令人眼馋的东西,如今他样样都有。可是,眼下正是这些东西让他心烦意乱。一曲终了,他应付地拍拍手,叹道:

"昔时范蠡放着丞相不做,而是带着西施泛舟五湖,他倒是看透了官场,像他这样把乌纱帽弃之如敝屣的人,实在是不多。"

"先生为何不能这样做呢?"玉娘问。

"也许是孽障未净吧,"张居正自嘲地笑了笑,"以道事君,士君子之通愿也。居正不才,却不该也怀了一颗匡时救世之心。"

正说着,又听得院门外有嘚嘚的马蹄声急驰而来,三人遂都打住话头,侧耳倾听。一会儿,便听得有人敲门。

"这么晚了,还有谁来?"王篆狐疑地问。

"该不是游七又回来了吧。"张居正心里头又掠过不祥之兆,便对王篆说,"你去看看。"

王篆急匆匆地朝院门方向走去,尚不及一盅茶工夫,他就转了回来。

"是谁来了?"张居正问。

"是学生手下的一位档头。"

"何事?"

王篆一脸的紧张,答道:"今儿个夜里,在桂香阁酒家,章大郎被人刺死了。"

"什么?"

张居正一下子挺直了身子。

王篆继续禀道:"章大郎被皇上赦了死罪,发配三千里外充军,这家伙从刑部大牢出来,竟有四五十抬轿子前往迎接。今儿个晚上,他的狐群狗党包下了桂香阁为他接风压惊,就在酒席上,突然有个人闯进来,拔刀刺向章大郎,等众人反应过来施救,章大郎已倒在血泊之中，抽搐着死了。"

"凶手呢？"

"被当众擒获。"

"是谁？"

"是死去的储济仓大使王崧的儿子，他这是为父报仇。"

这真是一波未平一波又起。章大郎一死，邱公公不知又会在李太后面前挑唆什么，张居正心情更加沉重起来。他吩咐人把玉娘扶下去休息，然后踱步到山翁听雨楼门外。此时月明中宵，夜凉如水，河边草丛中，点点流萤时隐时现。张居正忽然感到有一片黑影迎面扑来，他一闪身，拂面而过的是一阵清风，他回转身来，对一直紧紧相随的王篆说：

"介东，你现在出发，把王之诰、王国光两位大人请来这里，要快。"

"是。"

王篆倏忽间消失在夜幕之中。

张居正回到山翁听雨楼，命人铺展纸笔，趁两位部堂大人还未来到的这段空隙，他想把《女诫》一书重印版的序言写出来。这是李太后交办之事，必须尽快完成。

在案前稍做沉思，他开始奋笔疾书：

> 尝闻闺门者，万化之原。自古圣帝明皇，咸慎重之。予赋性不敏，侍御少暇，则敬捧洪武祖皇帝敕修《女诫》一书，庄颂效法，夙夜竟竟。庶几勉修厥德，以肃宫闱……

第二十一回

老苍头含泪卖苏木　大总管领命会巨商

礼部散班,童立本骑着一头小毛驴,颠儿颠儿回到位于羊尾巴胡同的家中。节令过了白露,北京的天气已是两头冷,中间热。童立本体弱多病,上值早已穿上了夹衣。这会儿在家中卸去官袍,露出贴身的夏布汗衫。这件汗衫穿了好几年,不但汗迹斑斑,且还打了四五处补丁。他胡乱套上一件褪得灰不灰白不白的旧道袍,慢慢从卧室踅到厢房门口,侧耳听听,屋里没什么动静,他这才轻轻推开房门,蹑手蹑脚走了进去。

房中光线太暗,童立本一时什么都看不清。他眨巴着眼睛,轻轻喊了一句:

"柴儿。"

"嗯。"

有人应了一声。只见房中的一只木圈椅里坐了一个人,手脚瘦得像麻秆,脸上半点血色都没有,口角歪斜,往外流着长长的涎水。这是童立本的大儿子童从社,小名柴儿。柴儿生下时聪明伶俐,两岁时患病,请了个江湖郎中诊治,用错了药,从此便成了个手脚瘫痪的傻子。如今三十多岁了,只能坐在木圈椅中,吃饭拉屎都得靠人侍候。童立本进来时,柴儿正在勾头打盹,父亲的喊声把他惊醒。

"柴儿,饿吧?"

童立本走到木圈椅跟前蹲下,关切地问。柴儿面颊痉挛,涎水顺着下巴一挂一挂流了下来，他嘴唇哆嗦半天才吐出两个字来：

"爹，饿。"

望着身码儿看似只有十三四岁的残疾儿子，童立本忍了两泡老泪，难过地说："爹知道你饿，再忍耐一会儿，桂儿娘有东西喂你。"

正说着，门外又传来窸窸窣窣的脚步声，童立本回头一看，一个约摸三十多岁的女人走了进来。

"老爷回来了？"女人倚着门问。

童立本站起身，走出厢房来到堂屋，那女人跟在身后。他说："回来时没见到你。"

女人答："去了街口，瞧老郑回来没有。"

"回来没？"

"没。"

两人一时沉默，这女人就是方才童立本提到的桂儿娘。她名叫桂儿，原是童立本夫人的丫环。童夫人过世，童立本无钱续娶，家中又少不得一个女人，加之与桂儿相处时间较长，眉来眼去也有些感情，遂干脆纳她为妾。乍一看，桂儿还有几分姿色，但不能细看，盖因桂儿五岁时，元宵节随父母上街看花灯，被一只飞过来的二踢脚崩瞎了左眼。若不是这个缺陷，她也不会来童立本家当丫环。

因为秋燥，桂儿的眼睛生翳，这会儿正在用手袱儿揉拭，望着她一脸菜色和枯黄的头发，童立本心疼地说："中午，你和柴儿都没有吃饭？"

桂儿摇摇头。

童立本颓然坐到椅子上，头深深地埋了下去，再不敢看桂儿哀愁的眼光。他想说点安慰的话，又不知从何说起，而那些不愉快的回忆却像梦魇一样，死死地缠绕着他。

童立本是嘉靖三十二年的进士，金榜题名，已经三十五岁。放了一任县令之后，又当了一任的山东登州同知。九年考满，升为礼部仪制司主事。由从六品的地方官变成六品京官，表面上看地位是崇升了，但实际上经济收入却大为降低。在地方官任上，多少有点外快，日子好过得多。礼部仪制司是一个清水衙门，不要说关系到国计民生升降罢黜这样实实在在的大权，就是诸如抚边纳贡，开漕请恤这样可以得到实惠的小权，也一概不沾边。仪制司所做的事，就是为诸如太子登基、皇室人员加封、皇帝婚丧大礼这样一应大典提供典章及仪式的规范。有关涉及到国家礼节的大事，都得由仪制司出面来做。按理这份权力也不小，但这都是为皇帝服务，根本捞不到任何油水。事情做好了，得褒奖的是礼部堂官；做砸了，这个六品主事还得承担责任。因此，童立本自来这个礼制司主事任上，除了一年一百二十石米的俸禄，再没有任何收入来源。俸禄按月支取，若能全部足额拿到，一月十石米，维持一家人的生活虽不富裕，勉强还过得去。但自嘉、隆之后，京官俸禄往往折值不符，甚至发生拖欠现象。每逢此时，童立本就捉襟见肘了。

朱洪武立国之初，就为官员的俸禄等级及支取方法，制订了一整套实施细则。官员俸禄有本色俸和折色俸之分。本色俸包括三样：一是月米，二是折绢米，三是折粮米；折色俸含有两样：一是本色钞，二是绢布折钞。所谓钞，就是铜钱。这样，官员们每月拿到的俸禄，就由米、绢（或棉布）、银、钞四样组成。按规定，官员无论大小，每月支米一石。余下俸禄折为绢、银、铜钱支付。有时太仓银告罄，没有银钱，临时也会改用其他实物支付。这就要看国库里有什么了，有什么分什么。盐、油、蜡烛甚至香料都曾折为米价分给官员们作为俸禄。官员们叫苦不迭，却也无可奈何。还有一个让官员们怨声载道的，就是折色俸中的铜钱。随着物价的变换，铜钱的变化极大。上个月十贯铜钱可以买一担米，到下个月可能就要二十贯铜钱买一担米。但折色俸一旦确定,多少年都不会轻易改变。到隆庆四年,市面上的米已卖到三十五贯一石,而官员们仍按嘉靖初年定下的二十贯折一石米的比价领取折色俸。这样,官员的实际收入比之俸禄数额已大为降低。即便如此,官员们的俸禄也常常不能如期足额拿到。从隆庆初年开始,拖欠官员俸禄的事经常发生。但高拱自隆庆四年秋任内阁首辅后,着着实实为官员们办了几件好事。一是提高本色俸的比例,每月官员们现银拿得多了;二是折色俸中,将实物折俸这一块拿掉,全部改为四十贯钱钞折一石米。这么一来,等于变相提高了官员们的俸禄,他的人望也因此一下子提高了不少。张居正接任后,官员们心想,可能会得到更多的实惠。可是,二十多天前,户部突然移文在京各衙门,本月官员俸禄改用胡椒、苏木支付。一斤胡椒折三石米,两斤苏木也是折三石米。这样,童立本每月十石米的俸禄,除领到一石米外,余下九石,折成两斤胡椒、两斤苏木。分到这四斤东西,童立本差一点滚出了老泪,当时碍着一帮僚属胥吏在场,强自忍着没有把痛苦表现出来。

官员的晋升制度,按成宪来自于考察。每三年对官员考察一次,优胜劣汰。若一连三次考察均无过错,称为九年考满,例该晋升一级。到了隆庆五年,童立本在仪制司主事任上满了九年,头两次考察都顺利过关,这第三次考察却出了问题。盖因这年春节,在过了多年穷困的生活之后,他写了一副聊以自嘲的春联贴在大门上:"白水清茶权当酒,萝卜青菜且为荤。"横匾四个字:"也是过年"。谁知这么一件小事却被礼科给事中陆树德揪住,一本参上去说他是故意讪谤朝廷,往圣明天子脸上抹黑。隆庆皇帝看了本子后批道:"这厮胡诌,念他以往并无大错,这次免了。下次再犯,定不饶他。"惩罚虽免,但熬了九年,眼巴巴熬到一个升官的机会就这样一风吹了。他心有不甘,却也只能认命,继续在礼部主事的位子上艰难度日。童立本先是一家六口，夫妻两人，两个儿子，还有丫环桂儿和一个六十来岁的苍头老郑。夫人过世后尚有五人，全靠俸禄生活。年初，小儿子童从稷回乡参加乡试，童立本将积攒多年的一百两银子让他带回家。一来孝敬一下健在的高堂老母，二来作为童从稷乡试的费用。这样一来，家中经济状况更是每况愈下，每月的俸禄精打细算才勉强度日。上月，礼部尚书高仪去世，衙内官员凑份子公祭。童立本素来敬重高仪的人品，如今斯人已逝，他越发怀念高仪的雍容大度。为了表示心意，一咬牙就抠柜缝儿，把藏着的最后五两银子翻出来交出凑了份子。当月的生计就出了问题，苍头老郑出去借了一两银子的高利贷。原想拿到七月份的俸禄后迅速还上，没想到一厘俸银没拿到，只领回两斤胡椒、两斤苏木。放高利贷的都是人精，掐准了童立本支俸的日子，他人还没进门，讨债的已坐在家中了。听说没有钱还，那家伙就动手拉他的驴子。京官上班，原先规定二品大员以上才能乘轿，余者皆骑马，后来渐渐禁令松弛，九品官也可以乘轿了，从此京城中轿舆塞道。为了脸面，再不济的官员，也得弄一顶二人小轿抬着招摇过市，像童立本这样骑驴子上值的官员，倒真是寥寥无几了。这会儿见讨债人要牵走驴子，童立本急了，连忙放下官架子与那人商量，是否可以拿胡椒或苏木抵债。那人死活不要这些东西。说到最后，那人便把刚拿回家的一石米搬走了。这样一来，童立本一家四口人的生活就完全没有了接济。米缸里的存米还可应付半个月，童立本当即对桂儿说，家中从此每天改吃早晚两顿，中午的饭免了。另外让老郑提着那两斤胡椒、两斤苏木到街上叫卖。桂儿穷人家出身，深知眼下家中困境不能轻易度过。两餐饭被她改成两顿稀粥，除了保证童立本的一碗稠稀饭，余下三人连同她自己喝的都是米汤。再说老郑每日提着胡椒、苏木出门，晚上回来，手上拎着的仍是苏木、胡椒。这样一连二十几天过去，不但桂儿，连童立本也沉不住气了。再拖延两三日，家中就要完全断炊。今天是第二十三天，已经暮色朦胧，仍不见老郑回来，两夫妻坐在堂屋里，料定又是凶多吉少。偏偏那头小叫驴，拴在院子里头嗷嗷乱叫，它也饿得青肠见白肠，寻不到东西吃。

大门吱呀一声，接着是熟悉的脚步声，老郑回来了。天已黑尽，桂儿起身找了半截子蜡烛点上。可是等了一会儿，却不见老郑进门。童立本心下生疑，挪步到门口一看，只见老郑一尊木偶样伫立在院子里，一动也不动。

"老郑，你这是干啥呢？"童立本问。

"老爷。"

老郑涩涩地喊了一声，当即就在泥地上跪了。这是童立本在山东登州同知任上招来家中的老仆，已跟了他十五六年。

"跪啥呢，饿得前胸贴后背，还讲礼节做甚，进来回话。"童立本没好气地训斥。

老郑磨磨蹭蹭回到堂屋，耷拉着脑袋站着。童立本见他背上鼓鼓囊囊的包袱，知道又没有卖出去，脸顿时沉了下来，申斥道："怎么又没有卖出去？"

老郑抬起头望着童立本，委屈地说："老爷，这十几天，小的把北京城大大小小的店铺跑遍了，就是卖不出去。"

"为什么？"童立本犟脾气又发作了，"这胡椒、苏木，都是国库里拿出来的上等好货，难道偌大一个北京城，找不到一个买主？"

老郑眼泪巴巴地答道："老爷，难哪。"

"胡说！"童立本一拍桌子，气咻咻地说，"分明是你老糊涂了，找不着地方。"

老郑仍跪在地上，借着一闪一闪的幽明烛光，只见他已是老泪纵横。因为又累又饿，他的身子左右摇晃。他翕动嘴角，本想说点什么，突然眼前一黑，一下子栽倒在地，慌得童立本夫妇赶紧上前

搀扶。怎奈两人也是忍饥挨饿气力不支,折腾了好半天,才把老郑
弄到躺椅上。童立本此时已是虚汗淋漓眼冒金花,胸口一阵一阵
发慌,桂儿也是脸色惨白气喘吁吁,但两人都顾不得自己。躺椅上
的老郑还是双目紧闭牙关紧咬。桂儿去厨房舀了一碗凉水来,两
人把老郑嘴巴撬开灌了几口,少顷,老郑才悠悠醒来。他见童立本
蹲在身边,感到不妥,挣扎着想坐起来,但依然是头重脚轻撑坐
不起。

童立本按住他,负疚地说:"老郑,看你满头虚汗,一天没吃东
西,饿晕了。"

"是啊,躺着养养神吧。"桂儿也在一旁安慰,连连叹气。

老郑向他夫妻俩投来感激的一瞥,仍咬着牙撑坐起来,艰难
地说:

"老爷,听小人斗胆说一句,不要指望店家能收购你的苏木、胡
椒了。"

"这是为甚?"

"开头几天小人不愿意告诉你,现在不说不行了。"老郑又喝了
几口水,止了止心慌,接着说道,"老爷其实应该明白,在京的官员,
大大小小有好几千人,每个人都领了胡椒、苏木回家,加起来有几
万斤之多。家家都想把胡椒、苏木变成现银,说起来真不是容易
事。现在,整个北京城,大街小巷走的都是卖胡椒、苏木的人。十
个人卖,却不见得有一个人买。虽也有一些店铺收购,但人家只收
购那些官大势大人家的,收了吏部官员的,再收户部的,然后又是
兵部、刑部。老爷所在的礼部,人家瞧也不瞧。还有就是那些朝中
的一品大员,加上那些地位虽低但手上有实权的官员不用出去卖,
自有人家上门来用重金收购,出的价钱竟比市价高出好多倍。这
些官员拿到胡椒、苏木折俸,竟比直接拿到俸银还要划算。只苦了
老爷您这样的官,既无实权,又无显赫品秩,说起来是六品官,在京

城里住了十来年，就没有人知道您是谁。我拿着胡椒、苏木送到贴着告示收购的店家，人家开口就问：'哪个府上的？'小的回答：'礼部仪制司童大人府上。'人家嘴一撇：'什么铜大人铁大人，没听说过。'就再也不肯搭理。我站在一旁苦苦央求也无济于事。这一连十天，我处处碰壁。见到这般光景，倒真是绝望了。今天后晌，小人路过北玉河桥回来，在桥上站了一会儿，想到这样被人瞧不起，心中像被捅了一刀。若不是要把这四斤胡椒、苏木背回来，我真想一头跳进河中，寻个短见倒也省事。待小人回到院子里见到驴子，知道老爷已经回来了，心里头对小人存着指望，因此也就不敢进门。"

老郑说一下，停一下，待积蓄了一点力气再接着说。这样断断续续说了差不多小半个时辰，才把这段话说完，说到伤心处，大颗大颗的泪珠子吧嗒吧嗒掉在地上。待他吭吭哧哧说完，桂儿再也忍不住，呜呜地大哭起来。院子里的那头小叫驴受了惊扰，也跟着低一声高一声地嚎叫。

就在童立本合府哀嚎之时，位于棋盘街上的淮扬酒肆，正觥筹交错杯盘狼藉猜令划拳喧腾酬酢闹热得不可开交。这里是京城吃淮扬菜最好的地方。如果是白天，远远就可看见店前高高树立的酒望子上，赫然书写着"淮扬古风"四字，这是嘉隆转承期间内阁首辅徐阶的手书。这位鼎鼎大名的江南才子，笔意腴中含秀，柔里藏锋，极得江浙膏泽之地的文化韵致。京城还有一个酱菜名店叫"六必居"，招牌为严嵩所书。这严嵩虽为奸相，但却是嘉靖一朝难得的书法高手。因此，这两块招牌在京城极为有名，两个店子也因此兴旺发达，多少年来，生意一直红火不衰。

华灯初上，在淮扬酒肆二楼一间宽大的雅间里，一桌酒席刚刚开张。席面上坐了三个男子。其中两个是游七、徐爵，还有一个陌生面孔。只见他四十来岁年纪,穿了一件簇新的团花改机的杭绸襕衫,头上戴着时下流行的四片瓦的玉壶巾,手上摇着一把苏制的上等乌骨泥金折扇。乍一看,这装扮倒有几分儒雅,像是文墨中人,但若再仔细观察,就会发现此人一双猴眼眨巴眨巴总没个停的时候,手上还戴了一枚嵌着硕大一颗祖母绿的金扳指,仅此一点,便让他的十分斯文减了九分,且让人感到他是一个砍掉树儿捉八哥的厉害角色——这评论不假,此人就是京城最大的绸缎店七彩霞的老板郝一标。

这样三个人为何凑在一处?说起来有故事:

却说那一天,内阁差吏将三十多斤苏木、胡椒亲自送到纱帽胡同张居正府上,交给游七签收,告知这是首辅本月的折俸。这是上午的事。到了下午,就有几拨子人转弯抹角攀亲扯友地来找游七,愿意用高出几倍的价钱来收购这批货物。游七虽然心动,但一想到堂堂首辅之家居然要靠变卖这些苏木、胡椒来生活,说出去名声不好听,故都婉言谢绝了。直到前些天在积香庐的那个晚上,游七被张居正骂得狗血淋头,限令他急速卖出胡椒、苏木时,游七再也不敢怠慢。第二天,先差手下人跑到街上转悠,为的是摸摸行情。手下人走这一趟不打紧,看到多少人背着胡椒、苏木卖不出去,心里头不免打鼓,回来向游七禀了,游七也不想上街丢人现丑,一心等着买主上门偷偷卖了完事。但等了两三天却是人毛也没等到一根。原来自那天下午他辞了那些买主之后,此事一传十,十传百,京城里那些想通过这笔买卖来巴结新任首辅的商人只当是张学士府家规极严,不屑与他们打交道,故都死了这份心,蝇营逐臭把心思用在别的炙手可热的大臣身上,反倒把首辅家晾了干鱼。这情形让游七焦急起来,由于张居正素来管教极严,不允许家里人在外牵藤放蔓惹是生非,故游七认识的人也不多,特别是做买卖的商人,他竟是一个都不认识,所以事到临头不免抓瞎。正在这时候,恰好徐爵来张学士府中有事，游七便说明情况求他帮忙。徐爵听了咪地一笑，讥道："瞧你这话说得多寒碜，堂堂一个首辅家的大总管，居然卖不掉三十斤苏木、胡椒，这事儿交给我了。"第二天，他便领了这个郝一标来到府中。

对郝一标的大名，游七早就知道，用胡同里话讲，是个肚脐眼肥得流油，放屁都能打出金屑子来的人物。今天亲自见面，看他衣饰派头，那阔绰劲儿倒真是让人咋舌。即便这样，徐爵还惟恐游七看轻了他，刚一坐下，便数萝卜下窖把郝一标吹嘘了一番。

论籍贯郝一标是杭州人，其祖父本是府学生，中了秀才之后，一连两次乡试都未曾中举。遂弃文经商，来京开了一爿绸缎店，取名七彩霞。他因是读书人出身，凡事好动脑筋，不消几年，便把生意场上的沟沟道道阴阳八卦弄得一清二楚。加之他广结人缘，店里货色品种备得全，价格又总比别人低廉一些，这么着做了十几年下来，七彩霞居然就变成了京城第一大绸缎店。一应服饰面料，从数百两银子一匹的上等丝绸到丁门小户消费只七分银子一匹的中机布；从制裙的马尾丝到天鹅绒、琐袱等鸟纹布；从产自琉球、日本的兜罗绒到贩自暹罗、高丽的西洋布与高丽布，七彩霞店里是应有尽有。经过两代人的辛苦创业，七彩霞店到了郝一标手上，越发地兴旺发达，不仅仅在京城，在南京、扬州、苏州、杭州、荆州、番禺、洛阳、大同等四方通邑大都，都先后开上了分店。由于字号老名气大，每一个店都赚钱。单是设在棋盘街的北京总店，门面就有四五十间，京城的达贵官人王公巨族，每年制作衣饰的一半面料几乎都购自七彩霞。京城人说起郝一标来，无不啧啧称叹。

郝一标虽然财大气粗，但在游七面前却表现出十二分的谦恭。略一寒暄，他就让随来的朝奉把那一袋子苏木、胡椒拎走，留下两百两白花花的纹银。值价比市场高了好多倍，游七自是高兴不尽。送客到门口，徐爵又往游七手上塞了一张折纸，低声说道："这是给你的二百两银票,上棋盘街宝祥号即兑即付。"游七一惊,慌着要把银票退还徐爵。徐爵挤挤眼说:"老游,你也不必客气,这张银票是他给你的。"说着指了指旁边站着的那个郝一标。游七一听此言,更是不敢接受,推推搡搡一定要原物奉还。徐爵看准了游七的心态,心里头既贪着这张银票,又怕其中有诈,便笑着说:"老游不要担心太多。咱这朋友郝员外花银钱像泼水似的,哪在乎这点银子。他只不过慕你老游的名声,想结交你,并不图你什么。银票收着吧,不会咬手的。"话既说到这个份上,游七也就不再坚持,半推半就地把银票藏进了袖子。

昨日里张居正散班回家,忽然记起了胡椒、苏木之事,吩咐人把游七找到书房来,问:

"胡椒、苏木卖了吗?"

"卖了。"

"卖给谁了?"

"七彩霞的老板郝一标。"

"郝一标?"张居正知道这个人是京城第一富商,常在王侯勋戚间走动,于是又问,"卖出多少银子来?"

"二、二百两。"游七缩着脖子答。

"多少?"张居正似乎没有听清。

"禀老爷,二百两银子。"

"混账!"张居正顿时就炸了,一掀长须骂道,"这哪叫买卖,分明是贿赂,你给我退回去!"

游七本以为办了件好事,谁知又招来了一顿臭骂,也不敢答话,只哭丧着脸倒退着走出书房。

也难怪张居正火气忒大,这些时他的心情糟透了。皇上那两道旨下发之后,吕调阳即日就到内阁上值。户部那边,王国光有心上疏自辩,张居正担心有抗旨之嫌,故把他压下了,只一心谋划如何筹集银两渡过难关。其间他用八百里驰传给殷正茂去了一信，望他以大局为重，能否从那二十万两银的军费中拿出一部分来，以解京城燃眉之急。信出去五天，尚不见回音。他如此做，也是不得已而为之。再说李太后那里，这些时对他依然不冷不热。张居正心底清楚，除了三位勋戚告状，还有一个重要原因是章大郎被杀。邱公公毕竟是李太后的心腹奴才啊！这事儿既然发生，若能够烟熄火熄偷偷处置也还罢了，偏偏一些官员纷纷上疏替王崧的儿子求情，说他这是替父伸冤，孝心感动天地，伏望皇上给他免死特赦。张居正内心也很同情王崧之子，但他知道官员们的同情奏章上呈，多半是为了闹事。诸多蛛丝马迹证明，京城这些时发生的大小事情，似乎都是有人在幕后操纵组织安排，其目的就是一个，利用胡椒、苏木折俸一事大做文章，以求混淆视听扰乱圣心，达到抵制京察的目的。面对危局，张居正虽然焦虑窝火，但始终方寸不乱。他既看清了问题的实质，也大致猜测得出幕后操纵者是哪些人。他认为平息这场风波并不是难事，只要李太后和皇上仍能一如既往地支持他，一切事情都好办。但这个"结"如何解开，这几日倒让他颇费脑筋。

却说游七退出书房，也没急着离开，而是躲在廊柱后头，偷偷地抹了几把眼泪。张居正素来不管家务，家里一切用度开支，全凭游七谋划。说实话，张居正很少得过"孝敬"，这么大的家府脸面，撑起来绝非易事。游七为此不说操碎了心，也算是想尽了主意，使尽了解数。偏偏张居正还横挑鼻子竖挑眼，动不动拿他开涮，叫他左也不是右也不是，委屈得不得了。正在他偷偷拭了泪痕，准备去找郝一标退银子时，书童又跑过来，说老爷叫他回书房里去。

游七磨磨蹭蹭回转来，站在张居正面前，怀里像揣了只兔子。张居正看了看他，问：

"怄气了？"

张居正一向严厉,这么轻描淡写问一句,就算是遮过了刚才的那顿火气。游七深知主人的脾性,恭谨答道:

"老爷骂得对,小的这就去找郝一标退银子。"

"值多少就是多少,多一两银子也不能要。"张居正态度仍是坚决,但口气缓和多了,"游七啊,要想人不知,除非己莫为。你多拿一点点银子,也算是受贿,要不了多久,这事儿就会传遍京城,后果不堪设想,你知道吗?"

"小的知错了。"游七唯唯诺诺。

"知错了就得改,再犯一次,我定不饶你。"张居正说着,就转了话题,"你怎么认识郝一标?"

"是徐爵介绍的。"

"苏木是上等染料,郝一标的七彩霞正好用得着。"

游七不知张居正说话的意思,随话搭话说:"郝老板说,他一年用的苏木,也得大几千斤。"

"是吗?"张居正语调中透出兴奋,"这次他收购了多少?"

"这个,小的还不知晓。"

张居正起身在房里踱了几步,沉思着说:"这些时,我听说有的官员拿到胡椒、苏木后却卖不出去,因此怨言不少,如果有人大量收购,许多怨詈岂不就冰消瓦解?"

"老爷,您的意思是,让郝一标都买下来?"

"对,"张居正一转身,满怀期冀地说,"你去找郝一标谈谈,看他肯做否?"

"好,小的这就去联系。"

得了张居正的指示,游七便去找徐爵商量,徐爵积极参与联络,于是便有了当夜的餐聚。

第二十二回

谈交易奸商偷算账　狎坤道行酒用弓鞋

因是第二次见面,游七和郝一标还不熟络,双方都还有些拘谨。酒席开始,宾主互相敬酒尽说些酥酥麻麻的恭维话。徐爵泼闹惯了,见不得这道酸景,才喝了一杯酒,就嚷开了:

"郝老弟,你一个钱窟窿里翻筋斗的人,干吗要学着楚滨先生子曰诗云的满嘴肉麻?三个男人三根屌,咱啥时候喝过这种寡酒!"

游七是秀才出身,自然免不了要弄一些文绉绉。他给自己取了个别号叫楚滨。方才徐爵以挖苦的口气道出"楚滨先生"指的就是他。游七听了,脸红红的不好意思,但他因有主人交代的重任在身,也不敢玩个痛快,只是嘿嘿笑着,提醒徐爵说:

"徐爷,可别忘了,我们还有正事儿哪。"

"你那点事儿,算得了什么。先同郝老弟把酒喝好,来来来,咱们猜趣拳。"

徐爵说着伸手挽袖就要闹腾,郝一标察言观色,先把徐爵拦了拦,问游七:

"请问游总管,有何事?"

"想请郝老板帮个忙。"

"说吧,"郝一标大包大揽,"只要不是摘天上的星星,剩下的你开口。"

"你能否再收点胡椒、苏木?"

"你家还有？这还用说,有多少收多少。"

"不是我家。"

"谁家的都行,只要你游总管开口。"

"有郝老板这句话,我游某感激不尽。来,郝老板,游某敬你一杯。"

游七说着,嗞儿一口把那杯酒吞了。徐爵在一旁偷着乐。郝一标问:

"徐爷,你笑啥?"

徐爵挤挤鱼泡眼,说:"郝老爷,楚滨先生这杯酒一喝,你恐怕就得放点血了。"

"啊?"

"他要你打出告示,把满京城的胡椒、苏木都收起来。"

"这是为何?"郝一标不解地问。

"为的是帮首辅渡过难关,"徐爵嬉皮笑脸说道,"眼下有多少官员拿了胡椒、苏木卖不出去,这些家伙阴着肚子憋王八,琢磨着要闹事儿呢。"

"原来是这样。"

郝一标说着,猴眼一眯,肚子里盘算起来。

俗话说人怕出名猪怕壮。郝一标有了这一份庞大家业,其实活得并不轻松。第一是怕人敲诈,所以必须找衙门里头的人做靠山;第二,要想生意越做越红火,也必须有大主顾关照。说穿了,这两点都离不得官府。因此这么些年来,郝一标花在生意上的心思并不多,大部分时间都用在交朋结友上。拨云见日水滴石穿,久而久之,京城十八大衙门,内府二十四监局,几乎没有哪一处关节他不能打通。前年,他通过皇室专控的宝和店的总管孙隆,认识了冯保的管家徐爵。过不多久两人就成了密友,皆因两人情趣相投,都是吃喝嫖赌、声色犬马样样都来的大玩家,加之郝一标挥金如土用钱大方,两人挖窟窿生蛆臭作一堆,竟好得像连了裤裆不能分开。张居正当上首辅后,郝一标提出想认识他的管家游七,徐爵素知张居正对下人管教甚严,游七又是一个胆小鬼,要想勾他出来做朋友有一定难度,便说这事要瞅机会,急不得。前几天正好碰上游七托他卖胡椒、苏木,徐爵心想这才真是瞌睡来了遇枕头,第二天赶紧把郝一标领进了张大学士府。这样等于是既帮了游七又帮了郝一标,所以徐爵是火攻纸马铺,乐得做人情。游七既半推半就收了两百两银子的见面礼,郝一标凭着商人的机敏,断定这个游七也是个见钱眼开的主儿,因此便想趁热打铁把这层关系拉紧。所以,当徐爵来约见时,郝一标求之不得,便精心准备了这顿晚宴。不过,他万万没想到,今番会见,游七竟是秉承主人之命而来的。这次胡椒、苏木折俸,郝一标已花去了一万多两银子,那些王侯勋戚以及重要衙门的堂官,凡他认识的,他都花高出几倍的价钱收购了他们的苏木、胡椒。现在,首辅大人却拐个弯儿要他"救济"那些毫不相干的穷官,这实在是他不愿做的事。商人天生的习性,就是只肯做锦上添花的事,任何时候绝不肯雪中送炭。但转而一想,若是做了这个"傻事",从而赢得新任首辅的信任,就等于打开了一个金库——偌大朝廷,一年中该有多少生意,随便哪里切一块儿给他,就是一笔巨大的财喜!思来想去,郝一标心中有了底,便故意扯开话题,嚷嚷道:

"这事儿待会儿再论,今儿个晚上,咱哥儿们先玩好,你说呢,徐爷?"

"对对对,先玩个痛快。游老兄,你那点事儿,郝老弟知道安排,先入乡随俗吧。"徐爵粗中有细,闹嚷中,已把球踢给了郝一标。

游七心虽然悬着,但也不好拂徐郝二位的意思,他习惯地摸了摸嘴角那颗朱砂痣,一咬牙,硬撑出一股豪气来说:

"徐兄,你说怎么玩,今夜里,愚弟听你的。"

徐爵鱼泡眼一眨,笑道:"老游总算肯同流合污了,郝老弟,你安排。"

郝一标对徐爵的每一个眼神都能心领神会。他有心让游七开开眼界见个世面,便问道:

"楚滨先生,你看是喊小唱还是粉唱?"

游七虽然极少进入娱乐风月之地,但毕竟居京多年,拣耳朵也拣到了不少东西。他知道京城里的玩家,呼娈童为小唱,歌伶为粉唱。但小唱他只是听说,还从未见识过,于是反问:

"怎么,这淮扬酒肆里也有小唱?"

"老游这才是少见多怪,如今小唱在京城里何处没有?"徐爵嘴一撇,接着说道,"不过也难怪,张阁老平常把你管得太严,看来,今儿晚上,咱哥儿俩要给你启蒙了。"

郝一标嘻嘻一笑,顿时满脸都是淫邪,他对游七说:"这淮扬的小唱不算太好,但也有几个差强人意,不过都是南唱。"

游七答:"小唱自然是男的。"

郝一标笑着纠正:"咱说的南是南方的南,而非男人的男。南唱是宁波帮,近两年时兴北唱,这北唱大都出自临清。"

"南北两唱有甚区别?"游七好奇地问。

"区别当然有,"郝一标答,"南唱衣裳艳丽,脸上擦脂粉,忸怩作女态;北唱天姿清秀,调笑可人,是地道男色。"

"还有呢,"徐爵眯着鱼泡眼作补充,"这北唱十之八九屁股都肥嫩,与他来事,只感到肉墩墩的甚是快活。有两句话单道这妙处。"

"哪两句?"

"三扁不如一圆,操屁股胜似过大年。"

两人绘声绘色的描述,把游七撩拨得欲火燃炽,他咂巴着嘴唇叹道:"没想到这里头还有这么大的学问。"

"要不,找几个小唱来?"郝一标问。

"这里头有没有北唱?"游七问。

"没有,淮扬酒肆,岂容北唱进入。"

游七一想到南唱涂脂抹粉作女人态,心里头便起疙瘩,他说:"既没有北唱,今夜里就免了。"

"也好,看来楚滨先生同咱一样喜欢北唱,赶明儿找个地方,让你尽享北唱之乐。"郝一标许下这个诺,又说,"看来,今夜只能招粉唱了。"

"好吧。"游七点点头。

"喊哪一路的?"

"这也有讲究?"

"有,"郝一标又津津乐道介绍起来,"天下妓女,各地叫法皆有不同,在京城就叫粉唱。却说粉唱既有官妓,也有私窠子。官妓都是获罪官员的女眷或俘获虏敌的妻女,归教坊司管辖,年纪有大有小,美丑参差不齐,其品质远远比不上私窠子。私窠子都是鸨母四处物色十岁左右的女娃儿,买来精心培养,让其琴棋书画诗词歌赋无一不会,且接人待物举手投足都极有韵致,三五年后让其出道,一般都能名动一时。由于培养方法不同,色艺标准不同,招徕客人的路数不同,粉唱也分有四大流派,即大同婆姨、泰山姑子、扬州瘦马、杭州船娘。"

"这四大流派有哪些不同?"游七问。

郝一标正欲逐一介绍备细说了,徐爵把他拦住,说道:"老游,你若这么问下去,郝老弟跟你说上三天三夜也没有一句重复,干嚼舌头没意思,干脆要几个粉唱来如何?"

游七吞了一口口水,干笑着,那样子是巴不得。

郝一标说:"这酒肆里原是扬州瘦马的地盘,为了接待尊兄,前几天,我专门派人从泰山斗姥宫弄了几个姑子下来。"

游七心想泰山离京城少说也有七八百里，郝一标此举一是说明他交友之诚，二来也证明他财大气粗，手眼通天，于是说道：

"郝老板如此奢费，只是在下孤陋寡闻，不知泰山姑子是何来历。"

郝一标接着就介绍了泰山姑子的来历：

唐宋两朝以降，泰山就是名闻天下的道教名山。国朝以来，特别是嘉靖皇帝崇尚道教之后，这泰山的宫观香火越发地旺了。来山上进香的游客，一年四季络绎不绝。特别是春秋两季，朝天门陡峭的山路上真个是摩肩接踵人如流水。香火既盛人气就旺，如此一来，那随着人气走的莺花事业也跟着蓬勃了。泰山脚下，处处是密户曲房，里面住的都是妓女。这些店房有一个糊弄人的总称，叫戏子窝。每天，各戏子窝门前，妓女皆倚门卖笑挑逗游人。众多香客登山之前，先已被这戏子窝的千般旖旎万种绸缪所迷醉。许多香客倒把进香当成应景儿的事，登到山顶上把香一插，就慌着下山往戏子窝赶。这般情形，弄得山上一班道人心里头很不舒服。却说登山盘道东侧有一处声闻遐迩的斗姥宫，原本就是女道观。嘉靖三十年后，这观里老道长仙逝，接任的坤道叫静尘。自她主观后，斗姥宫风气为之一变。首先，她把斗姥宫两厢房重新装修，用以接待进香的游客，并别出心裁创设了贺席酒，其意是恭贺烧香的人求子得子，求官得官，求利得利。大凡进香的人，有谁不想得个好兆头？因此这本来还算清静的斗姥宫一下子变得门庭若市了。这还只是表面，更有一般妙处，静尘让三十岁以下的道姑重新蓄起发来，设计眉眼学习弹唱，为吃席的客人佐酒。这些年轻道姑连穿戴都改了，都穿着一色的莲瓣精葛缁裙，衣皆长领，以元缎滚边，项间金练璀璨，时露于外。这种打扮既不失出家人的庄重，又平添了几分俏雅。她们接待吃贺席酒的香客，未及弹唱，先已眉目传情。男人们至此，哪有不手软脚麻心荡神驰的理！一般的香客，由这些道姑们陪着吃顿酒也就了事,遇着那舍得大把花钱的施主或者极有来头的公门中人,晚上她们也可在厢房伴宿。久而久之相沿成习,这斗姥宫的生意竟比山下戏子窝强了千百倍。"泰山姑子"也就成了香客们的垂涎之物。俗话说前面乌龟爬出路,后面乌龟照路爬。眼见斗姥宫生意如此兴隆,原先的戏子窝便依着葫芦画瓢,不多年间,那些曲户密室锦窗绮帐的戏子房便都改成了青瓦低檐尊炉清供的道观,倚门调笑的歌伎也摇身一变成了庄衣素色的泰山姑子。

游七听说这泰山姑子来历,立时就有了兴趣。郝一标喊来店小二吩咐下去,不多会儿,就领了七八个身着青布道袍,一色眉清目秀齿白唇红的年轻坤道进来。

"楚滨先生,你挑一个。"郝一标说。

见惯了锦衣绣裙环佩叮当的女色,乍一看这些缁裙素裹粉黛不施的小姑,游七顿觉眼花缭乱,他觉得个个都好,竟一时委决不下。

徐爵一看游七的神情,就知他是初入道不省事体,便越俎代庖替他选了一个。这姑子小巧玲珑,看上去只有十四五岁,是这帮姑子中年纪最小的,低头抬眼之间,既秋波传神又含着不尽的羞涩。游七一见就很喜欢,不得不佩服徐爵眼光独到。徐爵自己点了一个瘦瘦白白的鸭蛋脸,郝一标点了一个眼睛大胸脯高一看就很风骚的小姑。这时三个小姑各陪了主人入座,余下的都退了下去。

在他们挑选小姑的时候,店小二听了郝一标的吩咐,把席上三位客人的酒具换了。原先的青花白瓷细腻如玉的酒盏、汤匙和托盘尽数撤下,换上了一套彩绘白瓷。比之前套,这几件白瓷越发地滑腻如脂。更有不同之处:酒盏、汤匙与托盘上的彩绘俱是春宫画,裸男裸女,作交媾销魂之状。游七面前的酒盏,绘的是"贵妃醉酒图",他贪看几眼,说道:

"这是隆庆窑宫中专用瓷品,如何这酒肆中也有?"

郝一标朝徐爵挤挤眼睛,神秘地说:"徐兄在座,楚滨先生此话不是问得多余么?"

这批绘满春宫画的隆庆窑瓷品,在大内收藏甚丰,在民间却根本无从见到。偶尔有内侍从宫中偷出一件来,有钱人便纷纷高价收购,小小一柄汤匙,竟然被炒卖到一百两银子之多。因此有人戏称隆庆窑的瓷品是"白瓷黄金"。徐爵得主人冯保之便,隔三岔五便能从内监库中弄出几件来倒卖。这淮扬酒肆所收藏的隆庆窑,便是通过他的手弄到的。郝一标话虽未说透,游七隐约也听出了名堂。他不再追问,而是伸手偷偷地摸了一把挨着他坐下的小姑的大腿,不无炫耀地说:

"这隆庆窑的瓷品,不才虽然今日才见到,但我家主人却讲了一个故事说及它。"

"啥故事?是不是高拱看着它吃不下饭?"

"是的。"

徐爵嘴一撇,不屑地说:"这叫黑馍馍一道菜,丑人偏作怪。这事儿当时就在内廷传开了,内侍无论贵贱,个个都笑掉了大牙,笑高胡子少见多怪。同时,也都敬佩张阁老雍容大度,面对露胸袒乳的美人关,眉头都不皱一下。"

郝一标接了话头,赶紧讨好地说:"楚滨先生,不才看你家老爷,才是真正的大……"

他本想说"大宰相",但后两个字还未说出来,游七赶紧干咳一声,示意他停住。游七不想在这些个姑子面前暴露身份,问身边小鸟依人的道姑:

"你叫什么?"

"妙蕙。"小道姑轻声答道。

"你真的是道姑?"

"俺们都从斗姥宫来。"妙蕙答非所问。

游七又睃眼看了席面上另外两个。郝一标身边的道姑大约看出游七是今晚的主宾,便迎了他的目光,主动搭腔:

"奴家叫妙兰,这个叫妙芝。老爷方才说到隆庆窑,奴家在山东时就学了一支曲儿,专唱隆庆窑的酒具。"

"啊,你唱给咱们听听。"郝一标插进来说道。

妙兰起身蹲了个万福,退后几步坐了,调了调随身带来的阮琴,边弹边唱道:

> 掌上醉杨妃,透春心露玉肌。琼浆细泻甜如蜜。鼻尖儿对直,舌头儿听题,热突突滚下咽喉内。奉尊席,笑吟吟劝你,偏爱吃紫霞杯。
>
> 春意透酥胸,眼双合睡梦中,娇滴滴一点花心动。花心儿茜红,花瓣儿粉红,泛流霞误入桃源洞。奉三钟,喜清香细涌,似秋水出芙蓉。

妙兰歌喉婉转嘹亮,虽不能勾人魂魄,但也跌宕柔爽大致可人。一曲才了,徐爵拊掌赞道:

"唱得好,词儿虽然文绉绉的,却也脱了酸气道出实情,有味道。"

"不能有味道,有味道就不好了。"

郝一标狗扯羊肠语涉挑逗,说着伸手就在妙兰的脸蛋上拧了一把。妙兰趁势一躲,不想却倒在了徐爵这边。徐爵顺手就把她揽进怀里,三下五除二就要解她的道袍。

妙兰忙丢了阮琴,双手死死捂住胸前,口中哀求道:"爷,这使不得。"

"有啥使不得的?"徐爵嚷道,他生性粗鲁,本是调情的事,他弄得像打架似的,这会儿他一只手去掰妙兰的指头,一只手在她胸脯上乱捏,嘴里还喋喋不休,"哟,奶子还不小,紧绷绷的,老游,你来摸一把,肯定好。"

游七对徐爵一味的胡闹看不过眼,便说道:"徐兄,你且放了她,我有话问。"

徐爵松了手,妙兰向游七投来感激的一瞥,慌忙整了整弄乱的裙衫,把凳儿往郝一标这边挪了挪,坐稳当了。游七问她:"姑娘,你方才唱的这曲子,曲牌是否叫《黄莺儿》,曲名是《美人杯》?"

妙兰点点头。游七又问:"你知道这曲词儿是谁填的?"

妙兰惶惑地摇摇头。

游七环顾一下在座诸位,不无炫耀地说:"写这词儿的人,我认得,他叫冯惟敏。"

"冯惟敏,这名儿好像听说过。"徐爵皱着眉头思索。

"这个冯惟敏现在保定府通判任上。方才妙兰唱的这曲《黄莺儿》,是他在山东汶水知县任上写作的。"

"老游怎么对这姓冯的如此清楚?"

"前不久这冯惟敏来京公干,想见我家老爷,老爷不见,我与他敷衍几句,打发走了。"

徐爵摸了摸蓄着短髭的下巴,口气傲慢地说:"头上戴了乌纱还写这等淫词儿,可见不是个好官,这种人,瞅机会打发他回家了事。"

说话间,小厮又端了一盆热汤上来,是白萝卜丝炖鲫鱼。此前已上了狮子头、雪蛤蒸鱼唇、韭菜炒螺蛳肉、桂花烘鳝糊和红烧青鱼划水五道热菜,后面还有五道热菜,中间夹送这道汤,名曰"爽口汤",其意是怕食客吃腻了口味,插入一道汤来涮一涮吃钝了的舌根。淮扬菜以清淡软嫩著称,即便这样,庖厨仍担心食客吃了肥腻上火,故用白萝卜配两条半斤重的鲫鱼用慢火煨出一道汤来,取鲫鱼之鲜与萝卜之甜,既爽口又清火。

　　汤刚上桌,郝一标这才发现三个姑子并未动筷,就说:"姑子们既来陪酒,为何不吃?"说着吩咐小厮给三个姑子添上热汤。

　　小厮刚拿起汤瓢,妙兰忙制止说:"但给三位老爷添上,奴家姐妹不用。"

　　"为啥?"徐爵眼白一翻。

　　妙兰望了徐爵一眼,怯怯地说:"实话告诉老爷,奴家这两个妹妹,尚未开荤。"

　　"你们不吃荤?"游七满脸惊奇,一双眼睛在姑子们身上溜来溜去,叹道,"看来,你们还真是出家的姑子了。"

　　郝一标嗞儿喝了一口酒,笑道:"尊兄,你又差了,此荤非彼荤也。"

　　"啊?"

　　"请尊兄附耳过来。"郝一标做了个鬼脸。

　　游七把耳朵顺过去,郝一标把嘴巴凑近他的耳门低声说道:"开荤就是开了苞儿,妙芝和妙蕙两个,还是处子哪。泰山的规矩,不开苞儿的姑子,不得沾半点荤腥。"

　　"真的?"

　　游七如听仙乐,眼睛都笑眯了。徐爵刚喝了一碗浓汤,这会儿吸溜着舌头说道:

　　"都明白了吧,老游?咱们今儿晚上打斗的物件,不是山东响马,而是泰山姑子。不要说这两个妙芝、妙蕙,就是妙兰,也才是昨儿夜里被咱郝老弟开了苞儿的。"

　　听徐爵这番话,游七方明白是他与郝一标两人早就串通好了要赚他入套的,他也乐得有此消受。眼看三个姑子一个个掩面低眉红晕飞腮,他笑得干巴巴的身子一个劲地摇晃。看他这副神情,徐爵与郝一标对视一眼,心里头都有几分欣喜。郝一标想巴结首辅家的大总管不必细说,就是徐爵,无论是从主人还是从自己着

想,也想把游七套得更紧。眼看游七已完全放弃了戒备拘谨之心,徐爵觉得应该趁热打铁,他伸头看了看游七面前的隆庆盏,说:

"老游,看着这盏上的贵妃醉酒图,旁边又拥着一位泰山姑子,这吃酒的感觉如何?"

"妙,妙不可言。"游七得意忘形,捻了下巴上几根稀疏的胡子,摇头晃脑地说,"我看这个造字的仓颉,肯定也是登徒子一类货色。"

"此话怎讲?"

游七伸出手指从盏中蘸了一点酒,一边在桌上写画,一边说道:

"你们看,什么是好,女子就是好。什么是妙,少女就是妙。如今,这屋里三妙俱全,岂不是妙不可言。"

"唔,老游肚子里的墨水儿派上用场了,好!妙!"徐爵朝游七竖起大拇指。

郝一标也很兴奋,一扬脖子又干了一杯,说道:"酒吃到这份上,才算有点滋味。"

"早着呢!"徐爵伸着舌头舔了一下嘴唇,朝三个姑子嚷道,"你们三个,都把脚伸过来,让本老爷看看。"

三个姑子不敢违抗,都乖乖地把脚伸到徐爵面前。徐爵勾头审视一番,忽然伸手从妙蕙脚上脱下一只鞋来,啧啧称赞道:

"还是老游的这个妙蕙,好一双小脚。"

他这个举动又让游七丈二和尚摸不着头脑,心中咕哝道:"徐爵怎么这么醒醒呢?"傻着眼问:"徐兄,你脱人家的鞋干吗呀?"

徐爵起身走到窗前,撩起上等的丝绒窗帷把那只鞋的鞋底鞋面仔仔细细擦了个遍,然后拿到酒桌上放好。这是一只白布底青缎帮的彩绣弓鞋。徐爵把自己用的那只隆庆窑酒盏斟满酒后小心翼翼放了进去,然后说:

"方才老游咬文嚼字,惹动了俺徐某的诗兴。俺们哥儿几个现在玩玩酒令如何?"

"如何玩法?"游七问。

"说四言八句。轮到谁说,就该他名下的姑子掌酒,这酒如果洒了一滴,罚她喝酒三杯。"

"这酒如何掌?"游七问。

郝一标答:"到时候你自然知道,且听徐兄说下去。"

徐爵接着说:"今儿晚上道姑相伴,俺们的四言八句,自然离不得男欢女爱这个题儿,还有,俺们也得来点难度,第一句用字儿,得左手的偏旁相同,第二句得头上的部首相同,三四句又得合着一二句的意思。郝老弟,你说如何?"

"徐兄提议极好,楚滨先生,这可是你的拿手好戏啊。"

游七一想这不是难事,就点头同意了。徐爵要他先说,游七驳道:"在下未曾玩过这游戏,怎的摊着先说,是你徐兄提议的,自然该你起头。"

"好,那我就抛砖引玉了。"徐爵说着捋了捋袖子,仔细地把那只盛了酒的鞋放在妙芝的头顶上,对她说,"你且起来。"

妙芝颤巍巍起来,徐爵与她比了比肩,妙芝矮了他半截。他又扶着弓鞋把妙芝肩头一按让她坐下。他自己则站在那里,反剪着双手,两眼翻白对着屋顶出神,想了一阵子他又坐回到席面上,抓耳挠腮说道:

"娘的,俺这是自己难自己,什么屌四言,我竟憋不出来。"

"憋不出来罚酒。"游七说着就要去拿弓鞋。

第二十三回

繁华酒肆密室开红　寂寥小院主事悬梁

　　徐爵把他手一拦,挤眼笑道:"莫急嘛,俺这里有了四句。"说罢
念了出来:

> 左手相同姊妹姑,
>
> 头上相同大丈夫。
>
> 不是我大丈夫,
>
> 如何弄得你许多姊妹姑。

　　才念完,郝一标就拍着桌子大笑起来,嘴中连喊着"妙,妙!"游
七也忍俊不禁,掩着口哧哧地笑。那三个道姑,除了掌酒的妙芝梗
着颈子一动也不敢动,余下两个都把头低到桌面之下。

　　"游兄,徐兄说得好不好?"郝一标笑得喘气,问道。

　　"好,只是太粗了。"游七睃着妙蕙,忍住笑答。

　　"俺是粗人,只能说这等粗话,你是秀才出身,下面就看你狗子
进茅厕——闻(文)进闻(文)出了。"

　　徐爵说着,又把弓鞋移到妙蕙头上放好。

　　游七盯了一眼妙蕙,关爱地说:"你顶好了,当心洒出来要吃罚
酒。"说罢,伸手慢慢摩挲着脸颊上那颗朱砂痣。不一会儿,他清咳
一声,便有板有眼地吟诵起来:

> 左手相同糠秕粝,
>
> 头上相同屎尿屁。

　　不吃这糠秕粝，

　　如何放得出许多屎尿屁。

游七吟声才落，徐爵就一惊一乍说道："老游，你这家伙，是在变着法儿骂俺哪！"

游七回道："徐兄才会说笑话，我哪敢骂你。"

"不是骂我，未必你说你自家放屁？何况，这四句搭不上男欢女爱，犯规了，罚酒！"

徐爵话音一落，郝一标赶紧起身执壶，对妙蕙说："小姑子，你得连喝三杯。"

"怎么该咱喝？"

"这是规矩，你与游老爷配对子，他犯了规，就得罚你三杯。"

"老爷，小奴家不会饮酒。"妙蕙红着脸答。

"不是老爷欺侮你，这是事先讲好的规矩，咱不能改变，徐兄，你说呢？"

"对，不能变。"徐爵故意虎着脸，粗声说道，"你不喝，俺们就往你嘴里灌。"

妙蕙小小年纪，没见过这阵势，竟吓得眼眶里噙满泪水。妙兰见此连忙解围，伸手过去拿那酒盏，说：

"妙蕙年纪小，从来酒不沾唇，这三杯酒，我替她喝了。"

"慢！"郝一标拦住妙兰的手，说，"你跟我是一对儿，他们那对儿的事与你有何相干？要代，也轮不到你代。"说着，拿眼睃着游七。

游七见妙蕙吓成那个样子，心里早已动了恻隐之心，想替她代酒，只是无从开口，这会儿逮着郝一标的话把儿，连忙说道：

"郝老弟的意思，是要我游某吃下这三杯酒是不是？"

"你吃嘛，就不是三杯啰。"郝一标挤着眼，拖腔拖调地说。

"多少？"

"翻倍,六杯。"郝一标做了手势。

"你这是欺负人。"

游七想争辩,但徐爵与郝一标两个不由分说,站起身来,架着他一连灌了满满六杯,灌得太急,游七呛着气管,猛猛地咳了好一阵子。

把游七捉弄了一回,徐爵心中甚为快活,又转向郝一标,说道:"郝老弟,现在轮到你了。"

郝一标趁笑闹时早已想好了四句,这时他主动把弓鞋放到妙兰头上,清清嗓子,念道:

> 左手相同绫绢纱,
>
> 头上相同官宦家。
>
> 不是这官宦家,
>
> 如何用得许多绫绢纱。

才说完,徐爵嘴一撇,揶揄道:"郝老弟,方才罚了游七六杯,就因他文不对题,看看你,也是三句话不离本行,不行,也得罚酒。"

游七听到"绫绢纱",顿时又想起收购胡椒、苏木的事,忍不住又问道:

"郝老板不提便罢,这一提又让我想起正事儿,让你收购胡椒、苏木的事,你究竟答应不答应?"

郝一标趁着疯闹,壮着胆问:"我若是答应了,你家首辅大人,给我何等回报?"

游七不正面回答,只是反问道:"你打听打听,我家老爷啥时候儿亏待过人?"

"既如此说,这个忙我帮了。"

郝一标话音一落,徐爵立即跟上一句:"郝老弟,君子一言,驷马难追,咱只提醒你,不要马吃石灰,落得一张白壳子嘴。"

这话暗含威胁,郝一标哪能听不懂,他把酒杯一举,说道:"我郝某向来说一不二,来,先喝酒。"

三人又一起碰杯,嗞儿一声饮尽了。

游七与徐、郝两个说话时,一只手老是在妙蕙的大腿上揉揉捏捏,他以为有桌面遮着别人看不见,却不知徐爵是个中老手,单看他上半截晃动的肩膀便已明了一切,等他酒杯放下,徐爵就取笑道:

"老游,看你那只左手,像得了羊角风,在底下抓挠什么? 怜香惜玉也不是这个怜法。"

郝一标早就看到了这个"猫腻",徐爵刚说完,他就笑得喉咙里嗝儿嗝儿直响。这回,姑子们也跟着窃笑起来。

游七脸红红的陪着一笑,把手抽了回来,搭讪着说:"我游某今夜着了你们的道儿,你们伙起来欺侮老实人。"

郝一标止住笑,说道:"尊兄可别错怪好人,愚弟与徐兄哪敢挤对你。来来来,你先把三杯酒吃下,下头还有好事。"

"怎么成了我吃罚酒? 应该是你!"

游七手指着郝一标。徐爵插进来说:

"不是罚酒,是喜酒。"

"喜酒,哪来的喜,不吃不吃。"

游七认准他们联手诓他,伸手按了酒盏,说什么也不肯喝。

"这好的喜酒你不喝,好,你不喝我喝。"

徐爵一手执盏,一手执壶,顷刻间就满饮了三杯。他这一举动把游七搞糊涂了,狐疑地问:"究竟有何喜事?"

"你先喝,喝了我讲。"

游七无奈,只得咬着牙又吞了三杯。

看他酒入喉咙,郝一标一拍手,可着嗓子叫道:"现在,新郎新娘入洞——房。"

"洞房,哪儿有洞房?"游七吃了一惊。

"游郎,请牵起妙蕙娘子的手,这边走。"

郝一标油腔滑调逗人捧腹。游七睒眼看徐爵,只见他早就搂着妙芝的腰肢,急不可耐绕过酒桌后面的一道七折玉雕屏风。游七也牵着妙蕙跟了过去。跫过屏风,游七这才发现,里面竟有两间房子。走在头前的徐爵把并排两扇房门推开,只见房内雕床锦帐妆台奁盒一应俱全,原是店家为客人幽会准备的密室。徐爵朝游七挤了一下眼,笑道:"游兄,你的事儿都办妥了,现在快活快活吧。"说罢,把妙芝往靠外的一间房里一推,自己也闪身进去,脚后跟把门一带,门轴儿一吱扭,关了。

站在另一间房门口的游七,早已被撩拨得按捺不住,恨不能立刻就把小巧玲珑温馨可人的妙蕙抱起来一气乱啃,但他还顾忌着面子,强咽了一口唾沫,回头望望倚着屏风的郝一标,涩涩地问:"郝兄,这不大好吧?"

"有啥不好。"郝一标谑道,"只是不知道游兄就炉铸剑的功夫怎样,今夜里开红,不要当银样镴枪头。"

游七嘿嘿笑着,又问:"你呢?"

郝一标答:"俺昨夜已开过荤,你们且玩着,我在厅堂里喝酒,听妙兰唱曲,等你们出来吃后五道热菜。"

鼓打三更,夜凉如水。罩在朦胧月色里的北京城,除了极少数酒楼歌榭还在酒醉红帷弦歌不绝,大街小巷已是阒无人迹一片寂静。偶尔一两声狗吠穿过参差不齐的屋脊,在夜空中远远地荡开,更让人感到帝京的肃穆。

此时此刻,童立本还没有入睡。他木桩似的站在小院里举头望天,但见浮云掩月月穿浮云,幽邃的夜空变幻不定。一袭一袭凉风吹来,夹带着一股一股臊臭味。京城虽说是遍地公侯,宝马香车抬眼即见,但街衢几无公厕。繁华闹市因有兵卒巡逻夫役打扫,卫生状况尚可,但无人管理的背街陋巷,人们随处方便,秽臭溢满沟渠,行人至此无不掩鼻逃遁。童立本所住的羊尾巴胡同便处在陋巷之中,所以臊臭难免。但此时的童立本似乎是视觉、嗅觉、听觉一概失灵,他只是痴痴地站着,脑子里迷迷瞪瞪如同一盆子糨糊。

却说天黑尽时老郑回来说的那席话,把个童立本听得如五雷轰顶。他知道自己向来穷酸,没本事巴结人,却万万没想到一个六品京官堂堂的礼部仪制司主事,在那些奸商眼里竟然是狗屎不如。他感到这是平生从未受到的奇耻大辱,气得脸上五官挪位,胸中一股燥热直冲喉管,嘴一张,竟噗地喷出一口鲜血。

"老爷!"

桂儿与老郑吓得齐声尖叫,桂儿从袖里摸出手袄儿要为童立本擦拭嘴边的鲜血。童立本推开她,自己用手抹了一下嘴角,一跺脚,突然又仰面大笑起来,这凄厉的笑声让人听了毛骨悚然。桂儿与老郑两人惊恐万状,看着童立本翘在空中一抖一抖的花白胡子。桂儿颤抖着问老郑:

"老爷是不是疯了?"

老郑也不知所措,只跪在地上,抱着童立本的脚一声一声地哭喊:

"老爷,老爷呀!"

童立本突然停住笑声,喘了一阵粗气后,伸出手来,一手拉了桂儿,一手拉了老郑。两人只觉童立本的手指寒凉若冰。见他平息下来,桂儿的心略略安定,强忍哭泣说道:

"老爷太饿,贱妾去替您熬粥。"

"慢着,"童立本终于吐出两个字,他低下头,望着双双跪在膝前的侍妾与老仆,凄然说道,"当了二十年的朝廷命官,直到今天,老夫才豁然明白,我既非铜大人,也非铁大人,更非银大人、金大人,我只是一块不讨人喜欢的狗骨头。明白了就好,明白了就好哇!"

说着,又是一阵狂笑。

这笑声刀子一样扎人。老郑累了一天,气力虚脱,已是哭不出声来。桂儿欲哭无泪,只是哀哀求道:"老爷,求求您不要笑了,您吓着奴家了。"

童立本的笑声戛然而止,他低头看着桂儿,一向冷漠刻板的脸色忽然变得柔和起来。他伸出枯树枝一般的手指替桂儿拭去满脸泪痕,嗓音沙哑地喊道:

"桂儿!"

"贱妾在。"

桂儿仰着脸,童立本抚摸着她蓬乱的头发,爱怜地问道:"你来童家多少年了?"

"十二年。"

"对,十二年。八年丫环,四年侍妾,未曾过上一天舒心日子,老夫对不住你。"

"老爷,您这是啥话……"

不待桂儿说下去,童立本打断她的话继续说道:"常言道,贫贱夫妻百事哀。其实可哀之事,何止百件,千件万件都有啊,桂儿,着实难为你了。"

"老爷,您今儿是怎么了?"

见童立本说话有些不对头,桂儿心下又慌了起来。但童立本此时已撇过她,把眼光转向另一侧的老郑,问道:

"老郑,你跟老夫多少个年头儿了?"

"回老爷,十六个年头儿了。"老郑答。

"光阴荏苒啊,老郑你说是不是?"童立本凑近老郑,几乎是脸挨脸说道,"记得在登州你来我府上时,才五十挂边。那时多壮实呀,一拳头能打死牛,一顿还能吃八个烧饼。如今牙也掉了,背也驼了,眼也花了。老夫也没得烧饼给你吃了。"

老郑凄楚答道:"老爷,小人是穷人出身,什么苦都能吃,只是老爷您受这等折磨,小人心里委实难受。"

"老郑你越是这么说,老夫越发无地自容。"童立本叹道,"你是天底下最好的仆人,老夫却是天底下最不济的老爷。"

"老爷这话折杀小人了。"

童立本不再回答,只是拍拍老郑的肩头表示谈话结束,然后又掉头问桂儿:

"缸里还有多少米?"

"大约还有两升。"

"去,都煮上,今晚我们饱餐一顿。"

"老爷……"桂儿不挪身。

"叫你去你就去吧。"童立本催促。

"那,明天怎么办?"

"你不用担心,老爷我自有办法。"

桂儿迟疑着,终于还是下厨做饭去了。童立本走进卧室翻箱倒柜找出了二十多枚铜板,他回到堂屋尽数交到老郑手上,吩咐道:

"铜钞就这么多,你去打半斤酒,余下买点卤菜什么的,由你做主了。"

老郑遵命而去。童立本又踱到厢房看看木圈椅上坐着的残疾儿子。

"柴儿。"童立本喊。

"饿。"

柴儿答。方才堂屋里又是笑又是哭闹作一团,柴儿是傻子,并不明白发生了什么,他只是本能地感到恐惧。看到老爹进门,恐惧感没有了,但钻心的饥饿更让他难受。

童立本搬了把椅子与柴儿对坐，说道："再忍耐一会儿，爹有饭有肉喂你。"

柴儿听说有肉吃，竟呜呜地哭起来。童立本只当他是饿狠了，一时找不到语言来安慰，沉重的负疚之感，更让他六神无主。他一边擦拭着柴儿嘴角流出的涎水，一边说道：

"我的好儿子，别哭，别哭，爹给你唱曲儿，好不？"

哭声止了，柴儿有气无力地转动着眼珠子，动了动麻秆样的手，咕哝道："听，我听。"

童立本清清嗓子，低哑地唱了起来：

> 大雨落，细雨落。
> 街上姑儿好白脚。
> 手牵手儿上山去，
> 要把林间松鼠捉。
> 你也捉，我也捉，
> 个个松鼠都溜脱。
> 忽然冒出个胖娃娃，
> 不会哭嚷嚷，只会笑呵呵。
> 个个姑娘爱煞了，
> 都要装进自家箩。
> 胖娃娃忽然开口道：
> 众位大姐不要抢，少啰嗦，
> 吾是吾家小宝贝，
> 唧儿里个唧，梭儿那个梭，
> 你们送吾回家去，
> 吾爹给你们糖水喝。

这首儿歌童立本自小就会唱，柴儿还在襁褓中，童立本就经常唱给他听。后来虽然柴儿痴呆了，童立本这个做爹的感到是自己害了孩子的一生,因此对他愈加疼爱。只要一落空,就会唱这首儿歌给柴儿听。说来也怪,柴儿只要一听到这首儿歌,立刻就会安静下来,脸上的呆傻气也减去许多,眼眶里竟也能溢出让人怜爱的稚气。自来京城之后,童立本再也没有唱过,一来是柴儿已经长大,二来他仕途不顺,心情总没个朗爽的时候。

柴儿虽然近二十年没有听过这首儿歌,但童立本刚一开口,他的眼神看着就变。他的脑子里开始闪现久已泯灭的一些童年印象。一阵笑声,一块点心,一缕阳光……这些支离破碎的回忆,重新让他甜蜜。一俟童立本唱完,柴儿翕动嘴角,说话居然连贯了许多:

"爹,你还唱,我爱听。"

童立本已是口干舌燥虚弱无力,但为了让柴儿多一些快活,他又费力地哼唱起来。这次更像摇篮曲,柴儿耷拉着脑袋,快要睡着了。

这时桂儿做好了夜饭,老郑精打细算,找便宜买回了半斤高粱曲酒,余下铜板买了些卤猪大肠与牛肝,这是旬月以来最丰盛的一顿晚餐。平常都是两口子一块吃饭,老郑先喂了柴儿以后自己再吃。今夜里童立本不要老郑动手,自己亲手添了饭夹了卤菜一口一口地喂给柴儿。待柴儿吃饱,他这才上桌,与侍妾老仆三人一同进餐。席间,童立本有说有笑,似乎什么都不曾发生。他与老郑把盏对酌,还力劝从不沾酒的桂儿也饮了半杯。桂儿与老郑虽觉得老爷的行为有些反常,却也只当是他想通了什么事理而卸去心病。桂儿甚至还以为童立本一定还在什么地方藏了私房钱,明日就会拿出来买粮渡过危机。因此,主仆三人在轻松祥和的气氛下吃了一顿"丰盛"的晚餐,然后又说了一阵子闲话,这才各自安歇去了。

桂儿因连日忧虑失眠困乏得很,加之又喝了半杯酒,因此一上床就睡得很死。童立本却没有丝毫睡意,辗转反侧到了三更天,他蹑手蹑脚爬起来，摸摸索索来到庭院里，看着天边斜挂的下弦月，他站着像个泥人似的。

除了胡椒、苏木给他带来的愤懑与沮丧，白天里发生的另外一件事也令他极度伤心。

却说京察实行之后，像童立本这样的六品京官，要过的第一关就是自述近三年来的秉职情况。行谋是否保善家邦，言事是否苟利社稷；有何等职绩，慷慨任事于法制之内；有何等缺失，毁瘁置君于暗墨之中。如此种种，都得一一道来。童立本虽寡于交际，但听得同僚议论，知道这次京察来头不善，弄得不好就会卷铺盖回家，因此不敢怠慢，仔仔细细磨了几天墨水，才把一份自述写出，交给本司郎官转呈上去。今日下午散班前，郎官前来喊他，说是堂官王希烈找他去训示。吕调阳入阁后，礼部这边临时又让王希烈牵头。童立本进了王希烈值房。王希烈让他坐下，把他的自述退还给他，斟酌说道：

"童大人，你的自述被吏部退回来了。"

"为何？"童立本紧张地问。

"他们认为，你的自述中有语焉不详之处，上月首辅亲自主持东阁会议，讨论皇上生母李贵妃晋升皇太后事，足下在会上固执己见，不肯在李太后尊号前多加两个字，引起首辅不快，这次京察，首辅授意吏部，要追查这件事。"

童立本一听急了，大声申辩道："那次东阁会揖之前，是你王大人亲自授意卑职，要吾坚守朝廷法度，按章办事，不可屈服权势，以名爵诳人，卑职谨遵堂命，如何现在又把这坨屎搭在卑职头上？"

在王希烈眼中，童立本是个吃豆腐都塞牙的晦气篓子，加之迂腐好认死理，一点也不讨人喜欢。但眼下他想利用他，因此也不计较童立本的态度，只一味撩拨道：

"童大人，不是咱王某要和你过不去，你该知道，咱礼部呈上的京察移文中,对你还是肯定有加。"

"那……"

"咱说过,是上头不肯放过。"王希烈用手指了指紫禁城的方向,接着摇摇头,板着脸说,"不要说你童大人,就是咱王某,也做好了削籍回家的准备,因为不肯高抬李太后的身份,为主的是咱!"

"有、有这等严重?"

"比你童大人想的恐怕还要严重。"王希烈连连叹气道,"这次京察,凡是与首辅有过节的,恐怕一个也不能幸免,听说京师十八大衙门,都分到了罢黜降职削籍的指标,三个官员中要去掉一个,六科廊那帮敲了登闻鼓的言官,一个也逃不脱。"

"都撤?"

"撤还是轻的,弄不好还得谪戍充军。"

"大限来临了,大限来临了。"童立本脸色蜡黄,喃喃自语道,"胡椒、苏木折俸,日子已是没法过了,再来京察,这真是前有蛇蝎,后有虎狼啊!"

"童大人,咱现在是泥菩萨过河,自身难保,你就好自为之吧。"王希烈趁机撩拨。

"好,好,卑职知道了,知道了。"

童立本也不知道是如何离开王希烈值房的,也不知道是如何骑上小毛驴的。他神情恍惚回到家中,又听了老郑的一番哭诉,心情更是雪上加霜。这时他的脑海里反复盘旋的就是那句话:"士可杀而不可辱"。圣人之训,岂可不效?几乎就在那一刻,他已抱定了自尽的决心。

不知不觉,谯楼上的四更鼓已是隐隐传来。月影移上闱墙,周遭静谧而朦胧。已经在小院中站了一个时辰的童立本,此时已是万虑皆空。他最后望了一眼幽邃夜空,回身走进了堂屋。

约摸五更天气,睡得死死的桂儿,忽然被一阵寒气刺醒,伸手一摸，身边没有人。老爷分明是和自己一同解衣上床的，深更半夜跑去了哪里？桂儿感到有些不妙，赶紧披衣起床，点了一根蜡烛寻找。寻了两间屋子不见人，走进堂屋，烛光一闪，忽见梁上吊了一个人，吓得她撕肝裂胆大叫一声，仰面跌倒了。睡在厢房照顾傻子柴儿的老郑听得女主人惨叫，慌忙奔了出来，扶起昏厥的桂儿，又摸索着点亮熄灭的蜡烛，这才发现他服侍了十六年的老爷童立本已经悬梁自尽。身上穿的仍是那件灰不灰白不白的青布道袍，胸前挂着两只小布袋，老郑认得，这正是盛装胡椒、苏木的那两只袋子。而老爷的六品官服却被叠得整整齐齐放在案桌上，上头还放着那顶半新不旧的乌纱帽。旁边放了一张写了字的白纸，用镇尺压在那里。老郑认不得字，不知道这张纸上写的正是童立本的绝命诗：

> 沿街叫卖廿三天，
> 苏木胡椒且奉还。
> 今夜去当安乐鬼，
> 胜似人间六品官。

第二十四回

细说经筵宫府异趣　传谕旧闻首辅唏嘘

卯时刚过，一名小内侍就跑来内阁知会张居正，说冯公公在文华殿西室候着，要与他商量皇上经筵事。张居正把手头紧要事向书办作了交代，便趱步过去。

打从小皇上绕过内阁下了两道旨后，这几天君臣未曾见面，但皇上给张居正赏赐纹银实物以及直颁谕旨两件事，同时刊登在最近一期邸报上。这截然不同的两则消息，引起了京官们极大的兴趣。大凡官场中人，都有捕风捉影望文猜度的嗜好，尤其是对权势人物的行止动静，更是密切关注。所以，这一期的邸报，一到各衙门便都争相传阅，不到一天就差不多翻烂了，一些人恨不能从字缝儿里尽行抠出那些"意在言外"的东西。如此这般之后，便广泛得出结论，李太后对张居正已经有些不满了。在李伟、张溶、许从成等王公贵戚与张居正之间，李太后是宁可得罪后者也决计不肯结怨于前者。有了这个结论，官员们对新任首辅的敬畏之感顿时减轻了许多，本来已经当起了"缩头乌龟"的那些人又开始活跃起来。

但张居正本人并不这么看。当他在积香庐里乍一听说那两道旨后，内心着实惶惑了一阵子，但冷静下来慎重思考，他又觉得这并非外人所想象的那种"政治危机"。李太后如此做，并非动摇了对他的信任，而是在国与家两者之间寻求一种平衡。凡朝廷大政，只要不触动王侯勋戚的根本利益而给皇上添麻烦，余下的事情还是听凭内阁处置。因此，皇上下旨只是免去王侯勋戚的胡椒、苏木折俸,而并非尽行更改悉数推翻。还有补吕调阳入阁之事,从内心深处讲,张居正也觉得吕调阳是最佳人选,因为他所需要的阁臣是助手而非对手。吕调阳与高仪为人处事差不多,都是远离朋党案牍劳形的人物。他之所以在推荐手本中把吕调阳列在第三,是因为杨博、葛守礼都是三朝老臣,资望远在吕调阳之上,从礼仪与舆情上都不得不这样排位。谁知歪打正着,李太后硬是帮小皇上挑出了这位位居末席的吕调阳。虽然各有心思,结果却是一样。从另外一个角度,这件事也消除了张居正的担心,那就是皇上增补阁臣并没有另辟蹊径,而是仍在他举荐的人中选出一个。这般思考下来,张居正重又恢复了那种"挟泰山以超北海,舍我其谁乎"的心态,让王篆把王之诰、王国光两位心腹大臣连夜召来积香庐商议如何渡过难关。免去在京王侯勋戚的胡椒、苏木折俸,得拿出两万多两现银来,这笔钱怎样尽快筹集拢来,是王国光的事。张居正认为真正棘手的事,是王崧之子刺死章大郎。若让王崧之子杀人偿命,必然得罪士林,因为大家都觉得王崧死得冤。若对王崧之子从轻发落甚至宣判无罪,又会得罪邱公公甚至李太后。通过上次会面言谈,张居正发觉李太后虽然雍容大度精明过人,却也仍难摆脱女人的通常毛病——生性多疑,以情代理。这件命案若处置不当,保不准就会真的结怨于李太后。二王知道张居正的难处,王国光叹道:"这件事要做到菜刀切豆腐——两面光溜,确非易事也。"王之诰手托下巴想了半天,说:"这事儿我看只有一个法子,那就是拖。"见张居正投以询问的目光,王之诰接着说道:"眼下京城乱攘攘一片,这时候做啥事都会有人站出来横挑鼻子竖挑眼,惟一万全之策,就是拖。当年嘉靖皇帝要杀海瑞,三法司问谳会审就用了一年多时间,时过境迁,当事人慢慢淡忘这事儿,解决起来就容易多了。办案的人要是性子急,十个海瑞都没命了。"张居正心领神会,同意王之诰如此办理。这些时,单从面上看,刑部处理王崧之子杀人案积极得很,不但议定了三法司会审办案的人员,而且天天都有奏章呈进宫中禀报进展……

经过如此周详的谋划,虽然京城各衙门口风嚣杂,但张居正始终控制着大局。这两日,他思虑着如何写揭帖求见皇上,没想到冯保先通知他会面。他知道这次会面定有许多要紧事谈,因此立即搁下手头事情,前来赴会。

此时整个大内悄没人声,白晃晃的阳光映照着文华殿黄色琉璃瓦的大屋顶,再反射到周围的花丛秀树,愈觉葱翠炽亮。砖道上,偶尔有巡街内役走过,他们都经过严格训练,步子不疾不徐且无多大响动。每日窝在值房中忙昏了头的张居正,根本没有闲暇观赏繁茂秋景,这会儿沿着文华殿侧花圃前行,林荫夹道清风徐来,特别是当他看到满园子的鸡冠蜀葵罂粟凤仙乌斯菊等都在争奇斗艳逍逍遥遥地开放,不觉有了一种樊鸟出笼的感觉。他揉了揉酸胀的双眼,提起小腹做了几次深呼吸,顿时又觉得精神气儿格外地旺盛起来。

大约离文华殿西室还有百十步路,只见候在门口的张宏撒着腿儿跑上来跪下磕头,口中说道:

"奴才张宏恭候首辅大人张老先生,冯老公公在屋子里候着您老哪。"

这张宏二十多岁就已混到了腰悬牙牌的司礼监值房太监的地位,在内侍里头,也算是春风得意了。他到内阁传过几次信,张居正已经认识了他。但不知怎的,他觉得这个人过于乖巧,因此并不喜欢。这会儿他示意张宏起来,敷衍着问:

"冯公公来了多时了吧?"

"也才刚刚到。"

答话的不是张宏,而是站在西室门口的冯保。只见他穿着一件豆青坐蟒贴里,衣料细薄柔和且很有坠性,一看就是上乘丝品。

他是听到张宏的声音,才从西室中走出来的。张居正走上前去,夸赞道:

"冯公公这件贴里的料子真是讲究,穿起来很有大家风度。"

"这是七彩霞今年新进的面料,咱试着做了这一件,瞎穿而已。"

七彩霞?张居正一听这店号,马上就想到那个郝一标。今早出门前,游七向他禀报,说昨夜与郝一标见了面,郝已同意挂牌收购胡椒、苏木,这应该是一个喜讯,那些口口声声说卖不出胡椒、苏木的人,现在可以闭嘴了。张居正素来不肯同那些富商巨贾打交道,但这会儿情形不同。接了冯保的话,他笑道:

"听说七彩霞的老板郝一标,是个生意精。"

"不是生意精,哪能做出这么大的场面?"冯保看似随话搭话,其实另藏深意,"咱内廷制衣局,都不如他呢。"

"内廷在江南有好几个织造局,难道还没有他郝一标的货色齐全?"

"真是没有。前几日,李太后想制几件换季的秋裳,咱吩咐从制衣局调了十几种面料,又从七彩霞选了几种。结果,制衣局呈上的面料,李太后只看中了一种,倒是七彩霞的面料,送上的五种她看中了四种。你看看,这个郝一标是不是会办事?"

"哦。"

张居正心中格登一下:"这郝一标又攀上李太后了?"顿时觉得此人不可不防。

冯保此时又道:"这郝一标虽然腰缠万贯,却也是道义中人。咱听说他已答应挂牌大量收购胡椒、苏木,这是平息京官怨愤的善举。"

"是啊,古人言盗亦有道,何况商贾。"

张居正回答得轻描淡写,他不想在这件事上与冯保过多讨论。

　　说话间，两人已来到西室中坐下。张居正一眼瞥见冯保面前茶几上摆放着一只盛装奏疏的红木匣子，心里想着那里头究竟放的是什么。

　　两人坐下，还来不及呷茶，张宏就跑进来禀道：

　　"奴才得冯老公公之命，已着人把值殿监、尚衣监、钟鼓司三衙门的管事公公都请了来，现都在门外候着。"

　　"让他们进来。"冯保吩咐过，又对张居正说，"今日请先生来，就是商量皇上经筵的具体事项，首先是文华殿陈设的添制与修缮，所以请了几位内局的管事牌子来合议……"

　　冯保话未说完，张居正脸上的笑容就凝固了。他心知肚明，今儿个这个会，牵扯的必定又是花钱的事儿。

　　经筵，就是给皇帝进讲经书。之所以加一个"筵"字儿，皆因讲完书后，皇上一般都要给讲官及陪侍大臣赐一顿丰盛的酒馔——这顿饭同平常的赐宴不同，不但参与的臣工可以吃，他们还可带夫人前来同吃，甚或轿夫班随，都可以入席。不但可以吃，还可以拿，不但可以拿食品菜肴，还可以拿食具酒器。京官们有一句口头禅叫"吃经筵"，莫不引以为幸事。因此，举行经筵，在君臣两方面都是大事。

　　自永乐皇帝以来，历代皇上的经筵，每年举行春秋两次，春二月至四月，秋八月至十月。每月大讲三次，逢二进讲，称为大经筵；每天还有日讲，称为小经筵，已成定制。大经筵最为隆重，每次进讲官两名，一讲四书，一讲经章。讲本都得提前写好，由内阁审阅后再转付中书缮录正副各二本，先一日送进司礼监呈至御前。经筵循例都在文华殿举行，皇上出经筵的头天晚上，文华殿内宝座地面之南，左右各设金鹤香炉一只，左香炉之东稍南，设御案讲案各一，皆西向。案上各置所讲之书稿，压以金尺一副。经筵之日，除近侍内官及当日讲官外，一应勋臣及内阁学士、六部尚书、都御史、大理寺卿、通政使、鸿胪卿、锦衣指挥使以及四品以上写讲本官都要陪侍参加，都要穿绣金绯袍，这是一等的。二等者是展书翰林、侍仪御史、给事中、序班鸣赞等官，都穿元青绣服。卯时三刻，皇上从乾清宫起驾，一路鸣鞭，由二十名大汉将军导驾至左顺门。皇上于此更换朝服，然后再入文华门进文华殿。这一路上，都有先期到来的参加经筵的官员跪迎。皇上入殿之前，先有四十名金瓜卫士进去，负东西墙而立。皇上升座后，众官员在鸿胪寺鸣赞官的引领下依次入殿序班行礼，然后各就各位。这时候鸣赞官唱喏："进讲官出列——"进讲官站出来，鸣赞官又唱："展书官出列——"展书官出至地平，膝行至御案前，展四书讲章……

经筵之创设，本意是给皇上讲经书学问治国之道，发展到后来，竟成了一种仪式，繁文缛节不必细说，极尽奢华铺排之能事。张居正觉得这是陋习，想恢复永乐时期的讲求实效的经筵风格，但方才冯保提了个头，他就知道小皇上的经筵又得水行旧路了。

说话间值殿监、尚衣监、钟鼓司三位管事牌子已进到室内，对着坐在上首的张居正与冯保一列儿跪了。冯保让他们觅凳儿坐下，清咳了咳，说道：

"前几日，为万岁爷出经筵的事，老朽找你们几位议过。这件事，李太后有旨，今秋经筵，是万岁爷登极后的第一次，要规制得像个样儿。凡用的仪式，要添置的物件，都得想周全些。今儿个奉李太后之命，老朽请来了首辅张先生，你们做奴才的，都要把各自要办的事向张先生禀报奏实，都听明白了？"

"奴才明白。"三位太监一起欠身回答。

"好，那就分头说吧。"冯保在太监们面前，举手投足尽显威严，他伸手指了指值殿监管事牌子，"王公公，你先说。"

王公公四十来岁，一看就是个笃实办事儿的人。值殿监管各殿清扫陈设。王公公也不绕弯子，开口就道：

"文华殿里的陈设,遵李太后懿旨,凡该更新的一律更新。奴才查点了一下,大部分物件库中都有备件,但需重做的也有四件。一是御案,这得用黄梨木,四角包金;一是讲案,也是用黄梨木,四角包银;还有就是金交椅、金脚踏,金交椅承祖制,奴才不赘言,金脚踏高一尺二寸,宽两尺,长三尺,这两样都得用纯金。"

"金脚踏?"张居正一时没有会意过来,问道,"哪里用的?"

王公公答:"御案御椅的制作有定规,不可更改。但那是根据成人设计,当今万岁爷若是坐上去,两条腿会悬着着不了地,所以,御椅底下,须得有脚踏。"

"那也不必用金子制作呀。"张居正突然提高嗓门。

"这……"

王公公支吾着,拿眼觑着冯保。冯保嘿嘿一笑,调侃地说:"老朽听说京城里头一些有钱人物,用的夜壶都是金制的,万岁爷钟鸣鼎食帝王家,用只金踏凳也只是平常事。"

张居正只觉得心火一蹿一蹿的难以遏制,但他到底还是忍住了,只平静地问:

"这得用多少金子?"

"大概得两百斤。"王公公答。

"张先生,太仓中有吗?"冯保问。

张居正难堪地摇摇头。冯保也不再追问,又用手指了指尚衣监管事牌子:

"胡公公,轮到你了。"

胡公公抬抬屁股算是礼敬,一开口,那副娘娘腔哆得出奇:"奴才管的是万岁爷的穿戴。万岁爷出经筵,按规矩得穿衮冕玄衣纁裳。这套章服的规格,嘉靖八年就定下了。头上的冠制是圆框乌纱帽,顶上有覆板,长二尺四寸,宽二尺二寸,玄表朱里,前圆后方。前后各七彩珠玉十二旒,用黄赤青白黑红六色玉制成玉珩、王簪,导以朱缨等，遮耳处则用两颗蜜枣儿大小的祖母绿大玉珠，这是帽子。再说衣服，底色是玄色，底色上头还得织出六色来。日月在肩，各径五寸，星山在后，龙华在两袖，长不掩裳。章裳是黄色，七幅。前三幅后四幅，连属如帷。上头的刺绣也是六章，分作四行，火宗荇藻为二行，米黼黻为二行。中间用单素纱做衬。领是青绿领，织黻文十二道。蔽膝与裳色一致，以罗为之。上绣龙一条，下绣火二道，系于革带。革带前用玉，后无玉，以佩绶系而掩之。朱袜赤鞋，黄绦玄缨，结圭白玉。玉上刻山形……"

"好了好了，"冯保大约看出张居正已经听得不耐烦了，便打断了胡公公的话，"这套章服怎么承制，你依规矩就是，你只需说，这套衣服要花多少银子？"

胡公公咽了口唾沫，他很遗憾不能把话说完，抖不出肚中的学问，这会儿舔了舔嘴唇，答道：

"光那两颗大祖母绿宝石，就得八千两银子。"

"一套制下来呢？"

"两万两银子。"

"唔，知道了。"冯保又转向钟鼓司管事牌子，"刘公公，现在该你说了。"

自那一次小娈童事件发生后不久，冯保一出任司礼监掌印，头一个就把钟鼓司值事李厚义撤换下来，把他发配到南海子种菜，让这位叫他向左不敢向右的刘公公接任。今天来的这三个太监，就他资历最浅，所以，轮到他说话时，就显得分外拘谨：

"万岁爷出经筵，摊到奴才名下的差事，就是朝乐。第一次大经筵，得用大乐。须得乐工四十八人。分工是引乐二人、箫四人、笙四人、琵琶六人、箜篌四人、杖鼓二十四人、大鼓二人、板二人。这四十八名乐工的穿戴，都是戴曲脚幞头，穿红罗生色画花大袖衫，系涂金束带，脚上是红罗拥顶红结子皂皮靴。乐工的训练，前几日就已开始，只是有些乐器得添置，还有那四十八套行头，也得赶早儿备下。"

"这个花不了多少钱，撑破天二千两银子。"冯保一副"些许小事何足挂齿"的神态，"你们三位，把要添置的物件儿、所需银两，都填单儿写好报上来。"

"回老先生，小的们都填好了。"

王公公带头摸出加盖了值殿监关防的报单，余下二位也照样做了。冯保接过看了看，说：

"没你们的事儿了，去吧。"

三位公公磕头而退。冯保把那三张报单递给张居正，张居正认真看了一遍，说：

"这几样开销加起来，又得五万两银子。"

"该省的咱都省过了，这些是省不下来的。"冯保说着叹了一口气，"张先生你也知道，隆庆皇帝登极后第一次出经筵，总共花了三十万两银子。除了文华殿修缮，主要是用在赏赐上。凡参与者都有程度不等的颁赐。这一回，虑着太仓空虚，老朽向李太后建言，一应赏赐就免了，总开销只打到十万。"

"这十万两银子也很难筹到啊。"

张居正手抚额头，心里头谋算着这笔开销。他原意是想说服皇上，今秋的经筵不搞排场，节约从事，为天下官民树立个清廉简朴的圣君形象，但现在看来，显然还不是说这话的时候。那两道绕过内阁的谕旨，始终是他心中的两道阴影，这一疙瘩不解开，他做任何事都只能取个守势。他这么思虑着，冯保又在一旁说话了：

"张先生，咱就不相信你十万两银子也筹不到。户部上次给皇上奏请胡椒、苏木折俸的题本中，不是说只需二个月，今年的夏税就可陆续解京么？"

"银子还没到，等着用银子的请示移文，户部已接了一大摞。"

"这个我相信,但任何时候,为皇上用钱天经地义就该摆在第一。"冯保突然戗起来,接着口风一转,委婉说道,"张先生,咱俩也不是外人,关起门来说话没人听见。你说说,当时太仓里只有二十万两银子,高拱宁可得罪朱衡,不付潮白河的工程款,也要用来给李太后置头面首饰。他能这样做,你为何不能?"

张居正只轻轻地"嗯"了一声,沉思有顷,才答道:"多谢冯公公提醒,前事不忘,后事之师,只是户部那头,的确困难甚大。"

"户部?"冯保冷笑一声,伸手打开茶几上的红木匣子,取出一份奏疏递给张居正,说,"这是弹劾王国光的本子,你先看看。"

国朝公文制度:公事用题本,私事用奏本。题本亦分两种,以衙门堂官领衔呈上称为公本,以个人名义呈上称为手本。每种奏章行文方式及用纸大小规格皆有定制。现在冯保从匣子里拿出的是六扣白柬、长约七寸的折子,一看就知道是手本。

张居正接过手本翻开一看,是南京户科给事中桂元清呈奏的,就胡椒、苏木折俸一事对王国光进行严厉弹劾。大意是说王国光出掌户部,不思进取思虑如何开源取银充库,反而自图省便,以库中积年陈货胡椒、苏木折俸,导致两京官员宦囊羞涩,竟日为生计奔波,怨声不绝于途。值新帝登基之初,出此下策,实乃离间君臣,涣散人心。政府无所作为,朝廷体面尽失。因此恳请皇上,对王国光追伐罪责,以求正本清源收揽人心。

张居正把这个手本认认真真览阅一遍,脸上看不出任何表情,既不显得慌张,也没有看出生气。因为这一切都在他的预料之中。宦海生涯几十年,他一直处在政治斗争的漩涡,哪能看不透这里面的伎俩。大凡对手要想扳倒朝中某位重臣,必欲先让级别较低的言官写一份弹劾奏疏上呈御前试试风向。如果圣意反对,则不过牺牲了一个马前卒。如果圣意犹豫,则让级别稍高的官员题本再上;若圣意仍是不决,则再让高官上本,直至目的达到方鸣金收兵。

现在,对手首先让南京方面的言官发难。如果有隙可乘,第二步肯定是北京的言官出面了,跟在后头的,还有十三道御史,十八衙门堂官佐贰。这一套把戏虽然简单却行之有效。张居正心下清楚,此事是否有个圆满解决,关键要看李太后的态度。

"张先生,本子读了,您有何想法?"冯保问。

张居正答道:"这些人借胡椒、苏木折俸闹事,本意是离间君臣关系,反对京察。"

"老朽也是这样看的。"冯保嘴角浮出一丝不易察觉的刻毒笑意,说道,"张先生,只要太后和皇上对你信任不疑,随那帮乌鸦嘴怎么聒噪,也伤不着你一根毫毛。"

这话明是关心,暗含威胁。张居正不接这个话茬,只是说道:"仆正想写帖进去恳求晋见皇上。"

"皇上也想见你。"

"啊?"

"但这几日见不着。"

"为何?"

"李太后不让见。"

绕来绕去终于绕上了正题。张居正担心地问:"冯公公,李太后对仆有了看法?"

"这,奴才不知。"冯保耍滑头。

"李伟他们告状,李太后好像很生气。"

"啊,这倒有一点。所以,咱让你学学高拱嘛。"冯保意味深长地说道,"今天咱来见你,除了经筵的事儿,再就是来传李太后的旨意。你代太后为《女诫》一书作的序,太后很满意。这两天五千册书就会印好,分发到在京各衙门以及全国各府州县。昨天下午,太后在东暖阁讲了一个故事,让老朽讲给你听。"

"啊?"张居正又是一惊。

冯保想了想，说道："这个故事讲的是唐朝的玄宗。这位皇上体谅大臣，宾礼故老，特别尊重姚崇。每次晋见，玄宗都会亲自把姚崇送到门外。后来，玄宗升姚崇为宰相。这姚崇为人谨慎，一天，趁玄宗接见他，他就一个郎吏的序升问题向皇上请示。玄宗一双眼睛望着殿中楹柱，看也不看姚崇一眼。姚崇再三言之，玄宗就是不表态。这一下姚崇慌了，很狼狈地退出大殿。待他一走，侍立丹墀之下的高力士奏道：'陛下初承鸿业，宰臣请事，应当面言可否。而姚崇再三请示，陛下一言不发，也不拿眼看他，臣恐姚宰相必定大惧。'玄宗听后答道：'朕既然升任姚崇为宰相，碰上大事他应该来奏，朕与他共决之。如郎署吏秩甚卑，他姚崇就该独自决断处理，何必来烦我呢。'高力士听罢此言，瞅空儿跑到姚崇值房，把圣意告诉了他，姚崇一颗忐忑不安之心这才安定下来。自此大事上报，小事独决，真正地做到了替皇上分忧，成为一代名相。"

听罢这段故事，张居正心中涌出一股暖流。此中深意，不言自明，玄宗与高力士的态度，比之今天，就是李太后和冯保的态度。也就是说，由于李太后的信任与冯保的斡旋，他这个首辅应该勇敢担当起摄政的责任。张居正顿时如释重负，肃然动容说道：

"方才冯公公传达李太后所讲故事，典出唐人李德裕的《次柳氏旧闻》。于此可见李太后读书之宽，学问博洽。"

"李太后在宫中好读书，最喜爱的是两种书，佛经和史著。读书做到了一日不辍。"说到这里，冯保又问了一句，"张先生，李太后讲的故事，你可明白了？"

"臣下明白，"张居正仿佛是在直接回答李太后的问话，故态度恭谨，"感谢李太后与皇上对下臣的信任，也感谢冯公公足德怀远，鼎力相助。"

"老奴只做了分内之事，用不着感谢，"冯保谦逊了一句，接着说，"桂元清这折子如何处置，你回去拟票进来。杀鸡给猴看，不要手软。"

"太后与皇上如此信任下臣,居正纵肝脑涂地也无以报答。"

张居正说着,禁不住哽咽起来。

"张先生的忠心,老奴回去就奏明太后与皇上。"冯保说到这里,待张居正情绪稍稍稳定,又问道,"经筵的事,咱如何回复太后?"

"所需银两,仆尽快筹措。"张居正回答得很干脆,看到冯保大大松了一口气,他又说道,"不过,仆还有一个建议,请冯公公转告太后。"

"好哇,啥建议?"

"皇上第一次出经筵,兹事体大,恐怕得慎重选择一个黄道吉日。"

"张先生提得好,太后就信这个。"

说罢,两人都心照不宣地大笑起来。彼此刚要拱手作别,忽见张宏领了东厂掌作陈应凤进来。

"你怎么来了?"冯保惊问。

陈应凤跪地禀告:"冯公公,小的特来知会,礼部仪制司主事童立本上吊了。"

第二十五回

办丧事堂官招数恶　抨时政侍郎意气昂

一大早,王希烈的大轿子刚抬到礼部,立刻就有司务官纪有功上前禀报童立本上吊自尽的消息。

"死了?"王希烈问。

"死了。"纪有功答。

"死在哪?"

"家里。"

"唉,寻短见干吗?"

王希烈嘟哝一句,再不说二话,背着手走向自己的值房。前几日吕调阳入阁后,虽然名义上他仍挂着礼部尚书,但每日到内阁上值,已不大过问这边的事儿,王希烈这个左侍郎又临时负起全责来。这名不正言不顺一会儿管事一会儿"让贤"的堂官,不晓得让王希烈多憋气,他直感到石头缝里射箭——拉不开弓。

隆庆皇帝病重期间,王希烈就被高拱派往天寿山督修隆庆皇帝的陵寝。按本朝惯例,这是一个升官的信号。其时高仪已入阁,他所担任的礼部尚书照例不应兼任。已担任礼部佐贰官三年的王希烈,自以为督修陵寝归来,即可升任尚书。谁知其间高拱去职,高仪去世,礼部尚书一职竟给了本无竞争力的吕调阳。王希烈因是高拱线上的人,对张居正本就没什么好感,这一来意见更大。那天晚上假座薰风阁聚饮,就有意联络魏学曾寻衅滋事,铁定了心与张居正作对。

这些时他可没少活动,一是联络一班官员凑份子给武清伯李伟送礼,怂恿这个见钱眼开的老国丈入宫告刁状,这一招可说是收到了立竿见影的效果。那道给王侯勋戚免去胡椒、苏木折俸的谕旨到了户部,王希烈可谓欣喜若狂。与此同时,他又利用乡谊去信劝说南京户科给事中桂元清上疏弹劾王国光,这本子也送进了宫中。其间,他还与魏学曾一起去王崧家中抚慰,痛骂章大郎的凶蛮无理,激起王崧之子王岩的愤怒,在章大郎出狱之日,不惜以身试法,替父报仇刺死了章大郎。这一连三件事的发生,的确给张居正带来了巨大的麻烦,王希烈的目的就是要离间君臣关系,让李太后与小皇上对张居正产生怀疑,从而达到把他逐出内阁的目的。

前几天,魏学曾向他透露,吕调阳入阁后,吏部议荐了三个人接替他,打头的第一个就是他王希烈;第二个是从詹事府詹事的任上已退下来十八年的陆树声,此人是士林中清流领袖,这是吏部推荐的理由;第三个是现任南京礼部左侍郎的万士和。和后两人比,王希烈觉得自己有优越之处,这就使得他本来已经落寞的心情重又兴奋起来。但他知道皇上幼小,此中起决定作用的还是张居正,因此又不做多大指望。他的一帮朋友与部属,却劝他暂忍一口气,把职务扶正再作打算。他想想也有道理,大丈夫能屈能伸,该低头时就得低头。前天夜里,他坐一乘小轿,携了贵重礼品偷偷摸摸来到纱帽胡同张学士府府邸拜谒。原想捐弃前嫌重新修好,以期能得到他久已垂涎的大司伯一职。没想到张居正拒见,让管家游七丢出一句话来:"若谈公事,明日去内阁朝房,若谈私事,首辅无私事可言。"说罢,狗眼看人低的游七,也昂头一丈转身离去,把他堂堂一个礼部佐贰晾在轿厅里。他当时气得四肢冰凉,五官挪位,吼了一句:"回轿!"

自吃了这个闭门羹,王希烈已是去尽最后一点侥幸心理,发誓要同张居正拼个鱼死网破。因为他知道,这次京察带给自己的下场,不外乎两个,轻则外谪,重则削籍。从对高拱的处置来看,后者的可能性更大。事情既到了这个地步,想不通也得通。这两日他像吃了狂药似的,不知疲倦地四下活动。还真不能小瞧他,京师大臣中,像他这样能够兴风作浪的,委实没有几个。

却说他前脚刚进值房,纪有功后脚就跟了进来。他本是王希烈的心腹,所以被安排到司务一职,负责本衙各司间的协调,一应上传下达的事儿也都该他负责。因这层关系,他见堂官的礼节也就随便一些。

"你还有啥事?"王希烈坐下问。

"有,"纪有功站在案前,请示道,"有两件事,一是泰山提举杨用成昨日到京,他是来京向户部交纳泰山的香税钱。有些账目,在同户部核对之前,想先征询部堂大人的意见。"

"账目有问题吗?"

"大问题也没有,但有一笔开销,大约有五千多两银子挂在账上,一时还无法冲销。"

"做什么用的?"

"是今年四月,李太后派慈宁宫邱公公前往泰山为先帝禳灾祈福,花掉的礼品钱。"

"啊,有这等事?"

"杨用成就这么说的。"

王希烈觉得这里头有戏,当即下令:"你去告诉杨用成,今儿下午,到这里来见我。"

"是。"纪有功点头哈腰,接着说,"第二件事,是朝鲜国的特使,昨日已在京南驿宿下,陪同官派人来请示,何时进京面圣。"

却说万历皇帝登基后,邻近一些外域的国王或番主都派特使前来恭贺。此前安南、西凉等地番王已先后进京,盘桓几天就打发走了。听说暹罗、老挝等国的特使也已上路,正在进京路上。这朝鲜国仰我天朝,世代友好,睦邻关系更进一层。该国特使每次进京,皇上都要接见两次,并赠送诸多礼品。这次前来朝觐恭贺,更是不能怠慢。循常例,外国特使到京,礼部都要派专员陪同,住专门接待外国使者的会同馆,吃皇上恩赐的鸿胪寺大宴,然后游览名胜,置办礼物。一应开销,由礼部报单户部拨款,这次也不能例外。王希烈把这事儿掂量一番,觉得这里头的"戏",比杨用成那里的戏份还要足,于是兴奋地问道:

"特使来了几个,带了些什么?"

"特使就一个,但跟班儿的有二十多个人,礼物有两大车,有马尾丝、螺钿、老山参什么的,都是朝鲜的特产,听说还有一只猫。"

"猫? 什么猫?"

"小的只是听差官言说,也未见过。这猫也没啥好名字,直直儿就叫猫王。"

"猫王? 它何以称王?"

"听说每日夜间,把关着猫王的笼子搬到屋子里来,第二天早上起来一看,这笼子四周,密匝匝儿都是伏着的死鼠。"

"这是咋回事?"王希烈惊愕。

"这就是猫王的厉害,"纪有功虽是道听途说,却像真的看见过一般,起劲儿渲染道,"它根本不用出笼去捕抓什么,只要蹲在那儿,附近的老鼠都会主动跑到笼子跟前来,见着它就吓死。"

"这才是大千世界,无奇不有。"王希烈感叹道,"这礼物送到小皇上跟前,他还不要喜得跳起来。"

"是啊,朝鲜特使会办事。"纪有功随声附和。

王希烈兴奋得满脸通红,示道:"你去告诉差官,今天就让朝鲜特使进京,一应如仪。接待费用嘛,你详细造个单子,到户部要去。"

纪有功搔搔脑袋,忧心说:"听说户部没有钱,里里外外演的是空城计。"

"这不是你管的事儿,"王希烈横了纪有功一眼,"你的任务是造好报单,到户部要钱。"

"是,小的这就去办。"

纪有功挪转身,刚要出门,王希烈又把他喊住,说道:

"给我备轿,去童立本府上。"

半上午时分,秋高气爽的北京城熙熙攘攘热热闹闹一如往昔。王希烈乘着八人大轿,带着礼部一帮官员各乘官轿像示威似的,浩浩荡荡来到童立本家。顿时,童立本所住的羊尾巴胡同被各色官轿塞满,引来不少街坊邻里驻足围观。

童立本的侍妾桂儿,早已哭哑了嗓子,这会儿躺在床上起不来。坐在木圈椅上的童从社,傻乎乎地嚷着"饿",并不明白父亲的死是怎么回事。里里外外,只苍头老郑一个人忙,以致王希烈一帮官员拥进门来,既无孝子还礼,也无半点哭声。这情形反倒比合规合矩的丧礼更觉凄惨。这些官员虽然都是童立本的多年同事,但谁也没有来过他家,乍一看这股子穷酸光景,四壁萧然,蛛网联窗,里里外外没有一件像样家具,顿时心里都酸楚得不得了。再听老郑一把眼泪一把鼻涕说了童立本寻死的前后经过,大家更是难过。王希烈当即倡议大家凑份子钱来帮助料理童立本的丧事,并带头捐了二十两银子。众官员不拘多少,你十几两,他三五两,竟也凑出了一百两银子。王希烈又指示礼部仪制司的几位吏员说:"你们是童大人的属下,童家没有人,这丧事就由你们来操办。我看先布置个灵堂,让前来吊祭的人有个落脚处。你们还要花钱请几个哭婆子来,本官听说,哭是很有讲究的,你们务必请几个会哭的,要哭得昏天黑地,撕肝裂肺那才叫好,并且要保证一天十二时辰哭声不断。另外,再请一班吹鼓手,有人来祭奠,就大奏哀乐。童立本在礼部这些年,没过几天舒心日子,因此丧事尽可能办得隆重,以慰他的在天之灵。"想了想,王希烈又补充说,"当下最要紧的还有一件事,就是以他儿子的身份写一份讣告,遍告在京各衙门官员。要把童立本的苦处写得淋漓尽致,以争取更多官员的同情,都来捐助点银两,给童立本留下的孤儿寡母弄点赡养费,使他们不致冻馁而死。这些事都务必做好。"王希烈说完,准备起轿回衙,忽见苍头老郑把半死不活的桂儿扶了出来,朝王希烈面前一跪,气若游丝地说道:

"部堂大人,奴家有份东西给您。"

"什么东西?"王希烈俯身注目。

桂儿从怀中摸出一张纸,王希烈接过,原来是童立本的绝命诗。王希烈吟哦一遍,顿时如获至宝,让在场官员传阅。众人看了,好一阵窃窃私语。王希烈看出大家的不满,趁机抖着那张纸说道:

"你们看看,这是胡椒、苏木折俸以来,死的第三个人。第一个是储济仓大使王崧,第二个是章大郎,童立本童大人是第三个。这是谁的罪过,谁的呀?"

屋子里鸦雀无声,大家心里明白王希烈矛头指向的是谁,但谁也不敢接这个茬。这时候,一直跪在地上的桂儿又呜呜地哭起来,王希烈赶紧把她扶到椅子上坐下,关切地问:

"童夫人,童大人死时,除了这首绝命诗,可还有遗言?"

桂儿木讷地摇摇头。苍头老郑在一旁小声答道:"部堂大人,咱家主人死时,是把那两小袋胡椒、苏木挂在脖子上的。"

"看看,看看,这就是遗言,"王希烈情绪激动,义愤填膺说道,"童大人遗嘱,要把胡椒、苏木退还给户部,咱们不能拂亡人之意,王得才!"

"小的在。"

一个四十来岁的矮胖子从人缝儿中站了出来。此人是一个老典吏,在礼部司务手下当差多年。王希烈盯着他,说道:

"你现在就把童大人的这两袋胡椒、苏木,送还给户部。"

"这……"

王典吏知道这是个麻烦事,怕惹火烧身。王希烈看透他的心思,讥道:"你怕担干系是不是? 拿着童大人的绝命诗去给他们看,就说是咱王希烈让送的,你怕什么!"

"小的遵命。"

王典吏退回一步,这时有人小声插话道:"听说七彩霞的老板郝一标,今儿早上贴了告示,大量收购胡椒、苏木。"

"商人有几个是好东西!"王希烈没好气地斥道,"咱宁可把东西丢到粪窖里去,也绝不卖给他。"

"部堂大人说得对,无论如何,不能让铜臭熏染士林。"有人大声附和,"有种的,就学童大人,把这胡椒、苏木,退还给户部!"

"对,退回去,为童大人伸冤!"

众官员的情绪终于被撩拨起来,童家小屋里,已是一片沸腾。

第二天,在京各衙门官员,几乎都收到了如下这份讣告:

诸世伯世叔:

　　家父礼部仪制司六品主事童立本因所领俸禄两斤胡椒、两斤苏木不能变为现钞,生活无着,求借无门,万般无奈,只得含恨于昨夜悬梁自尽。呜呼,六品乌纱,举家如同乞丐;廿载宦海,到头三尺白绫。岂不悲哉,岂不恸哉!

不孝之子　童从社

童从稷　泣告

这份讣告由吏员起草,本司郎官修改,最后送给王希烈亲自审定再行誊抄,然后送达京城各大小衙门。讣告虽短,却相当煽情。

许多官员读后都动了恻隐之心，莫不相邀前往童立本家祭奠。按京城吊仪，每位前往的官员都会送去一道挽幛。灵堂里放不下，就摆在院子里，院子里摆不下，就摆到大门外，到后来，整个一条胡同都摆满了灵旗挽幛。前来吊丧的人络绎不绝。被请来哭丧的十几个哭婆子特别卖力，只要人一来，她们就撕肝裂胆地干嚎，加之吹鼓手们也各尽其责，吹吹打打弄得气势非凡，特别是那一只唢呐，时而呜咽时而凄厉，直聒噪得几条街都不得安宁。

这天上午，在祭吊的人中，来了两个显眼的人物，一个是吏部左侍郎魏学曾，另一个则是张居正的亲家刑部右侍郎刘一儒。两人都是三品大员，到目前为止，前来祭吊的官员就数他俩品秩最高。一看到他俩的轿子抬进胡同，在现场指挥操办丧事的王典吏赶紧让吹鼓手们大奏哀乐，在呜里哇啦的唢呐声中，十几个哭婆子尖着嗓子，一齐放了悲声：

> 哎哟——
> 我的童大人嘞，我的童大人啊，
> 你凭什么这样的狠心，
> 丢下傻儿子，丢下苦命的老婆，
> 一脚踏上奈何桥，
> 要去阴曹会阎罗，
> 满街的人都在说，
> 这是胡椒、苏木惹的祸……

哭婆子们个个嘴巴滑溜，编词儿应景都是高手，加之哭功到了家，嘴一瘪就哭，一哭就有眼泪，听得她们凄凄惨惨的哭诉，前来的吊客没有几个不动情的。

却说魏学曾与刘一儒两人在哀乐声中一前一后进了灵堂，祭拜完毕，早有人把灵堂中挤满的挽幛挪走了两副，临时把他们的挽幛换了上去。挽幛上照例都书了挽联，众人挤上前来吟读，刘一儒写的是：

> 天下斯文同骨肉
> 人间涕泪动参商

魏学曾写的是：

> 赴黄泉已无告管不得社稷生死
> 卖胡椒而不售又遑论官秩荣衰

这两副挽联，刘一儒纯粹是举哀，其心也沉，其情也殷。魏学曾则不然，字里行间，都是借题发挥的怨气。刘一儒做人一贯拘谨，不巧在这里碰上了京城里有名的"魏大炮"，且知道他专门与自己的亲家作对，心知再待下去会惹出是非来，连忙把随身带来的十两银子放在操办丧事的王典吏手上，拔腿就出了门。正欲登轿，后面传来重重的一声喊："刘大人，请慢走一步！"一听就知道是魏学曾的声音。刘一儒无法，只好放下刚刚撩起的轿帘儿，回转身来，魏学曾已站在对面了。

这些时，魏学曾虽然不像王希烈那样上蹿下跳几近疯狂，却也不曾闲过。一是就京察之事向王希烈通风报信，二是凡来吏部拜会他的人，一概接待毫不闪躲。这个人同王希烈不同，他不搞阴谋，但"阳谋"却一天也不曾停止。王崧死后，他本着对太监内侍天生的仇恨，一次次到王崧家里慰问，正是受了他的影响，王岩才铤而走险为父报仇。今日来吊唁童立本没想到会遇到刘一儒，便想通过他把自己的怨气传给张居正，于是拦住了他。"啊，魏大人……"刘一儒弯身一揖，喊了一句，竟没有了下文，只站在那里干笑。

"刘大人，举哀一毕，你就赶紧撤身，是怕咱魏大炮把你吃了？"魏学曾开口就呛。

刘一儒仍是干笑着，答非所问地说："童立本实在可怜，所以下官略具薄仪，前来一吊。"

"现在的京官,又有几个不可怜呢？如果不拿胡椒、苏木折俸,童立本会死吗？"魏学曾说着,抬头望了望高远的蓝天,长叹一声,接着说,"以实物折俸,国朝一百多年来,仅有那么几次,没想到我辈会轮上。先帝在的时候,宁可减后宫嫔妃的头面首饰,也不肯亏欠外廷官员们的俸银。如今大行皇帝音容犹在,高阁老怆然离京,你那位亲家江陵先生辅佐幼主开展新政,原也无可厚非,但令人大惑不解的是,这个令百官万民举世瞩目的新政,竟从苏木、胡椒折俸开始。刘大人,你如何看待这件事情？"

刘一儒是荆州府夷陵县人,与张居正既是同乡又是同榜进士,因此两人过从甚密结为亲家,张居正惟独一个宝贝女儿张若兰嫁给了刘一儒的大儿子刘勘之。刘一儒向来居官自守颇有清名,张居正入阁数年,他从来不攀附,不结纳,只是老老实实做自家职位分内之事,因此在京官同僚中颇有好评。魏学曾正因为这一点,才敢在刘一儒面前泼辣说话。

刘一儒听了魏学曾夹枪带棒一席话后,心里头颇不是滋味,但问上脸的话不答又不行,只得敷衍道:

"听说国库空虚,胡椒、苏木折俸,实不得已而为之。"

魏学曾指着满巷的悬幛,悻悻说道:"首辅这一个不得已,害得童大人丢了一条命啊！"

刘一儒一言不发,他从来就是遇到是非三缄其口。魏学曾也不指望他有什么表态,又换了个话题说:

"刘大人,先不与你谈胡椒、苏木的事儿,目下外头有些传言,对你不利啊。"

"啊,有何传言？"刘一儒问。

"如今的刑部,堂官王之诰、佐贰官你刘大人,都是首辅张江陵的姻亲,因此有人说刑部成了首辅的私囊之物。"

魏大炮这一"炮"轰得刘一儒面红耳赤,嘴唇嚅动了几下,说道:

"高阁老的姻亲曹大人,不是也在刑部么,怎好说这是张江陵的私囊之物。"

"曹大人尚在刑部不假,但这次京察,他恐怕同我魏大炮一样,都是第一批遭受清洗之人。"

魏学曾话音一落,刘一儒马上回答:"魏大人放心,我刘某恐怕比你们走得还早。"

"啊?"

刘一儒的回答多少令魏学曾有些诧异。还不及理论,忽见得巷子口又落下一乘官轿,内中走下一名身穿杂色文绮白鹇五品官服的半老官员。魏学曾一眼认出这是都御史衙门的佥事李大人。李大人也认出了眼前两位三品大臣,忙拱手行礼。

魏学曾抱拳一揖,问:"李大人也来祭吊?"

李大人恭谨回答:"葛大人委派卑职前来代祭。"

"是都堂葛大人?"魏学曾明知故问。

"正是。"

李大人答罢,便命掾吏将手中挽幛送进灵堂,只听得哀乐齐奏,哭婆子又一阵干嚎。魏学曾与刘一儒禁不住好奇,又一齐回到灵堂观看。只见灵堂正中最显眼的位置,已是高高悬起了左都御史葛守礼送来的挽幛,上面也书了一对挽联:

任上清官,瘦骨苍颜形影只

胸前遗物,苏木胡椒袋子双

这一联写得冷峭,寓意深沉,自不可以同情怜悯指斥时事等简单解之,魏学曾玩味再三,不觉兴奋地说道:

"终于有一个大九卿出面了,刘大人,这联句如此老辣,可见葛老别有襟抱。"

话说完,却不见有人应声,掉头一看,却不知刘一儒何时已经走掉了。

第二十六回

提档头严查吃空额　示密札紧缚老臣心

童立本一死,特别是那首讨嫌的绝命诗一传开,本来就窝了一肚子气的京官大僚们,终于找到了泄愤的机会。魏学曾、王希烈等人也纷纷从幕后走到台前,在官员中煽风点火串连闹事。京城本来就不平静的局势,骤然更加紧张起来,几乎每天都有人提着胡椒、苏木到户部闹事。三朝老臣左都御史葛守礼的挽联送到羊尾巴胡同之后,舆情对张居正更为不利。谁都知道,大九卿中,就数杨博与葛守礼两位老臣最孚众望。这位葛守礼比之杨博更为耿直,隆庆皇帝在位之日,每逢廷议,只要葛守礼在场,就显得特别谨慎。这次葛守礼为童立本送了挽联并十两赙银,无异于火上加油,大大激发了闹事者的斗志。一些本来还在观望的官员,这一下也壮着胆子加入到闹事行列中。却说这天上午,张居正刚来到值房不一会儿,入阁不到十天的吕调阳就畏畏葸葸地走了进来。

"和卿,有何事?"张居正做个手势请吕调阳入座。

"愚职想请首辅看样东西。"

吕调阳谦恭地说,接着就把手上的一张纸递上。张居正接过一看,是一首诗:

吊童主事

古拙宁争饭一瓯?

乘风南去泛清流。

君魂谢过皇恩去,

过罢孤山有莫愁。

读完诗,张居正心中极度不快,但他尽量克制,脸上堆满笑容说道:

"诗写得不错嘛,听说羊尾巴胡同里的挽诗挽联已经不少,你这首诗再送去,当是上乘之作。"

吕调阳听出话风不对,只得佯笑着,毕恭毕敬答道:"首辅,愚职就是想来请示此事。"

吕调阳故意用了"请示"二字,以示尊卑之别,张居正听了心下稍安,问道:

"和卿想请示什么?"

吕调阳想了想,说道:"童立本之死,有些不明事体的官员想趁机闹事,苗头有些不对,好像是针对首辅来的,愚职也就非常谨慎,并不往这里头搅和。但是,左都御史葛大人的挽联往童立本家的灵堂上一挂,一些针对愚职的闲言碎语就都出来了。愚职毕竟在礼部管了一个月的事,因此那些嚼舌头的,说愚职为官寡义,对部属无情。这话叫愚职听了满肚子的不舒服。为了服众,愚职便写了这首挽诗,今天特来请示首辅,这首诗是送还是不送,请首辅定夺。"

吕调阳表面木讷,但内心委实玲珑。他这一番表白,既说了自己的难处,又顾忌着首辅的面子,最后还要首辅表态。这么做明里是尊重首辅,其实是把该自己来做的难题交给了张居正。这点子小九九,张居正还能看不透?他正琢磨着如何回答,书办探头进来禀报王篆求见,张居正吩咐让王篆进来。吕调阳见有人来,提出告辞,说等人走了再来领示。张居正却要他留下,说:"王篆今日汇报之事甚为重要,和卿你也应该听听。"

话音刚落,王篆已是风风火火跨进门来,这王篆坐镇五城兵马司,平常总是想方设法找乐子享清闲,但每次见张居正,他都要装出一副忙得脚不沾地的样子。这会儿他不知又从哪儿弄了一头的汗，一进门也来不及揩，就朝张居正和吕调阳各行了一个一揖到地的官礼，说道：

"首辅大人，吕阁老，卑职前来请示。"

又是一个"请示"。张居正朝吕调阳看了一眼，吕调阳也正在看他，四目相对，吕调阳自谦地一笑，抖开一把苏制的折扇来摇。张居正掉头问刚落座的王篆：

"是否是蒋二旺一事？"

"正是。"

王篆一欠身正欲禀报，张居正截住他的话头说："且慢，吕阁老尚不清楚，你先将此事的来龙去脉做个交代。"

且说那天夜里在积香庐，王篆把前一日在苏州胡同下坡巡警铺里发生的事当笑话说了一回。言者无心，听者却有意，张居正当即问道：

"蒋二旺吃空额一事，你深究没有？"

"没有，"王篆回答，随即解释说，"卑职已将那个王大臣打了三十大板，逐出巡警铺，死去的警卒已经除名，这事就算具结了。"

"介东，你好没脑子。"张居正当即责怪起来，"你也不想想，一个小小的巡警铺档头，就敢大着胆子吃空额，那么京师三大营，总共有十万兵士，生老病死该有多少空额吃？单是你五城兵马司管辖的一百二十个巡警铺，一个巡警铺吃一个空额也有一百二十个。每月一个人一石米二厘银子，合起来一年是多少，这笔账你算了没有？国库空虚，一半是奢侈浪费，还有一半是被这些蛀虫吃掉了。你今天回去，先把蒋二旺抓起来收监，着实拷打问来，他究竟这么多年吃了多少空额。另外，你手下那些巡警铺也都要一个个查证。查出多少惩处多少，一个也不叫漏网。"

"这个……"王篆看着张居正的脸色，欲言又止。

"这个什么?"张居正追问。

王篆恃着与张居正关系亲密,斗胆说道:"常言道上梁不正下梁歪,一个小小档头比起官袍加身的大小臣工,得的那点便宜根本不算什么,卑职若如此小题大做闹腾一场,岂不把部属的心都搞凉了,今后还靠谁来维护京城治安?"

张居正知道王篆讲的是实情,但正是这种攀比纳贿本位护贪之风,才使吏治情况一年糟过一年。

"介东,今天你跟我说实话,你吃过空额没有?"张居正恼着脸问。

"我?"王篆一惊,立即矢口否认,"卑职受首辅教诲,立志做清官,哪会昧着良心去做这等龌龊之事。"

"唔,"张居正点点头,词锋严厉地说,"你若有此等劣迹,我照样严惩不贷。你既为官清白,就大胆按我说的去做。你要抱定决心,宁可把一百二十个档头换光,也要把这件事查个水落石出。惩治贪墨,就从你五城兵马司做起。做好了,我奏明皇上升你的官,做不好你就别怪我无情,我肯定要挥泪斩马谡。"

张居正一席话恩威并施,斩钉截铁绝没有讨价还价的余地。王篆哪敢怠慢。童立本上吊自尽后,他又试探着问张居正:"首辅,蒋二旺的事还查不查?""查,现在就查。"张居正仍是不改口。王篆见马虎不过去,只得硬着头皮黑下脸来清查自己的部属。

王篆之所以犹犹豫豫,也有他不可告人之处。其实,部下吃空额或者借治安为名敲诈客商的事情屡有发生,个中猫腻,他也大致清楚,但他总是睁一只眼闭一只眼,若有人告到衙门里来,他还尽可能包庇。这皆因部属们隔三岔五就得提了礼盒封了银锭到他府上孝敬。一个月下来,这种外快收入竟比他一年的俸禄还要丰厚。如果整治部属贪风,一来是拿了人的手短脸皮撕不开,二来无异于自断财路,这实在令他痛心。但首辅把话已经说绝,他也不能不做。权衡利弊，为了保全自己讨好首辅、博取皇上欢心，他决定把五城兵马司的家丑尽行抖搂出来。

王篆遵示把这件事大致向吕调阳做了介绍，吕调阳心中产生不小的震撼，忖道："一个小小档头的贪墨之事，首辅都亲自询问不肯放过，朝中大臣，有几个屁股底下干净的？将来设若有哪位大臣的把柄落在他手里，岂不是死路一条？"想到这里，吕调阳暗自打了一个寒颤，对张居正越发产生了敬畏。

王篆刚介绍完，下面该是他的正式汇报了，偏他不接着往下说，张居正也不催他，一边品茶，一边拿眼睞着吕调阳。这位新阁臣知道非表态不可了，心里一急，口头上又结巴起来：

"咳，咳……方才王、王大人所言，就、就那、那个蒋、蒋二、二旺的一点小、小贪墨，首辅就、就指示严、严查到、到底，可见首、首辅整、整饬吏治的决、决心……"

"好了好了，和卿。"张居正笑着打断吕调阳的话。如果让吕调阳这样结巴下去，不知要耽误多少时间。察其言观其色，他看出吕调阳敬畏焦灼的复杂心情，心中也就得到了满足，"往后议事，你不要激动，心平气和地讲，没有谁来逼你。"

"好，好。"吕调阳如释重负。

张居正又转向王篆说道："事情进展如何，你讲下去。"

王篆答道："卑职自那日得了首辅指示后，回到衙门就传令把蒋二旺抓了，并亲自审问。这家伙开头还抵赖喊冤，给他吃了一顿棍子，他就招了。他吃了两个空额，顺便还检举了另几个吃空额或倒卖马料的档头，这两日我让衙门里的人倾巢出动，一个一个巡警铺追查，到昨天夜里为止，共查出吃了八十九个空额。"

"做得好，"张居正兴奋得一将长须，说道，"两天就查出这么多，依仆之见，肯定不止这个数，介东，你要一鼓作气追查到底。"

"卑职遵示。"王篆又起身打了一躬。由于受到表扬，他颇为激动,接着说道,"首辅英明,卑职依首辅指示去做,刚一动手,就提溜出一大串小贪吏。若是在京十八大衙门都这样去做,还不知要揪出多少大贪官来。"

王篆话音刚落,只见吕调阳的脸上陡然变色。虽然他觉得王篆所言多少有些根据,但若真的这样一家一家地清查,京城就会咫尺之内狼烟四起,衙门公堂也就变成了互相揭发攻讦之地。发展下去,大小京官的脸面全都没有了,今后还怎样为朝廷效力?此时,他眼巴巴地望着张居正,生怕他顺着王篆的话头表态。

其实,吕调阳的担心张居正也有。不仅如此,他还多了一层投鼠忌器的忧虑。此时,他的脑海中突然闪现了李延送给高拱的那三张田契,于是感叹道:

"介东此言甚是,但却不能如此去做。惩治贪官,应是朝廷长久坚持的国策,不可能毕其功于一役。你介东揪出了一个蒋二旺,那只是一只蚊子,隐藏在十八大衙门里的贪官,却是一群老虎。蚊子可以一群一群地打,而老虎却只能一只一只地逮。杀鸡吓猴,敲山震虎,依目前的情势,也只能如此去做了,你说呢,和卿?"

听了张居正这席话,吕调阳提到嗓子眼的一颗心总算落了下来,他答道:

"首辅所言极是,蚊子只是吸血,而老虎则要吃人。所以,打老虎要特别慎重,不要老虎没打成反遭其害。"

王篆这个鬼精,短短几句话就刺探明白两位阁老的心思,下一步如何做心里也有了底,便说道:"请首辅和吕阁老放心,杀鸡给猴看,卑职一定会把这只鸡杀好。"说罢起身告辞。

待王篆走后,张居正对吕调阳说:"和卿,当前的头等大事,是整饬吏治惩处贪墨,把京察搞好。有人想借童立本之死闹事,把京城的水搅浑,你我必须头脑清醒,不要去上这个当。"

吕调阳默不作声,他听出张居正这是拐着弯儿提醒他不要去

蹚这凼子浑水。他虽心有不甘,却也不敢违拗,只得拿起桌上的那张诗笺说道:

"那,这、这首挽、挽诗,愚职就算、算没有,写、写了。"

"怎么白写了,你送去呀。"张居正说。

"不,烧、烧掉。"

"你不是害怕有人嚼你的舌头吗?如果你真的觉得这样有损你的清官形象,仆建议你还是把这首诗送去。"

张居正说话时面带微笑,但吕调阳却感到有一股寒气刺来,也不好再说什么,只得唯唯诺诺退下,回到自己的值房,把那首诗付之一炬。

天一煞黑,杨博府邸所在的北梅胡同就被戒严了。这皆因张居正约好今夜前来杨博私宅拜会,五城兵马司为之采取了保护措施。酉时刚过,张居正的八抬大轿就落在了杨府的轿厅。当张居正掀帘下轿时,杨博已在轿前候着了。此时的杨博,依然身着一品命服,与同样身着一品命服的张居正行拱手礼。两人的穿戴说起来也有故事可言:国朝品秩规定,六部尚书等大九卿都是二品衔,只有九年考满之后,才能晋升太师、太傅、少师、少傅、太保、少保等勋职,袭一品。现任大九卿中,只有杨博与葛守礼两人担任大九卿超过九年,一个晋为少师,一个晋为少傅,因此都是一品大员。现在满朝文武,除了这两个一品大员外,还有一个就是张居正。他隆庆二年就被破格晋升为太子太师,隆庆五年又晋升为太师,年纪只有四十六岁,就获得如此高的勋衔,在国朝中几无先例。洪武三十年,皇上颁旨施行的《大明会典》,规定了官场礼仪:凡百官交往,以品秩高下分出尊卑。品级相近,相见时行礼,则东西对立,品秩稍卑者居于西。品秩相差二三等,相见时卑者居下;品级相差四等,相见时卑者下拜,尊者坐而受礼,有事则跪着禀告。如此循例,一品官与二品官相见，二品官居西行礼，一品官居东答礼。与三四品官相见，三四品居下行礼，一品官居中答礼。与五品以下官相见，一品坐受其跪拜之礼。司属官品级低于上司官，禀事时必须跪。近侍官员，不必拘品级行跪拜礼。同僚官品级虽有高下，但不必拘礼。大小官员在内府相见，不许行跪拜礼。官员出入街道，不许抗慢。官员隔一品避马避轿，隔三品跪。但到后来，特别是武宗之后，这一套礼仪也稍有改移。比如说诸寺大卿均为三品官，却得避尚书、侍郎。六部侍郎三品官，得避吏部尚书。公侯勋臣官在一品之上，道上若与内阁首辅相遇，也得避让。仿此而行，当今公侯第一显赫的老国丈李伟，若是在道上遇到张居正，也得避道躲让。可见，内阁首辅真正是一人之下万人之上的人物。今晚他来杨博府中拜谒，是他担任首辅以来第一次因公事入大僚私宅，于情于理，杨博都不敢怠慢，因此在张居正的大轿进门之前，就先穿好命服，来到轿厅迎候。张居正下得轿来，一看杨博站在西边行拱手礼，连忙还礼说："博老焉能如此。"杨博笑吟吟答道："不如此，岂不让人笑话老夫无礼。"两人这么寒暄着，联袂走进客堂。

叙过茶，张居正盯着杨博紫红的脸膛，笑着问道："博老，听说你们家每天门庭若市，今日为何这般冷清？"

"还不是因为你来，胡同口戒严了，不然，这厅里早就像开堂会似的。"杨博自嘲地摇摇头，又道，"亏得老夫有神仙粥调养，不然身子骨儿早散了架。"

"您应该闭门谢客。"

"老夫何尝不想，但有的人就有挤门缝儿的本事。"杨博苦笑了笑，"京察与胡椒、苏木折俸两件事搅在一起，京官们一个个都像是火烧屁股。"

"好嘛，惟其乱才可以求其治。"

杨博努力捕捉张居正话中的玄机，说："皇上谕旨，严厉切责南京户科给事中桂元清,并给予削籍处分。今儿下午,这道旨已到了吏部。"

张居正点点头,这件事他知道,那道旨还是他让吕调阳拟的,他只是没想到,皇上会这么快地批复下来。今儿晚上来,他就是想就此事以及京城的局势与杨博交换一下意见,因此问道:

"博老如何看待此事?"

杨博坦言相告:"皇上先前下到户部那道旨免王侯勋戚的实物折俸,倒是让老夫为您捏了一把汗。胡椒、苏木折俸,虽未伤及国本,但舆情对你这位首辅,却不能说没有威胁。现在这道给桂元清削籍的谕旨,至少给那些闹事的官员,兜头浇了一瓢冷水。"

"是啊,"张居正心有感触,伸手抚了抚干涩的眼角,"闹事的人现大都站到了台前,为首的就是魏学曾和王希烈两个。"

"叔大既已知道,准备如何处置?"

杨博神情忽然变得严肃。张居正进来之前,他就让闲杂人等一律回避,这会儿,他又做手势,让侍奉在侧以备不时之需的一名小厮也离开。张居正脸上泛起一丝令人捉摸不透的微笑,轻声答道:

"博老,如果说品秩卑下的官员对胡椒、苏木折俸有意见,尚可理解,这些人薪微禄薄,的确有些难处,但像王希烈、魏学曾这样的三品大员,究竟何难之有?仆听说,王希烈为了煽动武清伯李伟闹事,邀了几位官员凑了一千两银子送礼,这穷吗?依仆之见,他们反对胡椒、苏木折俸,是醉翁之意不在酒啊。"

"在于京察!"杨博迅速接了一句。

"对,在于京察。"张居正像是要发脾气似的,突然满脸怒气,但旋即就平静下来,"他们害怕丢了乌纱帽,故弄出这些伎俩。如果我们头痛医头,脚痛医脚,岂不正好中了他们的圈套!"

杨博耐心听着,心里头暗暗为张居正的冷静与克制吃惊。这场京察,若真的按皇上谕旨进行,可以说三分之二的官员都不称职,大小官员们也都乌龟吃萤火虫——心里明白,故巴不得有人领头出来闹事。若不是这一层,魏学曾与王希烈两位左侍郎就决计没有这么大的号召力。此情之下,杨博处境颇为犯难,他既希望京察能顺利进行,又担心张居正真的会借机把高拱的门生故旧一网打尽,正是出于这种心态,他家的门才堵不住。

思忖一番,杨博又开口说道:

"叔大所言极是,只不过童立本一死,的确给闹事的人找到了口实。这事儿若放在平常,也就是芝麻大的小事,但在这京察施行之中,就成了了不得的大事。京城官场,历来风气不正,曾有人戏言,'上午内阁里有人一声咳嗽,下午传到富贵街上,就成了龙卷风',捕风捉影望文生义,结党营私拿奸耍滑,这些官蠹实在害人。这次,让老夫这个七十多岁的人,坐纛儿负责四品官以下的京察,实在是一个苦差事。现在这些人都装得像龟孙子,挤着笑脸儿来找咱,一旦知道他的官位没了,还不恨得要生吞了咱。若处置得当,老夫也不怕谁,若处置不当,老夫就是跳到黄河也洗不清了。所以,这些时老夫行事真可谓如履薄冰。"

杨博说话时,张居正不停地点头,他喜欢听这种掏心窝子的话。待杨博说完,他沉思片刻,问道:

"听博老的口气,好像仍在担心仆会借机整人?"

"是啊,谁都知道魏学曾与王希烈是高拱的哼哈二将,他们闹得那么起劲儿,又有那么多人听他们的,不都是害怕这一点吗?"

杨博口无遮拦,虽有点倚老卖老,说的却也是实话。张居正笑了笑,说:

"博老,您还没有赐教于仆,对王希烈与魏学曾这两个人,您究竟如何看?"

"这两个人嘛,"杨博顿了顿,只见他粗大的喉结滑动了几下,才迟疑着说,"应该说都是有能力的人,也都是大九卿的后备人选,但在人品上,魏学曾要强于王希烈。"

"博老所见甚是,魏大炮搞阳谋,王希烈搞阴谋,分别在此而已。"

"听叔大的口气,这次京察,这两个人都得离开京城了?"杨博以试探的口气问道,见张居正不置可否,又接着说,"你这样做,岂不印证了士林的担心,说你利用京察收拾高拱余党?"

张居正黑亮亮的眸子一闪,让人感到他的眼光既冷酷又不可抗拒。此时他不答话,却从袖口掏出一封信函,递给杨博说:

"博老,你看看这个。"

杨博一看信套上的火漆关防是两广总督行辕,知道是殷正茂寄来的,便抽出信笺抖开来看。不看不打紧,一看完脸上就勃然变色。

"怎么,李延用二十万两银子贿赂殷正茂?"

"没想到吧,博老,"张居正神色严峻,"李延是高阁老最信任的人,也是隆庆朝最大的贪官。您说,仆果真要整治高阁老的门生故旧,还用得着劳神费力施行京察么?"

"你是说……"杨博欲言又止。

"仆只需追查李延贪墨行贿一案,京城各大衙门,恐怕就会真的人心惶惶了。"

"你有把握吗?"

"不敢说有十分把握,八九分还是有的。"张居正胸有成竹,说话的口气不容置疑,"李延的命案尚未了结,他的那两位师爷都还关押在衡阳府大牢里,其中的董师爷一直帮李延管理账务,知之甚多,只要将他提审,肯定会爆出惊天大案。"

杨博知道张居正从不说过头话,他既如此讲,就必定实有其事,何况,湖南按察使李义河又是他的心腹干臣,保不准已经从董师爷嘴中掏出了证据。想到此,杨博心中忖道:"难怪他如此镇定,原来竟有这样的杀手锏!"

这时,张居正又说话了:

"博老,朝廷纲常早已朽坏,洪武皇帝创立的清正廉明的政治,已不复存在。如今,贪墨官员多如过江之鲫。贪风一起,于官场,必结党营私;于百姓,必横征暴敛;于皇上,必献媚争宠。如此发展下来,就形成了今日这种有令不行、有禁不止、怀私罔上、党同伐异的混乱局面。依仆之见,这次京察,应着重惩处贪墨官吏,选出那么几个劣迹昭著之人,绳之以法,必要时,就该斩首西市,以儆效尤!"

一席话金声玉振,杨博看着张居正眉宇间突然腾起的杀机,紧张地问:

"叔大,你决心追查李延贿赂一案?"

"查是要查的,但不是现在。"张居正直率地说,"这事儿牵扯到高阁老,仆希望他能够颐养天命,不再有横祸缠身。博老,殷正茂这封信,除了你知我知,断不会再让第三个人知道。"

"如此甚好,如此甚好。"杨博大大松了一口气,又不解地问,"放下李延一案不查,你还怎么惩处贪墨呢?"

"吏部咨文下去,让各衙门自查,五城兵马司王篆那里,一查就查出名堂来了。"

张居正接着就把蒋二旺的事讲了一遍,杨博听了,忧虑地说:"上梁不正下梁歪,若要肃贪,大家伙恐怕还在上头。"

"查嘛,查出谁来就办谁。"

说到这里,张居正起身告辞。把他送出大门后,杨博回到客堂,又独自闷坐了多时。殷正茂的那封信在他心中老是拂之不去,他突然想到,李延巨大贪墨案正是在自己担任兵部尚书时发生的。这些军费,都是从自己手上划拨出去的,自己虽未接受李延贿赂,但至少要担当失察之罪。张居正今夜前来,实际上就是给他暗示:只要查处李延案,他杨博无论如何也脱不了干系。虑到这一层,杨博惊出一身冷汗。在佩服张居正深沉练达工于心计的同时,又深为担忧,他的仕宦前程究竟有何等样的结局,实际上已牢牢地控制在张居正的手中了。

第二十七回

治顽擒凶军门设计　杀鸡吓猴督帅扬威

　　大约一个多月以前，殷正茂就把总督行辕迁到了距庆远街约四百里之遥的荔波县。这是庆远府最西北端的一个县，三面与贵州接壤。境内万山重叠，处处奇峰插天，道路窄如羊肠。僮、瑶、苗、僚等土蛮杂居于此。经过两个多月的围剿，韦银豹、黄朝猛率数万叛匪退缩到荔波县的水嵛山中。殷正茂层层堵截步步进逼，统率十万大军对叛匪形成合围之势。

　　荔波县归南丹州管辖，属于那种"地无三尺平，天无三日晴"的地方。县城在缥碧的荔溪边上，萦水枕山，风景如画。只是地方过于窄狭，县城常住人口不过三千人左右，把茅厕茶亭统算在内，也不够一千间房屋。可是此番前来的人马，先不说粮食辎重堆积如山的大军，单是广西布政使、庆远府巡抚、南丹州知州、府治镇抚司以及驻军千户等等随军而来现场办公的各级官员，连同僚属一起大大小小也有上千人，纵是把县城居民全都赶走，房屋也不够。殷正茂也不管许多，只是命令这些地方官员悉数住进县城，而把自己的总督行辕安置在城外三里地的关帝庙中。

　　关帝庙在一处山坡上，底下是清清浅浅的荔溪，溪对岸又是连绵的冈峦，再往里走，便是进入水嵛山的官道。这天上午刚过辰时，殷正茂正在关帝庙内与几位参将商议军事，忽有亲兵来报："启禀督帅，所请客人已到山下。"

　　"传令，奏乐欢迎。"

殷正茂说罢,便带着几位参将出门迎接。由于这里已是兵匪对峙的前线,总督行辕的保卫比之在庆远街又不知严密了多少。只见到处都是持刀荷枪的军士,戒备森严。不要说人,连只蚂蚁也休想钻进来。殷正茂走到行辕门口,只听得军乐大作,两列铠甲鲜明刀枪闪亮的仪兵肃立两侧,中军参将刘大奎领了两队客人鱼贯而入。这两队客人,左边的一队,是以庆远府知府打头的身穿朝廷命服的地方各府州县官员;右边的一队,约摸有二十几个人,穿着各异,都是当地各土著蛮族的首领。殷正茂拱了拱手,将这两拨客人领到关帝庙前临时扩大的操场上分两厢坐下,他自己落座在中间的太师椅上,背后站了一列身材魁梧的虎贲勇士。传过茶后,殷正茂说道:

"今天请诸位来,是想商量一下剿匪事宜。本督帅到任将近四个月,由于在座诸位同心协力,众位将士奋勇杀敌,已经大有斩获。这些时与叛匪大大小小的战斗进行了十几次,仅天河县北陵山、河池县屏风山、南丹州孟英山三仗,斩贼首级三千余颗,生擒四千余人。至此,叛贼已如惊弓之鸟,节节败退,如今龟缩于水崆山中,凭险据守。据情报,叛匪虽屡受重创,但仍有三万之众。匪首韦银豹、黄朝猛两人纠集残部,妄图负隅顽抗。这一个多月来,官军已对叛匪形成合围之势。水崆山出口有三条,西北方向通贵州独山,有总兵俞大猷率三万兵马驻守,东北方面可从茂兰突围,进入九万大山,有新近提升的卫指挥佥事黄火木率三万兵马驻守,余下四万大军,由本督帅亲自率领,就驻扎在这荔波县城附近,扼守水崆山西南通往南丹州的咽喉。韦银豹、黄朝猛所率余部,已成瓮中之鳖。本督帅决定,近期将对叛匪发动总攻。水崆山易守难攻,并不适宜大规模作战,但具体作战规划,本督帅已部署停当,诸位不必过虑。今天请来诸位,主要有两件事情磋商:一是军粮的运送;二是对叛匪的封锁。商量之前,本督帅要做一些调查。"

说到这里,殷正茂突然脸色一沉,扫视了一下坐在左边的一列官员,问道:

"荔波县主簿吴思礼来了没有?"

"卑职在。"

只见坐在末席的一位身着八品官服的老年官员应声离席,走到殷正茂跟前行叩见之礼。殷正茂也不喊他起来,只是吊着三角眼死死地盯着他,问:

"你在荔波县当了多少年主簿?"

"十二年。"

"听说你包庇私盐贩子,车载船装整整贩了三年私盐,被人告发,本当治罪,亏你省府州县一路银钱打点,才把事情摆平,但九年考满终究不能升官。此事可是真的?"

殷正茂这几句话不但揭了吴思礼的疮疤,就连在座的官员也都捎上了。顿时只见一干官员脸色突变,跪在泥地上的吴思礼更是羞愧难当,勾着头一言不发。殷正茂脸色严峻,接着追问:

"说呀,是否真有其事?"

吴思礼嗫嚅着回答:"事情已过去了三年,卑职知错,已经改了。"

"不是错,是罪!国朝刑典明载,贩私盐者,罪当死刑。你这位理刑的主簿,难道不清楚?"殷正茂骂人可谓敲骨吸髓,语气刻毒不留情面,此时不容吴思礼分辩,又接着说道,"而且你并不知错,贪心未改。本督帅再问你,让你押运到俞大猷军营的粮食,为何一千石变成了八百石?"

问话既毕,只见吴思礼身子一颤,脸色愈加惨白。殷正茂的问话事出有因。却说大军入驻荔波县后,三军粮草均由附近各州县调集解决。驻扎在水口镇的俞大猷所部,粮草由部队派出一名运粮官协同荔波县令指派的吴思礼一块督办。运粮官员负责武装护送及起解验收,吴思礼负责征集民夫和粮食调配。四日之前,有一千石粮食从荔波县城起运,殷正茂命令他们务必两天内运送到水口镇军营。从荔波县到水口镇有两条路,一条路是官道,长一百四十里;另一条路是崎岖山道,在密林中穿行,比官道近了四十里。吴思礼考虑到所征民夫都是当地人,驮运粮食的马匹也都是当地走惯了山路的矮脚小马,加之这一路离叛匪巢穴较远,自官兵入驻这一个多月来没有发生过路人被劫事件,为了争取时间,他向运粮官提议走山道。军情紧急,运粮官便同意了他的建议。谁知运粮大队走到半路,却遭到叛匪的伏击。护粮的两百名军士虽浴血奋战拼死抵抗,还是被叛匪抢走了两百石粮食,而且兵士与民夫加起来还死伤了几十个人。前任总督李延在任时,这种事情屡有发生,从不见他惩处,最多是把当事者叫到行辕来申斥一顿,因此这次劫粮事件发生后,吴思礼虽然有些紧张,但比照过去,认为大不了挨一顿训斥而已。现在见殷正茂一双扫帚眉高高吊起,三角眼中射出两道凶光,顿时不寒而栗,小声分辩道:

"卑职本意是抄近路,力争提前把粮草送到水口镇,没想到中了叛匪的埋伏。"

殷正茂一声冷笑,逼问道:

"放着好好的官道不走,偏要让几千人马钻深山老林,你说,你居心何在?"

"卑职实在是想走一条近道……"

"放屁!"殷正茂重重地一拍桌子,霍地站起身来,伸出剑指直指吴思礼的脑袋,大声吼道,"三万叛匪纠聚山中,这荔波县的每一寸土地都是前线,你身为朝廷命官,未必连这点常识都不懂?本督帅看你贼眉鼠眼,没个好样子,就断定你不是个好东西,来人!"

"到!"

立刻就有几名中军护卫兵士拥上前来。殷正茂命令道:"把这狗官给我绑了!"

一名兵士上前像拎小鸡一样把吴思礼拎了起来,另一名兵士拿出麻绳正要动手,殷正茂又开口说道:

"慢着,先把他这身官皮给扒了,再绑到那边柱子上。"

兵士得令,一伸手就从吴思礼头上摘下乌纱帽掼在地上,接着就开始撕扯官袍,吴思礼两手死死抱在胸前,大声嚷道:

"殷大人,卑职冤枉!官袍是皇上给卑职的恩德,殷大人你不能无礼啊!"

"无礼?"殷正茂一愣,旋即哈哈哈一阵大笑,又突然打住,眉头一拧说道,"你这狗官,不但损失了两百石军粮,还害得三十几条生命死于无辜,反倒说本督帅无礼?今天,这无礼的事我做定了,军士们,给我脱,脱不下他的官袍,用刀给我割下来。"

殷正茂已是怒不可遏,吴思礼情知再犟下去就会皮肉受苦,只得松了手,任兵士们扒去官袍,然后又听凭他们把他绑到行辕大门左侧的一根木柱上。因为捆绑得太紧,吴思礼疼痛难忍嗷嗷乱叫,连呼"冤枉"。殷正茂嫌他聒噪,又对身边军士吩咐道:

"去,让他闭嘴。"

那名军士上前,一使劲扯脱吴思礼汗褂的一只袖子,揉作一团塞进他的嘴里。

面对眼前发生的一幕,众位在座的官员都是敢怒而不敢言。打从殷正茂接任两广总督,特别是当街给牛疯子开膛破肚以来,他的刻毒的名声就在当地传开。人们背地里都喊他"殷阎王",不管是谁,上至文武官员下至皂隶军士,只要有事犯在他手上,一个也不会轻饶。正因为他的冷酷无情,李延交给他的这支人心涣散意志消沉的剿匪大军,才有可能在这么短的时间内被调教得纪律严明斗志昂扬。而且,这位督帅行事诡秘,常常是神龙见首不见尾,让人捉摸不透。就说今天的这次会议,两天前就下达了盖着两广

总督关防的通知,言明随军前来的地方各级主要官员,还有当地各
土著首领都得参加,说是商量军务,谁知把人圈到这里,却是为了
看他抖威风抓人。

　　再说殷正茂,扯了这半天嗓子,感到喉咙冒烟一口气喝了两碗
茶水,口渴是止住了,但心头怒火一时却还不能平息。他扫了一眼
请来的诸位"客人",只见官员们一个个蔫头耷脑愁眉苦脸,而那些
土著酋长洞蛮首领,有的抓耳挠腮不知就里,有的事不关己哈欠连
天。殷正茂觉得今天的第二出戏应该开演了,于是清咳一声,
问道:

　　"丝苗洞的洞主盘丫吉来了没有?"

　　殷正茂一开口,整个操场立刻就鸦雀无声,众人的目光都射向
了酋长席。少顷,只见坐在第二位的一位头扎五彩大缠头,佩着腰
刀,穿着围裙的一个壮年汉子站了起来,操着生硬的汉语答道:

　　"在下就是盘丫吉。"

　　"你就是盘丫吉?"殷正茂身子前倾,击掌赞道,"一进辕门,本
督帅就觉得你勇武不凡。听说你空手能抓住一头活着的金钱豹,
真是英雄盖世啊!"

　　"督帅过奖了。"

　　绷着脸的盘丫吉咧嘴笑了起来,一直按着腰刀柄的手也放下
了。他的这些细微表现没能逃脱殷正茂的眼睛,这位督帅凭直觉
就知道,自己身后的一排虎贲勇士也都是怒目圆睁按剑待命。他
不由得笑了起来,又指着盘丫吉问:

　　"听说你的刀法也很好,能否让本督帅见识见识?"

　　"这有何不可?"

　　盘丫吉话音刚落,殷正茂抓起桌上的茶碗劈头就朝盘丫吉掷
去。说时迟那时快,只见盘丫吉飞快拔刀,接着寒光一闪,那只碗
被他一劈两半。

"眼到手到,好!"殷正茂笑道,"盘丫吉,可愿意与本督帅帐下的护卫比试比试?"

"这有何不可?"盘丫吉还是这句话。

"好!"殷正茂喊了一声,"牛勇!"

"卑职在。"

只见那排虎贲勇士中的第一位应声上前,单腿跪在殷正茂面前。熟悉的人一看便知,此人正是那日被殷正茂当街开膛破肚的牛疯子。却说事发当晚,殷正茂就赶到牛疯子病床前来探望,指示军中医士无论如何要把牛疯子救活。一来是抢救及时,二来因未伤着脏腑,牛疯子第二天就醒了过来,不出半月就能下地走路了。在他养病期间,殷正茂经常前来探望,有时还亲自侍奉汤药。开头,牛疯子对殷正茂记恨不肯搭理,但人心是肉长的,久而久之,看到这位威震三军的督帅大人对自己一个大兵如此热心耐烦嘘寒问暖,他也就回心转意,由充满敌意到感激涕零。心情一好,加之药好饭好,牛疯子身体恢复很快,两个多月后,又是气壮如牛的一条好汉。殷正茂便把他调到自己帐下当一名贴身侍卫,且赏他一个小校军衔。牛疯子因祸得福时来运转,殷正茂在他眼中成了天字第一号的大恩人,因此也就死心塌地在帐前效命。通过接触,殷正茂也知道牛疯子不只是有一身蛮力,且有一身好武艺,也就格外器重。这次单单点他出来和盘丫吉比试刀艺,可见信任之深。

"牛勇,你敢不敢与盘洞主较量刀法?"殷正茂问。

"回督帅,卑职长到这么大,还从未怕过人。"

"先别吹牛,对过阵再说。"

"卑职遵命。"

牛勇说毕,转身走到盘丫吉席前,做了一个"请"的动作。盘丫吉傲慢地看了他一眼,问:"如何比法?"

牛勇答:"由盘洞主定。"

盘丫吉说："要比，就得事先说定，生死不负责任。"

"如此甚好，请盘洞主下场。"

牛勇说罢就拔刀出鞘，腾挪两步站好了架势。盘丫吉本来就桀骜不驯讲不得斯文，见牛勇弄些花架子显摆，心里头顿时就来了气，一按桌子平地跃起，一个倒空翻已是奔到了牛勇的面前，也不搭话，抡刀就搠向牛勇的咽喉。牛勇身子一闪躲过这一刀，也挺刀戳向盘丫吉的腰部，盘丫吉身子一窝，那刀片从他腋下穿过。双方一交手便都用上了夺命刀法，两边席上的观者，一下子都把心提到嗓子眼上。

两人交上手，刹那间就斗得不可开交，两把刀舞得像两条出水蛟龙，风驰电掣间不容歇，你来我往搏杀凌厉。大战数十回合下来，却是不分胜负。盘丫吉本是赤手缚虎的骁勇之士，一般人能接他十数招也就不错，如今头一遭遇到对手，久久不能取胜，心下不免焦躁。斗到酣处，他突然大吼一声，作一腾跳之势，牛勇刚准备跳起接招，却不知盘丫吉此招乃是虚晃。刹那间只见他身子已经倒地，只一滚便到牛勇跟前，举刀直向他胯下刺来。牛勇心下一惊，再躲闪已来不及，只得用刀来挡，顿时只听得当的一声，盘丫吉的刀尖刺在牛勇的刀片上。一刺一挡双方较上了手劲，坚持了一会儿，还是不分胜负，于是又各自跳开。喘过一口气，又奔上前来再次厮杀。斗过这百十回合，牛勇对盘丫吉的刀法已大致清楚，他擅长正面攻击，主打头、胸、胯下三点，因此就改变策略，专从两侧进攻。只见他闪跳腾挪时左时右走位飘忽，这样避实就虚，盘丫吉应招便有些吃力。又斗了一二十回合，眼见盘丫吉想扭转局面，抢刀耍了个乌龙摆尾，诱牛勇来攻。须知这一招里面也藏了杀机，牛勇如果按常理奔向盘丫吉故意留下的右侧空当，只要他一挪步，盘丫吉就会一个鲤鱼打挺跳起，从半空中劈下一刀，进攻者就会被他劈成两半。牛勇看出这是一个夺命之招，但他艺高人胆大，竟真的猫腰举刀奔向盘丫吉的右侧,盘丫吉大喜过望,顿时凌空跃起朝扑过来的人影劈下一刀,谁知却劈了一个空。原来就在他跃起的那一刹那,牛勇早已倒地滚开。盘丫吉刚刚落地,牛勇已在他身后站了起来,不等盘丫吉转身,牛勇猛地一脚踹向他的后背。盘丫吉猝不及防,顿时摔了个嘴啃泥,牛勇趁机又迅速扑上去,猛地一脚踩住他握刀的手,盘丫吉疼痛难忍顿时松了手,牛勇就势把刀夺了下来。

眼见牛勇得手,紧张得出了一身冷汗的殷正茂立即大吼一声:"上!"

几个虎贲勇士应声抢步出列,三下两下就把尚未缓过神来的盘丫吉两只手反剪绑了个结结实实。

"督帅为何要绑我?"盘丫吉问。

"为何要绑你,难道你自家不明白?"殷正茂抹掉额头上渗出的冷汗珠子,恶狠狠问道,"五天之前,是谁派人给水崿山的叛匪送盐巴?"

盘丫吉一惊,稍愣了愣,答道:"不知道。"

"不知道,哼!"殷正茂朝后一挥手,下令道,"带人上来!"

众人目光移向关帝庙门口,只见两名军士押了一个五花大绑的人上来,这人的打扮穿戴同盘丫吉差不多,他一出来就看到了也被捆绑起来的盘丫吉,连忙跑到洞主前跪下。

盘丫吉一看来人遍体鳞伤,问道:"你招了?"

来人也不答话,只点点头。盘丫吉飞起一脚踢向那人的胸口,那人惨叫一声仰面倒下,七窍流血而死。

殷正茂抬手让人把死尸拖下去,一双三角眼死盯着盘丫吉,问:"盘洞主,你为何要派人去给叛匪送盐巴?"

盘丫吉伸着脖子板筋叠骨地发饧:"是人就得吃盐。"

"可他们是叛匪。"殷正茂吼了起来。

盘丫吉不甘示弱，又顶了一句："叛匪也是人。"接着又骂道，"你这狗官，设计把我拿下，又算什么东西。你有种，就把我杀掉！"

"仗着你丝苗洞人多势众，本督帅不敢杀你？哼，真他娘的井底之蛙。你丝苗洞三千男丁，纵然个个都是天兵天将，我大明十万官员，个个都是孙悟空转世。收拾你一个丝苗洞，还不等于是捏一只蚂蚱。牛勇！"

"在。"

"把他推过去，绑了！"

"遵令。"

牛勇与两个帐前亲兵一块，把盘丫吉推到辕门右侧的一根木柱上绑了，与先前绑着的吴思礼正好成了一对。至此，众位"客人"才明白为何行辕门里头要新竖这两根柱子。

殷正茂设计把这两人赚来，为的是敲山震虎，在发动总攻之前，先肃清内部隐患。这件事可谓办得干净利索，见两人均已绑定，殷正茂又道：

"这两名人犯，一个贻误军机造成惨重损失，一个暗通叛匪为虎作伥。大家说，该如何惩处？"

"斩！"在场军士齐齐儿吼道。

"慢！"

忽听有人高喊，殷正茂定睛一看，说话的是庆远府知府许辛之。只见他缓缓离席，走到殷正茂跟前行了下官晋见之礼，说道：

"殷军门，下官有些言语，可否借一步说话？"

殷正茂知道许辛之是来求情的，正犹豫着如何作答，忽见辕门外又滚瓜似的跑进来一名小校，手上提着一个兵部信使专用的牛皮囊，高声禀道：

"报告督帅，京城邸报快马送到。"

"拿过来！"殷正茂吩咐，接过牛皮囊后对许辛之说道，"许大人少安勿躁,待本帅看过邸报后再与你会话。"说着又喊了一声,"刘将军。"

"末将在。"刘大奎闪身出列。

"你代本帅好好招待客人,已值中午,摆上酒席,让大家喝个痛快。"

殷正茂交代完毕,闪身走进了关帝庙,牛勇拎着牛皮囊紧随其后。

国朝初年,承宋朝公文传递制度,在全国设置了数百个速递铺。传递的方式有三种:一是人递,步行;二是马递,由递卒骑专马送信;三是驰传,即到站换一匹马,日夜不停。这第三种速度最快,昼夜之间最快的能走八百里,所谓八百里驰传指的就是这一种。殷正茂距京城有三千里之遥,加之又担当剿匪重任,所以,他与京城联系的方式,用的便是八百里驰传。尽管这是最快的速递,他收到京城的邸报移文一应函件也得四天半时间。

却说今天信使送来的牛皮囊中,除了通政司的邸报以及兵部的咨文外,另还有张居正的亲笔信一封,他首先拆开张居正的信阅读:

> 石汀兄见字如晤,先后奉手教,皆有钉封,捧读数回,不胜于邑。

> 仆数日前,曾面奏主上曰:"今两广督抚,乃臣所力荐,能为国家尽忠任事,主上宜加信任,勿听浮言苛求,使不得展布。"主上深以为然,且奖谕云:"先生公忠为国,用人岂有不当也。"故自公当事以来,虽毁言日至,而属任日坚。然仆所以敢冒嫌违众而不顾者,亦恃主上之见信耳。主上信仆,故亦信公。

> 来函言叛贼西遁于荔波水崄山中,力屈智穷,情势已见。但崇山乱壑,虽驱入罗网,成擒尚难。万里指授,恐缓不及事,赖公

审图之耳。韦黄二贼，若能扑杀或生擒，幸惟密示，以慰主上悬念，切记切记。

又所寄二十万银票，仆深思仍以多拨军费之名义还归户部，若以李延贿银白于朝廷，必因此迁祸仆之前任。玄老既归故里，当使其安享天年，若借机构陷，非仆所愿也。此中苦衷，望公体谅，先此附言，余容后裁。

读罢此信，殷正茂至少悟到了四层意思：第一，京城里对他的"浮言苛求"一直不曾间断，甚至还反映到皇上那里；第二，张居正对他的态度是"毁言日至，而属任日坚"，且取得皇上的支持；第三，张居正不想乘人之危，对高拱落井下石；第四，也是最重要的，张居正希望他能尽快擒杀韦、黄两贼首，荡平匪患。想到这里，殷正茂一方面佩服张居正总揽全局运筹帷幄的能力；另一方面，又觉得张居正机心太深难以捉摸。就说二十天前，当他看到邸报，知道高拱的故旧门生利用童立本吊死一事大做文章，凭他直觉，就感到这些人是想趁张居正立足未稳，煽动两京官员群起攻之，以达到赶他下台的目的。正在这时候，张居正来信，希望他能顾全大局，从高拱多拨给他的二十万两银子军费中拿出一部分还归户部以解燃眉之急。

其实，在高拱去职之前，那二十万两银子已被他花得精光。一是派人去浙江买回三百杆火铳，组建了一个火铳营。那时，火铳才刚刚问世，比起长矛大刀来，威力不知大了多少。二是他从黔、桂两省征募了数千名僚兵，组建成了一个健勇营。僚人为古中原的苗裔，于西晋年间迁移到川、桂、滇、黔一带深山居住，汉代被夜郎国所统治。僚人大都身形矮小，但捷若猿猴，皆刚勇好舞剑，汉高祖曾招募僚人以平三秦。自此，僚兵英勇善战的名声便屡见史书。只是僚人暴烈刚戾很难统驭，非军事大才则不敢招募他们建制成军。殷正茂与总兵俞大猷多次计议，并深刻分析僚人的习性，认为只要能遵其俗而顺其性并不难羁縻，遂大胆招募。如今，这两个营组建成功。今日在行辕里拱卫的兵士，便都是这些僚兵。二十万两银的军费虽花光了，但李延向他行贿的二十万两银却分文未动。思虑再三，殷正茂觉得这正是帮老友一把的绝好机会，于是迅即寄去李延向他行贿的二十万两银票，并在信中约略检举李延曾向高拱门生故旧大量行贿的事实。他相信只要把这件事兜出来，高拱的"残党"就会不战自溃。谁知张居正不稀罕这个"杀手锏"，竟把李延贿银偷梁换柱说成是多拨的军费。如此一来，他不但没有人情，反而从中"夹黑"，因此心里头并不朗爽，甚至有些后悔不该寄出这张银票，反正李延已死无从追查，自己不交，断没有第二个人知晓，但事情既然做了，吃后悔药也没得用。"二十万银子到了户部，总算能帮叔大兄渡过目前的财政困难，投桃报李，只要日后仕途通显，这一举措何错之有？"这么一想，殷正茂心情转而通畅，又把张居正的来信仔细读了一遍。当看到"万里指授，恐缓不及事，赖公审图之耳"这一行时，他精神一振，放下信，又疾步走出关帝庙。

此时，午宴已经摆起，但因吴思礼与盘丫吉两人还绑在木柱上，与会官员与酋长谁也没心思喝酒。殷正茂扫了一眼席上各位，问：

"诸位怎的闷闷不乐，是酒菜不好？"

坐在前面的许辛之趁机站起来，朝殷正茂一拱手，小心求道：

"殷军门，下官想给绑着的二位求个情。"

"如何求法？"殷正茂嘻嘻笑着。

"饶他们一命，让他们戴罪立功。"

"许大人，军法如山，我殷正茂卖不得这个人情。"殷正茂说着，突然把三角眼吊起，大声令道，"把这两名人犯斩了！"

说时迟那时快，只见早已待命的两名刀斧手手起刀落，切瓜似的两颗人头落地。

　　殷正茂瞧着地上滚动的血淋淋的头颅，恶狠狠地说："今后，有谁再敢通匪贻误军机，杀无赦！"

　　眼见这惨烈场景，与席众人一个个都吓得面如土色，噤若寒蝉。

第二十八回

黑寡妇勇斗金翅王　毕大爷败走秋魁府

　　从灯市口大街东二郎神庙广场向南折，是庙右街，向西对过称为庙前街。这里是京城有名的斗蟋蟀的场所。蟋蟀又名促织，斗蟋蟀的游戏源自唐代，到了南宋开始大盛。宋理宗时的奸相贾似道可以说是超一流的蟋蟀专家，他专门著了一部《促织经》，就识类、辨色、抓捉、调养与斗技诸方面做了详尽的阐述。宋亡元兴，斗蟋蟀游戏由杭州传至燕京，元亡明继，特别是永乐皇帝迁都燕京之后，这斗蟋蟀的游戏，在这勋爵贵胄、绅士戚畹、纨绔膏粱充斥的京师，已是历两百年而不衰。特别到了宣宗一朝，此戏已是玩到了登峰造极的地步。宣宗听说苏州地面出产上等蟋蟀，遂密诏苏州知府况钟捕捉一千只贡至京师，一时间，苏州蟋蟀奇货可居。苏州卫中的武弁，逮一只蟋蟀的奖赏如同斩杀一个虏首。曾有一个善逮蟋蟀的卫中小校因蟋蟀逮得多而获得卫所百户的世职，这也是前所未有的奇事。而宣德窑中的蟋蟀盆子，也成了瓷器中的珍品传至如今，区区尺五之盆，竟值数百两银子。当时就出了一首歌谣单道此事：

> 促织喔喔叫，
> 宣德皇帝要。
> 百货皆作贱，
> 蟋蟀盆子俏。

　　由于宣宗的提倡，京师入秋以来，家家户户皆捕养促织，斗促

织场也是比比皆是。当时有一位在京城做官的歙县人闵景贤,写
了一首《观斗蟋蟀歌》,专道京师斗促织的盛况,歌曰:

> 燕市斗场户挨户,
> 正酒色天好决赌。
> 各提斗盆绣花篓,
> 摩挲入手澄泥古。
> 高下参差列两庑,
> 似为秋虫判疆土。
> 昨夜循声向秋圃,
> 金翅麻头合虫谱。
> 蹲踞盆中势虎虓,
> 未许他虫跳梁侮。
> 作势登场势逾怒,
> 双须立似旌旗竖。
> 积怒不动目相拒,
> 一阵一阵骤风雨。
> 战胜长鸣鸣以股,
> 主人夺采盆安堵。
> 保抱小虫歌大武,
> 指盆笑谓将军府。
> 嘤嘤跃跃何比数,
> 饮之食之气则鼓。
> 有雄杰然起行伍,
> 心有主人目无虏。
> ……

隆庆之后,京城斗促织盛况虽不及前朝,但每当七八月间,依
然是赌门大开,举城如狂。而庙前街则是京城斗促织最为集中之

处，小小一条街，家挨家户挨户皆是促织斗场。因此，久而久之，人们倒忘了庙前街的本名，而直呼曰促织街。

这天晚上酉戌之交，促织街上华灯璀璨人潮如涌。街上三十多家斗促织场，每一家都满登登挤满了人，其中最大的一家斗促织场，叫"秋魁府"。入门即是照壁，绕过照壁再入一道门，便是一间五楹大厅，是促织主斗场，正中摆一矮脚红木条桌，三把椅子，主斗双方主人打横对面而坐，正中坐着的是店中牙郎，担当仲裁的角色。四周摆了许多长条凳儿，由里及外一层高过一层，这都是为观众预备的。两厢靠里以及楼上还有许多分隔的雅间，这是为那些有身份的人备下的。他们既可以在此饮酒作乐，也可以互斗促织，如果主厅里的促织大战开始，他们更会参加下注。须知所有进促织场的人，都是携带了银钱前来赶场的赌客。如果说促织街其余各家的赌客多半都是市井小民，那么这秋魁府则是一掷千金的豪赌之所。曾有人在这里一夜暴富，但更多的人在这里得到的却是倾家荡产的悲惨下场。

今晚在秋魁府里摆擂台的，是一个名叫毕愣子的人，他的绰号叫"促织王"。单听这绰号，就知道他在此道中的名气。毕愣子世代居住京师，从小顽皮泼野，读了三年私塾，连个《百家姓》都背不全，可是掏鸟窝、抓蜻蜓、驯狗儿、逮耗子，他样样都是能手。打从九岁上玩起了促织就一发而不可收，干脆逃了学堂一心鼓捣这虫子，父母无奈只得由他。毕愣子十五岁上，就提了秸笼竹筒蟋蟀盆子来这促织街上搦战，虽是小打小闹，却也赢多输少。此后又经过十几年历练，他终于混出个"促织王"的头衔，偌大京师，再没有第二个人比得过他。就凭着这宗本领，他居然也积攒起万贯家财，成了人人敬畏的毕大爷。

不觉酉时已尽，秋魁府中灯火亮炽人头攒动。只是大厅里红木桌旁的三把椅子却还空着。皆因毕愣子在这里摆擂,已是一连赢了十二场。京师内外许多不信邪的高手都无一幸免败下阵来,大把大把白花花的银子都流进了毕愣子的口袋,如今已无人敢来应战了。店里的牙郎恐冷了场,站在红木桌前上齉着鼻子大声喊道:

"席前各位先生相公,毕大爷说了,凡今夜里应战之人,一律皆有让头。你道如何一个让法?只要你这位爷驯出的虫王能咬伤他的金翅大将军,哪怕只是掉了腿儿折了翅儿损了牙口,这其中任何一样出现,即便阁下的宝虫战死殉了身子,也算他毕大爷输了,你就能拿到毕大爷的一千两彩银。大家伙儿说说,这让头大不大?"

"大!"

"毕大爷有不有量?"

"有!"

众赌客一齐吼起,声如轰雷。牙郎又撺掇着高喊:

"哪位爷出来应战?"

大厅里鸦雀无声。凳儿上坐着的人都知道毕愣子的盖世绝技,谁肯上这个当。

牙郎见无人吱声,跑进厅右第一间雅室,"促织王"毕愣子就待在里面。须臾间牙郎又出来,兀自高喊:

"小的请示了毕大爷,把彩头加大,一千二百两,哪位爷应战?"

人群中开始有人窃窃私语,但仍没有人应声。牙郎一急,鼻子更齉了,只听他加码喊道:

"一千五百两!"

仍无人搭理。

"一千八百两!"

……

"一千九百两!"

……

"二——千——两！！！"

牙郎不断抬高赌码，人群中开始骚动。这些赌客本都是为钱而来，耳听这么大一笔财喜，能有谁不动心？一时间，只见眼冒绿火者有之，颊泛红潮者有之，交头接耳者有之，摩拳擦掌者亦有之。激动归激动，终是没人有勇气站出来。偏是牙郎伶嘴俐牙，撩拨得人心中发痒：

"各位爷们，毕大爷的那几头战虫，你们早都见识过了，未必就真的是天下无敌？你们都将自己的竹筒儿、秸笼子、绣花提篓仔细瞧瞧，说不定里面就有一位孙大圣能赢得这二千两银子。白花花的两千两现银哪，我的爷们！"

牙郎喊得口干舌燥，不觉又过了小半个时辰，仍是没有人应战。牙郎正自泄气站在一厢揉他的鼻子，忽然从人缝儿里钻出个人来，看上去不到三十岁，白白净净，清清瘦瘦，穿着一件细葛布的元青圆领直裰，头上戴着东坡巾，整个穿戴气质，活脱脱就是一个落第秀才。只见他手上提着一只二寸来高的楠竹筒，筒口上塞着些蒲草，不慌不忙踱到红木桌前，问牙郎：

"你说是二千两？"

"对，二千两！"牙郎口上虽答得坚决，一双绿豆眼却在来人身上睃来睃去。须知敢来这里叫阵的，都是京城里的富家浮浪子弟，可眼前这个人一副穷酸相。他免不了狐疑问道："你来挑战咱毕大爷？"

"是。"来人提起竹筒晃了晃，又说，"你去跟毕大爷讲，二千两太少。"

此语一出，全场突然一下子安静下来，所有目光都射向这位"落第秀才"，众人无不纳闷：这是哪里冒出来的一个穷措大，敢跑到这里来打诨。

牙郎也是站在原地不挪步,盯着来人说道:"客官,小的提醒你,赌场无戏言,赌资对等,毕大爷出多少,你就得出多少。"

"少啰嗦,去跟毕大爷讲。"应战者口气也很硬。

牙郎"嗯"了一声,刚刚转身却见东厢房门吱呀一声开了,从里面走出一个人。只见他冬瓜身材南瓜脸,狐狸眼睛猪肚腮,手中摇着一柄尺五大折扇,一摇一晃走过来。这人就是鼎鼎大名的"促织王"毕愣子。他是听到了牙郎与来客的对话才走出门的。他一出门,立刻引来大厅里一阵喧哗,众赌客都鼓掌向他致意。他踌躇满志地朝赌客们挥挥手算是还礼,然后收了折扇,朝来客一拱手,貌似谦恭内实倨傲地问:

"在下姓毕,请问客官贵姓?"

"姓金。"来客拱手还了一礼。

"如何称呼?"

"就叫我金秀才好了。"

毕愣子点点头,又摇起折扇问道:"阁下嫌彩头小了?"

"是的。"

"你想加到多少?"

"加一千两。"

"三千两。"毕愣子眼光一闪,一股难以掩饰的兴奋挑上眉尖,他嗖的一声又收了折扇朝手心一捣,喊道,"拿银票上来。"

"好咧。"

只听得他手下一个小厮答应,旋即把一张三千两的银票交到牙郎手中。金秀才哪肯示弱,也从袖里摸出一张银票给了牙郎。

牙郎把毕愣子的银票收好,却把金秀才的银票打开,正面反面倒过来翻过去看了半天,金秀才斜睨着他,不满地问:

"看出假了?"

牙郎赔笑说:"没有没有,初次打交道总得小心。"

"宝祥号的,见票即兑,假不了!"金秀才淡淡地说,接着掉头问毕愣子,"请教毕大爷,如何一个玩法?"

"按规矩三局定胜负。"

"是三头虫还是一头虫?"

"三头亦可,一头也可,这由咱俩商定。"

"那就请毕大爷定下。"

"哪有这道理,阁下你来攻擂,理当由你来定。不然,这些观战的爷们,就会笑话咱欺负人。"

毕愣子志在必得,所以显得宽宏大量。金秀才笑一笑,望了望挤得水泄不通的大厅,说道:"毕大爷既然谦逊,在下就得罪了,一局定输赢如何?"

毕愣子正中下怀,因为他的那只金翅大将军所向无敌,七月以来已连赢过五场,为他赚了上万两银子回来。如今已歇了三天,正是养精蓄锐等着痛快淋漓搏杀一场,于是道了一声"好",让人给他提上那只精致的秸笼。两人就在红木桌两头落座了。

牙郎主持,两人交换竹筒秸笼互看对方的战将。

促织既为虫戏,这里头也有许多学问。单说促织种类,从颜色来分,就有红紫头、黄麻头、青黄头、白麻头、淡黄麻头、红麻头、青金麻头、紫麻头、栗麻头、柏叶麻头、黑麻头、半红麻头、乌麻头等数十种之多。其中青为上,黄次之,赤又次之,黑再次之,白为下。金秀才接过牙郎递上的毕愣子的秸笼,透过草隙朝里一看,筒底细沙上蹲着一头战虫,身子如蟹壳青,头圆牙大,腿长项宽,红钳赤爪,金翅燥毛。只见它困在里头焦躁不安,辗转腾挪,恨不能一头撞破笼壁,不由得心里头啧啧称叹:"果真是一副王者相,喊它金翅大将军还是亏了,应称它为金翅虎!"再说毕愣子接过金秀才的竹筒儿一看,里面的一只促织身黑如墨,屈腿卧着,埋首如老狐,惟一谈得上品相的是它的如同浇过油的一颗大方头。毕愣子心下忖道:"这虫儿只是个中品,且还懒洋洋不在状态,若上起阵来,不消三两下,就会被金翅大将军撕个稀烂。"心中有了底,他决定卖个人情,把眼前这个想占便宜的书生戏弄一番。他退还竹筒时,一双狐狸眼睛眨个不停,讥笑着问:

"这虫儿叫啥?"

"黑寡妇。"

"名儿俗,"毕愣子心里头咕哝,接着说,"金先生,你这只虫儿在筒里闷养得久了,似乎沾了太多的潮气。"

金秀才看出毕愣子的轻蔑,取笑道:"是啊,这是只雌虫,待字闺中,看样子在怀春。"

"金先生会说笑话,金翅大将军你已看过,有何评价?"

"的确一头好虫,活像猛张飞。"

"既是这样,你不是白白送银子么?"

金秀才睃了毕愣子一眼,说道:"赌场无戏言,银票既已交出,就绝无反悔之理。"

毕愣子顿觉这位白面书生还有几分豪气,于是答道:"好,金先生是痛快人,我毕某索性把彩头加到一万两,怎么样?"

"一万两?"金秀才一愣,红着脸说道,"对不起,在下今日只带了三千两来。"

毕愣子笑道:"金先生误会了咱的意思,你的三千两不变,咱这头加到一万两。咱若是赢了,就拿你的三千两,你若赢了,就拿走一万两。"

"这样不公平吧?"

"就冲你金先生这等勇气,咱毕某认了。"

金秀才眉宇间溢出惊喜,抱拳一揖说:"恭敬不如从命,金某这厢领情了。"

两人刚把条件谈妥,那牙郎立马站起身来,扯着嗓子大喊:"各位爷们,赶快下注呀,金秀才挑战促织王,今夜里有一场好戏看啰!"

大厅里顿时又乱成了一锅粥,各位赌客纷纷解囊掏出银钱。只见秋魁府几个一色号衣的小厮拿了竹筐挨个收钱并发放等值的铜牌。这铜牌乃秋魁府特制,以作结账时兑付的凭证。人群中十之八九都把赌注押在毕愣子这边,偶尔有那么几个押给了金秀才,便落得旁人的讥笑:"你看那小白脸,从上看到下没一点气势,你押上他,岂不是拿了银钱打水漂?"那人也不服气,摇着手中的铜牌,反唇相讥道:"他既揽这瓷器活,肯定就有金刚钻,等着瞧吧。"

一阵嘈杂后,大厅复归沉寂,数百双眼睛直直地都盯着那只红木桌。只见牙郎将一只口阔一尺的青花蟋蟀浅底盆摆上了桌面,盆子上架了半圆的铜丝罩,罩子左右各开了一个小门。毕愣子先将靠自己这边的小门打开,拿起竹筒抽开浮草,那只金翅大将军一跃而出,落入盆中,顿时上蹿下跳活泼非常,这股子剽悍之气,赢得堂上一片喝彩。

坐在另一头的金秀才,看着金翅大将军在盆子里活蹦乱跳,倒显得没有把握了,犹豫再三才打开小门,把自己的那只"黑寡妇"放在盆中。

正在自个儿闹腾的金翅大将军,突然发现盆子中又来了一位同类,立刻兴奋异常。它顿时把四只螳螂腿往后一退,踞在盆边儿上,两只红钳叉开挠动,龇着小黄牙,对黑寡妇虎视眈眈,大有一跃上前将对方撕成粉碎之势。相比之下,黑寡妇瑟瑟缩缩一副怯懦之相,它低着头,微眯着眼睛,翅膀贴身敛得紧紧的。双方如此对视了一会儿,忽然,只见那金翅大将军纵身一跃,像一道闪电朝黑寡妇奔来。只听得轻轻一声脆响,是金翅大将军四腿落地的声音。它本以为如此一扑,一定会压断对手的颈项,殊不知扑了一个空,急忙回头一看,黑寡妇却不知何时已闪躲到它的后面。

这第一个回合,一个进攻一个躲,均无伤害,算是个平手。

金翅大将军本来就是个暴戾的主儿,加之养蓄了多日,攒足一身的劲,没想到第一扑就落了空,顿时撩起了怒火。只见它蹲在那里,坐着两条后腿,两条前腿不停地挠动,宽大的身段绷得紧紧的,伺机发动比第一扑更为猛烈的进攻。

黑寡妇则倦怠如前,眼眯眯地看着三寸之遥的金翅大将军,一副极不情愿过招的神态。

等候间,人们发现金翅大将军两条前腿挠动的速度慢了下来。突然,就在它两条前腿点地的那一刹那,这盖世英雄如同饿猫见鼠一般横空一跃,黑寡妇也刷地挺起身来张了翅子,金翅大将军似乎明白对手又会玩第一招时的把戏,在它落地前跳走。于是,它这一跃在空中就改变了线路,只见它翅膀一仄,划了个优美的弧线,又凶猛地回扑下来。

依然是微微的清脆的一声,金翅大将军落在了原地。而黑寡妇又敛了翅子,依旧趴在原处一动不动,只不过受了这两扑,它不再那么懒洋洋,这会儿它也将一直收起的两只毛茸茸的钳子舞动起来。

经此两招,金翅大将军已是彻底被激怒。它第二扑四腿刚一落地,就又腾地射将出去,这回它不再跃起,而是瞄准黑寡妇直直地撞过去。须知这一身蟹青色的金翅大将军,按贾似道《促织经》分类,是蟋蟀中的极品,俗有铜头铁臂之称。所谓铁臂,就是它的两只红钳,若么平撞过去,黑寡妇躲避不及,一俟接近它的身子,金翅大将军就会把张开的双钳迅速合拢一夹一撕,黑寡妇非死即伤。这一回金翅大将军使出了"杀手锏",黑寡妇焉敢怠慢,说时迟那时快,眼看金翅大将军舍命撞来,黑寡妇振翅一跃,就在它整个身子刚刚离地之时,金翅大将军已是挟雷带电冲到它的腹下,它还来不及飞得更高,金翅大将军的红毛铁钳已是扫到了它的后腿。

黑寡妇缩收不及,早见右后腿已被夹断半截。

"呀,黑寡妇的腿断了!"一直瞪大眼睛屏住呼吸的牙郎,这时突然举着双手,对着大厅黑鸦鸦的人群兴奋地喊叫起来。立刻,整个大厅里爆发出欢呼,毕大爷的拥趸们一个个高兴得手舞足蹈。

自以为胜券在握的毕愣子,看到一对促织连过两招后,心里不免犯嘀咕,单从颜色、形状两样辨识,这黑寡妇虽不是俗流,却也说不上是佳品,若是摆出来卖,也不过值三五个铜板。毕愣子相信自己辨虫的功夫,绝不会看走眼。但从它连躲金翅大将军的两扑来看,居然露出了那种以静制动的上乘功夫。毕愣子心中一格登,心想完了,老子射了一辈子的雁,今儿个晚上未必要让雁啄瞎眼睛?正晦气得没个头绪,忽然看见黑寡妇踉踉跄跄掉了半截后胯儿,他顿时又心花怒放。恰在这时,牙郎也来了那么一呼,惹起大厅里一片聒噪。毕愣子觑了金秀才一眼,只见他正襟危坐,盯着蟋蟀盆子两眼发直。也不知绊动了哪根筋,毕愣子竟动了恻隐之心,朝着牙郎吼了一句:

"你瞎嚷嚷个什么!"

牙郎挨这一剋,满脸尴尬地伸伸舌头,他又挥挥手示意大家安静。

盆子里,两只促织各踞一方,中间是那一条断腿。

"金先生!"毕愣子轻轻喊了一句,语气中让人咂摸出那种胜利者给予失败者的同情。

"别急,往下看。"

金秀才一脸的冷静,他朝蟋蟀盆子努了努嘴,毕愣子与牙郎的眼光才又落到那两只战虫上。

由于钳断了黑寡妇一条腿,金翅大将军得意洋洋,只见它飞跃腾挪精神倍加。黑寡妇虽然断了一肢,却也相当镇定,蹲在那里,好像是一团时刻都会爆炸的惊雷。金翅大将军本想把黑寡妇撩拨出来作战，见黑寡妇纹丝不动，它按捺不住，又一次纳头冲了过来。这次黑寡妇再也不闪躲，而是挺身站起，虽然只有三条腿，却铜浇铁铸一般屹立。当金翅大将军的一对大红钳像两支长矛刺来之时，黑寡妇迅若蛟龙伸出双钳相接。顿时，四只钳子紧紧纠在一起。金翅大将军左扳右扳，终是摆脱不了钳制。按行家说法，这叫攒夹。两虫相斗，按品类分文口武口，两者区别，如拳教中软功硬功。牙甫相交，敌虫即走竟至绝茨者，这是文口。猛不可当，合钳即头开项裂者，乃是武口的表现。今日场上的两只战虫，很明显，黑寡妇是文口，而金翅大将军则是百战百胜的武口。应该说，举钳相迎，应非文口的强项，如此硬碰硬，文口肯定吃亏，但此时的黑寡妇，却大有"风萧萧兮易水寒，壮士一去兮不复还"的英雄气概，居然敢同金翅大将军进行肉搏，而且双钳宛若神助死死箍住金翅大将军，让其挣脱不开讨不到半点便宜。双方这样僵持了一会儿，黑寡妇的大方头突然向左一偏，同时也松了金翅大将军的左钳——这也是斗技之一种，称为敲钳。金翅大将军毕竟身经百战，黑寡妇变出此招在它意料之中。当黑寡妇的钳子一松，它反过来又把它抓住。黑寡妇发现此招不奏效，立即又调整姿势，再次将头侧转，作犀牛望月之势，以自己的牙外盘，频频敲击金翅大将军的牙根。金翅大将军对这一招没有料到，因此来不及防范。连敲几下，金翅大将军牙口松动疼痛难忍，本来强有力的一对钳子忽地就软了。此时它也鼓足力气将头撞向黑寡妇的颈子——这是自救之法，只要黑寡妇保护颈项，两只钳子必然就会分开。这一招果然有效，黑寡妇立马收了双钳护住颈项。金翅大将军趁势一跳离开黑寡妇的攻击范围。但是，愈战愈勇的黑寡妇哪肯放过，趁跳到盆子另一侧的金翅大将军喘息未定，它已是饿虎扑羊一般奔来。金翅大将军牙口负痛无心恋战，只得跳起来躲避。慌乱中，它的矫健的金翅被黑寡妇的大黑钳刺破一只，这才真是屋漏偏遭连夜雨。斗到此时，金翅大将军已是只有招架之功而无还手之力了。双方纠缠了一会儿,金翅大将军被黑寡妇逼到盆边无路可逃。这小小畜物,尽管已是遍体鳞伤,但毕竟是宁死不屈的"硬汉"。它受不了这等羞辱,于是拼尽全力朝黑寡妇撞来,此时的它,大概想与黑寡妇同归于尽了。但黑寡妇岂肯上这个当,只见它身子一磨躲过这致命的一击。金翅大将军由于用力过猛收身未稳,打横蹲踞的黑寡妇看准金翅大将军的腰部,挺起大方头狠命一撞,立时,只见金翅大将军已是歪了脖子翻了肚儿被撞成两截。

"呀——"

牙郎又是情不自禁地一声尖叫,扭头一看毕愣子的一张冰脸,吓得赶紧捂住嘴巴。

通过牙郎的表情,大厅里的诸位赌客大约猜得出发生了什么,纷纷拥上前来观看,当他们看到金翅大将军已经身首异处而黑寡妇仍在蹦跶时,都不敢相信这是事实。一时间,大厅里除了把赌注押在黑寡妇身上的少数几个赌客外,大都怅然若失噤似寒蝉。毕愣子做梦也没想到会是这种结局,因此痴坐在那里像个木头人。也不知过了多久,他才缓缓站起来,朝金秀才道了一声"后会有期",反剪起双手,一声不吭走出了秋魁府。

第二十九回

游管家矫情帮巨贾　金秀才大侃蟋蟀经

金秀才与牙郎办妥了银票交割，已是喜不自胜，正说要离开，忽然有人在他肩头上拍了一下。回头一看，是一个比自己年纪稍长的人，从衣着穿戴上看似乎是大户人家的管家。

"先生，楼上有人请。"那人说。

"谁？"金秀才问。

"我家老爷。"

"谁是你家老爷？"

"七彩霞的老板。"

"是郝老板？"

"正是。"

"我不认识他。"

"这又有什么要紧，上去自然就认识了。"

金秀才还有犹豫，那人瞧了瞧四周，压低声音说："你以为这一万两银子好赚么？外头不知有多少人等着收拾你。"

金秀才抬眼望去，果然发现周围有许多不怀好意的目光，遂说了一声"好吧"，便随那人上楼进了靠里的一个房间。

屋子里头坐了三个人，是那日在淮扬酒肆的原班人马郝一标、徐爵与游七。三人围桌而坐，桌上放着几碟精致的茶点。

这三个人，这些时经常混在一起。平素还算老实的游七，自认识郝一标后,短短十几天时间,已是吃喝嫖赌样样都经历过。张居正治家甚严,家里人若在外头滋事,他从来都是严惩不贷。去年,曾有一个家丁收受人家十两银子的贿赂,打着他的牌子,跑到房县去干涉一桩官司,被他知道了,先是痛打一顿,然后送到官府治罪。如此一来,的确起到了杀鸡吓猴的作用。张居正当了首辅之后,默许游七与徐爵交往,为的是建立管道,保持他与冯保的密切联系。至于郝一标,则是因为胡椒、苏木折俸需要他帮忙。这样一来,游七经常离家与这两个人鬼混便有了堂而皇之的理由。今天下午,徐爵差人送信到张大学士府,要游七晚上到秋魁府见面,说是有要事相商。游七向张夫人告了假,如约乘小轿来到这秋魁府。

当小厮把游七领进秋魁府二楼这间雅室时,郝一标与徐爵已先到了。三人坐定,游七问:

"两位老兄怎会在这里,未必你们都有斗蟋蟀的雅兴?"

"闲来无事,这里也是京城找乐子的最好去处,"郝一标笑哈哈地说,"何况咱也曾言明,凡京城有名儿的玩赏之地,都要让你游老兄从容领略。"

"总是让你破费。"游七客气了一句。

"老游,两天没见,怎么背也弯了?"

徐爵一双鱼泡眼在游七身上溜来溜去。游七被他看得不自在,反唇相讥道:

"我天天忙得脚不沾地,哪有你徐总管快活,夜夜笙歌,快活得像神仙。"

"嗨,你瞧瞧这老游,"徐爵手指着游七,眼看着郝一标,嬉皮笑脸地说,"把天底下最苦的事儿,却当成了神仙日子。夜夜笙歌有什么好,那一夜,你给妙蕙开苞,累不累?咱在隔壁,听得那个小道姑杀人似的嚎叫,就知道你老游使了多大的劲儿,一夜下来,底气都掏空了,腰不弯才怪呢!老郝,今儿晚上,你弄点什么给老游滋补滋补？"

徐爵一向好捉弄人，他看准了游七是个好捏的柿子，因此一见面就拿他开涮。游七肚子里的馊主意虽然不少，但天生一条呆舌头，打嘴巴官司不是徐爵的对手，受了徐爵这一顿嘲弄，除了摇头傻笑也别无他法，亏得郝一标出面解围，换了话题说道：

"游老兄，斗蟋蟀的活儿，玩过没有？"

"小时候玩过。"

"来京城以后呢？"

"没有，"游七摇摇头，"这秋魁府的大名，我是早就听说了，今儿还是第一次进来。"

"这门道儿里，也有大学问。"

郝一标说着，便以行家的口气，大侃了一通蟋蟀经。游七本无心绪，又怕他们笑话他"老土"，只得装出饶有兴趣的样子。待郝一标话音一落，他便问道：

"听说玩蟋蟀的一套行头也大有讲究，仅一个蟋蟀盆子，便宜的三两个铜板，贵的，就得好几两银子。"

"好几两银子，"郝一标哈哈大笑，"游老兄，改天我请你到寒舍，看看我收藏的十几只宣德窑的蟋蟀盆子，最贵的，值二百两银子。"

"我的天！"游七惊得一伸舌头，"这纯是抬起来的，就是金盆子，也不值这个价。"

"我收藏的最好的宣德窑蟋蟀盆子，产自苏州。"说到这里，郝一标把脑壳一拍，像突然记起了什么似的，瞅着游七说，"提到苏州，愚弟有件事，想请游七兄帮忙。"

"什么事？"游七问。

"事情倒不大，只要游老兄肯帮这个忙，就易如反掌。"

"啊，这么简单。"

游七摸了摸脸上的朱砂痣,眯眼儿笑着,等候下文。

郝一标斟酌着说:"眼看就要换季,咱从杭州、苏州等处置办了一些衣料,拟运来京师,想请游老兄帮忙弄三条船,杭州两条,苏州一条。"

"让我弄船?"游七一下子瞪大了眼睛,"郝老兄,你这是开的啥玩笑,我上哪儿弄船去!"

"老游,郝老弟既开了口,就知道你一定弄得到这三条船。"徐爵插话道。

"我上哪儿去弄?"

"找你家老爷,首辅大人。"

"找他?"游七一惊。

"对,找他!"徐爵回话干脆,"京杭大运河上,管理漕运的,是衙门设在扬州的操江御史。眼下正是夏粮起解,运河上的漕船有几千条,只要首辅大人给操江御史写封信,让他调拨三条船给郝老弟用用,还不是小菜一碟?"

游七犹豫着问:"运河上不是还有商船么,干吗非得用操江的漕船呢?"

徐爵见游七问这等蠢话,又好气又好笑:"老游,你到底是装傻呢,还是真的不懂?"

"真的不懂。"游七一口咬定。

徐爵只得解释:"那二千多里的京杭大运河上,南来北往的船只有上万条,但沿途靠船吃饭的官匪,更是多如牛毛。如果是一条普通的商船,从杭州出发,沿途要经过苏州、扬州、济南卫、通州、张家湾五处榷关,这都是朝廷的税关。过一关就得交一次税,四次税下来,一船货的价值已被弄走了一半。这还算是轻的,若碰上雁过拔毛的家伙,兴许一船货都给你没收了,这是官卡。还有匪,一路上,江中不知什么时候会冒出一股子强盗来,杀人越货,不但劫了船去,押船的人连命都得搭上。所以,一般的商人,绝对不敢雇船运货。但运河上也有两种船非常安全,一是驿船,这是运送官员的;还有就是漕船,专为运送粮食和官办的货物。驾这两种船的,都是由兵部管辖的漕军,都是吃皇粮的兵大爷,哪个敢惹?郝老弟之所以想弄几条漕船运货,一来是为安全着想;二来,咱明人也不说暗话,单是那四处榷关,就可以省下一大笔税银。”

徐爵说的这些,游七早有耳闻。南北商人常常托京城里有权有势的大臣给操江御史写条子弄漕船,一年要挣不少的黑钱。他之所以装糊涂,就是想逼着郝一标说出实情来。当性急的徐爵和盘托出后,他就在心里盘算:每条漕船大号的能装上万石粮食,即便是小号的,也能装六千石。郝一标弄三条漕船,装载的肯定都是上等丝绸面料。取个中价,一条船的货也值十万两银子,不说别的,单是那四道榷关,得要多少银子打发?想到这里,游七心里有了谱,于是撇了这话头,宕开一句问道:

“徐兄知道么?王篆手下一个档头,叫蒋二旺,前几日被拘进了刑部大牢。”

徐爵点点头表示知道,说:“听说他吃空额,咱今天看了王篆给皇上的本子,说是要严查这事。”

“你能看本子?”游七冒失地问道。

“这有什么大惊小怪的,”徐爵白了游七一眼,“凡是皇上能看的本子,咱家老爷都能看,只要咱家老爷能看,咱就能看。”

“这么说,咱们徐老兄,也算是半个皇上了。你游老兄,也是半个首辅。”

郝一标说句玩笑话,本是讨好的意思,没想到两位大管家一齐变了脸,游七赶紧说:

“郝老弟,这玩笑开不得。”

“是啊,这话有欺君之罪,咱担当不起。”徐爵也附和了一句,又接了先前的话头,对游七说,"王篆那道本子,内阁拟了票,明日谕旨就会出来,要各衙门按五城兵马司那样去做,严格清查本署贪墨官吏。"

"这是京察的主要内容。"游七答道。

"也是首辅大人的神来之笔,"徐爵忽然有点悻悻然,"不过,锣做锣打,鼓做鼓敲,京城十八大衙门反贪墨,并不妨碍你游七做这个人情。"

游七不说为难也不说不为难,只是笑着问:"徐老兄,你说,明儿个皇上圣旨一发,咱家老爷还能给操江御史写信么?"

"有啥不能!"徐爵理直气壮,"前些时,京官们为胡椒、苏木折俸闹事,你家老爷要郝老弟挂牌收购胡椒、苏木,郝老弟没说个不字儿,第二天就照办了,现在请他老先生写个条子,也算是回报嘛。"

游七就知道徐爵会提这档子事,他也觉得这的确是找老爷写条子的正当理由,但他仍不肯爽快答应,敷衍道:

"咱老爷规矩严,不要说我是个下人,就是他的亲戚,也从不敢开口求他办事儿。"

"游老兄真有难处就算了,"一直在旁边静听谈话的郝一标这时开口说道,"不过,如果这事儿办得成,我郝某绝不会让你空劳。"

"郝老弟这话就见外了,"游七嘴上埋怨,心里要的就是这句话,"明日得便,我将这事儿向老爷婉转表达。若办得成,是你郝老弟的运气,办不成,你也别怪我。"

"行,有你这句话,郝老弟就吃了定心丸。"徐爵说着伸了个懒腰,怨道,"干嚼了这半天舌头,该弄点酒来吃了。"

小厮筛了一壶热酒,掇了几样茶点上来,三个人刚喝上一盅,忽听得楼下一片聒噪,原来金翅大将军与黑寡妇的搏杀,已到了紧要关头。

金秀才刚一进门，郝一标就起身朝他打了一躬，说道："恭喜金先生，今晚大获全胜。"

"这就是咱府上郝老爷。"管家介绍。

"啊，结识郝老爷很高兴，"金秀才拱手还了一礼，又说道，"雕虫小技，不过尔尔，哪用得上郝老爷恭喜。"

郝一标请金秀才入座，指着徐爵与游七说："这两位是鄙人的朋友。"

徐爵与游七都欠欠身子以示欢迎。

郝一标与徐爵都有养促织的嗜好，虽算不得一流高手，却也在圈子内小有名气。今夜里忽然冒出个谁也没听说过的金秀才，把在京城促织场中称王称霸十几年的毕愣子拉下马来，倒真是让两人吃惊不小，因此一定要把金秀才请上来一会。至于游七，虽然是个门外汉，但既然坐在这屋里，也只能逢场作戏。

金秀才入座，四个人正好各占一方，郝一标的管家退出去重新把门掩好。金秀才把手中提着的竹筒放上桌面，徐爵睁着鱼泡眼，干笑着说：

"金先生，那只黑寡妇可在竹筒里？"

"在。"金秀才点点头。

"能否让咱们见识见识？"

"有何不可？"

金秀才说着就把竹筒推到徐爵面前。徐爵双手捧起，透过草隙朝里细看，只见黑寡妇此刻又是十分的慵懒，伏在筒底一动也不想动。徐爵于是又把竹筒递给了郝一标，郝一标弄根草伸进去拨弄，黑寡妇也只是稍稍挪了挪身子。

"这黑寡妇，怎么让人看不出个大王相来？"郝一标问。

金秀才呷了一口茶，问道："请问郝老爷，大王相应该是什么样子？"

郝一标答道:"毕愣子的那只金翅大将军,论颜色是一丝不杂的蟹壳青,翅子金晃晃,钳子红彤彤,嘴像狮子嘴,头像蜻蜓头,腿像蚱蜢腿,而且毛躁躁的,一看就让人眼热。可是你这只黑寡妇,老是这么萎靡不振无精打采。咱真不知道,它如何就能把金翅大将军打败。"

金秀才浅浅一笑,回道:"郝老爷大约是中了贾似道的毒太深。"

"此话怎讲?"

"方才郝老爷品评促织是否王者相,用的都是贾似道所著《秋虫谱》里的原话。这贾似道称得上南宋的第一大玩家,对促织之精通,实乃集前人之大成而又有独创之见,时人无出其右。但贾似道毕竟死去近三百年,这期间沧海桑田该有多少变化? 蟋蟀虽为微末之蠢,也不可能一成不变。况且蟋蟀之幽微,贾似道也有发掘未尽之处。"

郝一标与金秀才对话时,徐爵一直专注倾听,这时插嘴问道:"依金先生之见,黑寡妇胜在哪里?"

金秀才答:"毕大爷的金翅大将军,的确是神品,但一看它的动静,就知它产自败窑。"

"败窑?何以见得?"徐爵问。

"一座窑败后,窑火尽淬于砖中。虽天长日久杂草蔓生,但砖中燥气仍是旺盛。在这种砖缝儿里长成的促织,具纯阳之气;且青色身子红色钳子金色翅膀,处处都如火燎油泼,呈现一派英武之气。毕大爷的金翅大将军,正具备这些特点,说它万里挑一还有些亏,说它可遇而不可求则庶几近之。从品相上看,金翅大将军的确有王者风范。"

"既是这样,它为何会死于黑寡妇之手?"

"这就叫卤水点豆腐,一物降一物,"金秀才眨眨眼睛,狡黠一笑说,"在下那只黑寡妇,产自古冢。"

"什么古冢?"徐爵一时没听明白。

"就是年代久远的老坟。"游七帮着解释。

金秀才看了游七一眼,继续说道:"这位先生说得不错。古冢年代久远,凝至阴之精。产于其中的促织,颜色偏暗,四肢偏短,以通体黑色为上品。由于穴中至冷,促织似醒似眠并不喜动。一旦捕捉到手,顺其性以养之,养其锋蓄其勇,使之投入搏杀,可收奇效。"

"你这黑寡妇捉自何处?"

"香山。"

"唔,那里的老坟多。"徐爵点点头,又狐疑问道,"老坟之产就能斗过败窑之产,这不一定吧?"

"如果都是上品,古冢之产就一定会胜过败窑之产,以阴克阳虽属道家言,却也是兵家大法。"

金秀才侃侃而言头头是道,闻者无不折服。趁徐爵呷茶时,郝一标又问:

"方才金先生说顺其性以养之,这究竟是如何一个养法?"

金秀才看眼前这三个人是真心请教且无恶意,也就和盘道出真经:

"养法因虫而异,不可拘泥。就说这黑寡妇,既出自古冢,又属雌,可谓阴上加阴。首先要设法给它治懒病,激发其斗志。对症下药,又分水疗与食疗。先说水疗,黑寡妇初逮上来,从冷沁沁的地穴到骄阳普照之地面,一下子热不可耐,致使倦怠加倍。为了让它适应地面热度,须得以青草擂碎绞汁,入蜜糖水调匀,再掺入河水慢慢给它洗浴。这里头要紧的一点,是必须用河水,井水泉水都使不得。因这两种水太凉,浇上去虫身难免悚栗,轻者得寒症,重者甚至会丢命。河水性温,一次一次浇过,不消三日,黑寡妇对地面就适应如常。再就是食疗,黑寡妇长处地穴,多吃阴凉小虫,如果一味顺其所好,则仍不能培养斗志。正确之法是取旱莲草嫩花喂饲,每餐再配以四五只绕飞于干粪上的苍蝇。餐后,取男婴便水杂以清水调和让其啜饮。如此数日,黑寡妇表面上虽然还是懒洋洋打不起精神,但体内已是元气大充。一遇战斗,三两回合之后就能摆脱惰性,且愈战愈勇,必欲置敌虫于死地而后快。"

金秀才不疾不徐,从容不迫道出这一番高论,在座的玩家们无不佩服得五体投地。郝一标又把那竹筒儿拿起再把黑寡妇仔仔细细瞧了一遍,叹道:

"如此一只好虫,可惜断了一条腿。"

"这也无妨,只要调养几天,它仍是盖世英雄。"

"请问如何调养?"

"用篱落上断节虫,再配上扁担虫,一起烘干研和喂之,再用姜汁浓茶配以铜壶中浸过三日的童便作为饮品,如此调养七日,黑寡妇仍骁勇如初。"

"可它毕竟断了一条腿。"

"人之断臂而为英雄者,不也屡有出现么?"

"这倒也是。"郝一标哑然一笑,旋即试探问道,"这只黑寡妇,不知金先生能否割爱?"

"怎么,郝老爷想买?"

"是呀,金先生若有意,可出个价。"

金秀才又把在座三人瞅了一眼,说道:"郝老爷既然有心购买,理当由您开价。"

郝一标举起一只手,说道:"五百两银子,你看怎样?"

金秀才笑而不答。

郝一标愣了愣,性急地说:"上回毕愣子的金翅大将军,咱出过八百两银子他不肯让出。黑寡妇既然战胜了它,我索性再加二百两,一千两银子,你卖不卖?"

金秀才突然哈哈大笑,在座三人都让他笑蒙了。

"你笑啥?"徐爵脸一板,问道。

金秀才收住笑,说道:"郝老爷财大气粗,肯出一千两银子买只虫儿,也算是豪气干云,只是我金某不肯卖!"

徐爵见金秀才张狂起来,便威胁说:"金先生大概不知道郝老爷的名声吧?"

"我金某虽才疏学浅,但郝老爷的名声还是晓得的,富可敌国挥金如土。前几天还张贴告示大量收购胡椒、苏木,以解户部之困。京城十八大衙门、内监二十四司局全都有哥们儿朋友,是个手眼通天的人物。"

"你既知道这些,为何不肯卖?"

"卖了,在下就得罪了在座诸位。"

"啊?周瑜打黄盖,一个愿打,一个愿挨,哪有什么得罪?"郝一标问。相比之下,他倒显得彬彬有礼。

"方才我金某赚了一万两银子,那是赌。赌桌上只有输赢,没有情分。现在你郝老爷要花一千两银子买黑寡妇,这是买卖。既是买卖,就得讲公平交易。一只从破棺材里逮着的虫儿,哪儿能值一千两! 纵是你郝老爷肯出这个价,我金某若是要了,岂不是坑你?"

"金先生是读书人,讲道义。"游七叹道。

"那你说值多少,总得开个价。"郝一标催促。

金秀才把竹筒儿往郝一标跟前一推,大度地说:"我看郝老爷是道中人,有千金买马骨的侠士遗风。也罢,这只黑寡妇就送给你了。"

"这……"

金秀才如此慷慨,倒让郝一标不好意思。沉着脸的徐爵又勉

强挤出笑容,赞道:

"金先生毕竟是爽快人。"

"这位老爷不必夸奖,金某奉送黑寡妇,也有一个小小的条件。"

郝一标手一抬:"请讲。"

金秀才说:"在下进这间房之前,承蒙郝老爷管家提醒,说金某赢了这一万两银票,恐怕出门就有危险,因此请求郝老爷,能否派人护送在下回到寒舍。"

"这有何难,不用郝老爷,咱老徐就可以做到。"徐爵大包大揽答道,接着一拍巴掌,喊了一声,"来人!"

应声门响,只见东厂那个"刮刀脸"走了进来。徐爵对他说道:

"你派几个弟兄护送这位金先生回家,如有闪失,我拿你是问。"

"是。"刮刀脸应诺退到门外等候。

金秀才立即站起身来,对在座三人拱了拱手,说道:

"多谢诸位,金某先走一步。"

第 三 十 回

交税银杨提举耍滑　　对账册王部堂蹙眉

这些天，王国光每天都是在点卯之前就早早儿来到值房。国库耗竭，他的当务之急就是筹措银两以资国用。全国田地课税分夏秋两季征收，夏季课银应于八月底前征收完毕，但实际上往往拖至九、十月份也征收不齐。王国光让十三司分头催促各自对应省份，户部也咨文各省抚台，希望切实督促如额征齐夏课，务必于八月十日前解赴两京太仓验交。眼看期限已到，可是还没有哪个省的课银解来。由户部直管的两淮、浙江、长芦等九个盐运司以及扬州、九江、德安等十大税关，虽经多次督催，因各种各样原因，也都无盐课与商税解来。数口之家，每天开门也有"柴米油盐酱醋茶"七件事等着花钱，何况一个国家。京城中五府六部大大小小数十个衙门，一天得要多少银子的开销？特别是皇上谕旨取消王侯勋戚的胡椒、苏木折俸，又新增了几万两银子的亏空，王国光为此急得如热锅上的蚂蚁。加之童立本事件发生之后，一些官员借机闹事，放冷箭打横炮冷嘲热讽写匿名帖子，目标都对着他这个部堂大人。此情之下，王国光纵然是铁打的汉子，也不免心力交瘁，几天下来，竟掉了十几斤肉，平日丰润的两腮塌陷了下去。

今天他刚到值房，日值司务就进来禀报说泰山提举杨用成已在值事厅里候见。王国光吩咐把杨用成带进值房，司务遵命而去，到了门边又停了下来。

"还有何事?"王国光问。

"观政金学曾一定要卑职转告,他说他有要紧事要见部堂大人。"

一听到这个名字,王国光立刻就想到储济仓事件,对这个敢在太岁头上动土的愣头青,他颇有几分好感,只是这些日子事务繁杂,还来不及召见。

"他有什么要紧事?"王国光问。

司务答:"他不肯讲,说只能禀告部堂大人。"

王国光皱了皱眉,他眼下正忙得分身乏术,哪有工夫听一位闲职的"要事"。于是对司务挥挥手说:"你告诉他,待我有空再传他,你快去将杨用成带来。"

司务出去不一会儿,便领进来一个瘦高个儿,长着两条罗圈腿的半老头子进来。只见他身着精葛布制成的五品白鹇官服,许是早起怕凉,官服外头还套了一件罩甲,看上去不伦不类。他一进来就磕头,用浓重的山东莱州口音说道:

"卑职礼部泰山提举杨用成叩见户部部堂王大人。"

一听这自报家门,什么礼部户部分得清清楚楚,王国光明白藏在话缝中的暗刺,也不便发作,只说道:

"请起,坐下说话。"

"是,卑职遵命。"

杨用成艰难地爬起来,按司务的指点寻了把椅子坐下,双手抱着右膝盖头一阵揉捏,只因刚才下跪太快,膝盖头被砖地硌得生疼。王国光瞟了他一眼,吩咐司务:

"你去把金部段大人找来,一块与杨大人谈话。"

今日这场谈话,原也是为了税银问题。自永乐时期起,泰山上大大小小几十座道观,乃国中第一香火旺地,每年上山进香者不下数十万人。各道观每年接受的香火灯油钱,多者上万,最不济的也有上千两银子,因此征收泰山的香税银,也是永乐皇帝的主意。按各道观收入多寡而核定纳税数额,一定三年不变。三年后再根据变化重新核定。如此循环往复,一百多年来,每年所征的香税银,最多征至三万,最少的也能征到一万二千两。从隆庆三年起,核定泰山香税银所征总额为每年两万两。尽管各地各种税银很难如额征收,但泰山香税银却总是能够如期实数入库。去年底,经户部、礼部、泰安州三方一起核查,从隆庆六年始,泰山香税银实征数额为每年二万二千两,比前三年每年增加了二千两。这一增额当时各方均无异议。泰山香税银虽然由户部列收,但其征收者却是主管山政的泰山提举。按其惯例,全国各大佛道名山,都由礼部选派提举前往管辖。提举是从五品衔,有自己单独的衙门,其主要职责是管理山中一应宫观事务,征收香税银只是代理。这位杨用成正是按规定期限解银到户部交付的。他此番应交今年上半年的香税银一万一千两,但昨日交到太仓的只有六千两,少了整整五千两。太仓大使问缘由,他支支吾吾说了一大堆还是没交代清楚。由于数额悬殊太大,太仓大使不敢做主,遂上报部主管金部司,司郎也不敢决断,赶紧又报到部堂。王国光正在为银子着急,恨不能沙里淘金针尖削铁,从什么地方能挖出一窖元宝来,一听此事,不由得火冒三丈,遂让司务安排了今日的会见。

　　一会儿,金部司郎中段直遵命前来,叙坐之后,王国光也不讲客套,劈头就问:

　　"杨大人,泰山解部的香税银,为何一下子少了五千两?"

　　因顾及杨用成是礼部官员而非本衙部属,王国光虽然心中窝火,但还是喊了一声"杨大人"以示客气。但杨用成昨日却从本衙部堂大人王希烈那里领受了机宜,到户部来交差不必低声下气,因此也就骑了驴子不怕老虎。他觉得眼前这位王部堂一开口就好像吃了铳药,言语生硬很不受用,因此冒失顶了一句:

"本来就只有这么多,卑职又没贪墨一分。"

"大胆!"王国光窝了一肚子火终是按捺不住,一拍桌子吼了起来,"香税银交不齐,你反倒有理。五千两银子哪里去了,你今天必须交代明白!"

杨用成扯了扯嘴角,就是不吭声。

"说呀,哑巴了?"王国光逼问。

杨用成霍地站起来,紫涨着脸大声说道:"王大人,卑职乃礼部官员,你户部无权指斥。嫌卑职收税不力,王大人你直接派人去收!"

"你?"

王国光一下子被噎住了,他没想到一个小小的泰山提举竟然敢同他叫板,顿时气得打哆嗦,恨不能扬手掴杨用成几个耳光。金部司郎中段直更没有想到看似蔫萝卜样的一个人竟像吃了豹子胆,敢在王国光面前如此傲慢,也是又气又急,连忙吹胡子瞪眼嗔骂道:

"杨大人,你怎敢如此对部堂大人说话,看你岁数也不小了,竟这样不识好歹,连尊卑都分不清了!"

"卑职怎的不懂?"杨用成犟着脖子振振有词辩道,"两部之间磋商事情,叫会揖。卑职依约前来,官职虽卑,但毕竟是礼部所遣。王大人指斥卑职,实际上是不给咱礼部面子。卑职挨骂事小,礼部体面事大。就为这个,卑职在这里待不得了,王大人,容卑职告辞。"

杨用成说罢,提着官袍抬脚就要出门。

"回去!"

忽听得门外一声厉喝,惊得杨用成身子一抖,一脚门里一脚门外定在那儿。抬头一看,只见一位身材颀长须髯及腹身着一品仙鹤官服的人黑煞似的站在面前。他并不知道这位大员是谁,听得王国光在屋里头惊呼一声"首辅！"这才知道这位气势夺人的大人物是新任首辅张居正，顿时骇得后退几步，赶紧跪下磕头并报了自家身份。金部司郎中也跟着跪了下去。

"首辅。"

王国光拱手一揖，欲说什么，张居正示意他等会儿再说。他脸色铁青，绕着长跪在地的杨用成踱步两圈，然后坐到一张红木椅上，说道：

"方才本辅在门外听得真切，你这个不大不小的从五品官，竟敢在部堂大人面前放泼撒野，仅这一点，就可以让锦衣卫将你拿了。"

杨用成从最初的震慑中缓过神来，小声嘟哝道："回首辅大人，卑职方才的态度实乃事出有因。"

"什么事？你且站起来回话。"

杨用成刚要一抬屁股站起来，一眼瞥见张居正用手指着的是段直，遂又双手按着膝头跪了。段直站起来缩着身子，恭恭谨谨将这件事的来龙去脉讲了一遍。张居正听了，脸色越发阴沉得怕人，他目光如炬盯着杨用成，问道：

"杨用成，你说，为何短了五千两银子？"

杨用成支吾道："这……"

"是各道观不如期上交？"

"都、都交上了。"

"是解银路上遇着了强盗？"

"没、没。"

"那银子呢？"

"银子，"杨用成抬头看了一眼张居正，见这位首辅冷若冰霜目光灼人，又吓得把头埋了下去，嗫嚅道，"禀首辅大人，这五千两银子，肯定有去向，只是卑职来户部前，咱礼部堂官作了交代，不让卑职说出。"

"啊,原来这里头还有猫腻,"张居正冷冷一笑让人不寒而栗。接着明知故问道,"礼部哪个堂官?"

"左侍郎王大人。"

"王希烈。"张居正与王国光对视了一眼,更感到其中大有蹊跷,顿时逼问得更紧,"你现在回话,五千两银子究竟去了哪里?"

"这个,这个,"杨用成急得语无伦次,"还望首辅直接去问,嗯,去问王大人。"

"我现在问的是你,你必须回答!"

张居正咄咄逼人,字字吐火。杨用成前胸后背早已是冷汗浸浸。情知扭捏不过,只得道出事情原委:今年五月,隆庆皇帝病重时,曾派出八名太监率队前往八座佛道名山敬香禳灾祈福。派往泰山一队的领队,是李贵妃所居乾清宫的管事牌子邱得用。这一行人到达泰山后,一应接待费用都由泰山提举衙门支付。敬香既毕,邱得用提出要给陈皇后与李贵妃带点礼品回去。杨用成哪敢不办?遂与随邱得用一道前来的礼部差官商议,一共置办了三千两银子的礼品让邱得用带回京城。这样连同接待费用一起,大约花掉了五千两银子。礼部差官回来后将此事向当时的部堂高仪作了禀报。高仪虽然心下不快,但钱既然已经花了总得设法出账,于是将此事告诉高拱寻求解决。高拱口头答应从今年的香税银中列支。杨用成此次押解香税银来京,先到礼部向暂时负责的左侍郎王希烈说明此事。王希烈一听就感到这里头大有文章可做。他心中盘算,王国光眼下是满世界找财源,为一两银子恨不得掘地三尺,对这五千两银子的去向他定然要追查到底,但这笔钱既然花在李太后身上,谁来追查都不消怕得。王国光如果一定要打破沙锅问到底,势必就会得罪李太后。眼下李太后权倾天下……想到这里,王希烈巴不得王国光追查这件事而惹起李太后的肝火,于是向杨用成面授机宜："如果王国光问起那五千两银子的下落,你无可奉告。他若紧追不舍,你就把责任推到我这里来,让他直接来找我。"杨用成生性愚憨,又是个马屁精,除了自家上司,任谁都不认,王希烈的话对他来说就是圣旨,因此今日来户部本就抱定了不吐实情的宗旨,所以根本不买王国光的账。若不是张居正来得及时,他早就一甩袖子走了。

杨用成磕磕巴巴把这件事的来龙去脉讲了个大概。他当然不知道王希烈想借此闹事的险恶用心,只当是两部之间的龃龉,因此执行本部堂官的命令忠心耿耿。张居正听罢暗暗吃了一惊,没想到五千两银子后头还藏有这等玄机,顿时把王希烈的蛇蝎之心更看得透彻。他脑子一转,说道:

"杨用成你且起来,在户部里找间房,将这件事的始末写成帖子交来。"

"是。"

杨用成跪了这大半个时辰,已是腰酸腿疼,爬起来一瘸一瘸随着段直出门找房子去了。

待段直与杨用成走出值房,王国光就迫不及待地问道:

"叔大,您怎么突然来了?"

张居正答道:"有几件要紧事,特来户部与你商量。"

"那您来之前总得通知一声,咱这里好做准备。"

"准备什么,到大门口迎接是不是?"张居正笑道,"老朋友了,还讲什么客套。"

却说上次深夜在积香庐与王国光见过一面后,差不多十几天时间,两人一直未曾谋面。其间风起云涌祸机频起,特别是童立本上吊之后,王国光作为胡椒、苏木折俸的首倡者,承受的压力最大。污言秽语嘲骂不说,甚至大轿子抬过街上,冷不丁就会有一块石头投掷过来,有一次居然砸着了轿顶,种种威胁不一而足。在如此艰难情势下,王国光一不妥协、二不气馁、三不埋怨、四不叫苦,仍是一门心思为国库筹措银两,仅此一点,就令朝中所有正直的大臣深受感动,张居正更不例外。他今日前来,一是的确有要事商议,二来也含有优抚体恤之意,谁知一进户部就碰上这么一件令人头痛的事,因此越发体会到王国光的办事之难。此刻,当他看到故友塌陷的眼窝和松垮的双颐,不禁动情地说:

"汝观,十几天不见,你竟变得这般憔悴!"

王国光伸手摸摸两腮,自嘲地说:"伍子胥过昭关,一夜愁白了头,这滋味咱算尝到了。"

"这倒也是。"张居正喟然叹道,"昨日皇上谕旨,给南京户科给事中桂元清削籍处分,户部有何反应?"

"户部官员当然高兴。但咱听说童立本所住的羊尾巴胡同,每日里仍像开庙会似的。"

"这个不用管它。"张居正冷冷一笑,"树倒猢狲散,汝观你应懂得这个道理。"

"擒贼擒王,如今的王就是魏学曾、王希烈两个。"王国光摇摇头,一脸怒色,接着说,"不过,小心不亏人,咱已准备了辩疏呈给皇上,另外还准备了两本账。"

"什么账?"

王国光起身从案几上抱来一摞账册,从中抽出两个贴黄本递给张居正,说道:"部里各司协同会查,日赶夜赶,将历年积欠盘查清楚,都在这两本账册里了。"

张居正接过,所谓贴黄本,乃是区别于资料浩繁之明细账的简约本,是呈上御前便于皇帝阅览的专用本式,封面一律贴上黄绫条签。张居正拿起面上的一本,一页一页翻看,其中一页的一张表引起了他的注意:

时　　间	岁入银（两）	岁出银（两）	亏空银（两）
隆庆元年	2014200	5530000	−3515800
隆庆二年	2300000	4400000	−2100000
隆庆三年	2300000	3790000	−1490000
隆庆四年	2300000	3800000	−1500000
隆庆五年	3100000	3200000	−100000

张居正接着往下看，翻过几页，他看到了历年赋税积欠的数字：嘉靖时期至隆庆元年积欠的银两是三百四十余万两，隆庆二年至隆庆五年是二百七十多万两。

看完这册贴黄本，张居正又拿起另一本翻看，这是当年征收银两的总额与列支情况。因隆庆皇帝大行与万历皇帝登基，两件大事用银大增，两相比较，又是两百多万的亏空。放下账册，张居正只觉眼睛疲倦，一边揉着双眼，一边沉重地说道：

"国朝家底，积贫积弱几近崩溃。仅隆庆一朝，国库亏空的银两就达八百万两之巨。加上今年，差不多是一千万两了。真是触目惊心！说它土崩鱼烂也不为过。如今太仓银告罄，两京官员胡椒、苏木折俸，是不得已而为之。可是有那么几个人不但不为朝廷分忧解难，反而售奸贾祸，煽动不明事体的官员们寻衅闹事，巴不得天下大乱，王希烈就是一个例子。泰山香税银这件事，本来一句话就说得清楚的，他却指使属下故意隐瞒，意欲挑起事端制造矛盾。这种乖戾之人，竟然还能在官场大行其道，你说邪也不邪？看来不治一治他们，这股子邪气还真的压不下去了。"

尽管张居正说话语气沉缓，但王国光已看出他是在尽量克制愤怒。于是又起身去案几上拿来两张笺纸递给他，说道：

"叔大，您再看看这个。"

张居正接过一看,上面写着:

永乐二十二年,"令在京文武官折俸钞俱给胡椒、苏木,胡椒每斤准钞十六贯,苏木每斤八贯。"

宣德六年,"令以承运库生绢折在京文武官十一月、十二月本色俸,每匹折米二石。"

宣德七年,"令文武官月支本色俸一石,以两京赃罚库衣服、布、绢等物折给。"

宣德九年,"令仍以胡椒、苏木折两京文武官俸钞,胡椒每斤准钞一百贯,苏木每斤五十贯。"

景泰元年,"令以龙江盐仓检效批验所存积盐,折支南京文武官本色俸,每盐五十斤折米一石。"

景泰六年,"令以张家湾盐仓收客商余盐并私盐,给通州并通州五卫及附近密云等六卫官折俸,每盐一百四十斤,准米一石。"

看罢这些折俸的事例,张居正赞叹王国光办事缜密想得周全,笑道:

"看来汝观早就做好了反击的准备。这些事例详实有力证据确凿,说明实物折俸是祖制,不是你王国光独出心裁。那帮想闹事的官员,这回是嚼上了一颗铜豌豆。"

王国光并不乐观,说道:"从武清伯李伟到桂元清,咱看出有人在煽阴风,点鬼火。打的是我,其实要整的,是你。"

"这个我知道,"张居正想起那日冯保讲的唐玄宗时宰相姚崇的事,很有把握地说,"其实这些招数也没有什么新意。"

"武清伯李伟的告状,还是添了不少麻烦。"王国光愤愤不平地说,"王侯勋戚有几个靠俸禄吃饭?三年不给薪银,他们照样花天酒地锦衣玉食。真正有困难的是那些小官吏,现在倒好,他们不搞实物折俸了,苦了的是底层官员。"

"七彩霞的老板郝一标打出招牌大量收购胡椒、苏木,这些小官吏的实物变现应不成问题。"

　　"不成啊，"王国光苦笑着，"官员们再穷，却也不肯沾上铜臭。童立本死后，每天都有官员跑来户部闹事，要退胡椒、苏木。"

　　"你如何处置？"

　　"尽数收下，待太仓有了银钞进账，再给他们兑银。"

　　"这样一来，胡椒、苏木折俸岂不是名存实亡？"

　　"是啊，叔大，咱们得承认这一招儿失败了。一个李伟站出来，就把什么都给搅黄了。"

　　王国光忽然显得苍老了，暗褐色的前额上仿佛敷上了一层阴影。张居正面对故友的伤感，脸色也一下子变得严峻起来。他的脑海中早就有了与王国光同样的想法，只不过他不愿向人提及而已。这些时的事实已经证明：他什么都可以碰，惟一不能碰的是皇权；他什么都可以更改，惟一不能更改的是皇室的利益。这样一来，他的富国强兵的愿望就不得不大打折扣。但他不肯接受这一现实，仍试图在夹缝中实现理想。不过，他今天不想与王国光讨论此事，他瞄了瞄几案上放着的贴黄本，平静地说：

　　"汝观，仆今天来，有三件事要与你商量。"

第三十一回

减免田赋匠心独运　咆哮公堂微臣求谒

　　张居正所说的三件事,第一是殷正茂归还给户部的二十万两银子。对王国光来说,这算是意外收获,他因此就想着取消胡椒、苏木折俸这一举措。说这事儿时,张居正要他不要指望拿这二十万两银子解决胡椒、苏木折俸问题,官员俸银另想渠道解决——主意还是打在郝一标身上。游七昨夜回来,禀报郝一标想用漕船的事,他当时就想到可以答应,条件是郝一标必须出现银购买户部储存的苏木、胡椒。王国光听了这个主意,想到堂堂一个首辅,竟然还得为这样一些小事操心,心里头顿觉难受,暗自嘀咕道:国朝二百年来,像他张居正这样当首辅的,恐怕找不出第二个人了。

　　张居正所说的第二件事,便是那天与冯保在文华殿西室会谈的内容,关于皇上今秋首次经筵所需费用。冯保让内官监造了一张耗银十五万两的购物单,过几日就会送到户部。张居正事先通个气,让王国光有个心理准备。这笔钱不一定用得上——他正在设法调停此事,是否能让李太后松口不花这笔钱,现在尚未可知,因此还得备着。

　　说到第三件事,张居正稍稍斟酌了一下,才缓缓说道:"李太后上次去昭宁寺敬香,在寺中听说家乡漷县今年大旱,农民收不上粮食,因此让冯保带信给我,意欲给漷县减免一年的赋税。我最近派人前往漷县做了调查,虽然的确有些春旱,但麦子尚不致歉收。而山东、山西、河南等省的一些州府,今年却是从春旱到夏,一些田地颗粒无收。如果只给滠县减免赋税，这些州府怎么办？如果不给滠县减免，李太后肯定不高兴。她对冯公公讲，她自入宫以来，无论是生了皇太子，还是晋封为贵妃，如今又晋升为太后，从未给家乡谋过任何福祉，因此现在提出这个请求也不为过。汝观，你说此事应该如何办理才是？”

听完陈述，王国光一肚子不自在。这个李太后，有时候看起来很开通，有时候又有点蛮不讲理。皇上经筵本可从简，她非要弄出排场来，她只想到皇上的面子，却全然不顾户部的困难。眼下，他为收税的事急得跳脚，她那里又想着要光宗耀祖做人情。思前想后，一股子无名火便蹿了上来，出口的话硬邦邦硌人：

“如今李太后一言九鼎，干脆遵从懿旨不就得了？”

张居正不急不躁，仍笑着问：“这倒简单，那又如何对待那些真正旱情严重的州府？”

“那就一并减免。”

“以悯农爱民之心，这倒是善举，”张居正应了一句，神情更让人捉摸不透，“如果只减免滠县赋税，岂不是以庙堂神器而谋私德，这有悖于天下为公的圣君思想。若所有受旱州府一体减免，又有违法度。国家财政如此拮据，再容不得败家子。汝观，你说如何选一个万全之策，来解决这一难题？”

张居正一问再问，王国光不好意思再敷衍，于是认真想了想，答道：

“首辅如果别出心裁处理此事，恐怕又会招致非议。”

“怎么能别出心裁呢？值此朝政窳败之际，我们行事，必须慎之又慎，政令所出务必遵从祖制，方不致授人以柄。汝观，你平常留心国朝财政典籍，你说，这方面有何祖制可循？”

王国光又想了想，答道：“新皇上登基，可减免天下赋税，以示天子爱民之心。前朝有永乐、宣德、嘉靖等皇帝都做过，虽非洪武钦定之祖制,却有故事可依。"

"这故事就等于祖制。"张居正显然已经知道这些事例,此时胸有成竹地答道,"胡椒、苏木折俸,也非洪武所定,但谁敢说它不是祖制?凡前朝事例一经决定而付诸实施,便成定制。所以,我的意思就是请户部拟文奏明皇上,值此改朝换代新主承嗣大统之际,例减天下赋税,以示皇上顺天爱民之心。"

"如何一个减法?"王国光问。

张居正指了指账簿说:"隆庆元年之前,各州府所欠积银三百四十余万两,我看可请圣旨一体免掉。至于隆庆二年以后的积欠,也可在圣旨中加以说明,限定时间征收入库。"

张居正话音刚落,王国光马上就明白了其中的道理:积欠既久,征收起来一般比较困难。哪怕朝廷饬令再三,各府州县也是百计推诿。如果干脆划一界限,把某年之前的积欠免掉,某年之后者加紧催收,地方官就不再有请托之词,再附以有效措施,事情或可圆满解决。如此一来,收效有三:一、历年积欠一举解决;二、取悦皇上;三、收揽民心。仔细想来,再没有比这更好的方法。王国光心里头十分赞同,只是担心地说:

"此举甚好,但没有单独减免潥县,李太后那里会不会有想法?"

"我想不会。"张居正自信地答道,"太后乃一国之至尊,她是天下万民的太后,而非潥县人的太后,这是个简单的道理,李太后极为通情达理,不会不懂。"

"叔大既有如此信心,这几天,咱就将公折拟好,呈报皇上。"说到这里,王国光略一沉思,又道,"方才说到催交积年欠税,倒让我想起一件事,亦请首辅定夺。"

"何事?"

"上次讲过,全国十大税关,一年所收商税总共也有六十多万两银子。这些时,咱让金部将隆庆元年以来税关收税情况列表备查,发现漏洞很大。一是漏收少收,二是地方克扣,做假账蒙骗朝廷。其症结在于这十大税关都由所在州府通判掌管。通判位卑,上头有知府同知,这些人屁股底下坐着的是本州本府的利益,根本不会全心全意维护朝廷利益。就像这位杨用成,事先不做任何申报,就敢擅自做主,挪用本该收归国库的香税银。说到底,就因他是礼部官员,户部管不了他。要想解决这一弊政,保证朝廷赋税收入,咱认为只有更改税关的管理体制。"

王国光所言之事,张居正也是久萦于胸。这种人事管理上的弊病,不仅反应在户部,就是兵部、工部等其他各大衙门也都有。管事的管不了人,管人的又不管事,导致靡政绵延法令不畅。一些任事之臣想有所作为,往往是处处受掣,未建其功而谤议四起。张居正早就有心改革,只是一时无暇顾及。现在王国光既然提了出来,他觉得让户部带个头先行改革也好,于是问道:

"你觉得应该如何更改?"

王国光答:"再不能让地方代收,改由户部直接任命各大税关的征税御史。"

"这一建议甚好。汝观兄既然已想得透彻,我看事不宜迟,赶紧操办才。不过,此体制从开国之初沿袭至今,虽然扯皮拉筋,各衙门也都习惯了。一旦更改,各地方州府少了一块肥肉,肯定会强烈反对,所以,这里头的困难要想得多一些。我看,这十大税关的主政者,级别也不能太低。否则一到地方,那些知府还会居高凌弱,衙门之间龃龉更多。总之,你要想得细一些。待呈报皇上取得旨意之后,再会同吏部一同详议,一俟确定便成制度。"

张居正思路清晰分析入微,王国光听了颇为振奋,接着问道:"这十大税关的人选,是由户部主持选拔还是由吏部?"

"当然是由户部,"张居正斩钉截铁回答,"既然要改,就索性改得彻底一点,户部选官,吏部派遣并给关防,就按这一思路办理。汝观哪,这十位官员的人选你也得慎重物色,依我之见,他们既要擅财政之长,又要能独当一面勇于任事。"

"难就难在人上头。"王国光摇头叹道,"如今这世道,要想找个真正的人才,真是比登天还难。"

"不会难到这种地步吧?"张居正笑道,"常言道十步之内必有芳草;古人还言千里马常有而伯乐不常有,这都是选才之道。我总是说,天生一世之才,必足一世之用。只要我们不拘一格,人才总是找得到的。听说你户部里头,就有一个怪人。"

"谁?"

张居正还来不及回答,忽听得本来寂静的院子里突然一阵喧哗,间或还听到尖锐的斥骂声。在耳房里当值的书办闻声迅速跑了出去,顷刻又疾步趋回来,禀道:

"王大人,有人在前院里打架。"

"什么人如此放肆?"王国光蹙起了眉头。

"是观政金学曾和礼部前来的官员打起来了。"

"怎么,是杨用成?"

"不是,是另一个。"

王国光正欲发作,却听得张居正先说道:

"这个金学曾,果然是个惹事之人。"

"首辅认识金学曾?"王国光愕然问道。

"不认识,但听说过。我说的怪人就是他。"

"咱早上刚到值房,司房就禀报说金学曾有急事求见。咱想他一个闲得发霉的观政有何要事,因此挡了。没想到他竟然和别部官员打起架来,真是岂有此理。"

"你传话让他进来,本辅倒想见见这个人。"

"这好办。"王国光说着大喊一声,"来人!"

"卑职在。"

司务早就候在门口了,这会儿应声而入。王国光看了他一眼,没好气地说:

"去,把那个金学曾带进来。"

司务在值事厅里找到金学曾,他正在接受部里佐贰郎官的申斥,听说部堂大人传他,便朝佐贰深深一揖,故意咬文嚼字说道:"深蒙雅训,卑职去也。"那一副吊儿郎当的滑稽样子,逗得佐贰笑也不是骂也不是,只得背过脸去假装看院子里的蔷薇花架。

在户部,这位金学曾本是无名之辈,但自从储济仓事件发生后,他就成了名人。有人夸他有胆量,敢于同章大郎斗狠,也有人埋怨他多事,说王崧之死他应负间接责任。但不管怎么说,储济仓的差事他是干不下去了,又回到户部坐冷板凳。一连好几天,他待在书算房里没有事做,便跑去文牍房借了些档案邸报来看。但房中整日价算盘珠子劈里叭啦一片乱响,聒噪得他五心烦乱,便找到上司要求换岗。上司实在找不到一处地方安排这个闲人,只得让他到值事厅里当值,将每日到部公干的各路官吏逐一登记并领到相应部司。这差事虽然淡得出水,但总算有了事做。他利用来访官吏等待会见的工夫,同他们在值事厅里一搭没一搭地闲聊,从中竟了解到不少宦情民意。

今天早晨点过卯后,金学曾找到值日司务请他务必禀报部堂大人说有要事求见,谁知吃了个闭门羹。他顿觉怅然,坐在值事厅的长条凳上,琢磨着如何能走进部堂大人的值房。

其间首辅张居正到了户部,一头扎进部堂大人的值房竟不见出来。金学曾很想闯进去向两位大人陈述"要事",可到部堂门口转了几趟,终没有勇气闯进去,只得退回值事厅两手支着腮帮子独自出神。正左思右想没个头绪,忽然门吏领了一个人进来,穿着六品官服,一副大大咧咧的样子。金学曾起身招呼他落座,然后坐回到几案援笔登记。

"哪个衙门的?"金学曾问。

"礼部。"来者口气很大。

金学曾对这位来者本就没有好感,一听说是礼部的,越发气不打一处来,顿时问话就成了审案子:

"尊姓大名?"

来者递了名刺过来,金学曾接过,一边念一边往登记簿上填写:

"礼部司务纪有功,衔六品。看你这神气,比郎官还要势派。请问有何公干?"

"申请用银。"

"用银?"金学曾抬眼瞟了纪有功一眼,又问,"请问申请额度多少?"

"五百两。"

"用途?"

纪有功觉得这位登记官已是越权询问,因此老大不高兴,讥道:

"作何用途,与你有何相干?"

金学曾把手中湖笔一搁,嗤然一笑,回道:"纪大人,听卑职一句话,回吧。"

"回,为何要回?"纪有功问。

"户部改名了。"

"户部改名?改什么名了?"纪有功大吃一惊。

"叫空部。"

"叫什么,空、空部?这是什么意思?"

"太仓是空的,里头只有蜘蛛网和耗子,你要不要?宝泉局里还有几个印钞的版模,你要不要?"

纪有功这才明白金学曾是在涮他,顿时乌头黑脸,厉声斥道:"你这人好没正经,竟敢打诳语糊弄本官。待会儿见你堂官,一定直言陈上,让他对你严加管教。"

金学曾满不在乎地嘻嘻笑着,说道:"那就拜托了,请问纪大人要见谁?"

"度支司郎中。"

"见他没用,你得见部堂大人。"

"为何?"

"咱户部有了新规矩,凡各衙门前来申请用银超过一百两者,都得由部堂大人亲自审批。"

"那,本官就拜谒你们部堂王大人。"

"凳子上坐着去。"

"你要怎样?"

"不怎样,部堂大人正忙着呢,待会儿让司务官去帮你申请。"金学曾说着就跷起二郎腿,闭目养起神来。

纪有功只当是撞上了白日鬼,窝着一肚子气坐回到板凳上。却不料这一坐竟坐去了大半个时辰,既不见金学曾外出禀报,又不见有人进来。更气人的是,这个疏眉淡目的九品小官居然仰在椅子上打起鼾来,气得他上前狠狠搡了一把,嚷道:

"喂!"

"怎么啦?"金学曾两眼一睁,他是在装睡。

"你怎么不去传话?"

金学曾答:"司务不出来,我一个九品芝麻官,怎敢进去找他。"

"呸,小人!"

纪有功终于按捺不住,歇斯底里骂了一句。金学曾就是想要激怒他,这会儿收起二郎腿,霍地站起,把两道稀疏的倒八字眉一

拧,以牙还牙骂道:

"瞧你那德性,榆木脑袋棒槌腿,鳝鱼眼睛狐狸嘴,上下左右看不出个人样儿,还敢骂咱爷是小人!"

金学曾天生一张损人的嘴,直骂得纪有功七窍生烟。这家伙在礼部一向傲慢,也是个衣裳角儿打得死人的角色,今日无端受辱,哪里还忍得下这口气,顿时冲了上去把金学曾衣领一提,拖着他原地转了个圈,嘴中吼道:

"你骂,我叫你骂!"

金学曾个子比纪有功小,论打架不是对手,但他不想跌这份志气,只得一手去护脖子,一手去抓挠纪有功的脸。两人交上手顿时打得难解难分。他们的打闹声传遍户部前后几重院子,一时间上百人跑到值事厅前观看。待到上去几个人连拉带拽把他们分开,只见纪有功的脸已被金学曾挠出了几道血印子,而金学曾的官袍也被纪有功撕开了一个大豁口,样子都极为狼狈。但他们两人谁都不服输,虽被人扯住,仍在破口对骂。若不是度支司郎官赶来把纪有功劝到另一间房去歇息,还不知要闹腾出个什么结果来。

第三十二回

礼部请银心怀叵测　命官参赌为国分忧

金学曾跟着司务穿过两重院子来到王国光的值房,跨过门槛纳头便拜。进门之前,因打架使了力气周身冒汗,他随手把头上的乌纱帽朝上推了推,为的是揩拭额头上的汗珠。没想到如此一来却在磕头时出了问题,因下跪伏身太快,那顶没有戴紧的乌纱帽竟冲出去掉在地上。金学曾看着帽子不敢伸手去捡,只得乌眼鸡似的慢慢伸头前去想把那帽子钩起来。他一面伸直脖子做这动作,一面高声唱喏:

"卑职九品观政金学曾叩见首辅张大人、部堂王大人。"

报过了家门,那顶乌纱帽却被他的脑袋越推越远。那副滑稽样子,逗得两位大臣忍俊不禁,扑哧笑出声来。王国光说道:

"你别现世了,快把帽子捡起戴上。"

"谢部堂大人。"

金学曾赶紧拾起帽子戴正,挺身直跪。王国光见他官袍撕烂,又把脸沉下来问:

"金学曾,你为何打架?"

"为的是替部堂大人泄愤。"

"你说什么?"王国光惊问。定睛看去,只见金学曾一张白皮瘦脸绷得紧紧的,于是斥道,"本部堂有何愤怒,要你这九品观政帮着宣泄!"

"部堂可以对卑职不屑一顾,但卑职既观政户部,却不能不为部堂解忧。"

"啊,瞧你还振振有词。"王国光望了一眼正专注听着对话的张居正,又问道,"你和谁打架?"

"礼部六品司务纪有功。"

"为何要打?"

"他来咱户部要钱。"

"他为什么要钱?"

"说是有急用,开口就要五百两银子。"

"他要钱与你何干?"

"与卑职虽不相干,但卑职却不能不气。"金学曾也不管两位大臣的脸色,顾自说了下去,"这个礼部,好像是成心跟咱户部过不去。胡椒、苏木折俸,它那里吊死了一个六品主事,礼部的佐贰官王希烈便借故挑头闹事。其实,童立本之死,主要原因不在胡椒、苏木折俸上,可是……"

"等等,"张居正打断金学曾的话,追问道,"童立本之死,难道还别有所因?"

"是的。童立本上吊那天散班之前,王希烈找童立本谈了一次话,将童立本自陈不职的揭帖退回给他,说是他在上两宫尊号一事上违悖圣意,坚持不肯给李太后加慈圣二字,揭帖中应将此事写进。童立本当时就急了,申明这是你部堂王大人的意思,他只是奉命行事,如今怎好让他去当替罪羊。后来也不知说了些什么,童立本从王希烈值房里出来,已是面如死灰,当夜就悬梁自尽了。"

这可是童立本死因新说,张居正顿感兴趣,问道:

"此事你从何处听来?"

"礼仪制司的司郎方大人,是卑职的同乡。如上所言,都是他亲口告知。"

"好,你且坐着继续讲。"

"谢首辅大人。"金学曾从地上爬起来,觅了凳儿坐下,接着说道,"方才说到礼部,一是借童立本之死闹事,矛头就对着咱户部,他们不管太仓银已经耗竭净尽,只一味地寻衅闹事。其二,由礼部官员代收的泰山香税银无端地克去一半,天下赋税若都是这样一种收法,首辅大人意欲开创的万历新治,岂不是一句空话? 其三,今日这位纪有功,开口就要五百两银子,说是礼部有急用,那副傲慢样子,倒像是债主,户部欠着他的。因此卑职实在怄不过,言语上争论几句,这纪有功竟冲上来抓卑职的衣领子,卑职不甘示弱,于是扭打起来。"

听这一席话,再联想到储济仓事件,王国光对眼前这位其貌不扬的九品观政竟有了几分好感,不知不觉说话的口气缓和了许多:

"咆哮公堂,殴打来衙门办事的官员,怎么说都是你的不对。本部堂严明纪律,要给你罚俸三月的处分,你服也不服?"

"不服。"金学曾断然回答。

"为何不服?"

"是纪有功先来打我。"

"那是因你伤言伤语撩拨了他。"

"君子动口不动手,乃古训也。卑职谨遵古训只是动口,有何过错?"

两人顶起牛来。看到金学曾鸡公比势的样子,王国光又好气又好笑,对坐在身边的张居正说:"首辅,本部堂治部无方,竟出了这样一个叫鸡公。"

张居正微微一笑,问金学曾:"你方才说礼部前来要钱的官员叫什么?"

"纪有功。"

"他为何要钱?"

"卑职不知。"

"他申请用银的咨文呢？"

"在这里。"答话的是耳房里的书办。他走出来递上一张纸，说道，"方才纪有功将咨文给了度支司，司郎派员转送过来。"

张居正接过一看，咨文写明因万历皇帝登基，各国友邦均派使节前来恭贺。今有朝鲜礼官抵京，因此紧急申请五百两银子以做接待宴请之用。张居正看完后递给王国光，待王国光看完，张居正说：

"难怪纪有功态度倨傲，因为礼部申请用银是关乎朝廷体面，人家占着理。"

金学曾盯着王国光，见部堂大人眉心里蹙起疙瘩沉默不语，便从旁答道：

"回首辅大人，礼部虽然占理，但这也正是礼部的刁钻之处。昨日杨用成交了六千两泰山香税银到太仓，今天就派人前来申请支银，这不是掐着咱户部的脖子做事吗？要说用银，京城五府六部几十个衙门，有哪个没有正当理由前来户部支银？如果这五百两银子给了礼部，不过今夜，全京城都知道户部开始放银了。到明日，你看吧，户部衙门就成了城隍庙的庙会。"

王国光觉得金学曾的话有道理，斟酌一番后说道："首辅已经讲过，礼部支银是关乎朝廷体面，这上头如何能讨价还价？"

金学曾想了想，答道："卑职听说过刑部部堂王之诰大人的一件事。"

"何事？"

"听说王大人从南京过来初掌刑部，便去视察大牢，看到死囚牢中一些重犯，手脚溃烂，且还露出白厉厉的骨头。盖因他们枷锁加身四肢动弹不得，大牢里的老鼠便趁机蹿出来吃他们身上创口的腐肉。囚犯们呼天喊地也无人搭理，就这样被老鼠啃死的犯人不在少数。囚犯身上的腐肉成了老鼠的美味，这大牢的老鼠越来越多,大的竟有一尺多长。久而久之,老鼠胆子越来越大,每日里竟以攻击重囚为乐事。王之诰大人进入大牢,目睹这一惨景,当即就捐出五十两银子,让狱卒四处买猫。一时间,京城的猫几乎都被狱卒们买尽了。如今大牢里,放养的各类猫怕有上千只,凶残暴戾嗜血成性的老鼠遂告绝迹。几十年来不能解决之顽症,在王大人手上几天就解决了。按理说,买猫的银子,王大人也可理直气壮来户部申请,可是他体谅户部难处,竟自掏了腰包。这样和衷共济共渡危艰,才是部院大臣的真正风范。臧否大臣,本不是卑职这样一个九品芝麻官该做的事,但这些话,卑职久蓄于心,不吐不快。”

“为朝政建言,何论品秩高低。”张居正很欣赏这位年轻下级官员的忧患意识,故鼓励了一句,接着又说道,“五十两银子,个人还拿得出。但礼部申请用银是五百两,总不能让个人掏腰包吧?何况,大臣们只要奉公守法洁身自好,单凭俸禄,也绝不会富到哪里去。眼下要紧的,是户部如何开掘财源征缴夏课入库,而不是讨论哪位大臣能够慷慨解囊捐资国用。”

“首辅大人高屋建瓴,卑职茅塞顿开。但恕卑职斗胆再讲一句,礼部此番咨文请银,仍是心怀叵测。”

“究竟如何一个心怀叵测,你说说看?”张居正追问。

“京城吏、户、礼、兵、刑、工六部,要说最有钱的,还是礼部。”金学曾拉开架势,扳起指头说道,“吏、兵、刑、工四部,花钱除了户部划拨,别无他途。礼部却不同,它有三大块财路,一是天下僧道度牒的发放,事权归礼部。每份度牒每年交纹银一厘,全国现在僧道约二十余万人,一年也能收起二万多两银子。这笔收入虽然要收归太仓,但礼部从中也还有手脚可做。新发一个度牒,收银是二两。每年新增僧道指标由礼部核定,本来批了五百个,他上报只说是四百,这黑下来的一百个度牒,也有二百两银子可赚,此其一。

其二是各大佛道名山的香税银,也归礼部代收,过手的活水钱,可以先花了再说。这回杨用成正是如此行事,因此也不用卑职饶舌。如果说这两项收入要上缴国库,做起手脚来还有所顾忌,那么第三项收入,就完完全全不受监控,成了他礼部的私房钱。"

说到这里,金学曾只觉口干舌燥,他伸出舌头舔了舔干巴的嘴唇。王国光吩咐书办给他端了一杯凉茶,他咕噜咕噜一口气喝下,又接着讲道:

"这第三项,便是花捐。洪武皇帝建国之初,便建立了官妓制度,除了淡烟轻粉十六楼,还有大量的乐户。凡隶在乐籍者,每年须得纳税,称为花捐。花捐月收一次,也归礼部征收。洪武皇帝创立此制的本意是,用花捐的银子来解决每三年一次的会试费用。花捐每年多则上万,少则七八千两银子,而三年一次的会试费用,也正好三万两银子左右,两两相抵若有亏损,再由礼部咨文申请补额。从正德朝开始,每次会试之后,几乎没有一次礼部不申请补额,少则一千两千,多则三千五千。户部因想到士子功名不易考试事大,每次并未认真审核就批准照行。如此一来,便让礼部找到了一个玩猫腻的窍门。一方面,每年征收的花捐究竟是多少,从来没有人认真查验过;二来每次会试用银是一个明账。这其中到底是亏是盈,近百年来一直是本糊涂账。上次会试是隆庆五年,如今过了一年,礼部积存的花捐少说也有上万两银子。可是,现在礼部堂官却放着这么大一笔银子不用,反倒咨文户部申请五百两用银招待朝鲜礼官,这简直成了财主找叫花子讨银子,不是居心叵测又是什么? 现在若是派人到礼部查账,查不出问题,就卸下卑职的脑袋!"

金学曾这长长一篇议论,意气风发洞察幽微,说得两位大臣心里头连声叫好。王国光一方面把个礼部恨得牙痒痒的,一方面又在盘算如何去把那笔花捐收缴过来以解燃眉之急。张居正压抑了

多日的怒气这一下更被撩拨得火烧火燎,一门心思想着如何给王希烈一个下马威。正在这时,司务又进来禀报:

"首辅大人,部堂大人,杨用成的帖子已经写好,请问该如何发落?"

司务说着就把三张墨迹未干的揭帖递了上来。张居正接过往案几上一搁,吩咐道:

"去把杨用成带过来。金学曾,你暂到耳房回避。"

金学曾踅到耳房,与书办还没交言几句,便见杨用成随着司务蔫头耷脑走进值房。此时张居正一双犀利的目光正死死地盯着他,弄得这位泰山提举跪在那里头也不敢抬。

"好你一个杨用成,人叫不走,鬼叫飞跑,自己犯了天条,还敢跑到户部来叫嚣斗狠。如此张狂,就少不了你的惩处!"张居正先给一顿杀威棒,接着又问,"五千两香税银的去向,可否在揭帖里交代明白?"

"大、大致明白。"杨用成汗如雨下。

"什么大致明白,哼! 真是拈根灯草,说得轻巧。我告诉你,五千两银子的去向,一分一厘都得交待清楚。户部将委派专人复查,若查出你从中有贪墨行为,哪怕是一两银子,也一定严惩不贷。"

"是,是。"

杨用成唯唯诺诺,已是面色蜡黄如芒刺在背,额上滚下豆大汗珠。张居正鄙夷地盯着他,又道:

"你现在回去,不要离开京城,等候听参。"杨用成刚要从地上爬起来,张居正又把他喊住,问道,"你是何日来京的?"

"八月初三。"

"啊,已经来了四天。为何昨日才到太仓交付银两,前两天干什么去了?"

"这,卑职会了会朋友。"

"这倒是实话,你会朋友去了,"张居正冷冷一笑,挖苦地说,"给朋友们送了什么礼物?"

"没、没、啊,不、不不,送了点土产。"

"什么土产,用泰山木鱼石打制的石敢当,是不是?"

杨用成心下一惊:怎么连这点小事首辅也知道?情知蒙骗不过,只得承认。张居正虎着脸,继续斥道:

"我看你杨用成,也真是累呀。从泰山到京城千里迢迢,你居然不辞辛苦将整整一车石敢当押运进京。听说礼部郎官以上,你一家送了一个,这人情算是做到了家。你现在老实交代,这批石敢当的钱是你自己出的吗?"

杨用成嗫嚅着不敢置一词,这批石敢当本就是从那五千两香税银中开支的,他怎么敢说出来呢?幸好张居正只是点到为止,挥手让他退了下去。

看着杨用成踩棉花似的出了月门,一直没有做声的王国光开口说道:

"叔大,诚如金学曾所言,这个礼部肯定是一本烂账,若要严厉追查,肯定能挖出一窝贪官来。"

"是啊,"张居正答道,"自吕调阳入阁之后,这个王希烈在礼部闹得乌烟瘴气。仆近日推荐陆树德去礼部执掌,皇上还未批旨下来。"

"皇上能准旨吗?"

"应无问题吧。"张居正的口气也不敢肯定,"不过,你这里可先派人到礼部查账。"

"王希烈在位肯定会阻挠。"

"就去礼部查账一事,仆今日就去请旨。"

"有了圣旨,就不怕王希烈捣蛋了。"

张居正稍一思索，又说："汝观，户部派到礼部查账的人，我看就让金学曾去，你意下如何？"

"这是个搅屎棍，"王国光善意地嘲笑了一句，接着说道，"不过，他倒是合适人选。"

两人商量既定，便又把金学曾从耳房喊了出来。王国光把派他去礼部查账的事说了，金学曾不假思索就应承了下来，说道："请部堂大人允许卑职从度支司选派几个精通账路子的书算誊录吏员一同前往，礼部这个马蜂窝，卑职捅定了。"

王国光点头承应，又关照道："记住，你此番前去，是替朝廷查账的，不是去帮什么人泄私愤。看首辅还有什么吩咐？"

"我送你八个字：秉公办事，不徇私情。"接了王国光的话，张居正说道，"只要你按这八个字去做，设若遇到什么障碍，本辅与部堂都会为你撑腰。"

"多谢首辅与部堂栽培。卑职去了礼部，一定锱铢必较，把这趟差事办好。"

金学曾说着摩拳擦掌，恨不能立刻就前往礼部。瞧他这神态，张居正又道："看来你是个肯干事的人，有这一点就很好。年轻人少一点风花雪月清流习气，多一点忧患意识务实精神，朝廷的事情就要好办得多。"

金学曾从首辅的话中隐约听出期许，心中不禁一热，旋即从袖筒里扯出一张银票来，走上前双手递给王国光，说道：

"部堂大人，方才首辅教诲，卑职铭记在心。这是一张一万两的银票，卑职把它捐给太仓，或许能解燃眉之急。"

王国光接过一看，是京城最大银铺宝祥号开出的见票即兑的巨额银票，不免大吃一惊，说道：

"看不出来，你小子这么有钱？"

"卑职其实是穷光蛋。"

"那这一万两银票怎么来的？"

"赌来的。"

"赌来的？"王国光一双眼睛瞪得铜铃大，仿佛不认识金学曾似的，把他周身仔细打量一遍，又问道，"你赌什么？"

"蟋蟀。"

"啊，你去了促织街？"

"是的。昨夜里卑职进了秋魁府，与称霸京城的促织王毕愣子一局定输赢，赢回了这张一万两的银票。"

王国光虽不玩促织，但知道毕愣子的名声如雷贯耳，不免又惊问道：

"你能赢过他？"

金学曾一副不屑的神气，回道："毕愣子不过尔尔，赢他又有何难？"

"我看你小子就有吹大牛的毛病。"王国光怎么都不相信这个其貌不扬的九品观政有如此能耐，便又训斥道，"你说实话，这张银票从何而来？"

"王部堂不必光火，这张银票的确是金学曾从毕愣子手上赢回来的。"一直专注听着谈话的张居正，这时笑吟吟地插话了，"不过，你金学曾还是说了假话。"

金学曾愕然回答："回首辅大人，卑职从未说过假话。"

"你方才对部堂大人说你是一个穷光蛋，这就是一句假话。"

"卑职真的很穷，在京城里赁屋居住，行囊里大概还有三五两银子。"

"果真如此吗？那你昨晚三千两银票的赌资从何而来？"

张居正这么一问，金学曾心下一格登，暗想：方才首辅追问杨用成拉了一车泰山石敢当来京城送礼，如今又查问卑职的三千两银子赌资，怎么这些刚刚发生的细微末节之事他都知道？常听人说京城东厂特务横行,大小臣工所作所为尽在控制之中,看来此言不虚,亦可证明这位新任首辅事必躬亲作风凌厉。好在金学曾并未做什么亏心事,所以神情泰然,恭敬答道:

"回首辅大人,卑职的那三千两银票是假的。"

"假的?"

"是的,"金学曾说着,又从袖筒里摸出一张银票来递给张居正,说,"请首辅过目。"

张居正拿起两张银票翻来覆去看了半天,也未看出破绽来,他又递给王国光,王部堂看了也分不出真假。

金学曾瞅着两位大人,不无得意地说:"就这么看,一般外人很难看出破绽,这是加厚楮皮纸,须得剥开,中间藏有密押。兑银之时,朝奉就会发现。只要不兑银,拿到外面便可诳人。"

"这张假银票也是你制作的?"王国光问。

"非也,"金学曾神秘地摇摇头,答道,"如今京城里头,作伪高手大有人在,先是制假古董,什么夏鼎商彝、楚戈汉镜,弄出来几可乱真。然后寻那些附庸风雅的冤大头卖出去,赚回大把的银子。发展到后来,这些人什么赝品都做,上至诰命券书印信关防,下至婚书契约,凡有用之凭据,几乎无一不具。卑职的这张假银票,就是花一吊钱请他们制作的。"

金学曾所言,两位大臣闻所未闻,王国光叹道:"没想到世道如此之乱。"

金学曾昨日去秋魁府参赌,本是东厂刮刀脸侦查出他的真实身份后告知游七,游七再回家告诉张居正的。张居正出于好奇,趁来户部会揿,便想找来这个金学曾一问。如今此事既已挑明,张居正便想刨根问底探个明白,于是又问:

"你弄了一张假银票,设若输了,毕愣子兑不出银子,你岂能活命?"

"卑职参赌之前已连去秋魁府看了几场,把毕愣子的那只金翅大将军琢磨透了,料定卑职饲养的黑寡妇必胜无疑。"

"你如何深谙此道?"

"卑职是浙江人,自南宋贾似道好玩促织形成风气,整个浙江便代有高手。卑职识养促织实乃家传。"

"官员参赌理当治罪,这一点你难道不懂?"

"卑职知道,但卑职此举,实不得已而为之。"

"此话怎讲,难道还有人逼着你?"

"不是有人逼我,是卑职看到国库耗竭,想通过此举,为户部解决危艰略献芹心。"

"一万两银子又能解决什么大问题?"王国光叹道。

"目下财政形势,依卑职来看仍十分严峻。各省夏课尚未解银入京,而九边近六十万将士衣甲换季,江淮几处治理工程,广西四川等地剿匪都得花大把大把的银子。纵是夏课全部足额征收,也是入不敷出。所以,卑职冒昧推断,下月京职官员月俸,恐怕仍得以胡椒、苏木折给。鉴于童立本事件的发生,虽有人寻衅闹事,但亦说明折俸施行尚有可完善之处。所以,卑职斗胆再给两位大人建议,下月折俸,可否令在京各衙门认真核查,对本署官员确有困难者,月俸仍给银钞。卑职弄来的这一万两银子,或许于此可派上用场。"

金学曾一早来到部衙求见王国光,原就为了提出以上建议。这虽是一件小事却也关乎全局,难为金学曾如此有心并依靠一己之力筹谋在先。两位大臣听了很受感动,张居正问王国光:

"王大人,金学曾建议如何?"

王国光答:"此情之下,这不失为一个好主意。"

张居正坐得久了,这时想起身松松筋骨,他缓缓踱步到金学曾跟前,指着他官袍上的大豁口说:

"你现在赶快回家,把这身衣服换换。"

第三十三回

卜玄机近侍先探路　择吉日母子出深宫

　　这天下午,李铁嘴测字馆门前,一前一后落下了两乘小轿。前一乘轿子里走下母子两人,后一乘轿子里走下来的是一个一脸福相的老头儿。此时,这条横街上人来人往,挑剃头担子的、扛磨刀凳儿的、耍猴戏的、卖新鲜桂花的,各色小商贩都在沿街叫卖。从轿上下来的孩子,看到这些感到很新鲜。他们的华丽衣着,也引起了街上人的注意,有些卖小吃食的便围过来:

　　"豆糕儿嘞,香喷喷热烘烘落口爽的豆糕儿嘞,一个铜板卖两筒。"

　　"糖葫芦,糖葫芦,一个铜板一串,不甜不要钱。"

　　小孩子看着眼馋,望着端庄的少妇说:"娘,糖葫芦是啥?"

　　妇人答:"糖葫芦就是糖葫芦,甜果子。"

　　"咱想吃一串。"小孩子央求。

　　"这哪儿成。"妇人摇头不肯,"脏着的,吃了会拉肚子。"

　　这句话一出口,卖糖葫芦的老汉听了可不依,凑近来嚷着说:"你这位夫人说话可不中听,不买就不买,凭啥说咱脏?"

　　妇人瞄了那老汉一眼,没好气地说:"瞧瞧你那指甲缝儿里,尽是些黑泥,还说不脏!"

　　"哟,这就叫脏?"老汉仿佛遇到怪物似的,"连点泥都算脏,那你只有住到皇城里去,御膳房里做出来的东西,才说得上干净。"

　　"去去去,不要在这里啰嗦了。"胖老头儿挥手把老汉赶开,躬身对小孩子谦恭地说,"少东家,咱们还是进测字馆吧。"

小孩子点点头,望着走开的卖糖葫芦的老汉,吞了一口口水,随着妇人走进了李铁嘴测字馆。街上的人只觉得这三个人行为举止不一般,但他们万万想不到,这三个人是李太后、小皇上和冯保。

他们为何乔装打扮出现在测字馆门前,说起来还有一段故事。

那日为小皇上今秋经筵之事,李太后命冯保约见张居正。会见后,冯保回到乾清宫向李太后禀报情况。李太后毕竟是女人,凡事相信神灵在上,张居正提出的选择吉日的建议,深合她意,因此放下别的不谈,单问这个:

"张先生说,出经筵要择吉日?"

"是。"冯保答。

"他说该找谁来选呀?"

"启禀太后,张先生没说。"

"那该找谁呢?找钦天监?"

"钦天监的人恐怕靠不住,"冯保小心提议道,"这事儿,恐怕得找个世外高人。"

李太后浅浅一笑,说:"咱也知道该找个世外高人,可是这种人,不是你想找就找得到的。"

冯保顺着李太后的话答道:"是啊,高人真的难找。不过,奴才听说京城里有个李铁嘴,测字很有些本事。"

"测字?这里头也有神灵?"

"有,你给他报个字儿,他就可以把你的吉凶祸福剖析得清清楚楚。"

"还有这样的人。"李太后顿时就动了心,吩咐道,"明儿你就去找他试试,把邱公公也带上,两人一道儿去。"

"奴才遵旨。"冯保睃了一眼邱公公,心里头有点不快,但脸上看不出来,他接着说,"请太后定个字儿。"

"让咱定个字儿? 也好,"李太后看着冯保木桩似的站在那儿,就说道,"就定个'立'字儿吧。"

第二天,冯保约了邱得用,两人换了便装乘小轿来到棋盘街旁的这条横街,找到李铁嘴测字馆。坐下来也不用什么寒暄,李铁嘴劈头就问:"两位客官,想必是听了我李铁嘴的大名,特意前来问事儿的?"

"是呀,"冯保觉得这李铁嘴太自负,但瞧他鹤发童颜着实有几分仙气,也免不了恭维,"你这测字馆是老字号了。"

"这个当然,招牌越老信誉越高,客官你要问什么?"

"问……"冯保略一思虑,说,"问吉祥。"

"好,那你报个字儿。"

"立,站立的立。"

"立,一点一横一点一撇又一横。"李铁嘴嘴里唠叨着,起身走到正墙上贴着的仓颉像前,缓缓捋着一把白白的山羊胡子,沉思有顷,又回转身来问冯保,"客官,您是干啥的?"

"你猜猜?"冯保反问。

"老夫可以断定,你不是一般的人。"

冯保一惊,与邱得用对望了一眼,随即又问:"何以见得?"

"你问'立'字儿,这位客官,"李铁嘴指了指邱得用,"他坐在你的左首,立字左边有个人,合起来是'位'字,你是个有位子的人。"

"他有个啥位子?"邱得用开口问了一句。

李铁嘴一笑,说:"立字旁的人开口说话,人言为'信',这位子同信字有关。大户人家里头,上传下达者为信,坐这位子的人,是管家。若论到朝廷,与'信'字儿有关的衙门,外有通政司,内有司礼监。这位老先生坐在啥位子,老朽不知道,也不敢猜。"

李铁嘴嘴上虽这么说,但瞧他的神气,却好像什么都知道,只是不肯把玄机说破。此时冯保已是惊得合不拢嘴,他意识到自己的失态,赶紧端起茶盅来,一小口一小口地抿茶。

"这位客官,老朽所言不妄吧?"李铁嘴问。

"咱干的是管家的事儿,这一点你说对了。"冯保惟恐李铁嘴还往下说,连忙指着邱得用说,"现在,轮到李先生给他测了。"

"你测个啥字儿?"李铁嘴转向邱得用。

"同他一样,也是个'立'字儿。"

邱得用说这话时,正碰上小厮提着铫子上来给他的茶盅续水。李铁嘴一看就立即变了脸色,反剪着双手,一字不语。

"怎么了?"邱得用担心地问。

"唉,不好说。"

李铁嘴摇摇头,脸色也灰了下来。他这副神情,越发弄得邱得用忐忑不安。冯保也是满腹狐疑,问道:

"李先生,有啥不好说的?咱报的是'立'字儿,他报的也是'立'字儿,未必相同的一个'立'字儿,还会有不同的解释?"

"有哇!"李铁嘴长嘘一口气,叹道,"你们两个的'立'字儿,有天壤之别。你报了个'立'字儿,旁边有人,凑成了'位'字,他报'立'字儿的时候,旁边正好有个人续水,这字儿就变了。"

"变成啥字儿了?"邱得用问。

"立字旁加水,你说是啥字?"

"泣。"冯保脱口而出。

"对,泣,哭泣的泣。"李铁嘴盯着邱得用,颇为关切地说,"这位客官,此刻你心里头,必定有肝肠寸断的痛心事儿。"

自外甥章大郎死后,邱得用一直处在痛苦之中。他恨不能把杀死外甥的王崧之子王岩撕碎,可是听说刑部虽然拘禁了王岩,办案问谳却进展缓慢。后多方打听,才知道这是张居正故意让刑部拖延,因此内心把张居正恨死了。他总想找个机会在李太后面前告上一状，可是到了李太后面前，又什么话都说不出来。因此，他就把希望寄托在冯保身上，指望他能在李太后面前帮着说句话，为这事他求过冯保几次，冯保每次都是满口答应，可就是不见他办事……这会儿，当李铁嘴说出一个"泣"字儿，邱得用受了刺激，忘了情，竟嘴巴一瘪，吧嗒吧嗒掉下了泪珠子。

"邱……"冯保一急，差点喊出了邱公公，亏他收口快，"邱，啊，老邱，你这是干啥呢？"

"人不伤心泪不流，让他流吧。"

李铁嘴同情地说。看邱得用这副样子已是没法谈事了，冯保喊人把他扶了出去。他自己也起身准备告辞，摸了五两银子放在桌上，然后又问：

"'泣'字儿还有何解？"

"方才说过，'泣'与'位'有天壤之别。若要位子稳，得远离哭泣之人。"

"多谢先生指点。"

冯保一拱手，出门登轿回到了紫禁城，当即就把测字馆发生的事情向李太后做了详细禀报。李太后没想到京城里头竟真的还有这等神奇之人，脑子一热，决定带着小皇上搞一次微服私访。为了不致走漏风声发生意外，除了冯保和邱得用，所有人都不知道这次行动。而邱得用，也因那个"泣"字儿和他那副失魂落魄的样子，第二次的出行，李太后也不让他参加。

且说李太后一行三人进了测字馆，李铁嘴早就在客堂里候着了。他见昨日来的胖老头儿领进的这母子二人，雍容华贵气质高雅，情知来了大主顾，忙堆下笑来，拱手说道：

"欢迎夫人与公子光临，老夫这厢有礼了。"

李太后点点头，她见这客堂窗明几净，陈设典雅，未及答话先已有了好感。

待落座后,冯保开口说道:"咱家夫人和公子听说你李铁嘴的大名,今日特来拜会。"

"夫人太客气。"李铁嘴不知怎的,竟去了平日的傲气,变得谦恭起来,问道,"夫人今日前来,不知想问什么?"

"问家事儿。"李太后回道,转脸对还在东张西望的朱翊钧说,"孩子,你给报个字儿。"

朱翊钧瞧着从天井里投到桌上的阳光,信手写了一个"日"字。

"'日'字?"李铁嘴正沉吟间,忽听得街上传来汪汪汪几声狗吠,顿时一愣,问李太后,"夫人可听到了?"

"听到什么?"李太后全神贯注等着李铁嘴解析玄机,什么动静都没听到。

"狗叫,方才街上有狗叫。"李铁嘴说。

"是吗?咱没听见。"李太后说。

"娘,咱听见了。"朱翊钧证明。

"老……"冯保差一点又说出老奴,亏他机警,立即改口,"老先生的话不假,咱刚才也听到了狗叫。"

"狗叫与测字有啥关系?"李太后嘟哝一句。

"夫人,关系大着呢,"李铁嘴目光一闪,振振有词地答道,"小公子报了一个'日'字,那边就有狗叫,这正好应了一句话……唉!"

李铁嘴毕竟不脱卖艺人习气,到了节骨眼上就卖关子。在座的三人都急了,李太后追问:"哪句话?"

"天狗吠日。"李铁嘴一字一顿答道,又解释说,"老百姓说天狗吃日头,就是这意思。夫人,老夫看得出,贵府的前程,都在这位小公子身上。可是,眼下却有人想欺侮他呢!"

"谁?"李太后警觉地问。

"是谁咱不知道,"李铁嘴看了看朱翊钧,"不过,老夫有一言忠告。”

“请讲。”

“贵府仆役奴婢一定不少,查一查他们里头若有属狗的,还是尽早打发为妙。”

“有谁属狗呢?”李太后蹙眉思索,突然目光扫向冯保问,“你属什么?”

“属鸡。”

“哦,”李太后微微颔首,又问,“张先生属什么?”

“张先生恰好小咱一轮,也是属鸡的。”

“属鸡好。”李铁嘴一旁插话,“鸡为地上凤,且又司晨。对于公子来说,少不得这样勤快的人帮助打点前程。”

李太后抿嘴儿一笑道:“老先生真会说话。”

这时,一直思索着的冯保突然一拍脑瓜子,叫了一声:“哎呀!”

“怎么啦?”李太后问。

“邱……他可是属狗哪。”

李铁嘴接过冯保的话茬说:“属狗的欺主,少东家可是一条龙命,龙为日之华啊!”

“是吗?”李太后眼里掠过一丝疑惑,但她并不接着这话题往下说,而是盯着李铁嘴问,“你方才说,龙为日之华,咱家公子并不属龙啊。”

“但他写给老朽的那个字儿是‘日’啊,日是什么?羲和驾六龙以巡天,咱们这些凡眼望天,能见到龙么,只能看到日头。夫人,你不是要问吉祥么?只要除掉了狗,你家公子要多吉祥有多吉祥。”

“托你的吉言,多谢了。”李太后脸上泛起难得的笑容,又道,“咱还要问一件事。”

“啥事?”

“咱公子读书的事儿。”

"那还请公子说个字儿。"

朱翊钧想了想,在先前那个"日"字里头又加了一横,变成了一个"目"字。

李铁嘴想了想,忽然哧地一笑,自言自语道:"明明问的是读书,怎么扯到钱上头?"

"钱?"李太后心中一格登,小皇上第一次出经筵,肯定要花一大笔钱,只是这事儿不能跟李铁嘴说破,便问道,"你怎么测出钱来了?"

"目字下面加个八字,是啥字?"李铁嘴问。

"'贝'字。"朱翊钧答。

"这不就对了,古人以贝为钱。"李铁嘴一脸狐疑之色,不解地问,"按说,像夫人这样的大户人家,公子读书进学,不存在钱的问题,可是,府上现在却出现了无钱的征兆。"

"咱家公子写的是'目'字儿,你怎么扯出'贝'字儿来了?"冯保问。

"公子写的是'目'字儿不假,但眼下是八月,所以得加个'八'字儿。夫人,你说对不对?"

李太后不置可否,接着先前的话题问:"李先生,你从哪里看出了无钱?"

"还是这个'八'字儿。八月问目,所以成了'贝',但终究这个'八'隐而不显,所以,八月也就无贝可言。"

李铁嘴云里雾里胡侃一通,李太后听了却觉得句句都是玄机,心里头对这位李铁嘴已是大为钦佩。此时略显惆怅地说道:

"咱原来打算选一个黄道吉日让孩子进学,现在看来却与天意不合了。"

"夫人所言甚是,应该另选吉日。"

"选啥时候呢?"李太后完全是商量的口气。

李铁嘴迎着李太后探询的目光,答道:"这个,还得请公子写个字儿。"

"就这个'目'字,不再写了。"朱翊钧说道。

李铁嘴摇摇头,解释道:"公子,一字问一事,这是天机。若一字问数事,就不是天机了。"

"孩子,再写一个字。"李太后说。

朱翊钧谨遵母命,又拿起了毛笔,在笺纸上写了一个大大的"朝"字。

瞧着朱翊钧龙翔凤舞的笔意,李铁嘴赞叹道:"公子虽然年少,书法却已如此老到,将来必定是凤凰池中人物。可喜可贺,可喜可贺。"

李太后不接这个茬,只是说:"请李先生测定吉日。"

李铁嘴把"朝"字端详了一遍,问:"请问公子,为何要写这个'朝'字?"

"问这做甚,咱想写就写。"

朱翊钧说话颐指气使,李铁嘴被噎了一下,不但不气恼,反而显得更加谦卑,说道:

"老朽斗胆猜一句,你这位公子,是不是咱大明开国皇帝朱洪武的子孙?"

"你?"

朱翊钧瞠目结舌。李太后也大吃一惊,不动声色问道:"李先生从那儿看出来的?"

"'朝'字里头,去掉双十,就是一个'明'字。因此,老夫断言这位公子是朱明之后。不是个亲王之后,至少也是个郡王后裔。"

"真不愧是李铁嘴,猜得还真有几分像。"李太后浅浅一笑,随即问道,"吉日呢?"

"吉日也在这字里头。"李铁嘴拿起写有"朝"字的那张纸指给李太后看,"夫人你看,这个'朝'字,实际由四个字组成,一个'日',一个'月',还有两个'十'字,因此,你所要举事的吉日,便是十月十日。"

李铁嘴话音一落,李太后就禁不住感叹道:"真是不可思议!"

第三十四回

武清伯荐官为私利　邱得用削职因属狗

　　李太后一行离开李铁嘴测字馆回到皇宫后，当夜无话。第二天用过早膳，就有内侍来报，武清伯李伟和锦衣卫千户李高父子二人已来到乾清宫门外候着。

　　"怎么来得这么早？"李太后在心里头问了一句。一连好几天，李伟都猴急马急地带信到宫里头要求见面。李太后被他缠得没法，只好答应今天上午见他，谁知他来得这么早。每天上午，小皇上要在东暖阁听折子，李太后不想让他爹与身为九五之尊的外孙见面，便传旨在西暖阁会见。

　　一刻工夫，李伟父子便在邱得用的带领下走进了西暖阁。一坐定，李太后就问：

　　"爹，你有啥事儿，这么急着要见我？"

　　李伟眼睛四下睃巡了一遍，问："咱外孙呢？"

　　"每天上午，他都得听折子呢。"李太后瞧李伟虽然蟒袍玉带一身显贵，但行动举止却一点不见长进，比当年当泥瓦匠好不了多少，心里头便不大舒服，碍着父女之情又不好多说，只得用公事公办的口气问，"爹，你到底有啥事儿？"

　　见闺女不想叙亲情，李伟那老国丈的优越感顿时减去了许多，只得搓着手说：

　　"这事儿，是你弟弟狗蛋提出来的。咱舌头短说不清白，狗蛋，你说。"

狗蛋是李高的小名,李伟一句一句地喊,弄得李高满脸臊红很不受用。李太后也觉得不雅,埋怨道:

"爹,李高好歹也是锦衣卫千户,正五品的官,你怎能老这么狗蛋狗蛋地喊呢?"

"喊惯了,改口难呢。"李伟自嘲地笑笑,指着李高说,"你托姐姐的福,如今不当狗蛋了。你要说的事,还要求你姐姐开恩呢。"

李太后把眼光投向弟弟李高,等着他开口。

"姐,"李高先甜甜地喊了一句,然后欠欠身子,既是讨好又不无羡慕地说道,"你如今是太后了,咱外甥是皇上,但他年纪太小问不了事,朝廷的政局,都是你把舵呢。"

"这是谁说的?"李太后阴着脸问。

"都这么说呢。"李高在外头虽然呼鹰逐犬人五人六,但一向害怕这个不苟言笑的姐姐,所以同她说话很谨慎,"都说你母仪天下,是个好太后。"

李太后白了他一眼,没好气答道:"好太后不止我一个,还有仁圣陈太后。"

偏李高听不出话风,兀自奉承道:"但你是皇上的生母,情形不一样。"

"有啥不一样?外头乱嚼舌头,是不懂朝廷礼法,未必你们也不懂?你再胡说八道,从此就不要见我!"

李太后怒形于色劈头盖脸一顿臭骂,李高吓得两腿发软差一点滚下凳儿来。李伟看了心疼,嘴上却说:

"骂得好,骂得好,狗——啊,李高,你就是榆木脑袋不开窍,你姐替大明江山把舵,你知道就行了,还用得着往外吹喇叭?闲言少叙,还是把那事儿给你姐说说。"

"爹,还是你自己说吧。"

李高嘟哝了一句。他脸色白煞煞的还没缓过神来,坐在那里,

勾头看着地上的砖缝儿。李伟见状,只得硬着头皮说道:

"彩凤,你爹还是个伯呢。"

突然来这么一句,李太后没听懂,忙追问:"什么百啊千的,爹,你说清楚点。"

李伟揉揉鼻子,提了提嗓门:"咱是说,闺女你都当上太后了,咱还是个武清伯。"

"啊,你是说的这个。"

李太后一下子明白了父亲的意思。自李太后那年进了裕王府,随着她的地位节节攀升,李伟则父以女贵,地位也随之水涨船高。女儿封了都人,他被赏了个锦衣卫百户;女儿生了太子,他晋升为锦衣卫千户;女儿于隆庆元年升了贵妃,他便升为锦衣卫都督同知。除了在京城里赏了一处大宅子外,还在沧州赐了三千亩好地。过了三年,太子正式册立,李伟又晋升为武清伯。除了俸禄享受一品待遇,另又在通州加赐两千亩好地。不过十年时间,他从一个小小的锦衣卫百户而达到今天这样的高位。须知国朝两百年以来,凡国丈这一身份的人,所能获得的最高勋职就是——伯,再往上就是公、侯。这两样多半属世袭,在位的都是开国功臣之后。父亲急得火上房似的要见她,原来是想再把身份抬高一级……见女儿深思不语,李伟试探着问:

"彩凤,你看你爹头上这个'伯'字儿,是不是换一个?"

"换个啥呢?"李太后不动声色地问。

"当然是'侯'字儿啊。"

"侯,那不又升了一级?"

"闺女你从贵妃晋为太后,还不升了一级? 当爹的按旧例,也该上个台阶了。"

"爹,咱问你,钧儿如今当了皇帝,他还能不能再往上升一级呢?"

“皇帝到了顶儿，还往哪儿升？”

“国丈的最高级别就是伯，这是朝廷制度定下来的，你这个武清伯已到了顶儿，还怎么升？你想和定西侯蒋佑、成国公朱希忠等人的身份扯平，他们的祖上要么是开国元勋，要么是靖难功臣，你不是！咱祖上是庄稼人，没这份荣耀！”

李太后同父亲讲话虽然存着客气没有发火，但李伟仍能从她的言谈中听出不满，心里头不受用，便直筒筒顶撞道：

“你那个理儿咱不赞同，老百姓都知道隔夜的馍馍不新鲜。那些世袭的公侯们，把当年他们老祖宗那点儿功劳本钱吃了两百年，现在还在吃。就说成国公朱希忠，上朝站在第一，他有啥功劳？他和咱比差得远了，咱生了个好闺女，咱闺女又生了个皇帝，就这一点，谁能跟咱比？嗯？他公得，咱也公得！他侯得，咱也侯得！”

别看李伟斗大的字识不了一箩筐，但若较起劲儿来，扯歪理说蛮话他还是一套一套的。听他这通牢骚，李太后又好气又好笑，只得耐心解释：

“爹，家有家规，国有国法，什么都得按章程办事，不能乱来！”

“国法，国法谁定的？皇帝定的。现在咱外孙是皇帝，他的话就是圣旨，他说让他外公当个武清侯，谁还敢说个‘不’字儿？”

“你以为皇帝就没人管了？”李太后秀眉一竖，嗔道，“天下人眼睛雪亮着呢！皇帝做错了事儿，不要说百年之后遭人詈骂，就是当朝也难以过关。钧儿的爷爷嘉靖皇帝爷，喜道术好斋醮，领着一帮妖道把丹炉烧到大内来了。结果怎样？出了个海瑞，抬着棺材上朝，递折子指责皇帝爷。如今，嘉靖皇帝爷死了，可是读书人一提起海瑞，还赞不绝口。爹，这就叫人心！”

李太后一席话，李伟听了很伤心，他连叹几口气，说：“讲这些大道理，咱当爹的讲不过。你方才讲到皇上想做的事儿怕百官反对，可是，给咱提个级弄个‘侯’字儿，也是他们当官的建议。”

"谁的建议？"李太后警觉地问。

"咱说不清，狗蛋，你说。"

李伟一急，又喊起了儿子的乳名。一直在旁静听这场对话的李高，心里头埋怨姐姐不近人情，但脸上却不敢有半点表露。这会儿，当爹的又怂恿他出来说话，推托不得，只好说道：

"前几天，王侍郎到过咱家。"

"哪个王侍郎？"李太后问。

"礼部左侍郎王希烈。"

"他去做甚？"

"他去，他去……"

李太后一逼问，李高舌头又不灵便了，含含糊糊地说不成句。李太后恨这个弟弟不成器，申斥道：

"声音大点。一个大男子汉，说话蚊子似的嗡嗡嗡，像什么话！说，王希烈去做甚？"

"他说，咱爹可以升个侯。"

"他还说了些什么，你详细道来。"

"王侍郎说，按国朝惯例，国丈的最高勋位只能是伯，但咱爹情形不一样。第一，在咱爹之前，没有哪一个国丈的外孙当了皇帝，有的还没有等到外孙登基就去世了，有的虽有外孙却不是太子，所以，咱爹这是特例；第二，王侍郎还说到你。"

"说咱什么？"李太后问。

李高咽了口唾沫，继续说道："王侍郎说，姐姐你晋封为慈圣皇太后，与晋封为仁圣皇太后的陈皇后身份抬平，这也是特例。既有这个特例在前，咱爹从武清伯晋升为武清侯，也是顺理成章的事儿。"

"他真是这么说的？"

"就这么说的，除了李高，还有咱这两只耳朵呢。"李伟赶忙插话。

李太后又问:"王希烈既这么说,为何不见他有题本呈上?"

"他想写,但晋封的事儿,不能用手本,应用礼部公本。说到公本,王侍郎当不了家。"

"为何?"

"公本必须由礼部尚书具名,王侍郎不是。"

"绕了半天,他是想当尚书。"李太后冷笑一声,问李高,"你知道王希烈是谁的人吗?"

"知道。京城里传,他和魏学曾两人,是高拱的哼哈二将。"

"既知道这一层,为何还要与他来往?"

这一问,李高不敢讲话了。李伟又开始接腔:

"彩凤,你不要定眼看人,王希烈先前跟着高拱跑,这不假。有奶便是娘,这是人的天性。高拱现在没奶给他王希烈吃了,他凭啥还跟着那糟老头子? 他只会睁大眼睛,找个新靠山。"

"这种人更不能用!"

"闺女尽说傻话。"李伟龇着黄牙一笑,说道,"闺女你大概记不得了,你三岁的时候,爹带你走亲戚,他家一只黄狗扑上来咬你,爹去拦,被那畜生咬了一口,至今,脚脖子上还留了一个疤。后来,爹把那只黄狗牵回来了,先吊着打了一顿,再好好地喂食儿给它。不出两个月,那条大黄狗便习惯了新主人。村里头一些娃儿想欺侮你,大黄狗就扑上去咬。那几年,爹在外做泥瓦匠,常常不回家,多亏了那只大黄狗保护你。"

李太后懂得武清伯说这个故事的用意,但因昨日在测字馆听了李铁嘴的忠告,已是特别忌讳这个"狗"字。她看看铜炉里的计时香,差不多过了一个时辰,觉得这场谈话该结束了,于是说了一句:"爹,提这些陈芝麻烂谷子的事儿干吗。"接着喊过内侍,吩咐送客。

李伟还有许多话要说,但闺女要他走又不敢不走,磨磨蹭蹭到了门口,又回头对李太后说:"彩凤,王侍郎有意让咱当侯,这事儿,你得放在心上。"

"去吧,去吧。"

李太后不耐烦地挥挥手。李伟有些生气,不由得提高嗓门吼了一句:

"狗蛋,咱们走!"

看着武清伯父子匆匆远去的身影,李太后心里头像打翻了五味瓶,很不是滋味儿。自从昨日下午在测字馆让李铁嘴测了三个字,回来后李太后一夜失眠。因为儿子未成年需要监护,他们母子同居一室。她夜里几次下床,轻轻走到对面儿子的床前,看着儿子熟睡的憨态,心灵既充溢着慈爱、甜蜜与骄傲,同时也更加明白自己应该担负的神圣责任。儿子登极不过两个多月时间,京城里却没有一天平静。国库空虚、官场争斗、介胄大臣同朝异主、州府旱灾积欠难收,一场又一场暴风骤雨不期而至。所有这一切,无不让她整日提心吊胆,寝食难安。就说前些时张居正请旨施行的胡椒、苏木折俸,因武清伯等人的告状,她一怒之下,让儿子绕过内阁直接谕旨户部,取消了勋贵们的实物折俸。她这是不得已而为之,她也知道这样势必给张居正施政带来麻烦,所以,一连多日,她与儿子深居大内,不接见任何大臣。她要借此机会考验一下张居正,一来看他对他们母子是不是真正竭尽忠忱;二来面对如此危局,看他如何运筹帷幄渡过艰难。通过这些时各种渠道传来的消息证明,张居正对皇上没有半句怨言。他一方面想方设法开辟财源,另一方面对京察毫不放松,把惩治贪墨放在第一。他的所作所为,让李太后心下稍安。她让冯保向张居正讲述唐朝姚崇的故事,一是婉转地表示信任;二是提醒张居正,大事要向皇上禀报,小事则可独断处理。她相信张居正的才能,不放心的,就是怕他专权自用,架空皇上,因此,她对张居正采取了拉一下打一下的手段。"对这种干练之臣,不可一味地笼络。"她常常在心里告诫自己,尽管她对张居正一直抱有好感,但为了儿子,她不得不收敛一己私情。近些时,她常常感到身心疲惫,皆因应付如此混乱的朝局,她觉得力不从心。按照一个女人通常的做法,遇到危难时总是乞求神灵的保佑,她也是这样做的。父亲刚才提到那条大黄狗,又让她想到昨天李铁嘴说到的"天狗吠日",究竟谁是那条狗呢?她陷入深深的思索……

正当李太后坐在西暖阁中左思右想没个头绪时,忽听得有人轻轻喊了一句:"太后!"抬头一看,不知邱得用何时已跪在跟前了。

自从外甥章大郎出事后,邱得用好像变成了另外一个人。往日里他见人总是一脸笑,现在却蔫头耷脑提不起精神。他心里头老觉得章大郎死得冤,却又无处倾诉。前天在测字馆弄了个"泣"字儿,更让他止不住伤悲。昨天下午,李太后去测字馆不让他跟着,他就知道犯了忌,心中忐忑不安。正在这时候,礼部派人来向他通风报信,说到上半年他去泰山祈福禳灾的事儿。他闷头闷脑琢磨了一阵子,又找廖均等几个好友商量,大家都觉得这事儿牵扯到李太后,或许是个机会,便怂恿他直接找李太后告状。邱得用想想也别无他法,便答应依计行事。当他看见武清伯父子走后李太后独自一人坐在西暖阁中,就鼓起勇气走了进来。

"你有啥事?"李太后冷冰冰地问。

"启禀太后,泰山的事儿犯了。"

"泰山什么事儿?"

"就是上半年四月底,奴才得旨去泰山为隆庆先帝爷禳灾祈福,回来时,给太后带了点礼物。"

经这一说,李太后记起来了。邱得用那次从泰山回来,带给她

一对翡翠玉镯,还有一些土特产。便问道:

"这点小礼物,犯了什么事儿?"

"在户部王国光大人眼里,这可不是小事儿。"邱得用于是把杨用成交税银碰到张居正挨了一顿剋的事儿备细讲了,最后紧张兮兮地说,"如今杨用成已被扣在京城交代问题,户部还派了人到礼部查账。"

"查账又怎么的?"

"启禀太后娘娘,奴才有句话不知当讲不当讲。"

"讲吧。"

"首辅张先生明知道泰山少了的这五千两香税银,是给娘娘买了礼物,他还指使户部派人前往礼部查账,这矛头不是冲着娘娘来的么?"

"放肆!"李太后勃然大怒,霍地站起,伸手指着邱得用大声骂道,"大胆奴才,竟敢妄议首辅,该当何罪!"

本来跪着的邱得用,这一下吓得伏在地上,头叩着砖地,颤声回道:"奴才该死,奴才该死。"

李太后瞧他那筛糠的样儿,心里头既可怜他又恨他,厉声喝道:"跪起来回话。"

"是。"

邱得用双手撑地,又哆哆嗦嗦跪直了身子。

李太后坐回到黄绫绣椅上,问:"你方才说的这些事,是谁告诉你的?"

"是,是……礼部的司务官纪有功。"

"你怎么认识他?"

"奴才并不认识他,是他托人找到奴才。"

"哼,为什么要找你,就因为你是乾清宫管事牌子。按《大明律》,内侍交结外官,当凌迟处死,你知道吗?"

李太后冷冷的几句话，犹如晴天霹雳，邱得用被震得面如土色，额上渗出豆大的汗珠，出于本能，他小声辩白：

"启、启禀太后，奴、奴才并未、并未交结外臣，是他纪有功找、找奴才，我只同他见、见过一次面。"

"邱得用，你也不用申辩了。"李太后长嘘一口气，问，"你属啥的？"

"属、属什么？"邱得用没听明白。

"咱问你的属相，十二生肖中你属啥？"

"启禀娘娘，奴才属狗。"

"知道了，退下吧。"

邱得用诚惶诚恐退下，他不明白李太后为何突然问他的属相。他服侍李太后时间也不短了，因此看得清楚，自隆庆皇帝死后，受人爱戴的李娘娘好像变成了另外一个人。

早膳后这连着的两次会见之后，李太后的心情已完全被破坏。在西暖阁里缓缓踱了一会儿步，呷了一杯清火的金银花茶。这才在容儿的陪侍下来到了东暖阁。

东暖阁里坐了四个人，除了小皇上朱翊钧，还有冯保、捧着奏匣的牙牌太监和朱翊钧的贴身内侍孙海。见李太后进来，冯保领着两个奴才跪下迎接，小皇上也离了绣椅垂手肃立。

李太后走上前扶着小皇上重新坐上绣椅，她自己也在旁边的一张绣椅上坐下了，又指了指凳儿，让冯保落座，然后问他：

"今儿个，给皇上念了些什么本子？"

"启禀娘娘，共念了五道。"冯保瞅了瞅堆在几案上的一堆奏疏，欠身答道，"第一道奏疏是殷正茂寄来的禀告荔波县主簿吴思礼与丝苗洞酋长盘丫吉两人通匪，他按军法从事，斩了两人首级。第二道是庆远府知府许辛之弹劾殷正茂的题本，说殷正茂夺皇上威福，怙权自专，滥杀无辜。吴思礼虽有过错，却无死罪，建议皇上将殷正茂撤职查办。第三道本子是吏部的,禀报京察施行情况,言明犯有贪赃枉法、结党营私、玩忽职守、怀私进邪这四种劣迹的官员,宜加重惩处。第四道本子是礼部司务纪有功呈上的,言朝鲜国恭贺皇上登极的特使进京,所需招待费用本该户部如数拨付,但户部拒不拨付,反而要礼部从本应用于会试的花捐税中开支,这有违朝廷礼法,请皇上降旨切责户部。第五道本子是都察院监察御史欧燧上章弹劾泰山提举杨用成,说他私吞泰山香税银五千两用于贿赂京城要紧官员,已属贪赃枉法,尤其令人气愤之处,是他竟敢胡说这笔贿银用于慈宁宫,如此明目张胆攻击慈圣皇太后,更该罪加一等。"

冯保一口气说完这五道奏疏的内容。李太后听了,问小皇上:"钧儿,这些本子该如何处置?"

"回母后,朕已命大伴,悉数发内阁拟票。"

"对,任张先生处置。"李太后接过容儿递上的温茶呷了一口,问冯保,"欧燧是什么人?"

"监察御史。"

"这个本子上已写了他的职务,咱还想知道他更多的情况。"

"奴才听说他是隆庆二年的进士,张居正是他的座主。"

"啊,难怪!"李太后感叹一声,眼中掠过一丝感激的神情,随即说道,"依咱看,先让锦衣卫把这杨用成抓起来,着实拷问。如此贪墨之人,焉能轻饶!你说呢,钧儿?"

"母后说得对,就这么办!"

朱翊钧对母亲言听计从。李太后满意地点点头,突然又蹙着眉问:

"钧儿,今儿五道折子,有两道关乎礼部,今儿上午见了武清伯,还有邱得用,都扯到礼部,这礼部到底要干什么?"

李太后的话说得含糊,朱翊钧听了似懂非懂,一句话也答不上来。冯保却心知肚明，见小皇上发呆，他小声说道：

"这也难怪，王希烈本属高拱死党。"

李太后听了，脑海里立刻闪出父亲讲述的那条凶恶的大黄狗。她心中忖道："兴许这个王希烈，就是那条大黄狗。"她本想就此事多说几句，但连续两个时辰的谈话，她已感到疲乏。打了个呵欠后，她揉了揉发酸的眼眶，对冯保说：

"这两日，你物色一个人来，当乾清宫的管事牌子。"

"那邱公公呢？"

"唉，邱得用是本分人，他的外甥章大郎被人刺死，这样大的伤心事，他怄在心里不敢跟咱讲。咱本说发道旨，给章大郎优恤，现在看来也不必了。"

"母后，这是为何？"朱翊钧瞪大了眼睛问。

李太后抚了抚小皇上的头，轻轻地说："钧儿，不是你娘心狠，谁叫他邱得用属狗呢。"

细心的冯保看见，李太后说这话时，眼眶里已是泪花闪闪。

第三十五回

众官员公祭童立本　无情火烧毁老胡同

这天是童立本的公祭日。

童立本已经死去九天，每天前来吊唁的人络绎不绝。童宅所在的羊尾巴胡同，本来就不甚宽敞，如今早已被挽幛招魂幡纸人纸马等一应冥器填满。这些时京城天气好得出奇，白日里天空一片瓦蓝，晚上一片繁星。不遭雨淋的素纸素花，把里把路长的一条胡同堆砌得一片缟白，丛丛复复，间不容脚。当天一早，参加公祭的官员们从四面八方陆续赶来，都只能把轿停放在胡同口外的大街上，而一应十几个签单答应迎宾叫子，也都从童立本院门前迁到胡同口，不时听到他们错落有致、有板有眼地高喊：

"吏部员外郎姜大人到——"

"刑部郎中赵大人到——"

"礼部员外郎夏大人到——"

"兵部武备司主事贾大人到——"

"大理寺少卿方大人到——"

"都察院佥都御史顾大人到——"

每次唱喏之后，接着就是震耳欲聋的唢呐哀乐和哭婆子们熟练至极的干嚎。童立本虽然生前命运滞塞，但死后的哀荣，比起先他一月而死的礼部尚书高仪来，又不知强了多少。

这次公祭由王希烈发起，他自然来得较早。对胡同里这股子哀荣弥漫之气，他甚为满意。这些时，王希烈的心情是一会儿兴奋一会儿沮丧，与张居正较劲，他虽然处在劣势，但童立本事件的发生，又多少让他占了一些上风。户部施行的胡椒、苏木折俸，实际上让他给搅黄了。这些时，与张居正作对的事他委实做了不少，而且每出一招，张居正就被动一回。为此，他心中颇为得意。但他也清楚，自己本来没有这么大的能耐，皆因张居正上任伊始施行的胡椒、苏木折俸与京察两件事，是一竹篙打一船人，几乎得罪了所有京官。俗话说蛇有蛇路虾有虾路，若论如何聚敛钱财搜刮民膏，在贪墨成风的官场，大多数官员都有一身故事。甭说拿两个月胡椒、苏木折俸，就是再拿两年，他们照样每天吃香喝辣，屁中都会打出油酥味来。京官们之所以怨气冲天，一是觉得张居正这位首辅太不近人情，上任伊始就摆出个铁鸡公的架势，不肯给臣僚百官一点实际利益；二是京察正在进行，四品以上大员的《自陈不职疏》都已呈到御前，四品以下官员的自陈揭帖也早都汇总到吏部衙门。他们中谁能留任谁将遭贬谁会削籍，不消几日就会揭盖子。明眼人都知道，京察之初小皇帝下颁的那道措辞严厉的戒谕群臣的旨意，原是张居正的杰作，由此可知这次京察的调子是由他定出来的。前几日，吏部更是咨文各衙门，申明犯有贪赃枉法、结党营私、玩忽职守、怀私进邪四样者加重惩处，而贪墨之人惩处尤严。京官们揽镜自照，无不有危机之感。出于防卫需要，那些自认为在京察中过不了关的官员，便主动向王希烈靠拢，利用童立本之死大做文章，攻击这是"苛政"。如此做法在官场上也有一说，叫"反制"。知道你要整治我，我便抢在你下手之前先抓住你的问题大做文章，务求痛快淋漓大白天下。这时候如果你再利用手中大权对攻击者弹劾罢免，势必引起公愤。当事者投鼠忌器往往作罢。一般情况下，这种"反制"的斗争策略，大都会收到功效。

　　看到官员们的不满情绪一日比一日高涨，王希烈心里头甭提有多高兴。开头，他寄希望于魏学曾挑头闹事，现在才发现自己能力并不差,也就当仁不让,把礼部当成了反对派的大本营。他与魏学曾计议,让南京户科给事中桂元清上本弹劾王国光,试试风向。三天后,皇上降旨给桂元清削籍处分。官员们从邸报上看到这份圣谕后,都是敢怒不敢言。此情之下,王希烈又与魏学曾商量再找六科十三道言官中的"自己人"跟着上本,给桂元清鸣不平,再就胡椒、苏木折俸之事弹劾王国光。总之,他之所思所想,就是要把这场"反制"斗争弄得如火如荼形成燎原之势。那头写弹劾本子的人还在搜罗证据铺排词藻,这一头,他又向杨用成面授机宜教他如何倨傲,接着又派纪有功前往户部申请用银,一应事体都把矛头对准了户部。"打蛇要打七寸,张居正这条毒蛇的'七寸'正是户部。"王希烈一高兴,便向心腹说出了这样的话。他自以为用的都是杀手锏。谁知那天杨用成、纪有功先后铩羽而归,向他禀报了各自的遭遇,他顿时又感到事情有些不妙。金学曾一个小小的九品观政辱骂殴打礼部一个六品官员,不但不受处罚,反而受到张居正、王国光两人的亲自接见;杨用成被宣布不准离开京城,等候听参处理,甚至还要追查那五千两香税银的去向。昨天,更传来惊心动魄的消息:李太后亲下懿旨,将杨用成下逮锦衣卫大狱。而金学曾带领的查账班子也已组成,不日就要来礼部稽查。夜里,他去武清伯府上拜访,得知他们父子与李太后见面的情况也不尽人意。种种蛛丝马迹都说明,张居正重新取得了李太后的信任,要拿他户部开刀了。王希烈突然产生了大限临头的感觉,但开弓没有回头箭,形势发展到这种地步,就只能拼个鱼死网破了。王希烈一狠心,准备利用童立本的公祭,再向张居正发动一次猛烈的进攻。好在新的礼部尚书尚未任命,一应部务由他这左侍郎说了算,因此,他让礼部吏员全部出动,凡前往童立本家吊唁过的官员,都送一份礼部分发的参加公祭的请柬。

如今,王希烈走在羊尾巴胡同中,望着渐聚渐多的一张张熟悉的和不熟悉的面孔,心里头又多少增强了一些自信。边走边看,不觉来到童立本院子门口,一眼瞥见坐在木圈椅上穿着一身孝服的童从社口角流涎,望着他痴痴地笑,心里顿时腻味起来。他问一直在此操办的王典吏:

"他怎么这个样子?"

王典吏答:"他现在还算好的,刚抬出那会儿,他一会儿嚷着'我——爹——'一会儿又看着这些纸人纸马,傻笑着嚷'好看——'他并不知晓他父亲死了是怎么回事。"

王典吏学得惟妙惟肖,王希烈越发看了不自在,吩咐道:"把他挪个地方吧,等会儿各位大人来了,看着太不雅相。"

"回大人,小的觉得让他待在这里很好,"王典吏狡狯地眨眨眼,回道,"公祭不能没有孝子在场,童大人眼下就这么一个宝贝疙瘩。"

"他不是还有一个儿子吗?"王希烈问。

"是有一个,但远在故乡番禺参加乡试,离京城万里之遥,这会儿只怕还未收到父亲的死讯呢。"

两人正在说话,坐在木圈椅上的柴儿冷不丁朝着王希烈嚷了一声:"爹——"王希烈顿时像被蝎子螫了一口,慌忙闪开一步。

"别乱叫,再叫,就把你——"

王典吏朝柴儿做了个抹脖子的动作,柴儿吓得哇的一声大哭起来。

"童立本倒霉到家,还是死了好。天底下的孝子,这是我见到的最体面的一位。"王希烈叹息着走开。

羊尾巴胡同里的人越来越多。王希烈正四处转悠着与前来的官员们寒暄,忽听得胡同口又传来一声洪亮的唱喏:"吏部左侍郎魏大人到——"王希烈赶忙迎了上去。只见魏学曾昂首挺胸脸色漠然走了过来。两人叙过礼后,王希烈兴奋地说:"启观,你看今天这阵势,足见官心向背。"

魏学曾四下看了看说:"来是来了不少,但我刚才翻了一下签到簿,也看出一些蹊跷来。一是京师各衙门堂官,没有一个正职出面;二是户部和工部,竟没有一个官员前来参加。"

王希烈回答:"这个不难解释。六部九卿各部门堂官,都是张居正新近更换的,自然都要阿附这位首辅。至于户部就更明显了,王国光是胡椒、苏木折俸的始作俑者,京官们的气都发在户部头上,他们怎有颜面来参加公祭?说到工部倒是一个例外,听说朱衡这个倔老头子下了死令,他衙门里有哪个官员胆敢来参加祭奠,一定严惩不贷,因此工部里头虽有同情童立本的官员,这下也不敢明着来了。想不到朱衡这头老犟牛竟然让张居正调教得这么服帖。"

魏学曾说:"这就是张居正的过人之处。擒贼擒王,这一套他用得很熟。"说到这里,他又问道:"听说张居正前几天去了一趟户部,你知道吗?"

"我不但知道,这里头还有故事呢。"王希烈看了一下周围,忧心忡忡答道,"我琢磨着,张居正去户部,一定是向王国光面授机宜,如何拿咱礼部开刀。"

王希烈接着把这几日发生的事备细说了。魏学曾听后,冷笑着说:"听说李太后下旨逮捕杨用成,是因看了张居正门生欧燧的本子。张居正沉默了多日,现在终于动手了。"

王希烈心下黯然,悻悻说道:"张江陵处处都是后发制人,启观兄,咱们斗不过他,却也不能让他好过。"

魏学曾点点头,半是生气半是忧虑地说:"你大概还不知道,乾清宫管事牌子邱得用也被免职了。"

"什么,邱公公被免职?"王希烈浑身一震,急忙问道,"这是啥时候的事?"

"刚发生。"

"是啊,昨儿上午,他还与纪有功见了面呢。"

"他俩为何见面?"

"我让纪有功向他透露户部要清查泰山香税银的事。"

魏学曾长叹一声,说道:"邱得用被免职,可能与这件事有关。欧燧的本子里头就说到杨用成自己贪墨巨额税银,反而诬陷李太后。汝定兄,无论何事,只要牵扯到乾清宫,就一定要慎之又慎啊。"

魏学曾如此说,是因为他知道王希烈想利用泰山香税银一事做一个"局"陷害张居正,没想到落得个鸡飞蛋打,自己反而被动。王希烈愣了一会儿,咕哝道:

"唉,女人毕竟头发长,见识短。"

"是啊,大内里头,一个女人,一个孩子,还有个没根的男人,这官是没法当了。"魏学曾发牢骚口无遮拦,接着又说,"今天一早,通政司就把皇上慰留王国光的谕旨送到了吏部。"

"皇上才十岁,懂得什么?皇上谕旨,哼,说穿了,还不是张居正假借皇上名义!"王希烈不胜愤然,说话也就夹枪带棒,"高阁老柄国时,朝中一有风吹草动,各路言官一窝蜂地上本子。如今出了这般大事,给事中们屁都放不出一个来。有那么一两个答应写本子的,至今几天过去,仍扭扭捏捏拿不出东西来,真是岂有此理。"

"这就叫此一时也,彼一时也。"魏学曾忽然间变得坦然起来,"汝定兄,既然做了的事情,就不要后悔。今天到这里之前,咱就做了最坏的打算。大凡新主子登基,总要施行仁政,如今却是苛政,咱们做大臣的,焉有畏畏缩缩认奸为忠之理。"

"依启观兄之见,下一步如何进行?"

"反正你我都无退路可言。"

"这个咱知道。咱的意思是,如何把事情闹得更大些。"

魏学曾指着塞满胡同的黑幛挽联,饶有深意地说:"为一个上吊自尽的六品主事举行这么大的公祭,国朝史无前例。老兄,这件事还不够大么?"

王希烈干涩地一笑,接着压低声音问:"你觉得张居正会不会出面干涉?"

"他怎么干涉?"

"比如说派兵来驱散什么的?"

"如果他那样做,岂不正好?"

两人心有灵犀。交谈过后,王希烈带着拂之不去的沮丧情绪,又忙起公祭的事儿来。

翻了巳牌,公祭开始。胡同里挤满了一百多名官员,赶来看热闹的市民也把胡同口里三层外三层堵得水泄不通。胡同两边住户人家的墙头上,也站了不少观望的孩子。小小一条胡同,挤了大几千人。王典吏给童立本寻了一口质量不错的棺材,如今抬到院子外街面上。当司仪宣布公祭开始,众人肃穆静立。哀乐大奏一通之后,站在棺材前面的王希烈,便开始大声吟诵他精心炮制又经几位幕友再三润色过的祭文:

> 某月某日,故礼部仪制司主事童公之丧。礼部左侍郎王希烈为文以祭曰:童公立本,字吉祥,广东番禺人氏。幼入庠序,饱读诗书。二十七岁得中举人,嘉靖三十二年会试进士。初补知县,继升州同,后调礼部,荣膺主事。列籍二十余年,不逢迎、不谀谄、不唯上;宦海生涯之中,有正声、有廉节、有操守。壬申七月,因胡椒、苏木折俸,举家生计陷入绝境。公既两袖清风,又不肯告困于强梗,遂借三尺白绫,断然了却残生。呜呼呜呼,本是渊衷静默之臣,顿作悬梁枵腹之鬼。尸身未寒,讹言踵至。人议公愚,予为辩之;人议公拙,予为直之;人议公险,予为申之:
>
> 呜呼童公,本欲以经术遭逢圣主,却屡屡见嫉于辅弼之臣。

开府地方,为民请命,条陈有理;升职京师,佐君制礼,文藻竟工。奈何雄狐九尾,不得与彪虎雁行;狡兔三窟,亦难逃蝼蚁薄命。公之为人,阳仇而阴德,此乃大智之愚;公之行世,迹愚而事巧,此乃大巧之拙;公之为官,言拙而行方,此乃大忠之险。然公之品格,不为官场所容。历历二十春秋,竟只得六品主事而终。古人云:"生不愿封万户侯,但愿一识韩荆州。"如今抚公之棺,难免哀恸而喟叹:李太白常有,而思贤若渴之韩荆州,却百年难得一见……

王希烈摇头晃脑吟诵至此,竟自哽咽起来。这盖因触景生情,其悲不在死者,而在自己的遭遇。见主祭官如此声泪俱下,在场众官员,也莫不为之动容。人群中于是有了一片小小的骚动,间或可听到悄悄的议论:

"王大人如此善待部属,童立本若泉下有知,也感欣慰。"

"他这韩荆州一典用得好,如今荆州则荆州矣,只是物是人非。"这话暗刺现任首辅,他也是荆州人。

不知谁叽咕了一句:"也有人说,若王大人平常稍加恩典,童大人也不致落此下场。"

……

各种议论不一而足。

王希烈本来就有做戏的成分,这一下更是感慨唏嘘进入角色。正当他掏出手绢揩泪之际,坐在木圈椅中的柴儿没来由地又兴奋起来。他从未出过院门,更没有见过这种场面,见这么多人一起抹眼泪,便觉得好玩,顿时脑壳一阵乱摇,嚷叫道:"爹——"接着只听得屁股底下一声闷响,众人不知就里,但一会儿便都闻到了奇臭。

"你干什么?"王典吏问。

"我,我拉——屎——了。"柴儿呜地哭起来,口角又挂起长长一串涎水。

王典吏捏着鼻子,又朝柴儿做了一个抹脖子的动作。站在跟前的王希烈顿觉一阵恶心，他挪开两步，屏住呼吸，好不容易才把那股子翻肠倒胃想要呕吐的感觉强压下去。虽然没了心绪，但还是缩着鼻子屏住呼吸把祭文念下去：

> 呜呼童公，六品清官，萧然寒士；落拓闲曹，类同布衣。看裘马轻狂之客，歌筵永日；裙屐风流之辈，竟夜销魂。公却衣不求新，食不果腹。儿癗两腿，妾眇一目。五尺微命，一匹瘦驴。本是朝廷之命官，竟成帝乡之饿殍。卸下官袍而自尽，挂起苏木而悬梁。请问谁之过耶，谁之罪耶……

念到这里，王希烈已是声嘶力竭，只见他脸上肌肉痉挛，双眼充血，几欲捶胸顿足。这情绪感染了所有在场的人，不知是谁愤怒地高喊一句：

"谁之过，谁之罪，务必追查清楚！"

立刻又有人接了一句："是啊，我辈朝廷命官，岂能成为涸辙之鱼，砧上之肉！"

这些话极具煽动性，本来就憋了一肚子气的官员们这一下都被撩拨得怒气冲冲，胡同里顿时像炸开的锅。眼见这场面，王希烈兴奋不已，他同站在身旁的魏学曾交换了一下眼色，挥手示意大家安静，清清喉咙，正欲念下去，不知是谁杀猪似的嚎了一声：

"不好了，失火了！"

闻者无不大惊，胡同里顿时又骚动起来。王希烈以为又是谁的恶作剧，正想做手势让大家安静下来，听他把祭文念完。一抬眼，只见胡同口果然蹿起一股浓烟，堆放在那里的纸人纸马不知为何烧了起来。他立马丢了手中的文稿，强自镇定大声疾呼："大家不要慌，赶快弄水来，把火浇灭。"但响晴响晴的秋燥天气，在胡同里摆放了八九天的这些纸扎布做的冥器，已是干焦得一折就断。如今既有火苗子舔过来，加之狭窄的胡同又是一个抽风口，很快就成了燎原之势。胡同口已被围观的市民堵住。火势往胡同里扑，官员们都争挤着往胡同深处逃命。但无脚的烈火比有脚的官员们跑得更快。不消片刻,胡同里已是一片火海。冥器机椅车轿,都陷在熊熊烈火之中。很快烈火又蹿上房,整个一条胡同都陷在烈焰之中,到处都被烧得哔哔剥剥哗哗啦啦一片喧腾炸响之声。轰隆隆这里的墙倒了,啪啦啦那里的房塌了。逃命的官员民众一个个慌不择路,许多人让浓烟呛昏了头,本是逃生,却偏偏往火海里钻。王希烈素以文雅自命,何曾见过这等惨烈的场面?顿时吓得两腿如泥瘫倒在地。夺路逃命的官员民众此时已是自顾不暇,哪还管得了他!竟纷纷从他身上践踏而过,不一刻他便被踩得鼻青脸肿遍体鳞伤。亏得礼部几位官吏拼尽全力把他从地上拽将起来,扶掖着仓惶逃遁。

胡同里也有一个人不跑,这就是魏学曾。这位在辽东大营带过兵任过总督的大臣,一见出了事,他首先想到的不是逃命而是把火扑灭。他见众位官员撒鹰似的逃蹿,连忙跳到童立本的棺材上大声吼道:“都不要跑,跟我一起救火!”但任他喊破嗓子,也没有人听他的。这些平日里养尊处优的官员们,此时只恨爷娘少生了两条腿。瞧他们如此熊包自私不争气,魏学曾气成了黑脸包公,后悔不该与这帮窝囊废搅和在一起。恰在这时,搁棺材的凳子腿儿被烧断,棺材倒了,魏学曾被摔倒在地,刹那间就被冲过来的火焰燎成一个火人。“魏大人,逃吧!”有个下等官员跑过来帮他。他跳起来捆了那人一个耳光,恨恨骂道:“你看看,百姓人家的房子都起火了,身为朝廷命官,焉有逃跑之理!”火势越来越大,挨了耳光的那个下等官员也不敢站在原地计较,捂着脸,踩着轮子一般溜了。童家门口只剩下魏学曾一个人,他顶着烈焰跑进童家拎出一桶水来,泼向一位浑身是火躺在地上痉挛的年老官员……

第三十六回

借拟票宰揆开新政　得密札明月照愁心

早晨,张居正一到内阁,传旨太监便前来向他传达皇上的两道口谕:第一,今秋的经筵推到十月十日举行;第二,每见先生票本,墨迹光彩异常,香气弥久,不知所用何墨,望告之。

听了这两道圣谕,张居正大喜过望,吩咐书办赏给传旨太监五两银子。传旨太监来内阁传旨多次,从未得到奖赏,张居正今日突然慷慨大方,令他十分惊奇,说了几句感激的话,喜颠颠地走了。他哪里知道,张居正为了得到这道圣谕,花费了何等样的心血。

那日在文华殿西室,冯保与张居正商量皇上经筵的事。对于十五万两银子的开支,张居正知道硬抗不行,于是有意无意间提了一条建议,如此重大之事,一定得选个黄道吉日。冯保回宫向李太后作了禀报。李太后觉得张居正建议甚好,便在冯保的提议下微服出宫,去了李铁嘴测字馆。

先一天,当游七从徐爵口中得知冯保与邱得用已去测字馆探听了虚实,李太后决定亲自前往的消息后,立马就禀告了张居正。这位被眼下混乱的朝局折磨得心力交瘁的首辅,突然间看到了一线生机。他当即向游七面授机宜,让他连夜去找李铁嘴。游七遵主人之命,半夜三更敲开李铁嘴的大门,告诉他,明天会有什么什么样的人来他馆里测字,不管这母子二人报了什么样的字让他测,他一定要做到两样:一是论及花钱之事,就说眼下无钱可花,若硬要花钱,则有灾咎;二是若要选择黄道吉日,则尽量往后拖。李铁嘴开馆二十多年,还从未遇到过这种事,出于道德良心与一己尊严,他完全可以拒绝这个陌生人的建议,但游七的言谈举止又让他感到来者不善,善者不来。犹豫再三,他问道:"咱为何要这样做?"游七从怀中拿出一锭五十两的纹银放在桌上——这还是皇上那天颁赐给张居正的。游七说:"按我说的去做,这个权作赏银。"李铁嘴居京师多年,认得这锭纹银是内府出品,越发觉得这事蹊跷。心想来者所求也不是什么难事,加之有这么大一锭纹银可赚,便点头应允下来。第二天他如计行事,展示他铁嘴功夫,说话紧扣字意丝丝入扣,把游七交代之事当成"玄机"说出,被李太后母子惊为天人。当天夜里,游七又去李铁嘴那里讨了回信,张居正听了将信将疑。现在听了这道圣谕,才相信李铁嘴所言不诳。想到如此大的一个难关,竟能凭借一个江湖艺人的油嘴渡过,心里头不但不感到轻松,反而更增添了沉重的负疚感。

如果说第一道圣谕让他心安,第二道圣谕更是令他难抑激动。问墨虽是小事,但从中可以看出小皇上又把他当"师傅"对待了。这小小的变化,预示着李太后对他曾一度动摇的信任感又重新恢复。他望了望乾清宫的方向,沐浴在灿烂秋阳下的紫禁城,此刻蔦萝不动、纤尘不飞。他的心情顿时恬适下来,略一沉思,就援笔伸纸,写出如下揭帖:

> 仰望吾皇陛下,臣张居正仅就圣谕问墨一事,恭答如下:
>
> 臣所用之墨,名水晶宫墨,盖歙人汪廷器所制。廷器自号水晶宫客,家富而好文雅,与士大夫游,每年制善墨相赠,然所制仅数十挺,故坊间无售。
>
> 曾听友人言,水晶宫墨制法特精:用上好纯正松烟,干捣细筛,每一斤烟兑胶五两,浸皮汁中,皮即江南石檀木皮也。其皮入水绿色,既解胶,又益墨色。烟浸之后,又用鸡子白五枚,珍珠麝香各一两,皆别治合调,铁白中捣三万杵,可过而不可少。

> 大凡墨以坚为上，古墨以上党松心为烟，以代郡鹿角胶煎为膏汁而和之，其坚如石。此为易水人祖氏所创，祖氏乃唐之墨官也。其后有汪超者得祖氏真传。唐末与其子延硅迁居来歙，此乃廷器先祖也。论者言廷器制墨其坚如玉，其香如兰，其纹如犀，长不过尺，细如箸。用三年乃尽，其磨处边际似刀，可以截纸。用其墨书版牍，岁久牍朽而字不动，皆言其坚也。

写到这里，张居正把值房书办姚旷喊了进来，问他："所存水晶宫墨还有几挺？"

"两挺。"

"好。"

张居正答应一声，又写了下去：

> 臣所用水晶宫墨，从翰林院学士许国处得来。许为歙人，学问精湛，为士林推重。皇上经筵，臣所选讲师三人，许国是其一也。臣所存水晶宫墨尚有两挺，现呈献皇上试用，若称圣意，可谕旨歙州知府，列水晶宫墨为专贡。张居正伏拜。

写毕，张居正检查两遍并无纰漏，便吩咐姚旷："你将这份揭帖连同那两挺水晶宫墨封好，一并送到司礼监转呈皇上。"

姚旷刚走，张居正身子都未挪动，就开始翻阅由司礼监送出的待拟票的奏疏。第一道奏疏，是南京刑部右侍郎施琅的献言，其中一段写道：

> 祖宗设立刑部、都察院、大理寺，谓之法司，其责纠正官邪、清平狱讼也。设立东厂、锦衣卫，谓之诏狱，所以缉捕盗贼、诘问奸宄也。夫职业之废，谓之旷官；职掌之夺，谓之侵官。今后凡贪官冤狱，仍责之法司提问辩明。若有隐情曲法，听厂卫勘查报上。凡盗贼奸宄，仍责之厂卫缉访捕获，然必审问明白，送法司拟票报上。惟其法司与厂卫职责分明，方能事体允当，各衙值事不致混乱。

读完这道奏疏，张居正放下，又拿起另一道来读。这道奏疏是山东道御史谢柬之写的《陈时弊疏》：

> ……今民力日困，府库日空，乞敕各部备查近来比隆庆初年相比情况：如吏部新增多少文职官吏，户部新增各官并各王府俸禄几何，礼部新增供应并祭祀赏赐等项各有多少，兵部之新增军职并柴薪皂隶多少，工部新增工官并营造料价多少。各部应逐项清查总数上报，如此可以革冒滥贪墨之弊，量入为出，止各衙门攀比妄费之心，恳望人主亲加裁抑。

张居正一口气读完九道待拟票的奏疏，不但不感到累，反而觉得精神气儿格外旺盛。这九道折子除了上述两道，余下七道，有三道就京城苏州胡同巡警铺档头蒋二旺吃空额一事引发议论，建议清理天下营兵，重造簿籍，凡吃空额贪墨饷银者，一律严惩；有两道涉及理财，就清理全国各府州县累年积欠课银献计；还有两道希望圣上谕旨京师各大衙门尽去奢靡浮费之风，厉行节约，以省国用。这里头有一道折子是光禄寺丞罗先吉所写，言隆庆五年至六年两年间，由光禄寺进上供物用于皇上膳食并修斋等项器皿，共二万三千三百四十五件，内侍截留未出。罗先吉用词尖刻，称这等取物不还的做法，类同贪墨，望圣上发旨，将此等大批物件由尚膳监清理归还。

不难看出，这九道奏疏虽议事各异，却有一个共同特点，就是揭露时弊，抨击朝政。如今把它们摆在一起，就感到分量颇重。局外人哪能知晓，它们的出笼，原也出自张居正的一片苦心。

却说朱洪武创设的首辅制，与唐宋两朝的宰相制度多有不同。首辅与宰相虽然地位差不多，但柄国方式却差别甚大。宰相握有提调任免生杀予夺之权，而首辅名义上只不过是皇帝的顾问而已。他既不能提拔降黜任何一名官员，调动一兵一卒，更不可能对各大衙门及全国各府州县直接发号施令。但是，首辅也有一样显赫的权力,那就是拟票。国朝政事,无论大小,皆以皇上的圣旨为准。但皇上的圣旨,除极少个例,一般都得送住内阁拟票。皇上同意这个拟票,就命司礼监照样誊抄一遍,是谓批朱。皇上若不同意,仍得发回内阁重拟。有时候,皇上也可绕过内阁径发中旨,但不可能经常这样,大量的圣旨,还得照票批朱。这样一来,首辅就可以通过拟票间接地控制朝纲政局。这样一种执政方式,对皇上与首辅双方均有制约。若双方发生矛盾,失败的只能是首辅。皇上虽不能更改这种先祖创立的公文制度,但他可以撤换首辅。因此,大凡想要有所作为的首辅,首先要审时度势,摸清皇上的脾性,用自己的观点影响皇上。其次就是将自己的所思所想告诉相关官员,让他们向皇上写本呈奏,自己再来行使拟票权批准这一建言。高拱在任时,之所以能呼风唤雨独揽朝局,就在于他既得宠于皇上,又有一大批门生故旧为之效劳。张居正久居内阁,焉能不知个中奥秘?他虽然痛恨朋党,私下里又不得不承认,如此体制之下,没有朋党必然一事无成。因此他给自己定了两条原则:用术存正气,结党不营私。基于这一点,多年来他也用心结纳同志,培植势力。上任首辅两个多月以来,他仿佛经历了漫长的二十年。他几乎每天都处在焦灼、希望、感奋与痛苦中。但作为一个韬光养晦多年的人,他并没有被这暂时的困境所吓倒。就在童立本上吊之后,他感到形势有可能发生转变,经过深思熟虑,他向全国各地发出二十多封急信,收信人全都是他的门生故旧。他向他们密授机宜,教他们如何向皇上写折进言。现在摆在他桌上的这九道奏折,就是其中的第一批。皇上既然悉数发来内阁拟票,其态度不言自明。想到这一层,张居正不禁双眸炯然,脑海里顿时升腾起一个壮丽的憧憬:万历新政就要开始了!

于是,在极度的兴奋中,他提笔拟票。

给施琅奏折的票拟是:

国朝创设法司与厂卫，职责各有定制，着该衙门听了，诏如议行。

给谢柬之《陈时弊疏》的票拟是：

这道疏切中时弊，着各部院大臣看了，详议报来，不得延误。

给光禄寺丞罗先吉呈疏的票拟是：

器皿偷盗昧没之事，屡有发生，这都是孟冲任上事。所言器皿，应悉数归还。今后遇着这等事，俱附写验入，尚膳监并各宫值日太监照数发出，如有损少，听提督太监参奏。

刚拟了这三道票，张居正搁笔，才说闭目养一会儿神，忽听得有人敲门。

"谁？"

"是我。"

姚旷推门而入。

"揭帖送进去了？"

"送了。"姚旷一脸紧张之色，畏葸地说，"首辅大人，出大事了。"

"何事？"

"羊尾巴胡同烧起了大火。"

这场大火足足烧了大半天。风助火势越烧越猛，亏得京师大营派了数百兵士赶来扑救，才把火势控制住，薄暮时分完全熄灭。据初步统计，这场大火烧死官员五人，围观及住户民众二十四人，烧毁民房一百八十七间，踩伤烧伤的人数以百计。其中十几个伤势重者，也是奄奄一息生命垂危。童立本的棺材以及坐在木圈椅上的柴儿，俱被烧成一堆黑炭。他的苍头老郑在混乱中被踩死，侍妾桂儿被烧得体无完肤，躺在床上只有进气没有出气。羊尾巴胡同变成了火葬场，生前懵懂愚钝，死后受人利用的童立本，万万没有想到竟然有三十个人为他陪葬。

大火烧得正盛时，张居正亲临现场察看火势，并就救火事宜及善后处置做了一番紧张安排。直等到灰飞烟灭一片狼藉，被烧得衣不遮体毛发俱焦的官员一个个被抬走，他才登轿离开。回来的路上，他思虑着这件惨案究竟如何发生，应怎样调查事发真相，处理善后事宜，同时他又暗自庆幸，这场大火倒是帮了大忙，他现在可以放手去追究肇事者的责任而不必顾忌各种浮言訾议。想想这些日子发生的事情，他不禁摇头苦笑，心中忖道："还是古人说得对，多行不义必自毙，惟苍天不可欺也。"

一回到家，张居正就派人去找王篆。待他吃罢晚饭来到书房，堂役就进来禀报王篆已到，张居正吩咐传他来书房会见。

刚落座，王篆就迫不及待地说："首辅，今天的这场大火，真是天遂人意。"

张居正尽管心有同感，但仍把脸色一沉，说道："一场烈火烧死这么多无辜，你身为大臣，怎么还能幸灾乐祸？"

王篆本想拍马屁，却没料到招来申斥，好在他脸皮厚，竟嘿嘿地干笑着掩饰尴尬。

"外头都有何舆情？"张居正又问。

王篆回答："手下人的访单都还没有送上来，卑职来之前已经吩咐，一有密报，直接送来这里。"

王篆手下有一帮便衣耳目，专门察访京师各色人等动静，虽不及冯保掌握的东厂权势大，眼线广，却也让京师官绅大户感到莫大威胁。冯保的东厂本是直接为皇上服务，盖因皇上小，张居正实际上总摄朝纲，再加上与冯保打得火热，所以本来只有皇上一人才能览阅的东厂访单密札，冯保也会送一份给他。正因为控制了两条暗线，京城百官的一举一动都在张居正的掌握之中。

王篆接着说:"这场大火把参加公祭的官员们都吓蒙了。死的、伤的不说,侥幸逃出来的,也都成了惊弓之鸟。"

"魏学曾呢?"

"他烧得伤势不轻,听说他一连从火堆里抢出了六个人,烟熏火燎晕倒过去,兵士用水把他浇醒了,他仍不肯走,坚持要和兵士们一起救火。他胡子烧光了,脸上尽是大水泡。"

"魏学曾这个人,与王希烈不可同日而语。"张居正心中很是欣赏魏学曾这股子敢作敢为的英雄侠气。

"杨博、葛守礼等都称赞魏学曾是一条汉子。"王篆随话搭话。

"魏学曾现在何处?"

"在家里,杨博老找来太医给他疗伤。不过,听说他家门口,已经有了一队锦衣卫。"

"啊?"张居正大吃一惊。

锦衣卫同东厂一样,也是直接归皇上掌管。既然锦衣卫已出动,就证明皇上已知道此事,他猜想皇上一定是听了冯保的话要严惩肇事者了,于是又问:

"王希烈呢?"

"他的伤势不重,但听说他得了惊吓症,在家又哭又笑。"

"他家门口有锦衣卫吗?"

"有,"王篆眨眨眼睛,讨好地说,"首辅,锦衣卫出动,皇上圣意已是十分明朗。"

"唔,"张居正点点头,深思着说,"今天这场火,发生得有些蹊跷,果真是触怒天意?"

"京城秋燥,连狗鼻子都干得流血,何况那些布扎纸糊的冥器,溅上一个火星子,立刻就有燎原之势。"

"究竟是何原因起火,介东,你务必调查清楚。"

"是。"

两人正说话时,司阍又报外头有人要见王篆。王篆出去片刻回来,激动得脸色通红,嚷道:"首辅,王希烈死了。"

"怎么死的?"张居正惊问。

"悬梁自尽,这是卑职手下人刚刚得到的消息。"王篆轻蔑地说,"这个脓包,一看锦衣卫封了门,就知道自己罪责难逃,与其送进三法司讞狱问罪,倒不如自我了结。"

张居正答道:"自作孽,不可活。介东,关于这场火灾始末情由,你连夜写一个折子,明天一早送来内阁,转奏皇上。"

"卑职遵命。"

王篆欠身回答。按理说他应起身告辞,但他磨磨蹭蹭就是不挪步。

"你还有事吗?"张居正问。

"有。"王篆伸头朝门外看了看,压低声音说,"昨天,我去了一趟积香庐。"

"啊?"张居正这才记起在积香庐里养病的玉娘,忙问道,"玉娘现在怎样了?"

"她的眼睛可以模模糊糊地看点东西了。"

"很好。"张居正眼前浮现出玉娘美丽的情影,一种温情油然而生,他叮嘱道,"还得加紧治疗,争取早日康复。《诗经》言:'巧笑倩兮,美目盼兮。'玉娘虽有巧笑,但盼盼美目还得假以时日啊。"

"首辅说得是,"王篆随声附和,又道,"玉娘让卑职带信,她想见您。"

"是吗?"张居正微微一笑,"等忙过了这阵子再说吧,你转告她,这些时要静心养病。"

"是。"

王篆准备退下,张居正又喊住他,问道:"介东,听说蒋二旺关在刑部大牢,一天到晚喊冤枉。你说,应如何处置他?"

　　王篆早就知道张居正已铁了心惩处贪墨,蒋二旺是一个突破口,紧接着是杨用成,后面不知道还要牵出多大一串呢。他虽内心深处同情蒋二旺,但此刻却狠着心说:

　　"他喊什么冤枉?两个空额吃了五年,这是铁证如山的事。他虽然是卑职属下,但卑职不护短,建议首辅给他严惩。"

　　"好一个介东,秉公为国,不徇私情,这才是循吏!"张居正称赞了一句,接着说,"上次我已讲过,你做得好,就给你升官。我说到做到,这次京察,两京官员调动较大,我准备向皇上推荐你去扬州担任操江御史,你意下如何?"

　　操江御史管理漕运,与同样开府扬州的江淮盐运使都是最令人眼热的衙门。操江御史三品衔,这样王篆不但官升一级,还得到了一个肥差。他虽然心中狂喜不已,嘴里却说道:

　　"卑职在京城,旦夕都能得到首辅指教,这一下去得远了,岂不空落得慌?"

　　"这岂是大丈夫说的话,没出息!"

　　张居正善意地骂了一句,挥挥手让王篆退下。他起身走到书案前,打开搁在案上的一个卷宗,取出一张纸来,上面写了二十几个人名,都是两京各衙门三品以上大臣——他准备向皇上建议提拔或降黜的人。此刻,他又浏览一遍:

　　　刑部右侍郎曹金改任陕西巡抚

　　　礼部左侍郎王希烈改任南京国子监事

　　　吏部左侍郎魏学曾改任四川巡抚

　　　礼部右侍郎毕昭改任山西巡抚

　　　都察院右都御史蒋孔苏改任江西监察御史

　　　兵部右侍郎粟承禄改任南京户部右侍郎

　　　刑部左侍郎刘一儒改任吏部左侍郎

　　　户部右侍郎陈瓒改任左侍郎

户部左侍郎郭朝宾总督天下仓场

南京户部右侍郎李晋改任云南巡抚

湖南按察使李义河升任都察院右都御史

江西巡抚潘季驯升任工部左侍郎

湖北巡抚汪伯昆升任兵部右侍郎

……

看罢这张名单,张居正提笔勾去了王希烈的名字,又在魏学曾名下改为"改任南京都察院右都御史"字样。他正准备就这份名单给皇上写一份密帖,游七敲门进来禀道:

"老爷,您的亲家刘大人来了。"

"人呢?"

"在花厅里。"

张居正起身到花厅相见,刚一落座,他就笑着说:"孟真,怎么这么长时间不来过从?"

自张居正出任首辅,几乎所有湖广老乡都登门恭贺,惟独刘一儒没来过。此时刘一儒答道:"您初登首辅,政事千头万绪,卑职不便前来打搅。"

"亲戚之间,不必过于拘礼。"

张居正温和地责备,接着问了一些女儿女婿的家常话。张居正闭口不谈今日的大火,刘一儒更不肯有片语关涉。扯过闲话,刘一儒吩咐随从家人拎了一个锦匣进来,说道:"先生致位宰辅,实在是可喜可贺的一件大事,我一时想不到如何表达心意。前些时逛琉璃厂古董铺,看到这件东西,就把它买下了,不知先生喜不喜欢。"说着解开丝带,从锦匣里小心翼翼捧出一只尺五大小的钵盂。张居正饶有兴趣地上前观看,这只钵盂乃阳羡紫砂制品,用为水注。钵盂两边之耳,左缀一绿菱角,右缀一浅红荔枝,两者之间,又缀了一枝淡黄如意。底盘上是两只缠绕着的黑螭龙虎。四爪伸开,恰成钵盂的四足。虎腹上镌有"熙宁二年"四字,原来是宋朝旧物。细看这些饰物,无不各肖其形,栩栩如生。按年代推断,熙宁二年距今也有五百多年历史了,这只钵盂却保存完好,没有一点损伤。

"唔,这是宝物,亏你孟真觅到。"张居正赞赏地说,"我早就订下规矩,礼物一概拒收,但这次我破例收下。"

刘一儒谢过,接着说:"我还有一事相求。"

"请讲。"

"这次京察,我想离开刑部。"

张居正仿佛已经料到刘一儒会提出这个请求,说道:"孟真,听说那天在童立本家门前,魏学曾指名道姓把你鄙夷一通,顺便把我和王之诰都捎上了。"

"实有其事。"刘一儒回答,"刑部里头,告若是堂官,我是佐贰,确实有些不妥。"

"这事你不说,仆也寻思要动一动。告若从南京调来出掌刑部,虽然是我的主意,但他的资历名望,却是朝廷上下一致首肯的。你这佐贰官,也不是我的裙带关系当上去的,这一点,我不怕外人议论。我担心的是两个亲家同处一部,遇事推让都当好好先生,于公于私都不利。我本来就想趁这次京察调动你的职务。今天你来得正好,我要当面征询你的意见,京城各衙门,这次京察会空出很多位子,不知你愿意去哪里?"

一听这话,刘一儒心中猛地一紧。外头都说张居正借京察排除异己,他现在露嘴说出"会空出很多位子",可见传言不谬。联想到这些时京城的风风雨雨,他脱口说道:

"我愿意去南京。"

"南京?你愿意去南京?"张居正怀疑听错了,连声问道。

"是的,我愿意去南京。"刘一儒显然已经考虑成熟,从容说道,

"在自陈的手本中,愚职已将担任刑部左侍郎两年来的过错得失向皇上陈述明白,并恳请皇上降黜使用。今天来找你,是想再次向你表明心迹,在下真的愿意到南京,任一闲职足矣。"

刘一儒说得恳切,张居正心中生出一丝不快,怏怏说道:"我还准备举荐你去吏部接替魏学曾,看来只得作罢。"刘一儒见目的已经达到,再待下去恐节外生枝,遂起身告辞。望着他离去的背影,张居正心中忖道:"这个刘一儒,毕竟也是清流作风。"一眼瞥见刘一儒留在案上的那件古董,喊过游七说道:"你看看这究竟是个什么物件,缀上的这四件东西,不伦不类,八不相挨,也不知是何意义?"游七端详半天,忽然悟到什么,正待开口却又把话咽了回去。

"你看出了什么?"张居正追问。

"老爷,不好讲。"游七吞吞吐吐。

"但讲无妨。"

见张居正有些不高兴了,游七不敢违拗,便说道:"老爷,这四件东西,绿菱角取一'菱'字,红荔枝取一'荔'字,黄如意取一'如'字,黑螭龙虎取一'螭'字,加之这古董本身是一只钵盂,且取一个'钵'字放在中间,把这五个字连起来读,其谐音就是:伶俐不如痴。"

听完游七的解说,张居正心下一沉,忖道:"刘一儒这哪是送什么古董,分明是假借名目极尽嘲讽之能事。"想到自己出任首辅这一个多月以来的所作所为,竟被亲家看成是士林所不屑的"伶俐"之举,不禁心下生寒。用官场语言讲,"伶俐"就是乖巧,就是曲意媚上。而"痴"就是持重,就是风骨。就在一场大火之后,刘一儒送来这一句"箴言",张居正感到受到莫大的侮辱和伤害。他真想拎起这只钵盂,狠命朝地上一掼,但手一伸出又改变了主意。他抚摸着这只设色古巧传世久远的钵盂,感慨万千地说:

"游七,把它摆在书房最显眼的地方,我要天天读这个座右铭。"

游七还未离开,司阍又急匆匆走进来,禀道:"老爷,广西急报。"

"啊!"

张居正接过,一看关防就知是两广总督殷正茂的八百里驰传密札,他迅即拆开来读。殷正茂在密札中告知,五日前,他所率领的剿匪大军已攻破水岲山中的匪巢,两个叛首,韦银豹被杀,黄朝猛被生擒。

看罢此札,张居正大喜。他负手走出花厅,忽闻得一阵馥郁的香气。他问游七:

"是不是后花园中的桂花开了?"

"是的,老爷,开得正旺呢!"游七答道。

"啊!"张居正举头望月,但见一轮欲圆未圆的明月挂在幽邃的天幕,他突然记起还有三天就是中秋节,便吩咐道,"游七,不要辜负满庭芳香、一轮明月,你去后花园中摆上茶点,请夫人出来一同品花赏月。"

游七领命而去,不过片刻,又有人来说徐爵求见。

"领他进来。"

言未毕而徐爵已抬脚进门,也不及寒暄,徐爵就给他带来了一个更惊人的消息:今天上午公祭时的那场大火,是冯保指使东厂特务混在人群中暗地点燃的。

张居正顿时愣了,木头人一样站在原地一动不动,连徐爵啥时候走的都不知道。

"老爷!"

游七轻喊一声把他惊醒,他扭头问道:"你有何事?"

"后花园中的茶点已摆好,夫人已经入座了。"

张居正烦躁地一挥手,嘴中冷冰冰吐出两个字:

"撤了!"